U0938027

当爱的人不再喜欢我

When lover no longer loves me

红娘子 著

長江出版傳媒 | 长江文艺出版社

北京长江新世纪文化传媒有限公司
www.cjxinshiji.com
出品

目　录
contents

第一章　逃婚

吉安敏打电话给死党兼最好的哥们儿李大可的时候，她正死命地扒在别人门口，一只手拿电话，一只手抠着门，整个人贴成一个大字，身旁站着的一对小情侣已经恼极，对着电话那头的李大可喊道：“快把你朋友接走吧，真是神经病，你再不来，我们就打电话报警了。”

接到这个电话时，李大可正陪着女友宋波逛华泰百货，听到吉安敏的哭嚎：“大可，让他们放我进去，我要去找找沈秦的线索，肯定有线索。”

李大可这时只能对宋波说明情况，宋波提着几大袋的衣服，一脸的不高兴，但好在，李大可及时把钱包里的信用卡抽出，弯腰递上说：“女王大人，您任刷，怎么高兴怎么刷。”

宋波又气又好笑，点着李大可的额头说：“大可，你长点心吧，吉安敏真的该被送医院了，再这样闹下去，我看下次你得到警局去接她了。”

李大可点点头道：“女王大人说的极是。”心想，去警局接她都是小事，千万不要被绑去了精神病医院。

这头李大可开着车去救火，那头吉安敏对着那对小情侣继续解释：“对不起，我知道我打扰你们了，可是，这房子是我男友租的，上个星期他还在，我们马上就要结婚了，现在他忽然失踪了，我得找到他，哪怕是一点线索也不能放过。”

小情侣是一对二十出头的年轻人，女孩不忍心地说：“大姐，我都跟你解释过，上个星期这房子就已经租给我们了，我是和房东签的合同，至于上个租客是谁，我真不知道。”

吉安敏扒着门生怕人家关上，赔笑道：“我知道，我知道。”

那男孩却没好脾气：“你知道个屁，你这个星期蹲我家门口多少回了，白天你来也就算了，晚上你也来，你到底想干吗？”

吉安敏马上接话：“我就想进去看看。”

女孩说：“我们也不是不讲理的人，你要进来看，我们也让你进来了，我们搬进来时找清洁工打扫了，真的干干净净的什么都没留，哪里还有什么线索？”

吉安敏道：“可能会有一封信，夹在某个地方，比如一本书里，就是我男友写给我的。他肯定有什么苦衷不能亲自和我说，所以，一定有这封信……”

男孩忍不住了：“就算是写信，也可以用电子邮件，何况我们搬进来的时候，连片纸都没有，哪里来什么书？”

小情侣铁了心要赶走吉安敏，人家才搬来一个星期，就被她盯上了，还没来得及庆祝乔迁之喜，就摊上这么个麻烦。

双方正在僵持中，李大可赶到了。吉安敏撒开手，李大可一边跟小情侣道歉，一边安抚吉安敏。

男孩不依不饶道：“我说哥们儿，你这朋友是不是脑子有病啊？我六点半起床，一拉开门，就看到她坐在我家门口，眼睛直勾勾地看着我，我跟你说，我要有心脏病早就给吓死了。”

李大可连说对不起，递了根好烟过去，压低声音道：“没办法，她马上要订婚了，现在联系不到男朋友，急的。家里连请帖都发出去了，她也是没招了才闹出这一出。”

男孩接过烟，口气好了点，低声道："那也不能不见了老公，就来找我们要啊。"

还没等李大可再说什么，一直在旁边沉默的吉安敏忽然爆发了："我不找你们要找谁要？我除了知道他住这房子，别的什么信息都没有，我不在这里等，到哪里等！"

男孩说："你傻了吧，明显人家不要你，你在这里等也只能给我们找麻烦。"

吉安敏情绪几乎失控："说不要就不要啊，老娘都三十了，他说跑就跑，我的青春给这个王八蛋白啃了？！"

李大可拽着吉安敏往后拉，把电梯按下。

男孩在后面说："再来我真报警了。管好你朋友，不行就送精神科去！"

李大可把吉安敏半拉半抱的推进电梯，吉安敏一副"我今天要和他们血战到底的气势"，两人在电梯里闷声扯拽起来。

正拽得不可开交，电梯门开了，进来个大娘，眼神怪异地看着他们。于是吉安敏尴尬地放开了李大可，俩人出了电梯。吉安敏一声不吭地往前走，李大可拉着她说："车在这边。"

吉安敏甩开他的手："我是让你来帮我的，不是让你来帮他们赶我的！"

李大可也火了："姓吉的，你真有毛病吧，我怎么来害你了？你就这样天天蹲点能捉到沈秦？你再这样人家真把你送警察局，能告你个骚扰罪！"

吉安敏冷冷笑道："让他们告去，我现在还怕警察不成。"

李大可见她一副油盐不进的样子，气坏了，指着她说："好，你要一门心思钻牛角尖，我也不拦你，下次你再打电话给我，我要接了就是乌龟王八蛋。"

李大可气鼓鼓地去停车位开了车出来，还没有开出小区，就看到前面吉安敏的背影，他和吉安敏好到几乎同穿一条裤子长大，却从没看过她如此落寞的身影，像是有千斤重的担子压在身上，小区的林荫道很长，恰逢晚春初夏，各种花草忙开忙谢，好不热闹，而这副热闹的景象却一点也感染不到吉安敏，她像是一块巨大的石头立在那里，让李大可绕不过去。

李大可开车跟了她一段路，后来吉安敏停下步子，隔着车窗看着他。李大可就想到幼儿园时，吉安敏每次抢不到好的玩具，就会用这种眼神看着自己，于是，他叹了一口气，把车停下，推开车门，吉安敏坐到他旁边，一声不吭。

李大可把车拐出大道，熟练地往吉安敏住处开去。

“这事儿，你还是和家里说说吧。”李大可边开车边说。

吉安敏咬了咬牙：“我妈有心脏病，请帖都发出去了，虽然是订婚，你也知道我家人多好面子，这要是不订了，我妈那边不知道能不能撑得住。”

李大可一想到吉安敏那个争强好胜的老妈，就颇感头疼，这事儿也确实不能说。

“就没有其他办法能联系上姓沈的吗？”李大可问。

“全都找了，公司，房子，还有朋友圈，都找了，但就是找不到。”

“妈的！贱人！他这是成心躲你，你再厉害也找不着，下次看到他，我要他好看！”

吉安敏面无表情：“现在不是想怎么让他难看的时候，我现在得找个人回去订婚。”

李大可扭头看了她一眼，正好吉安敏也在看自己，于是心里一阵发毛：“亲姑奶奶，皇后娘娘，我真不行，我和你一起长大，谁都知道我们是哥们儿，而且我妈和你妈一直都对着干，我们要是回去订婚，进医院的肯定不止你妈一个人，那得是一堆人，全是被我们俩吓的！”

吉安敏想了想：“也是，我们太熟了，不好下手，再说你那女朋友也不是好惹的，我要是让你顶角订婚，她非得杀了我不可。”

李大可深有同感：“嗯，你以为只有你被砍？我肯定也要被阉掉！”

吉安敏急得直搓手：“那可怎么办呢？”

“别急，离订婚还有两天时间，这样，你回去就上网发个帖，看谁愿意装一天准新郎，只要把订婚仪式给办了，再回来别的事情都好说，大不了就是处不下去分手了，或者把你妈接过来说清楚，也好过这次不去办，赤裸裸地打你妈的脸。”

吉安敏睁大眼睛看着李大可：“行啊，大可，关键时候还真给力，知道上网找人，可是，网上的人能信得过吗？”

“有什么信不信得过的，给钱就行了，又不是真要你和他过一辈子。”

“现在也没别的招了，死马当活马医吧。”

李大可看吉安敏总算是回过点儿神来，于是一脚油门，先把她送回家。

吉安敏回到家中，鞋都没顾得上脱，就直奔电脑，开了机就开始发帖子，内容简约真诚——

“寻一位男士，一起回家举行一场订婚仪式，仪式只是当地风俗，并无法律效应，有意者请私信联系，有重酬。”

她看了一眼重酬，想着自己应该给多少钱才合适。

正想的时候，合租的房客敲她的门说：“你好，你能不能把公用的无线路由器放在外面，你拿到里面去，我房间的信号不好。”

这个房客叫江承，二十五岁，刚毕业没两年，在这个繁华的城市找了个还算不错的工作，每天急匆匆去上班，加班还特别多，一看就是那种 IT 民工之流。吉安敏经常忘记家里还有这么一个人。

吉安敏不好意思地把路由器拿出来：“这两天急着上网找东西，想网速快一点，拿进去后就忘拿出去了。”

江承接过路由器，看了她一眼，他对这个比自己大的女子并没有什么特别印象，一般只有交租时她才会出现在面前，而且吉安敏住的主卧有卫生间，所以他们连抢厕所的机会都没有。他又从来不下厨，也难得在厨房碰面。

江承见她认了错，也不好意思地说：“没事，你要急用，就放你屋里，我也不着急。”

吉安敏也不客气，点了点头：“那好，我用完这两天就给你。”

吉安敏看着江承转身回房，松了一口气，还真怕他较真，虽然路由器拿到房里也不见得网速真能快多少，但她拿着这个路由器就跟西游记里的妖怪拿了个法宝一样，心里有了点安慰，说不定会有好运气，让自己租到一个可以回去订婚的人。

吉安敏看到本地论坛里的回复都是一副看大戏的态度。

“现在失足妇女都会用这一招了。”

“接盘侠在哪里？快现身！”

“傻子才会信这个，去了之后肯定某某不保。”

“楼上的你倒是想某某不保，搞不好是肾不保。”

“你们回帖注意点，别被和谐了啊。”版主看不过去了，出来制止这些瞎胡说的人。

吉安敏一阵苦笑，忽然看到有请求私聊的头像在闪动。

正想点开，只听到门被敲得很响，像是放鞭炮一样。

吉安敏赶出去的时候，江承已经拉开了门，门外站着三个男人，吉安敏认得其中两个人，是业主委员会的，另一个男子高高瘦瘦，戴着眼镜，很是面生。

“打扰一下，我们是业主委员会的。”

吉安敏奇怪地点点头，心里纳闷业主委员会的人找她干吗？

“是这样的，我们小区附近新建了一个广场，最近有越来越多的人去那里跳广场舞，能从早晨六点跳到晚上十点，我们多方交涉也没能阻止。”一个胖胖的中年男子开口说。

吉安敏应了一声，她对声音不太敏感，最近每天为了找沈秦在外奔波，回到家里就算有点吵也是塞上耳塞就睡着了。睡觉用耳塞是她在大学养成的好习惯，在大学里如果没有耳塞这种东西，她估计在那个吵闹的四人宿舍会撑不下来，那每天轮班折腾的模式谁受得了。

“我们也找了管理处和很多机构，但是都没有用，也不可能天天赶人，这样下去，我们小区就终日不得安宁了。”胖胖的男子一副对未来非常忧虑的样子。

吉安敏心想，多大点儿的事啊，不就是跳个广场舞吗？但是，面前的三位既然是为了这件事情找来的，还是要重视起来。她打起精神，但是心思还在网络私信上，她可是要找男人回去订婚的，哪里有时间管什么广场舞。

对面的人也看出她有些不耐烦，直接说："所以，我们决定每个业主交五十块钱，凑钱买一个高音炮，对着广场，大妈一跳舞我们就放。"

江承在一旁吃惊地接口："高音炮？"

高瘦的男子解释道："这套设备的全名叫做远程定向强声扩音系统，可以把声音集中在一个方向向远距离传播，并保持足度的声压强度。"

江承："这么专业，这么牛逼，得多少钱？"

胖男子指着刚刚开口的"专业人士"说："得好几万，不过高先生说了，从他店里拿货，可以便宜点儿。"

那个高先生原来是做音响的，果然是把推销好手，他递上名片给吉安敏："我姓高，叫高强，也是这里的业主，实在被吵得不行了。这法子是我想出来的，这种音响的音量绝对让一般人受不了，用不了多久我们小区就清静了。"

吉安敏现在完全听明白了，业主委员会要交钱她是知道了，而且钱还不多，只要五十，她正想给了算了，这个时候江承已经拿出五十块钱："真的可以赶走她们，那太好了，我都要烦死了，快点把设备给弄过来吧，这事真是太好了。"说着还拍了拍高强的肩："哥们儿，这么损的招你都想得出来，不愧是干这一行的。"

高强直往后躲，擦着脸上的汗道："也是被逼到没办法才这样的。"

收到了钱，三人告辞而去。

吉安敏关上门，对江承说："谢谢你啊，等下我给你二十五块。"

江承大手一挥："只要能搞定二十五算什么，不用了。"

吉安敏又看了一眼高强给的名片，上面印的字体瘦瘦的，和他的人一样。

吉安敏没空管广场舞大妈这档事。她的心思完全在征友帖上，那是她最后的救命稻草，后天就要回去订婚了，而未婚夫还没有找到，这种焦头烂额的事情，让她分不出心思管别的。

果然天无绝人之路，一坐下来，发现私信很多，但大多是一些不良的信息。

“寂寞女子的安慰我能懂，我高大，请联系我。”

“想要高楼人气吗？请加 ×××，我们团队专业加人气，保证上首页。”

吉安敏正在灰心间，忽然眼前一亮。

“你好，看你发帖那么着急，想必是遇到什么困难了。虽然是陌生人，但也是有缘人，我能帮助你什么？”

礼貌的语气，给吉安敏的第一印象很好，发信人的名字叫“网事并不如风”，感觉是一个沉稳的男子。

吉安敏小心地回复：“我遇到了一点困难，你真的能帮我吗？”

“网事并不如风”很快就回应：“助人为快乐之本，送人玫瑰手留余香，如果我能帮得上忙的话。”

于是吉安敏加了“网事并不如风”的 QQ，和他聊了一整夜，把所有的不幸都告诉了他，她开始坚信这个“网事并不如风”是一个很有智慧的男子。

“网事并不如风”表现得非常有同情心，不停感叹，一会儿说吉安敏的男友是个大混蛋，不知道珍惜她这么好的女人，一会儿又说这样抛弃女友太不是男人，说的吉安敏心里暖了一回又一回。

所以，当吉安敏提出：“你能帮我一把，和我回去订婚吗？当然是假订婚，没有法律效应，只是走过场，我会给出一定的报酬。”她是十分有把握“网事并不如风”会帮自己的。

“网事并不如风”犹豫了一会儿才回复：“虽然我很愿意帮助你，可是，那天我有一堂很重要的销售课。我是一个大学老师，所以经常有别的机构来请我讲课。抱歉，我分身无术。”

吉安敏很失望："真的没办法吗？"

"网事并不如风"又说："也许和那边的机构商量一下就行，不过可能有一点麻烦，毕竟别人事先要租会议室，要是我违约不去的话，是要付违约金的。"

吉安敏像是从黑夜中得到了一束光。

"会议室的租金，我这边可以赔偿给你。"吉安敏道。

"那怎么行，我只是帮你，怎么能拿你的钱。""网事并不如风"看起来很有男子汉风度。

"可你是为了帮我才会损失钱的，怎么能让好人心寒，那个会议室的租金应该我出的，就算是违约也是为我了。"

"网事并不如风"："呵呵，怎么会提到报酬，如果帮助别人都要钱的话，那这个世界还有什么诚信，有什么道德观，有什么美德，我帮你，绝对不是为了报酬。"

吉安敏看"网事并不如风"还在犹豫，又要来了电话号码，两人电话一接通，一阵好聊，更加觉得相见恨晚。吉安敏简直有点儿不敢相信自己的好运，这真是太幸运了，只不过发了个帖子就能得到这样的帮助。

"网事并不如风"的声音很好听，很符合大学教授的形象，而且好像懂得很多，说的都是专业术语，对安抚吉安敏也很在行。

终于，吉安敏好说歹说，让"网事并不如风"答应帮自己的忙，而他的损失都由吉安敏来承担。

吉安敏问他损失了多少。

"五千左右。"

吉安敏心想这个价自己还出的起，正想回复，忽然听到敲门声。她去开了门，看到江承站在门外，"不好意思，看到你房间里还亮着灯，所以过来打扰一下，我现在去上班，可是我在阳台上晒着被子，万一今天下雨，你又在家的话，能帮我收一下吗？"

吉安敏这才惊觉一夜已经过去，天色都大亮了，她对江承点点头。江承道了谢，背上包便出去了。

吉安敏再转过身来看手机，"网事并不如风"刚发来了一条短信："当然，平时都是五千块一次大课，这一次因为是小课，所以，只损失了两千五，哈哈，不算太多。"

吉安敏感动死了，一转眼的工夫，对方就降了一半的价。

于是，她和"网事并不如风"约好下午见面，不过"网事并不如风"要求她先把钱打到卡上，好让他拿到钱去和机构那边谈。

吉安敏强忍着困意，从支付宝转了二千五百块到那个指定的账号，心里终于放下了一块大石头，扭头就趴在床上睡过去了。

一觉醒来，吉安敏发现和"网事并不如风"约定的时间已经快到了。她急忙穿好衣服，化了个淡妆，整个人精神饱满得像一颗吸饱了水要破土而出的种子，出门打了的往约好的咖啡馆赶去。

等到了咖啡馆，她发现自己已经迟到了十来分钟，不禁有些内疚，这样肯定给别人留下了不守约的印象。她一边看着哪里坐着单身男士，一边拿出手机开始拨打那个电话。

只是，手机那边传来的只有："您好，您拨打的用户已关机。"

在咖啡馆里不死心地转了几圈，吉安敏发现除了几对懒洋洋的情侣之外，确实没有什么单独的男人。她再用手机上网，在 QQ 好友里找来找去，发现那个聊了一夜的头像不见了。

被骗了！又被骗了！吉安敏心里疯狂的大叫着。

于是，咖啡馆的服务生就看到一个女人在咖啡店里狂躁地转了一圈又一圈后，失魂落魄地离开的整个过程。

吉安敏从派出所出来之后，给死党李诗打电话。

"今天出来陪我喝酒。"

"没空，今天我要陪男朋友。"李诗一点也不隐藏自己重色轻友的本性。

"不来你就会错过我进警察局录口供的全过程，我只说给米亚娜听。"

“什么？口供？好好，你等着，我们老地方见。”

吉安敏知道怎么点燃身边死党那颗永远都不会停息，而且熊熊燃烧的八卦之心，有这么有料的八卦，李诗如果错过了，应该会三天睡不好。

吉安敏同样也通知了米亚娜，这是她人生中最悲凄的一天，她不能不给好友踩自己几脚的机会。

“遇见吧”是城市中常见的清吧，清吧一般没有太吵的音乐，也不会请摇滚乐队搞重金属轰炸，很适合女性或者情侣约会聊天。

吉安敏和李诗、米亚娜三人的根据地就是“遇见吧”，理由很简单，米亚娜是“遇见吧”的老板娘，她开了这个酒吧，这么多年经营下来，已经积累了相当的人气，有几期电视节目的采访都在这酒吧里录的，所以米亚娜算得上是城市中的小金领。

吉安敏和这两个人是大学同宿舍最好的朋友，三个人头碰头挤着看辛夷坞的小说《致我们终将逝去的青春》时，哭得稀里哗啦的，一起用光了三包纸巾，里面的爱情没打动她们，但宿舍里的姐妹情义却深深感染了她们。

不过幸运的是，她们三个人虽然离开了大学，却从来没有分赴各地，都留在这个城市发展，这也不奇怪，这个城市本来就吸引着全国各地各式各样的人才。

毕业多年后，李诗找了男友，米亚娜成了小富婆，而只有吉安敏是个小白领，而且还被男友在订婚前抛弃。

李诗和米亚娜没有任何理由和借口，可以不管现在这个失意得如同落水狗一样的吉安敏。

李诗刚闪进酒吧，就看到吉安敏和米亚娜在靠窗边坐着，一言不发，她奔过去看着正在喝闷酒的吉安敏：“口供是怎么回事？你找到沈秦把他给打伤了，然后进警察局了？”

米亚娜嗤笑了一声：“不要把她想的太美，要为这个事情进警察局我就给她开这里最好的红酒庆贺。”

李诗："那还能是什么事？"

吉安敏看了一眼米亚娜："你和她说吧，我不想往自己伤口上再撒盐。"

米亚娜对李诗说完"网事并不如风"用一个晚上骗走了吉安敏二千五百块钱的事情，李诗满脸惊奇。

"警察怎么说？"

吉安敏想到那个见怪不怪的警察说："他看了我一眼，说了句'真聪明'。"

李诗拍了拍吉安敏的肩："你确定你打过去的是二千五，而不是二百五，你应该是打后者才对啊。"

米亚娜拉了下李诗："去去去，别在这儿添乱，这个时候捅刀不仗义啊。"

李诗："这都什么时候了，她还能上这种当，我看捅刀确实没用，捅不痛她。"

吉安敏坐在那里一口一口地喝着酒，她清楚地感觉到自己遭遇了什么，只是不愿意相信，自己就这样一次又一次被男人当傻瓜给骗了，如果不是沈秦把自己推到绝路上，如果不是她病急乱投医，如果不是她只有这么一点希望……

米亚娜对李诗说："安敏不是那么容易上当的人，她肯定是犯迷糊了。"

李诗："嗯，再迷糊下去就得把存款都给了对方。"

吉安敏打断两个正在斗嘴的女人，叹了口气说："受骗是因为绝望。"

那边不出声了，吉安敏想了想往嘴里倒了一口酒说："因为绝望，所以，才不肯放过任何一点生机，才会愿意去相信，至少要赌一把吧。"

她像是安慰自己，又像是安慰好友："其实也没什么，不过是赌输了，也没输多少，就二千五，我赔得起。"

李诗听了不好受，说："实在不行，我把郭诚给你叫上，让他去代替沈秦那王八蛋和你走个过场。"

郭诚是李诗的现任男友，看到好友大方地要借出自己的男友，吉安敏也感动了，不过她立即拒绝了："你上次和郭诚去我老家玩，是我妈招待的，一去就露馅儿了。"

“那没关系啊，除了你妈，别人也不知道，面子总算是挽回了。”

吉安敏苦笑：“现在是谁都可以知道，唯独不能让我妈知道，我就是怕我妈犯心脏病才要找人完成这个仪式的，不是怕丢面子。”

她把手中的酒一饮而尽：“面子，那个东西早在沈秦跑的时候都丢尽了，我现在还在乎什么面子！”

李诗和米亚娜都无语了，米亚娜拿出了珍藏很久的红酒，三个女人你一杯我一杯的，也不多说什么，语言在这个时候是空洞无力的。

吉安敏喝到后面越来越开心，整个人似乎都要飘起来了，她被米亚娜送到了楼下，自己上了楼，好不容易打开门，就直接扑倒在地板上一动也不动了。

江承加班回来，看到这么一副景象——吉安敏整个人趴成一个大字，摊在门边。他吓了一大跳，开灯看清楚是合租的室友，才松了一口气。浓浓的酒味让他皱起了眉，他推开窗户，把吉安敏从地上移到沙发上。吉安敏醉倒之后，头发散开，女人应该有的醉酒的美感全无，腰间的衣服翻上去皱成一片麻叶，江承虽然是个男人，但搬动她也累出了一身汗。

江承并不是个喜欢多管闲事的人，但是就这样让一个女人躺在地板上过一夜，他是做不出的。把她搬到了沙发上躺好，吉安敏又在那里喊着要喝水。

江承本来只是想尽一点合租室友的情分，可是，现在又得伺候她喝水。他只得到厨房倒了一杯水回来，正要递水杯过去，却发现吉安敏人已经悬在沙发的一头了，原来是想爬起来自己找水喝，爬到沙发那头爬不动了，上半截身子垂地，腿和屁股挂在沙发上，两只手往前伸着，一副贞子从电视里爬出来，爬了一半没电了的感觉。

江承把她拽回沙发，然后扶起来把水给她灌下去。

吉安敏渴得真厉害，一口气都没喘，全都喝完了。喝完水，她来了精神，立马站起来对江承说：“你去睡，我没事，没醉！”

哪知道她刚站起来就往前倒，江承慌得一伸手把她拉住，前面是钢化玻璃的茶几，这样倒下去说不定就血溅当场了。

江承只好半抱半拖地把她往房间里拖，吉安敏根本就不配合，胡乱挣扎，两脚在地上乱踢，鞋子早就被踢飞了。她还见什么就拽住什么，江承拉她，她就抓着一把椅子，这两人一椅的镜头要多怪异有多怪异。江承心想：小说和电视剧里，不都是女人喝醉了，男人乱性吗，为什么轮到自己，不要说乱性了，连抱个人都像搬水泥袋子似的，累得跟死狗一样，还怎么乱性？

好不容易把吉安敏丢到床上，虽然她衣衫不整，半露着胸和肚皮，大腿也在他面前横着，看起来也勉强算个性感娇娃，但江承这会儿正累得狂喘粗气，连多看她一眼的兴趣都没有。

“喝醉酒的女人都是恶魔派来的逗逼，千万不能招惹。”江承开始后悔，当时要是直接一脚从大字形的吉安敏身上跨过去，就不会有这么多麻烦事了。

他还来不及好好感受后悔带来的滋味，让他更后悔的事情出现了，吉安敏挣扎着坐起来，嘴里喊着：“撒尿，我要撒尿。”

江承的嘴里能塞下一颗大号的茶叶蛋了，连壳都不用剥。

吉安敏表现得很着急，扶着床就起来了，虽然醉得迷迷糊糊，但还知道卫生间在哪里。

江承只好把她护送到卫生间，看她进去就直接脱裤子，吓得立马把门拉上。房间很寂静，只有哗哗的声音，能听得出吉安敏上完厕所，冲了水，然后打开了花洒。江承以为她要洗个澡，但是，站了一会儿，只听到花洒的水声，却没其他动静。

江承慌了，隔门叫她：“吉小姐？”

还是没有半点动静，他又凑过去，用力拍了拍门，仍然没回应。他吓到了，脑子里只有吉安敏一头栽在浴缸里，然后水淹没了她的头部的场景，难道要来个《死神来了》的现实版？

江承忙推开门，看到的情景却让他大吃一惊。

吉安敏穿戴整齐地坐在马桶上，手里拿着一卷卫生纸在擦鼻子，花洒正在放水，而她在无声哭泣。

她看到江承进来，发出小猫饿惨了那样呜呜的低鸣，对着江承说："你和我去订婚吧。"

江承现在已经不能用吃惊形容了，他半夜推开卫生间的门，马桶上坐着一个女人对他说："你和我去订婚。"

信息量太大了，他消化不了。

吉安敏说得不清不楚，但还是在努力表述，江承仔细地听了半天，总结一下，内容就是：我要订婚了，可是我未婚夫跑了；我在网上找人帮忙，却被骗了；我妈有心脏病，订婚的请帖都发出去了，不能不举行，不然她搞不好会心脏病发死掉——所以，需要帮助。

江承本来想，不管她怎么说，这种荒唐的要求都不能答应。

但是，后面越听越让他无法拒绝。

"没有法律效应的，也不会有其他人知道，你就当自己做了一天群众演员，将来这个房子的卫生全由我做，我还负责做饭，洗衣……"

江承感觉受到了诱惑，他最怕就是做家务，不愿做饭的他只能在外面吃些难吃的饭菜，虽然看起来事儿都不大，但这就是他的死穴。

吉安敏其实并不知道自己说的是什么，她只凭着一种感觉在不停地求助，女人这个时候的求助最为赤裸，没有什么面子自尊或者心机，像是端了一颗心出来，干净、真诚、无奈……

江承看着她的样子，不知道怎么的，像是心软了。她坐在马桶上，像是如果自己不答应她就能浑身碎掉，然后被冲到下水道去。

江承想想，感觉这件事情其实真的没什么，就是帮别人一个忙，谁也不会知道自己订过婚，而且还能救一个老人，那个，从小就听老师说有小朋友在河边为了救别的小朋友牺牲，现在自己不用牺牲就能救人，那就救吧。

于是江承点了点头："好了，别哭了，我答应你，明天跟你回老家，你早点睡吧。”

吉安敏听到这话，如同中了魔咒，立马就不闹了，像小孩子一样听话地跟着江承回到房间，扑倒在床上立马就睡着了。

她已经太累，身心都疲倦到没有力气再多撑一分钟，一听到江承的承诺，虽然意识并不太清醒，她也感觉安心。

第二章　顶替

吉安敏醒过来是因为米亚娜疯狂地打她电话，她从完全沉睡不知世事的状态中被吵醒，马上就被拉回到现实生活中来了。

米亚娜说："死女人，实在放心不下你，不行，我得和你一起回去，我把男友也带上，借给你。"

吉安敏还来不及说什么，米亚娜就说："你等着，我已经在路上了。"

吉安敏半醒着，还不太明白这是怎么回事的时候，李诗的电话也打来了："敏敏，我已经从店里找了个店员，他愿意帮忙，你带回去订婚就是了。"

吉安敏："可是……"

李诗："不用可是了　人都在我车上了，我快到你家了。"

电话又挂上了，吉安敏快狂暴了。

"你们倒是听我把话说完啊。"

正着急挠头的时候，电话又响了，吉安敏马上接通电话喊道："我有人选了，你们别再送人了！"

电话那头半天没动静，然后传来一个男音："我是江承，我只是想问，你今天什么时候回去，我在外面等你半天了。"

吉安敏彻底醒了，连声说对不起，让他稍等自己一下，然后冲到卫生间开始洗漱，这个时候她有点儿想起昨天酒醉的小细节，那牙刷得各种惊恐不安，她摸了摸自己肚子上的小肉肉，有点困惑地想：难道是因为我现在已经人老珠黄？他居然一点色心都没起，不对，我没有人老珠黄，肯定是因为他不喜欢女人，没错，他一定不喜欢女人，不然怎么对我那么性感的样子一点反应也没有？

江承要是知道她有这种想法，一定会把她的头按到马桶里用水冲冲，把她脑子里的垃圾全都冲掉，昨天吉安敏那副大字形的人贴模样，正常的男人都很难有欲望。

吉安敏正在刷牙，手机又响了，她拿起来一看，是李大可打来的。

她按了免提，李大可的声音在那边响起：“敏敏，你不要想不开啊，坚持一下，我已经在路上了。”

“你来干吗？”吉安敏含着一口泡沫，说得含含糊糊。

“你怎么了，不会是已经服毒了吧，怎么这样说话？”

吉安敏仰头一含水，吐了出来，口齿清楚地说：“没错，服毒了，看到你来了，就把毒给吐掉了，怎么样。”

李大可松了口气：“我又救了你一次，没我的人生，你早死了。”

“是啦是啦。”

“我决定跟着你一起回去，实在不行，就说我和你私定终身，订婚的那个是我，我相信我妈和你妈一起气病，能分担你妈的一部分病情，你妈不会有事的。”

吉安敏差点儿泪流满面了。

“你是你妈捡来的吧，这种主意都想得出来。”

“我妈真没事，她想我结婚都想疯了，就算是你，我妈也会当成宝贝的。”

吉安敏嚷道：“什么叫就算是我，我不好吗？”

李大可：“不说了，我马上要到了。”

“你等我……”

电话又挂了。

吉安敏实在无奈的说：“说完啊，你等我说完啊。”

她收拾得很快，然后立马出了房间。江承坐在客厅正在看 NBA 直播。看她出来，脸上已经一点昨天醉酒的样子都没有了，像画皮一样，换了一张新脸，一副和我做生意你不会吃亏的样子。

江承开始后悔昨天答应她了。吉安敏看着江承看自己的眼神有点不一样，以为自己昨天挂在沙发上的样子被他记到了心里，忙说：“等会儿有几个好朋友来要看我，她们会有一点吵，不管说什么你都不要放在心上。”

江承看她说得很郑重，就点了下头。

吉安敏把门给打开，省得呆会儿开门麻烦。

吉安敏看他已经准备好了小包，就提出了自己的大箱子，对他说：“你吃早餐没有？”

江承摇摇头。

吉安敏立马进了厨房，江承有一种我还没有付出，就已经收获了回报的微妙感觉，于是也帮着倒牛奶。

等米亚娜、李诗、李大可上门来的时候，看到的就是这样一副情景，吉安敏正贤妻良母一样的在厨房煎蛋，而一个高大帅气的男子正在往杯里倒牛奶。这画面太美，他们有点不敢相信。

“你居然养了小白脸！”

“这是那个骗你钱的网友吗？”

“你们睡过了没有？”

江承被震惊得手里的牛奶倒了一桌子，吉安敏很淡定地端出了一盘煎蛋，再拿出面包和黄油，对着大家说：“来，坐下坐吃东西，别傻站着啊。”

米亚娜呆呆地坐下来问：“你这又唱的是哪一出啊？”

“介绍一下，江承，我的室友，答应帮我的忙，和我一起回去订婚。”

米亚娜："你居然有这么帅的室友，为什么不早说，不介绍给我？"

李诗提醒米亚娜："镇定点儿，又不是没见过世面，把纸巾拿好，擦擦嘴角的口水。"

李大可一副"我真的很受伤，原来你已经不再需要我"的表情，说道："那我怎么办？"

"你吃完饭，开车回去陪宋大波。"

李大可纠正道："是宋波。"

李诗："敏敏，你要我们陪你回去不？"

吉安敏摇摇头："不行，越少人知道这是个假的，我就越安全，人多嘴杂，搞不好就会被别人知道。"

米亚娜也赞同："没错，这种事情，人越少越安全。"

李大可："可是我不放心。"

吉安敏喝下最后一口牛奶，摆摆手道："没什么不放心的，你们要相信我，我能搞定的。"

江承看她这个样子，有一点肾疼，这帮人不是来骗自己肾的吧？虽说吉安敏让自己先镇定，但是，这样的场面还是让人很难镇定的。

但已经来不及多想了，江承和吉安敏一起被这帮人拉到了火车站。在站台上，那三个死党依依不舍，脸上的表情仿佛在说：敏敏你自求多福吧，虽然我们都相信你的智商是绝对搞不定这件事情的，但是，我们给你我的福气。

吉安敏的表情却在说：行了，你们这帮愚蠢的人类，可以跪安了！

江承全程都在旁观这个奇怪的小团体，在他的世界里，这种人类如同黑衣人电影里那帮披着人皮的外星人，炸毁了他的三观。

终于，吉安敏乘坐的火车开走了，而站台上的三人却担忧地互相问："这事真能行？不会出什么幺蛾子吧？"

三人的眼底都是对吉安敏未来深深的忧虑。

吉安敏回老家之后就关了手机，米亚娜三人也没能联系上她。

然而，三人在站台上的担忧，非常难得又出乎意料的，没有得到验证，吉安敏居然有如神助地过了这一关，而且，三天之后，她云淡风轻地回来了。

听说她已经到了“遇见吧”，烫头烫到一半的米亚娜一分钟也呆不住了，死活闹着要去看吉安敏，但理发师说什么也不让她走，最后，三个女人就在炫型发型屋的包厢里会面了。

米亚娜顶着一头卷发器，仔细地看着吉安敏：“难道不应该是你急切地和我们说订婚仪式上的所有细节才正常吗？你现在淡然的样子，我很是不安呀。”

李诗：“她要是正常才让人害怕好不好。好吧，说吧，你们到底怎么样了，你妈知道了没有？”

吉安敏头都没抬：“我刚下车，手机一打开，你们就来找我，能让我休息下吗？”

米亚娜急道：“你别这样，你回去这三天，我都没睡好，总感觉你会突然和我说，你被那个男人那个什么了……”

李诗：“她倒是想啊，那个高大帅会那个她吗？”

吉安敏：“没错，那个男人没那个我，我也没有那个他，我们平静相处，可是，我的表妹那个他了。”

“什么，你表妹看上你的假未婚夫了？”

“没错，还和我宣战，说什么一天没结婚，她就有希望，但我看她那态度，就是我结婚了，她也会把墙角给挖开，把他弄到手。”吉安娜正在头痛。

米亚娜惊叹道：“这真是一出精彩的家庭伦理狗血大剧。”

李诗：“那你怎么办？”

吉安敏想了想摇摇头：“我有什么办法，一订完婚，吃完饭就马上回来了。纠缠不过，我还不能躲吗？”

“你快把所有细节都说出来，不然我今天又没法睡了。”米亚娜非常认真地威胁道。

吉安敏无奈，只好老实交代了——

那天和这帮朋友在车站分了手，吉安敏和江承在软卧的车厢里感觉很不对劲，整节车厢都空荡荡的，两人在小空间一关，特别不自在。

吉安敏隐约记得自己喝醉酒之后的一些细节，最清楚的莫过于坐在马桶上哭，纸巾丢了一地。她感觉很丢人，记事以来都没有在别人面前这么丢脸过，如果不是有求于江承，她能把江承从自己的世界踢出去。

江承也感觉很不自在，虽然自己的行为看起来有救人一命的高尚感，但是，今天看那几个朋友送人给吉安敏装假新郎，就知道自己并不是唯一的选择。

他在想，我又不是唯一一个可以救你的，你哭得那么惨做什么？

“喝水不？”

“不用了。”

“吃水果？”

“不用了。”

“给你湿纸巾？”

“不用了。”

终于，在江承拒绝了吉安敏多次之后，吉安敏爆了，她说：“我们总得对一下台词，不要到时候说漏了。”

江承也意识到这个问题的严重性，难得地伸出合作之手。

吉安敏和江承交换了对方的很多信息，又编出了一个美丽的爱情故事，可以对付所有八卦的人。

吉安敏满足地躺下时，完全没有想到，自己这一招根本不会派上用场，所有一切全被表妹曾菲给破坏得干干净净，大家都没心思听她用尽心血编出来的爱情故事，只顾着阻挡随时要扑上来的曾菲。

吉安敏一直到入睡的时候，才有时间想到逃婚的男友沈秦。

这段时间，她太累了，所有关注点都是怎么办，一心一意想着怎么应付母亲，不要让她犯心脏病，根本没有时间去想沈秦为什么要离开自己，她甚至没太多时间悲伤。

而现在马上就要见到母亲了。

母亲张彩云从前是工厂普通的工人，但是，年年都是劳模，次次先进个人都少不了她。她没有别的毛病，就是争强好胜，好强到全厂皆知。小时候，她就被要求不能比别的孩子差。

在这种强压下，吉安敏本来是应该心灵扭曲变态成长的，但是，吉安敏长成了一个完全感受不到压力的人，她健康向上，开朗随和，对别人的恶意毫不在意，对母亲的唠叨没有什么反应。

张彩云气急的时候就说："你怎么这么像你爸！"

张彩云觉得这辈子最遗憾的事，就是找了一个不上进的老公，一辈子都无欲无求，吃糖他说甜，咽菜他说香，任张彩云苦口婆心，他仍岿然不动。张彩云只好把希望寄托在吉安敏身上，谁知道她是长江后浪推前浪，一个浪头直接把张彩云拍打在沙滩上了。

面对张彩云的控诉，吉安敏经常乐呵呵地说："像我爸多好啊，你看我爸年龄五十，前面看四十，后面看三十……"吉安敏一边说一边憧憬着，自己五十岁的时候仍然是妖妖娆娆的，抛一个媚眼，身后摔倒一片异性，却被张彩云从后脑勺猛地一拍："怎么生了你这么个二货。"

老妈真是有先见之明！之前总有人说自己豁达开朗，自己还得意得不行，再想想沈秦和那骗子，吉安敏才发现"开朗"和"二"其实只隔着一层纱，手指那么轻轻地一捅，便没有什么界限了。

"唉！"吉安敏情不自禁地叹了一口气，却听到江承问："怎么了？还有什么不放心的？"

灯已经熄了，江承躺在床上只看到一团黑影，吉安敏朝他看了一眼，不免又叹了一口气，这话题该怎么聊？难道要告诉他，自己刚有一个重大发现，自己竟然是个"二"姐？

"你为什么要出来租房住？"吉安敏随口找了个话题，但说出口便觉得自己智商真的等于零了，现在谁还愿意和父母住一块儿啊。

“嗯？”果然,江承也没想到吉安敏会问这个问题,想了半天,还是答道:“自从我上大学开始，我妈便问我有没有找女朋友，等到我大学毕业，就问我什么时候结婚……”

“噗！”江承的话没说完，吉安敏便乐了，果然是可怜天下父母心啊。不过嘴还没咧完，便又悲哀起来，人家一大男孩才 25 岁家里就催了几年，自己都 30 了，好不容易找了个男朋友，都要订婚了，还跑了。

想着想着，吉安敏便觉得往后的日子就像现在的窗外一样——一片黑暗!

火车咣当咣当地开着，吉安敏不知道自己什么时候睡着的，醒来时，车窗外的天空已经显出了鱼肚白，离家也不过半小时的车程了。

看着窗外纷纷后退的树木，吉安敏不仅想起了刚刚做的那个梦，梦里的她一直在跑，跑得似乎比这火车还快，身边所有事物都闪电般地往后退。“我为什么要跑呢？”吉安敏嘀咕着，她记得梦中的感觉，惶恐，慌张，似乎不那样跑，便会一无所有。

吉安敏心里闷闷的，竟然闷出了一滴泪。

“是不是快到了？”江承推开门，端着洗脸的用具，看来睡得比较好，眼睛看上去又黑又亮,洗漱之后更显清爽,让吉安敏不由想到了“丰神俊朗”四个字。

“我嘴上有泡沫吗？”江承见吉安敏盯着他，抬手用力擦了一下嘴。

“没有没有，干净得像玻璃窗里的模特。”吉安敏边说边拿起洗漱用品去了盥洗间。

回到车厢的时候，发现手机正在拼命地唱着“愿得一人心，白首不相离……”江承坐在床边，目光怪异地看着吉安敏枕头边的手机。

吉安敏红着脸接通电话，那边传来张彩云兴奋的声音 :“敏敏啊，是不是到了啊？我让你表妹去接你了，就在出站口。”

“曾菲？”吉安敏一听，脑海里立即出现了一个年纪轻轻却颇有风情的女孩，觉得老妈有些多事，不禁抖了一下，说，“妈，我又不是不认识路，干吗还要接啊。”

“又不是接你的。”张彩云不满地说，但瞬间又快乐起来：“妈做了你喜欢吃的糖醋排骨，赶紧回来。”

“行行行，我们马上到。”吉安敏挂断电话，火车还在拼命地跑，她不禁觉得好笑，对江承说：“我妈让我赶紧回家。”

江承也笑了：“有人牵挂是多好的事。”

“难道你没人牵挂？”吉安敏眨了眨眼睛，好奇地问，但又觉得有些不好意思，这似乎是别人的隐私，对一个男人太八卦了好像不合适。

好在江承只是笑了笑，而火车已经到站了，两人行李不多，慢悠悠地走在最后，但刚下火车，便听到一个脆脆的声音在喊:“姐，姐，我在这儿！”

吉安敏一听便知道是曾菲，抬眼看过去，只见曾菲竟穿着一身宝蓝色的长裙，站在拥挤的人群之外笑容灿烂地挥着手，那眉眼，那角度，那动作……看着就像韩剧女主角似的。

吉安敏只好自己挤过去，冲到曾菲面前说：“我妈不是说你在出站口接吗？”

“我怎么能在出站口接呢，那多不礼貌啊。”曾菲嗔怪地看着吉安敏，又斜眼看着江承道：“这是姐夫吧？”不等吉安敏回答，便把手伸到江承面前道，“姐夫好，初次见面，请多关照。”

江承傻傻地看着吉安敏，吉安敏则傻傻地看着曾菲的纤纤玉手，而曾菲则满眼含春地看着江承。

江承无奈，只好伸出手去，立即被曾菲柔柔地握住了。吉安敏眼睛眨了一下，心道，这演的是哪出啊？用得着这么……作吗？

抛了几个妩媚的眼神后，曾菲终于动身一起往出站口走去，江承忍不住偷偷在吉安敏耳边悄声道：“你表妹真热情。”

吉安敏点头，同样小声说：“用你钢铁般的意志扛着，还有大事要做，别给熔化了。”

江承撇撇嘴，见曾菲扭头朝他看了一眼，又凑在吉安敏耳边说：“这是不是叫回眸一笑百媚生？”

“千万扛住！”吉安敏再一次强调，她终于明白为什么曾菲要走在他们前面了，看那小腰那翘臀，那是赤裸裸的诱惑啊。只是吉安敏这脑袋有些想不明白，曾菲这是什么意思？果然是80后走不进90后的世界，真心不懂！

好不容易到了吉安敏家楼下，江承心里有些忐忑，但一想，又不是见真的丈母娘，比赴龙潭虎穴也要差那么一点吧。

正深深吸了口气，想跟着吉安敏走进楼道里时，江承突然听到三楼有人大喊：“唉呀，我的毛脚女婿上门啦！”

江承刚吸进的气，被这底气十足的一吼震得呛住了，憋得他咳嗽不已。

吉安敏抱歉地一边给江承拍背，一边在包里翻腾着说：“我找瓶水给你喝。”张彩云今天似乎是豁出去了，将她十成的功夫全露出来了，饶是吉安敏在张彩云手底下被吼了三十年，也有点承受不住，何况是江承。

吉安敏很体贴地拧开瓶盖，又凑到江承嘴边，一脸讨好地看着他，颇有请他大人不计小人过的意思。江承也不好再说什么，只涨红了脖子，灌了半瓶水下去才好些。

“我以后每天早上给你煎个鸡蛋。”吉安敏悄悄地在江承耳边说，见他幽幽地看了自己一眼，又加了一句：“我自己买鸡蛋，不收你钱。”

江承撇撇嘴，觉得似乎还可以。吉安敏却已经在一边算开了，这样，自己是不是以后得提前好几分钟起床了？但想到老妈那夸张的笑脸，那恨不得让全院都知道新女婿上门的一嗓子，她就觉得这样的补偿实在是太轻了。

走到三楼，家里的门已经打开了，张彩云正笑逐颜开地站在门口伸长了脖子往楼梯处看。吉安敏心里竟然有些庆幸起来，还好不是沈秦，要不这得有多丢脸？张彩云这行为只证明了一点，自己就是家里推销不掉的货啊。

“你妈真关心你。”江承朝吉安敏眨眨眼睛，似笑非笑地在她耳边说，吉安敏白了江承一眼。这在其他人看来，却成了小情侣间的打情骂俏，张彩云乐不可支，曾菲却“哼”了一声，不再理会两人，扭身进了屋。

家里的茶几上早摆上了水果点心，江承一进家门便被按坐在沙发上，吉爸戴着眼镜，一脸严肃地没有开场白，便详细地询问起江承家里的情况，江承自然是按沈秦的情况交代了一遍。

吉安敏没见过这场面，早躲在一边，而张彩云觉得这是家里难得体现吉爸男人权威的机会，也故作优雅地倚在吉安敏身边。于是，两个人便嘀咕上了。

“妈，我爸眼睛怎么啦？”

“没怎么呀，哦，昨晚玩电脑游戏晚了点儿，有些血丝儿，这老东西，我早跟他说过……”

“那我爸为什么不戴墨镜？”

“为什么要戴墨镜？”

“不是为了遮血丝儿吗？”

“那个……你误会了，你爸是为了显得他有知识。”

“他又不是来相亲的，为什么要显得有知识？”

“有知识的岳父不是更威严些吗？”

“有这事？”

“没这事儿？”

…………

吉安敏有些无语，又有些担心，老爸那眼镜架在鼻梁上不难受吗？但她回头看了张彩云一眼，却张大了嘴。

“妈，你干吗穿旗袍？”

“你爸说穿旗袍显得优雅。”

“你居然这么听我爸的？”

“我觉得他说得很有道理。”

只是，吉安敏却觉得老爸说得一点道理都没有，张彩云穿着这件色彩绚丽的旗袍明明就是一个彩色的圆桶嘛，哪儿体现得出优雅两个字来？想了想沈秦那挑剔的眼光、敏感的个性，吉安敏再一次庆幸来的是江承。

吉安敏正纠结自己是不是气糊涂了，竟然一而再、再而三地想到沈秦的时候，便听到“唉哟”一声，是吉爸起身时，竟然撞到了茶几上，正扶着腿，疼得直咧嘴。

“爸，您怎么啦？”吉安敏赶紧过去扶着，江承也赶紧起来，问要不要紧。

吉爸摆了摆手道：“没事儿没事儿，就是头有点儿晕。”

头晕？吉安敏心里一震，再看吉爸头上的白头发似乎越来越多了，不禁有些责怪自己太粗心，而且三十多岁了还让爸妈操心，又联想到这心操多了会不会得高血压，得了高血压不会得脑血栓吧？这样一想，竟吓出了一身冷汗。

倒是张彩云很淡定，过来扶着吉爸两人去了房间。

江承不禁一乐，却被吉安敏在手臂上掐了一把，小声道：“严肃点儿，哪有老丈人出事了，女婿还傻乐的？”

江承瞪了吉安敏一眼，没好气地说：“你轻点行不行，要不要我给你办事儿啦？”

“我回去还给你洗衣服做饭呢。”吉安敏也不示弱。

想想还是有些不放心，吉安敏让江承自己削水果吃，转身溜进了父母房间，见张彩云正在给吉爸擦红花油。吉安敏殷切地问吉爸疼不疼，要不要去医院？

吉爸没说话，张彩云却说：“没事儿，他就是戴了这近视眼镜，眼前看不清，碰了一下。”

“真要戴也去买个平光镜啊，干吗弄个近视眼镜戴。”别人不知道，吉安敏可是知道吉爸的眼神有多好，过年的时候吹牛，还说能看清对面那户人家墙上挂的时钟。吓得吉安敏让吉爸千万别出去乱说，搞不好被人家认为是偷窥狂。

“哪用买啊，这眼镜你爸找隔壁张大哥借的。”张彩云跟女儿解释。吉安敏这下无语了，隔壁张大哥可是六百度的近视。

“就戴一天，浪费那钱干吗。”吉爸嘀咕着，丝毫不觉得有什么不妥。

只是这一天也没戴到头，不说别的，刚才戴着这眼镜，吉爸愣是没看清江承长什么样儿，于是气恼地给摘了。

“可以去酒店了吗？我们得比客人先到。”张彩云毫无预兆地停止了按摩动作，猛地来了这么一句，又指了指墙上的时钟。

“再揉揉，药还没渗进去呢。”吉爸皱着眉在膝盖上划着圈儿地按摩着，却被张彩云拍了一下，瞪圆了眼睛道：“别蹬鼻子上脸了，给点颜色你就开染房了。”又指着吉安敏道，“你工作有那么忙吗，也不知道提前两天回来。”

吉安敏低下头，心里却皱得像用过的纸巾，能在今天带着个男人回来算不错了。又看了老妈一眼，心道，真是不作死就不会死，虽然只是订婚，但却因为张彩云的坚持，几乎将家里的亲戚都请遍了，吉安敏和吉爸毫无说话的权利。

但愿今天顺利度过吧，熬过这几个小时就好了。

几个人走出房间，呆住了。

曾菲坐在沙发上，紧紧地依着江承，一脸的含情脉脉。

“菲菲，你这是……”吉爸首先回过神来，任他再豁达，这场面也还是震住他了，于是习惯性地回头看着张彩云。

张彩云也皱了眉，曾菲这行为是个正常人都会觉得不正常，但她还是觉得曾菲还小，不知道避嫌，于是走过去拉起她说：“菲菲，赶紧换件衣服去，我们要去酒店啦。”

“不行，姐姐不能和他订婚。”曾菲蛮横地说，并且往江承那边靠了靠。

“为什么呀？”吉安敏瞪着眼睛问，她想到曾菲从小就古灵精怪的，并且一贯和自己作对，难道她看出什么来啦？于是又望向江承，却发现他也是一脸茫然。

曾菲仰着一张化了艳丽的妆，却明显不适合她的脸，一字一句地说道：“因为我喜欢上了江承。”

“啊？！”除了曾菲之外，其他的四个人同时出声，又被彼此吓了一跳。

吉安敏再一次深深地看了江承一眼，心想他虽然真的很帅，但也没帅到让曾菲一见钟情啊。况且曾菲何许人也，她是90后的先驱啊，虽然才二十出头，可从16岁就开始交男朋友了，绝对历尽千帆，现在那眼睛是挂在头顶上，非“高富帅”不恋的。

“为什么啊？”吉安敏呆呆地问了一句，心里却隐隐明白曾菲为什么这样做。

曾菲瞅着吉安敏没说话，半晌才怜悯地说：“姐，原因我刚才不是说了嘛，我喜欢他。我知道你三十了，心里着急，可这事儿是强求不了的，男人嘛，当然都喜欢年轻的。”

“你为什么喜欢他啊，他可不是高富帅。”吉安敏把江承的底告诉了曾菲，希望她知难而退，至少现在必须得退，这箭在弦上，都拉开弓了，怎么能松劲儿呢？

可曾菲却一脸鄙视地瞧着吉安敏说：“姐，你真俗！”

张彩云一把拉开吉安敏。

是的，张彩云是非常疼爱曾菲，不管别人怎么说，她都觉得曾菲是天底下最好的女孩子，当然，就比吉安敏差那么一点点。曾菲是张彩云妹妹张彩霞的女儿，她那妹妹妹夫生意做得极大，但长年在外，把女儿曾菲就放在她家里长期寄养，钱是大把的给，但就是不见人影。张彩云性格强悍，在家里一手遮天，又极其护短，她妹妹的女儿和她的家人一样，都是她手心里护着的宝，所以曾菲在这里过得极滋润。

但是，这不代表张彩云可以把自己的女婿无条件地让出去，毕竟吉安敏也是她要护的“短”。

“你这孩子……也不看时候，哪有这样开玩笑的。时间都快来不及了，赶紧换衣服去。”张彩云一脸嗔怪地看着曾菲，还以为是小孩子闹着好玩呢，可曾菲却撅着嘴，一脸不满地说：“姨妈，我没闹，我是认真的。”

“你怎么这么不懂事儿呢，连老公也和你姐抢？”张彩云皱了眉，这是她对曾菲说过最严厉的话了，虽然她对吉安敏经常吼吼叫叫，采取“严母式教育”，但对于曾菲却一直很温柔，因为在她看来，父母不在身边的孩子太可怜，所以曾菲一切的不妥，都是出于这个原因，这让她更加心疼曾菲。

只是，曾菲却扭过头，嘟囔着：“不，就不放。”然后还紧紧地挽着江承的手臂。

一直看戏般的江承这才回过神，明白这件事和自己是有关系的，想抽出手，却已经来不及了。他抬起头，却见吉爸、张彩云和吉安敏都一脸疑惑地看着自己，他是来帮吉安敏的，两人以后还要朝夕相处，这是需要信誉的，于是一着急，“蹭”地站起身来。没想到曾菲却挂在了他身上，差点儿被扯倒在地，他只好伸手扶了一把，曾菲却因此一脸的得意。

“你松手，我非常明确而且认真地告诉你，你不是我喜欢的类型！”江承觉得这超出帮吉安敏演戏的范畴了，他有必要对曾菲说清楚，别演一场戏，还惹来一身说不清的麻烦。

只是江承低估了曾菲的承受力，她乐呵呵地摇着头说：“你怎么可能不喜欢我呢，就算今天不喜欢，明天也会喜欢的。”

江承扭过头看向一张苦瓜脸的吉安敏，再一次确认了自己的感觉，她身边的人都是来自外星，他们是来自星星的一家人。

“姐，你可是从小什么都让着我的，不就一个男朋友嘛，怎么就这么斤斤计较呢？两条腿的猪不好找，三条腿的男人还不多的是。”曾菲一脸不满地看着吉安敏。

嗯？两条腿的猪，三条腿的男人？不应该是四条腿的蛤蟆和两条腿的男人吗？吉安敏仔细想了想，明白了什么叫“雷得外焦里嫩”，曾菲的思维果然不是自己跟得上的，难怪小时候老被她欺负。

“你以为我小时候愿意让着你啊？”一提及“让”这个字，吉安敏便觉得浑身不自在。小时候，自己喜欢的曾菲就喜欢，曾菲喜欢的自己再怎么喜欢，最后也被张彩云拿去送给曾菲，甚至有几次，她看到自己宝贝得不行的洋娃娃被曾菲扔到垃圾篓里，但每次告状都被张彩云一句“你大她八岁”给压回去了，弄得吉安敏最后只得强迫自己无欲无求，只是没想到现在连自己的男朋友她也抢。

吉安敏扭头盯着张彩云，心道，娘啊，这都是你宠的，你看着办吧！只是，吉安敏还没坚持一分钟，看到张彩云那灰败的脸就败下阵来。张彩云有心脏病啊，万一有个好歹她不就前功尽弃了吗？自己的妈还得自己疼，还好，这男朋友是借来的。

想了想，吉安敏柔声哄着曾菲道：“菲菲，别闹了，不管怎么说，让我先把这婚给订了呗？”

“不行，订了婚了我还有什么希望啊？”

“谁说没有啊，订婚是没有法律效应的。”

“我为什么要这么好心啊，他订了婚就是二手男了。”

“谁说的，结婚了再离才是二手男，你……就看在姐从小就让着你的分上，你让我一回成不成？”

曾菲眼睛转了转，有些拿不定主意。江承却在一边几乎给气爆了，瞪着吉安敏道：“你……你……你真是二百五啊！”

“怎么说我闺女呢？！”张彩云不高兴了，自己家的闺女只能自己骂，这婚还没订呢，居然就开始骂上了，这怎么得了！

曾菲听了这一句，心里却倍儿爽，表姐从小什么都压自己一头，只要是两人同时出现的地方，所有人都夸她漂亮，聪明，成绩好，懂事，乖巧……相比之下她什么值得人夸的优点都没有，也因此，只要吉安敏倒霉，她就高兴，能扬眉吐气这是多不容易的事。

曾菲终于松了口，大度地说：“姐，我大人大量让你一回，不过……

有个条件。”说完，又想挽住江承。

江承一直紧紧地盯着曾菲，见她稍有动作，便赶紧躲开，没好气地说：“别拿我当条件，我不会喜欢你的。”

“你会的！”曾菲含情脉脉地看着江承，用糯死人的声音说。

“行行行，你快说。”吉安敏怕两人又把话题扯开了，眼看着时间一点点地过去，再不去酒店就晚了。

曾菲低下头，用脸蹭了蹭江承的手臂，得意洋洋地对说吉安敏说：“你们走的时候带我一起，我要和你住在一起。”

“啊？”吉安敏和江承又同时出声。

能不答应吗？不答应曾菲便有本事让江承出不了门。

吉安敏对曾菲的实力丝毫都不怀疑，也是曾菲让她明白，这个世界上最牛逼的力量不是别的，是赖！只要你愿意赖，赖得有水平，赖得够不要脸，那便没有办不成的事。而曾菲，是“赖”中的大姐大呀。

识时务者为俊杰，时间比沈秦都无情，再不出门真的就晚了，吉安敏只能答应曾菲的条件。

曾菲欢呼雀跃地进屋换了件粉红色欧根纱的连衣裙，上面绣着玫粉色的小花儿，看上去华贵大方，朦朦胧胧的粉色衬得整个人都喜气起来。

看着这样的曾菲，张彩云不由皱了皱眉头，再看看吉安敏，竟然是白T 恤加牛仔裤，这哪儿是订婚，分明是想来一场说走就走的旅行的，外加那张因睡眠不足风尘仆仆的脸……张彩云的眉头都皱成了一个中国结。

“赶紧换身衣服去。”张彩云朝吉安敏使了眼色，但吉安敏却为了难，她一直忙着找沈秦，临要回家前才敲定了江承，哪儿有时间去买合适的衣服？而且她全身心只是想怎样把这场订婚宴给混过去，至于自己是不是出彩，已经不在考虑范畴了。

张彩云叹了口气，道：“要不，把我的旗袍给你穿？”虽然知道有些不合适，但这也实在是没办法了，自吉安敏上大学后，家里就没有她的衣服了。

吉安敏咧了咧嘴，往张彩云身边站了站，说 ：“妈，您确定要我穿您这旗袍？”

江承小心肝一抖，张彩云都有吉安敏两个宽了，如果吉安敏真穿上那身旗袍，然后往自己身边一站，我的天，自己还扛得住吗？于是开口道：“伯母，敏敏就穿身上这衣服挺好的，显得多清纯。”

吉爸也接话道：“就是，我闺女穿什么都好看，何况今天是她的好日子，披个麻袋都是女主角。”

吉安敏听了蜜甜的，心想还是老爸疼自己，

江承却在心里嘀咕，难怪说老爸和女儿是前世的情人，吉安敏虽然长得不丑，但如果披上麻袋还是女主角的话，那只能说是导演的眼光有问题。

打车去酒店，一行人得两辆车，曾菲紧紧地黏着江承，看得张彩云眼里直冒火，不顾形象地从两人中间挤了过去，生生拆散了他们。

“姨妈，您小心点儿，差点儿踩了我的鞋。”曾菲赶紧往旁边让了让，那双十厘米高的高跟鞋才免遭蹂躏，但也由此证明，男人和鞋相比，还是鞋更重要。而机灵的张彩云迅速招来一辆出租车，把吉安敏和江承塞上了车，然后优雅地留下来和吉爸一人一边挟着曾菲坐到后面一辆出租车上，生怕这小疯子又临时出什么幺蛾子。

“交给你一个任务，给我把曾菲看紧了。”下车后，吉安敏听到张彩云一边往包厢走一边悄悄地吩咐吉爸，心里才稍微舒服点儿，老妈总算明了一回事理，不再亲疏不分地打击自己了。

虽然因为吉安敏很少回家，而曾菲又穿得隆重，总有那么些没眼力见儿的把主角搞错，但整场订婚宴还是在热烈、和谐、友好的氛围中顺利进行着。

只是，曾菲那条件让人有些头痛。

宴席刚开始，江承便把吉安敏拉到一边问 ：“你真打算把曾菲带回去啊？”要知道他们可是住在同一屋檐下，曾菲真要去了，他还要不要过日子了。

“实在不行，要么我搬家，要么你搬家呗。”吉安敏不觉得这事儿有多复杂。

“吉安敏你真够黑的，首先我不会搬，那里离我公司近，我方便；其次，你也不能搬，你说好了要给我洗衣服做饭的。”江承一脸鄙视地叮嘱吉安敏，让她另想办法。

吉安敏叹了口气，心想，我如果有办法，也不至于被那小丫头片子欺负了这么多年，想着还是先说服江承比较容易，便用极其温柔的声音说：“我这个人吧，弱点就是对自己家里的人硬气不起来，其实曾菲主要是想跟我抢，等她知道我们不是男女朋友……”等等，这事不能让曾菲知道，她那大嘴巴肯定会跟张彩云说，而且肯定是拣特不好听的话说，万一把张彩云气进了医院，那今天这戏不是白演了吗？

“糊弄……接着糊弄。”江承没好气地说，语气里充满了对吉安敏的不信任。

“等等，有办法了。”吉安敏看到刚刚走进大厅的那个身段妖娆的女人，不禁眼前一亮，计上心来。

有句话说，女人何必为难女人。那是因为，只有女人才为难得了女人。而现在就有一个女人，一定能对付得了曾菲。

那便是刚刚进来的刘燕燕。刘燕燕是吉安敏的中学同学，那时候两人好得恨不得穿一条裤子，只是后来上高中时分读两个学校，来往也就少了。尽管如此，她还是听说刘燕燕没别的本事，酒量却是一等一的，人送外号“酒中仙子”。

吉安敏赶紧迎上去，寒暄了一阵子才知道，原来是张彩云逛街的时候碰到刘燕燕，便盛情邀请。

这一次，吉安敏打心眼里觉得张彩云实在是英明，于是主动打破几年没见面的生疏，速度拉近两人间的关系，最后交给刘燕燕一个任务——灌醉曾菲。

“瞧把你紧张的，多大点事儿啊。”刘燕燕娇笑道，曾菲在她眼里不过就是个小毛孩儿，也就吉安敏把她当回事。

当曾菲倒在刘燕燕的酒杯之下时，吉安敏和江承也顺利地坐上了回程的火车。

临行前，吉安敏再三交代张彩云："您要是想您亲女儿订婚之后再顺利地结婚，就把您的外甥女儿给看稳了。"张彩云敲了吉安敏一个爆栗，昂着脖子道："这点儿小事，还需要交代？"

就这样，吉安敏千回百转的订婚礼才算圆满完成。

第三章　争爱

“天啊，你这经历这都可以拍电视剧了。”米亚娜目瞪口呆地看着吉安敏，吉安敏身上从不缺乏离奇的事情，比如新郎失踪，但她却没想到表妹抢婚这种事也会同时发生在吉安敏身上，这分明是天涯狗血帖的节奏啊。

“你的意思是，我有当女主角的潜质？”吉安敏虽然被曾菲步步紧逼，但解决了订婚的事，心情还是大好，听到米亚娜的这话，便很自觉地往好的方面想，一脸期待地看着她。

正在看时尚杂志的李诗头也不抬地替米亚娜说：“你只有当前女友的潜质。”

“你个乌鸦嘴。”一句话戳中了吉安敏的伤心事，她看了看镜子里的自己，虽然没有米亚娜的明艳风情，也没有李诗的书香气质，但好歹也是一个齐头整脸的姑娘，走出去不说压倒一条街，半条街也是可以的吧，怎么就活生生的沦落成为前女友，被人抛弃了呢？

“敏敏，要不，你换个发型吧？”米亚娜觉得闺蜜似乎不是这么当的，痛打落水狗的行为可以有，但也要适度地安抚一下，于是挥手招来她中意的发型师，对吉安敏说：“让威廉帮你打理一下。”

威廉？吉安敏立即脑补了一个有着深邃幽蓝眼睛和一头金发的王子形象，可是她却看到一个染着五颜六色头发，衣服到处是洞，裤腰都拎不上来的男理发师，手上还拿着把剪刀酷酷地转着玩，再看那不屑的眼神，便有些扛不住了，生怕自己也变成这副古装剧另类杀手的模样。

吉安敏不自觉地双手护头，怯怯地看了一眼，问米亚娜："该怎么收拾啊？"她知道米亚娜早看不惯她那清汤挂面式的长发，但是吉安敏还是有些舍不得，这是她好不容易留起来的，因为沈秦喜欢。

"反正不能留，我这可是为你好，据说失一次恋最好剪一次头发，这样就能把霉运剪掉，你也不想总当前女友吧？"米亚娜非常认真地对吉安敏说。

吉安敏看着此刻的米亚娜，原来大美女顶着满头的发卷儿，和街头早晨起来的大婶也没有多大区别。这样一想，心底便莫名其妙地升腾起一股自信心来，想着自己如果也像米亚娜所说的那样收拾一下，会不会成为时尚界的一匹黑马？到时候就算沈秦回心转意，姐们儿也不搭理他，让丫后悔去吧！

吉安敏正浮想联翩，便听到李诗问："沈秦以前一直不跟你回去，是不是早就有别的想法，你从来没想过？不过这样也好，要不这中场换人的法子还用不了。"

李诗这样一说，神经大条的吉安敏才想起来，几次想带沈秦回去，都被他以各种各样的理由搪塞过去，自己也真当他是有事，现在看这结果……这鸟人竟然一直在玩儿自己，压根儿没想和自己长长久久地发展下去！

"小姐，请问您对新发型有什么期望？"威廉最怕的便是这样的怨女顾客，容易跑题，等她们聊完，自己这一下午啥活儿也别干了，而且万一把火发在自己身上，可就平白惹了一身骚，于是收起那一脸的桀骜，赶紧插话，不想却正合吉安敏的意，她真不知道该怎么跟李诗解释，总不能说沈秦原本就存了心玩自己吧。

既然，留发便是留情，去发便是断情——吉安敏深叹一口气，把头往威廉的手里一伸，闭上眼睛恨恨道："剪吧，越短越好。"

"越短……越好？"威廉是见过世面的，倒不是被这句话给吓到了，而是各人的心情不同，怕理解有误，最后出现不可调和的矛盾。顾客是上帝，到自己这儿，可就是钱遭殃。

"当然……不要光头。"吉安敏看着威廉，心想，这家伙是装样的吧，这么简单的话还需要解释吗，可她一直认为自己身边没有枪炮声，全世界便都是和平的，哪里知道，这世道大姑娘剃个光头也不是多新鲜的事了。

"那……板寸？"威廉觉得他必须得清清楚楚地确认了才能动手，这姑娘一看就不是在时尚圈儿混的人啊。为了饭碗，得慎重！

吉安敏深吸了一口气，换了一张笑逐颜开的脸道："把头发剪掉，然后你觉得什么发型适合我，就剪什么样的。"

这下，威廉终于明白了，手中的剪刀立刻在吉安敏头上咔嚓咔嚓起来，那速度叫人看了不免想到"弹指间，樯橹灰飞烟灭"。

一场"漫天飞发"下来，吉安敏觉得浑身都轻了，似乎去掉了千斤重担似的，感觉真不错，果然米亚娜是有经验的。

"敏敏，你头发可真多，得有好几斤吧。"李诗看了看地上那层厚厚的头发，满是遗憾地说。

吉安敏也弯腰瞅了瞅，别的不说，这如瀑般的头发真是她的骄傲，黑漆漆的，光滑水亮，但此刻她却觉得剪了挺好。

威廉对着镜子左看右看，这修头发比剪头发更见功力啊，何况手下的这位貌似被男人抛弃了，这类女人最容易暴走。

威廉正要接着下剪，吉安敏却接到江承打来的电话。

"吉安敏你赶紧回来，给你十分钟！"江承在那边几乎要咆哮了，吉安敏一头雾水，看时间也不是饭点啊，至于饿成这样吗？

"我在做头发呢，稍微晚点儿好吗？"鉴于人家刚帮了自己一个大忙，吉安敏还是非常礼貌地解释，但江承却说了一句让她立即起身往家奔的话：

“曾菲来了！”

我的天，曾菲这小丫头片子是钢铁侠吗？怎么喝倒了还能跑过来？

威廉看着吉安敏的背影摇摇头，果然吧，暴走了！只是……“喂，围脖还没取下来呢。”威廉急了，这又得自己赔。

江承对于吉安敏回来的速度是非常满意的，只是被她的形象吓了一跳，这头发是被狗啃了吗？

“姐，你们真不厚道……”曾菲听到开门声，从沙发上直接蹦起来，拖鞋都没穿，赤着脚便冲过来控诉。只是话没说完便呆住了，指着吉安敏的脑袋，眨眨眼道：“姐，你……这是干吗？什么事儿让你想不开，把头发剪成这样？”

吉安敏见这两人的表情，也知道自己现在这样儿不好见人，看了看门边镜子里的自己，剪得整整齐齐的短发……的确是非常地返璞归真。又看了看曾菲，心里便后悔了，这么急匆匆地跑回来干吗，难道还送得回去不成？

只是吉安敏又不得不佩服曾菲，这丫头一开口还是一嘴酒味儿呢，怎么就能跟着下一班车过来了呢？

“姐，你们居然说话不算话，把我扔下就走，亏我那么好答应了你的条件。”曾菲说着说着眼圈就红了，这让吉安敏太无语了，有一种人就是这样，只要她想要，就想当然地认为什么都是自己的。

估计是太难受了，说完这番话，曾菲又溜回沙发躺下，然后闭着眼睛睡了，嘴里还嘟囔了一句：“姐，你给我买衣服。”

吉安敏看到茶几上放着时尚的小拎包，心里便清楚了，这丫头什么都没带。

唉！吉安敏无奈地坐到了地毯上，一脑门子官司，不过是找个人演场戏，结果惹来这么多后遗症，怎么解决呢？她使劲地揉了揉脑袋，头发揉得像个鸟窝了。

“嗨，嗨……”江承在一边挤眉弄眼地招呼吉安敏，示意她到阳台去。

“怎么啦？”吉安敏跟着江承来到阳台上，并带上通往客厅的玻璃门，谁知道那小疯子会不会突然醒了跑过来偷听，在她身上就没有什么不可能。

“现在怎么办？我算是看出来了，你那表妹也是来自疯狂固执星的。”江承背靠在栏杆上，挑着眉看着吉安敏，一副一切交给你，但你得告诉我你的决定的表情。

吉安敏挠了挠头，如果知道怎么办，她就不会这样跑回来了。不得不说，吉安敏并不是一个特别机智的人，越急越没办法，让她慢慢来，可能还有意想不到的点子。所以现在这情况，吉安敏感觉自己就是一只没头的苍蝇，她能有什么好办法？

虽然自知没办法把曾菲劝回去，但吉安敏还是明白，江承这里也应该给个交代，当初租房的时候就说好了，只一个人，现在多一个人不说，而且这个人还是奔他而来的，自己无论如何不能置之不理啊。

还有一件特别重要的事儿。吉安敏一想到这事儿就觉得自己真的是流年不利，要矮人好几截儿了，于是百般讨好地对江承说：“你放心，我尽量不让她骚扰你，但是……你还得帮我一个忙。”

“什么忙？”江承往旁边躲了躲，这女人还是能离多远就离多远比较好。

吉安敏感受到了江承的意图，又往前靠了靠，尽量温柔地说：“你知道我妈身体不大好，有心脏方面的毛病，所以你还得在我表妹面前演一下……”

江承看到吉安敏小猫似的凑过来便警惕起来，一听到她这意思，立刻急了：“凭什么啊？你妈有心脏病，难道你表妹也有心脏病，你不是想坑我吧？”

“我……我坑你什么啊？也就让你帮我演演戏，我肯定不会赖上你的，找个合适的机会，我会跟我妈说的。”吉安敏急急地对江承说，“你相信我好不好，我会处理好的。”

江承却摇头：“不相信。”

这也在意料之中，吉安敏咬咬牙，一狠心道：“好吧，我答应你，你以后的夜宵我也包了。”她知道江承因为工作的原因，熬夜是经常的，早餐不一定天天会吃，但是夜宵是一天也少不了的。

“你都会做什么呀？”江承想确定一下，别天天给自己弄泡面吃，那就没什么意思了。

吉安敏仔细想了想，掰着手指道：“饺子，馄饨，各种面食，我还会烤面包和饼干，实在不行的话，你想吃什么，我提前给你买了放冰箱里，成不成？”

江承听着便有些馋，想着自己以前过的日子，如果真的像吉安敏说的那样，晚上的日子应该也挺美妙的。但他可不是一听到吃便没了理智的人，所以还是要问清楚才放心：“多长时间？”

时间？吉安敏心里有点儿没谱，总不能说订婚几个月就分手吧？但如果把真实情况说出来，张彩云知道自己真正的男朋友临阵退缩，逃得不见人影儿，该不会直接倒下吧？但也不可能总让江承顶包啊，而且还有曾菲在这儿盯着，时间长了人家也不愿意。

“五个月？”吉安敏伸出一只手，却被江承伸手打掉了：“太长了，五个月说不定我都找到女朋友了。”

“咦，对了，你为什么还没找女朋友？不是你妈从你读大学的时候就催吗？”吉安敏好奇地问道，尤其是夕阳西下，在江承的背后打了一个柔和的光圈，更显得他俊逸出尘，这样的人竟然都没女朋友，现在小姑娘的眼神是不是太差了？只可惜自己年纪大了些，要不就扑上去了。

吉安敏深感遗憾，却听到江承鄙视地说：“少打马虎眼，我们说的是时间。”

“那，三个月？”吉安敏痛快地说，本来说五个月就是为了让江承讨价还价的，所以她也没有多纠结。

“顶多一个月！”江承想到自己要被曾菲那样的小女孩纠缠三个月，便觉得这日子没法儿过了，只希望吉安敏跟她妈说了之后，曾菲能够清醒地认识到自己不是她的目标。

想了想，江承又问吉安敏：“你跟你妈说了之后，你表妹会走人的吧？”

吉安敏想了想，点头道："会的，她就是喜欢跟我抢，她的目标一直很清楚，就是高富帅。"

这说法让江承撇撇嘴，不满道："我很差吗？"

"不差，长得帅，也很高，但……除非你是隐姓埋名的富二代，否则这最关键的一点就差了劲儿了。"吉安敏非常认真地说，不过是想让江承放心而已。至于时间，不如先答应他，一个月之后再说，便接着说："一个月就一个月吧，如果曾菲真的纠缠你，你可以非常直接非常清楚明了非常严肃地告诉她，你不喜欢她。"

"这活儿我熟，但不会太打击她吗？"江承看了看吉安敏问。从小到大，他没少打击过扑上来的小妞，只是自己没当过"姐夫"，更没有被"小姨子"抢的经验，所以不知道这个度该怎么掌握。

吉安敏走过去和江承并排倚着栏杆，拍了拍他的肩膀说："你放心好了，曾菲是谁啊，和你同类，一直干着打击别人的活儿，而且范围还比你广。"

"打击别人的人，心理不一定强大到能够被别人打击。"江承反驳。吉安敏看了他一眼，乐了，这意思是，他心灵其实挺脆弱吗？

至于曾菲……她其实也是有克星的。

吉安敏记得小时候曾菲骄傲得就像个小公主，钱多，零食多，身后跟着一帮小跟班儿，而且因为人长得漂亮可爱，父母经常不在身边，大家都捧着她，让着她，于是她便越发骄横，直到碰到了李大可。

李大可是吉安敏的跟班儿，但他从来都不给曾菲面子，有一次曾菲特别稀罕他手里的口琴，可任她怎么讨好李大可都没反应，于是便用上了一哭二闹三上吊的招数，满地打滚。结果李大可淡定地把口琴扔到了河里，对曾菲说："想要就自己去捞。"

自那以后，曾菲看到李大可便扭头就走，跟他说一句话都嫌多余。

吉安敏高考前生了一场病，李大可来家里帮她补习功课，曾菲为了躲避李大可，竟然回自己家去住了。

李大可？想到这里，吉安敏眼前一亮。

正要拿出手机，手机响了，是张彩云打来的。电话那头，张彩云心急火燎地:“敏敏啊，曾菲不见了，她家里也没有人，是不是……去你那里啦？”

吉安敏嘴角抽了抽，有这样一个后知后觉的妈，防线如此不坚固，也难怪自己手忙脚乱，于是蔫蔫地答:“嗯，早来了，都快做一个完整的美梦了。”

“呀，这丫头居然装醉，趁着我和你爸出门买菜就溜了，看我回头好好收拾她。”张彩云听上去气得不行，吉安敏怕她气出个好歹来，正想安慰两句，又听她说：“我明天就过去把她给抓回来。”

“您明天来？”吉安敏愣了愣，如果张彩云真能把曾菲抓回去也不错，但是，这个可能性似乎小了点儿。一旁的江承听了赶紧摆手，三个女人一台戏，这三个外星来的女人，还不知道会闹出什么来。

吉安敏冲着江承点点头，又对着手机说:“妈，您别来了，您身体也不好，这件事情我们自己来处理吧，我行的，您放心好了。”

好说歹说，张彩云终于答应让吉安敏自己来处理。挂断电话，吉安敏感觉自己要虚脱了，对江承说放心，对老妈说放心，可自己真的能够解决吗？

这一切都是因为一个人，沈秦！

天色越来越暗了，吉安敏觉得自己分外孤独，心情就像这天色似的，一点一点地暗下来，必须要点一盏灯，可却不知道灯在哪里。

“天黑了！”江承说。

“我知道。”吉安敏靠着栏杆不想动，这一刻她什么也不想，就这样静静地呆着，呆一秒算一秒。但江承却说：“我的意思是，你该去做晚饭了。”

“啊？”吉安敏睁大了眼睛看着江承，在他不满的目光里才想起来，自己答应了以后家务、做饭和洗衣服都包了的。

“今天就开始？”

“你说呢？”

…………

吉安敏无奈地转身，却吓了一跳，曾菲像一块抹布一样贴在玻璃门上，一脸怨尤地盯着她，嘴巴一张一合的。

虽然听不到声音，吉安敏还是凭口型认出了曾菲说的是："姐，我饿了。"瞬间，心又软了。

拉开玻璃门的那一刻，楼下传来了热闹的《最炫民族风》，又是广场舞。跟在身后的江承眉头皱了皱："不是收了钱吗，高音喇叭呢？再听下去，我的工作就要丢了。"

吉安敏笑了笑，对于广场舞，需要深夜工作的江承比她更深恶痛绝。两人刚走进屋就被吓了一跳，一个更高的音乐响起，是 SHE 的《Super Star》，这就是那远程定向广播？这节奏，分明是让所有的人在家里都能跟着一起跳哇。

吉安敏把冰箱里能够入锅的食物都拿出来了，然后迅速做了一个番茄炒鸡蛋，一个虎皮青椒，外加一个冬瓜火腿汤。

这一点，其实要感谢曾菲。小时候曾菲住在吉家，张彩云和吉爸都要上班，于是把照顾曾菲这个重要任务交给了吉安敏，照顾人最重要的不就是要给她吃嘛，偏偏曾菲嘴很刁，张彩云提前做的饭菜她都不吃，吉安敏没办法，小小年纪便要亲自操刀，后来竟练就了一手不错的厨艺。

现在对于下厨这件事，吉安敏很有底气，在她看来，最能干的主妇是什么样的？不是精心从市场购买一些食材，然后按照菜谱精心烹制出能上杂志的菜，而是能用最有限的食材，做出最营养的饭菜。为此，吉安敏曾有点厚脸皮地认为，将来谁娶了自己，那是天大的福气，只是很遗憾，她身边的男人都瞎了眼。

不说远的，就说眼前的这一位，一坐到餐桌前，便苦着一张脸说："你就……拿这些来对付我？"

江承觉得自己这两天很伤神，本以为只需要简简单单地当个陪衬，便可以换来一日三餐和整洁的居家环境，却不想惹来这么一个大包袱，还不知道这包袱要怎样才能甩掉，这怎么着也得弄些鱼啊肉的给自己补补啊。

想到这儿，江承瞟了曾菲一眼，她刚洗完澡，用发带把头发绑起来，露出修长白皙的脖子，在灯下闪着诱人的光彩。只是，看看脸，江承便觉得胃有些不舒服，都洗完澡了还化那么浓的妆，不是浪费香皂吗？再看看吉安敏，素净的一张脸，随随便便用一个碎花的发圈扎了个马尾，在灯下认真地布置着碗筷……江承忽然心里就安定下来了。再看眼前的菜，清清爽爽的，似乎也挺入眼的，心里比刚刚也就舒服些了。

曾菲一听到江承的抱怨便来劲儿了，拿着筷子指指点点地说："就是啊姐，你看这一桌子都是素菜，不知道的还以为咱们看破红尘了呢，就是素菜也才三个。"曾菲说着，还不忘顺便向江承抛抛媚眼儿。

吉安敏一边盛饭，一边瞪了江承一眼，心想，不想吃就滚一边儿去。可一瞅见曾菲那贱兮兮地盯着江承的样子，便又把这句压下了，故作温柔道："今天实在是太晚了，菜场都关门了，明天吧，明天一定给你们弄好吃的。"

江承"嗯"了一声，低头吃饭，并且越吃越觉得好吃，想着以后每天都可以吃上这么可口的饭菜，顿时觉得自己似乎赚翻了，心情大好。

只是曾家小妞还在为力挺帅哥而努力，撇了撇嘴说："菜场关门了不是还有超市吗？"

吉安敏淡定地坐下来，给自己盛了碗饭，然后说："嗯，我就吃这些了，菲菲，要不你去超市买些菜来弄吧，很近的，出门右拐，走上一刻钟，可能这会儿还有些剩下的五花肉之类的，你要闻一下，搞不好剩下的已经发臭了。"然后埋头津津有味地吃起来。今天她是真的饿了，一个人都可以干掉桌子上的菜。

"姐，你能不这么恶心吗？"话一说完，曾菲手一抖，青椒掉到了盘子里。

江承瞅着那青椒，皱着眉，斟酌着一字一句地说："你如果不想吃的话，可以不吃，但如果要吃的话……"指了指刚刚掉下去的青椒说，"这样，好像，不大卫生。"

如果江承是正常的语气来说这话的，曾菲还要好接受一些，可是江承如此严肃地用那大学教授一般的语气来说这番话，就让她心里不大好受。而且还有一个很要命的问题，这青椒，该怎么处理？夹起来，服软了；不夹，显得自己不大懂事儿。曾菲有点儿纠结了。

吉安敏嘴角抽了抽，心道江承这厮原来也是个腹黑的货。但看着曾菲那窘样儿，毕竟是自己带大的，又不大忍心，于是心情巨爽地打着圆场:“这青椒我是从菜场门口的农民手上买的,特好吃,明儿用它炒肉丝儿给你们吃,青椒比肉好吃，你们对比一下就知道了。”

“真的呀？那我试试。”曾菲也不傻，赶紧接话，把那青椒夹碗里了。

“这虎皮青椒的确挺好吃的……不是，都好吃。”江承吃得头也不抬，给了吉安敏一点儿鼓励。

吉安敏心里还没开始乐呢，曾菲就瞪大了眼睛，问：“我姐以前没给你做过吃的？”

吉安敏心里“咯噔”一下，江承正好也抬起头来，两人对视了一眼，不知道该怎么回答了。这时候正好吉安敏扔在茶几上的手机响了，她赶紧起身去接，冲着江承眨眨眼，把问题扔给他，以 IT 男的智商，这问题应该难不倒他。

谁知江承见了，赶紧扒了几口饭，便走到吉安敏旁边，故作嚣张地说：“大晚上的，谁的电话啊？不会是男的吧？”

吉安敏刚接通电话，被江承这样大大咧咧地一喊，有些犯傻。别看以前吉安敏和江承合租的日子貌似挺愉快，甚至连沈秦都没有吃醋，那是因为他们一个宅一个二，真心没多少交集，所以江承忽然来这么一招，她一下子没反应过来。

江承见这大姐一副傻愣愣的样子，便知道她又犯傻了，于是悄悄地踢了她一脚。吉安敏回过神来正好看到曾菲不满的眼神瞟过来，这才意识到江承是在演戏，于是一脸堆笑地讨好着说:“是李大可，你还有什么不放心的。”

“哦，他啊，就跟你姐们儿似的，接吧接吧。”江承大方地在吉安敏旁边坐下，拿起杂志来看，两人都彻底忽视了曾菲。

只是，电话那头，李大可不满地嚷嚷起来：“什么情况啊，怎么现在接个电话都有人管了，难道弄假成真了？你不像是这么有潜力的啊。再说了，谁跟你姐们儿啊，我可是一纯爷们儿……”

“一个大男人这么多废话累不累？男人得多干活儿少说话，小心你家宋大波嫌你吵，一脚踹了你。”面对李大可，吉安敏嘴下从来没有“口德”。其实吉安敏很庆幸生命中有李大可这个人，让她在张彩云的高压之下，有了一个硕大的出口。

吉安敏常想，如果没有李大可，自己会长成什么样？要么是一个战战兢兢、可怜巴巴的小媳妇样儿；要么是一手拿着酒杯、一手弹着烟灰的叛逆女？这样一想，吉安敏便觉得真的是李大可拯救了她的人生。面对这个自己人，自然是怎么真实怎么来。

只是，这真实却让李大可有些受伤。怎么说呢，李大可发现宋波对他有些爱理不理的，所以对吉安敏的这个说法便上了心，一副虚心求教的样子说：“说说看，怎么多干活儿少说话？”

吉安敏本就是随口那么一说，没想到李大可会在这句上较真儿，眨了眨眼睛说：“这个……不大好说啊，有时间的话见面聊吧。”

“那行，要不咱们明天中午见？你有时间吧？”李大可说完，还直接定了咖啡馆，要吉安敏一定去，否则就不是哥们儿，甚至非常郑重地交代了一句：“以往你有事儿，我可是冲在第一线的。”

还能说什么？吉安敏只好说：“成，哪怕算命的说我路上会出车祸，我都在出车祸之后爬到你那儿。”

这话一出，江承侧过脸呆呆地看着她，曾菲也是一脸的惊讶，电话那头的李大可更是沉默，好半天才说：“呸呸呸，不吉利，不带这样的，我就请你吃个饭，别弄得要死要活的。”

“我只是想说明，咱们是生死之交。”吉安敏解释着，李大可算是勉强接受了。

电话刚挂断，门铃就响了。曾菲赶紧跑过去开门，不管大事还是小事，只要能够抛头露面，便是曾小妞的最爱，她一直认为，如果一个人不尽量让别人认识自己，那活着干吗啊？还不如躺棺材里去。

门外是一个高高瘦瘦的男人，长得还行，但一双眼睛却很精明。对于这样的人曾菲有些发怵，觉得自己在这样的人面前根本就不够瞧的，除非他们天生喜欢自己这样的，否则没一点儿辙。于是曾菲侧了侧身，蔫蔫地喊："姐！"

吉安敏已经认出是那个卖音响的小商人了，鉴于上次是江承付的钱，于是侧过头看着江承，意思是让他去处理。可江承却说："你也有份。"

江承以为又是来收什么费用的，本来他不计较这个的，可是现在忽然心里不大爽，虽然不知道为什么不爽，却知道是因为吉安敏，所以想给她找点茬，让自己能够舒服点儿。

吉安敏只得起身走过去，笑着问："你是高……"她真的想不起对方叫什么名字，尤其那天的情况下。她觉得自己能记得他姓高，就算是他的造化了。对方倒也不愧是做生意的，赶紧回答："高强高强，我叫高强。"随手又递上一张名片。

"我好像还有你的名片。"吉安敏说完便看到了餐桌边上的那张名片，上面还有一块橙黄的油渍。

"这个我有的是，你就当是拿着当牌玩吧。"高强挺幽默。

吉安敏也乐了，接过名片说："行，你发我 54 张，回头我写上数字。"

"到底有什么事儿啊？"曾菲见这个叫高强的对吉安娜一股乐呵呵的样儿，心里便不爽了，于是斜着眼睛，45 度角地抬着小脑袋，用一种"不屑"的姿势看着高强。

高强这才注意到这小妹妹，点点头，却依旧用弥勒佛般的笑容对吉安敏说："今天来呢，主要是想征求一下业主们的意见，今天晚上放的这歌儿成不成，不成的话可以列个歌单，然后我们选推荐数多的那首播。"

吉安敏还真没怎么注意到这首《Super Star》是不是适合，但就这么侧耳一听，虽然挺欢乐，但是时间长了还是有点儿吵，可又想不起来什么歌好，只好说："我没什么意见，随大家吧。"

“大叔，你不觉得这个歌儿其实也是可以跳广场舞的吗？”曾菲凑过来冲着高强挤挤眼，高强略一思忖，说：“不会吧，这歌儿如果跳，得多快的节奏啊。”想想，便觉得不可能。

“那要不先这么着吧，不过……不会放太晚吧？”吉安敏立即问，如果放得太晚，这和广场舞有啥区别。

高强赶紧摇头道：“不会的，只要大爷大妈们回家了，就会停。”

“大叔，可不可以放别的啊，比如邓紫棋的《泡沫》，多好听啊。”曾菲立刻来了劲儿，扭曲着表情，又像陶醉又像痛苦地唱着：“全都是泡沫，只一刹的花火，你所有承诺，全部都太脆弱……”

吉安敏呆了，全都是泡沫吗？爱情啊，承诺啊，都是泡沫，甚至脆弱的不是承诺，而是人心吧！或者说，是爱情？可是吉安敏又觉得可笑，真的有爱吗？有爱为什么扔下自己呢？

“姐……姐？”曾菲唱得正带劲，却发现吉安敏脸色突变，似笑非笑，欲哭不哭，吓得她赶紧止了声，喊了几嗓子，吉安敏才回过神来。

几个人中，江承最清楚吉安敏是因为什么才这样的，明明知道她的事儿不能管，沾上就摆脱不开，而且会越来越乱，但见她的状况似乎一开口都要崩溃的样子，还是扔了手中的杂志，懒懒地起身对高强说：“我们没别的意见，早点把这件事解决掉就行了。”

“那是那是，大家都是一样的愿望，把这件事情解决好。”高强还是一副乐呵呵的样子，虽然大家都是业主，但他还是以一个经营者的姿态来面对每个人，也只有他这样的人，才能够做得好这样的事儿。

离开前，高强关切地看了吉安敏一眼，讪笑着说：“天气太热了。”

江承心想，这和天气有什么关系呢？又瞟了吉安敏一眼，心里的气又来了，他最看不得吉安敏这样的女人，没点儿志气，人家都不要你了，还伤心难过个什么劲儿呢？

第四章　动心

很久以后，江承才知道，那是因为那时候的自己还没有真正地爱过，所以才会认为凡是为失恋痛苦纠结的行为都是幼稚的，尤其吉安敏都已经三十岁了，还这样矫情。他不知道的是，吉安敏并不是因为爱情上受了伤，而是对自己有了一种深深的不肯定。

吉安敏深吸了一口气，转身去收拾碗筷，曾菲却像只小麻雀似的跟在后面叽叽喳喳问个不停："姐，你刚才为什么那个样子啊？看着好像很伤心啊，你为什么伤心呢？难道你失恋啦？哦，不对，你才刚订婚呢。姐，你该不会是想到姐夫迟早会从了我，所以你提前悲伤了吧？"

吉安敏被吵烦了，将盘子里剩下的一个虎皮青椒塞进了曾菲嘴里，没好气地说："是不是还没吃饱啊，话那么多。"

曾菲瞪着眼睛，扭头将青椒吐到了垃圾桶，气呼呼地说："晚上吃多了会长肉的，你别破坏我的减肥大计。"

"减肥？"吉安敏不可置信地看着曾菲那小身板儿，手腕细得跟擀面杖似的，不禁皱着眉头道："你再减就减骨头了，要不要我给你刮骨？"一句话说得曾菲直缩脖子，主动上前端盘子，嘟囔着："姐，真是士别三日当刮目相看啊，你现在说话真毒。”一直嚣张的气焰终于熄了些。

“小姑娘家的，别老想着减肥。”吉安敏瞪了曾菲一眼，非常郑重地说，“小姑娘减肥是非常危险的，万一弄个什么不调的，以后可麻烦了。”

曾菲却无所谓地耸耸肩道：“你越来越像姨妈了，真啰唆。”虽然女儿像妈很正常，但对于曾菲来说，她亲妈是没这个时间对她啰唆的，所以只能是姨妈，只是她自己也不知道，不知不觉间，张彩云在她心中和亲妈也没什么区别了，甚至已经取代了亲妈的位置。

两姐妹在厨房里一会儿针尖对麦芒，一会儿又略含温情地聊着，江承已经到洗手间洗开了。

曾菲终于安静下来，听了一会儿挺撩人的水声，决定刺激一下吉安敏，一个字一个字地说：“姐，姐夫对你，好像并不是特别地……你刚刚难过是不是因为这个？我告诉你啊姐，在爱情里面呢，爱得深的容易受伤，所以你趁自己能抽身的时候，赶紧抽身吧。”

真男友不见了，假男友还被人这样步步紧逼地觊觎，吉安敏再好的脾气也忍不住了，把抹布往洗水池里一扔，冷冷地说：“你读书怎么没这么勤奋，锲而不舍啊？”

曾菲看出吉安敏是真怒了，也不敢再继续了，只是撅了撅红唇道：“读书要能跟男人比，我已经博士毕业了。”噎得吉安敏说不出话来。

不得不说，吉安敏一直是个好学生，因为只有书读好了，张彩云才会给她笑脸。工作后，吉安敏更没觉得男人有哪点儿比书好，书吧，捧在怀里它就在怀里，你读它，它就记在你的脑子里；你放下它，它就静静地呆在那里，你对它好，它的回馈会很丰盛。男人呢，你对他好，他嘚瑟；你对他不好，他落寞；你把他捧在手心里，他还胡乱蹦跶……

“摔不死你！”吉安敏喃喃地说。

“啊？”曾菲不知道为什么吉安敏来这么一句，心里顿时有些不安，这还是以前的姐吗？自己是不是要变换一下策略？

两人走进客厅的时候，江承正好穿着睡衣从洗手间出来，头发上还挂着水珠，如清风明月般俊逸，看得曾菲眼睛都直了，赶紧颠颠儿地凑上去问："姐夫，需要我为你做点什么吗？"

一旁的吉安敏听到这句，脸都黑了，觉得她这样殷勤简直没有底线了，让自己在江承面前多没面子。

"你……能为我做点什么？"江承皱着眉头，扫了曾菲一眼，那不屑的意思很明显了，可是曾小妞非常认真严肃地忽略了，还掰着手指道："牛奶，咖啡，果汁，啤酒，你想要哪个，我给你倒去。"

江承愣了愣，这妞说话就像是山里刮风似的，长期这样，自己非倒不可。吉安敏却松了一口气，好在没有太离谱。

"这些事儿要做，也得你姐姐来做。"江承冷冷地说，扭头进了自己的房间。

吉安敏明白江承的意思，她之前不是说了他的夜宵也由自己来负责吗，而且这饮品算不算夜宵也由江承说了算，他说是，那就是。可在曾菲看来意义就不一般了，心里不免忿忿，却更勾起了她的斗志，越艰难的事情，胜利的果实便越加珍贵。哇，好久没有这种兴奋的感觉了，曾菲暗自摩拳擦掌，一双猫样的眼睛闪闪发光。

"赶紧洗澡去吧。"吉安敏推了一把正在花痴的曾菲，人家帅哥门都关上了，再在门口杵着有啥用。其实，如果不是自己和江承的关系，她倒觉得这两人挺般配的。

曾菲洗完澡后倒也没再出什么状况，直接进房间睡觉了，话说本来就不爱用脑的她今天难得地转了一整天脑子，也是累了。

吉安敏收拾好了厨房，等她准备回房洗澡的时候，却发现卧房门被锁上了，一边敲一边喊了几声曾菲，也没个动静。

这是睡死了？吉安敏顿时傻了。

"这可怎么办？"吉安敏苦着一张脸，无奈地坐在沙发上，又扭头看了一眼关得死死的房门。没办法，只好去江承的洗手间随便冲了个澡，一脸无奈地穿上了当天的脏衣服，然后蜷缩在沙发上，临睡前还恨恨地骂了一句那鸠占鹊巢的家伙："死丫头，睡死你！"好在沙发够宽大，躺在上面倒不觉得难受。

闭着眼睛，吉安敏怎么都睡不着，这几天的事一幕幕地在眼前掠过，就像是一台坏了的电视，怎么关都关不掉，就那样不停歇地循环播放。

为什么他要离开？两年前的事，一年前的事，半年前的事，一个月前的事……这始终是吉安敏无法释怀的，因为她不明白，什么事情可以让一个人那样无声无息地离开。

"如果要分手，为什么不直接跟我说呢？"吉安敏睁着眼睛，似乎这样就可以看得见沈秦，这样就可以问问他，你为什么要这样做。是的，吉安敏发现自己最介意的是他为什么要这样做，而不是离开。

如果沈秦坦诚来跟她面对面讲："安敏，我想我们还是不太合适，所以我想分手。"吉安敏一样会很难受，但是她能释然，尽管要花很长时间去疗伤，可她不会那么纠结。你一声不吭地离开了，拿我当什么，拿我们以前那些甜蜜浪漫的时光当什么？

吉安敏不禁想起了她和沈秦的初识，那是一个秋天，不知道是不是秋天容易让人多情，当她看到穿着风衣的沈秦站在银杏林的时候，那样心动。有的时候就是如此，你不知道爱情什么时候会降临，也不知道是什么原因，直到胸口"咚"的一跳，才知道，哦，爱上了！

"可以帮我拍个照吗？"沈秦看着吉安敏说出这句话时，吉安敏一抬头便看到了他眼里的暖意，让她忍不住想要靠近，然后脸一下就红了。

后来沈秦说，那一刻，他便知道自己和她有缘分。最初，吉安敏很激动。这是没办法的事，哪个姑娘遇到自己一见钟情的人对自己说"有缘分"能够淡定得了？只是后来吉安敏越想越觉得不对劲，怎么觉得有一种不和谐的感觉，越想越觉着像电视里花花公子的行为，丫不会是一开始就打定主意玩自己吧？

想到这儿吉安敏气儿又不顺了，更睡不着，恨不得把沈秦立即揪出来揍一顿。只是，如果真是这样恐怕吉安敏也会下不了手，毕竟沈秦真的是个很好的男朋友，他温柔体贴，连买生理期用品这种事，他都很主动地去做，这曾让她很骄傲，不是男人为了面子都不愿意干这事儿吗，沈秦既然为自己做了这些，只有一个原因，那是真爱呀。

吉安敏的心越想越软，但一个念头又猛地钻进了她的脑子，沈秦之所以对自己这样，会不会是因为之前经验特别足的原因呢？为什么经验特别足……吉安敏觉得自己不得不愤怒了。

就这样一会儿感动一会儿气愤一会儿怀疑，吉安敏在沙发上翻来翻去地烙饼，直到翻累了，才躺在沙发上等着天亮。

正在吉安敏半梦半醒时，听到开锁的声音，客厅照进一丝光线，接着江承穿着拖鞋走了出来，然后一步步地往沙发这边走过来。

“啊！”江承走到沙发边上，才发现缩在沙发里的吉安敏，吓得大叫了一声。

吉安敏没办法装睡，只好尴尬地坐了起来，她能不装吗？看看眼前这个只穿了内裤的江承。

“你怎么睡在这儿啊？”江承气愤地质问吉安敏，那样子仿佛被吉安敏给怎么了似的。

难道看了你，就想要我负责吗？吉安敏这样想着，但还是无奈地答：“我也不想啊，曾菲把房门锁上了。”

“锁上了你不会叫啊？”江承嫌弃地看了吉安敏一眼，吉安敏却用看白痴的眼神看着他：“叫得开我会躺沙发上？你当睡这儿舒服啊。”

“不管怎么样你也不能这样躺在沙发上，屋子里还住着一个男人呢。”

“你既然知道男女有别，还这样衣衫不整出来瞎逛？”

“衣衫不整……”江承这才注意到自己穿得确实不雅，于是伸手拿起茶几上的一个果盘护在了身下。

吉安敏借着房间透出来的灯光一看，忍不住“扑哧”一声乐了。

江承没想到吉安敏这时候还笑得出来，分明就是个女流氓，真是人不可貌相。顺着她的视线看下去，江承的脸不禁一红，因为那个果盘的底下画着一只鲜艳夺目威风无比的公鸡。这公鸡盘还是吉安敏买的，她看香港古装剧的公鸡碗道具，看到了这个公鸡盘，二话不说就买回来了，因为盘面比较大，便放到茶几上当果盘了。只是没想到现在被江承这样用……

“笑什么笑？真不可理喻。”江承咬牙切齿地说，一边说一边往房间方向退，免得屁股给吉安敏看到了。吉安敏不禁眯起了眼睛，心想这男人嘴怎么那么毒啊，是想找死吗。可是这时候曾菲却打开房门迷迷瞪瞪地出来了。

“菲菲，你……”吉安敏见曾菲这样儿，不大敢开口。吉安敏高考的前一晚，曾菲曾经梦游过，梦游的人是不能叫醒的，所以吉安敏不敢大声叫张彩云和吉爸，只好自己跟在曾菲后面出了屋。那时候没有手机，吉安敏提心吊胆地跟了曾菲大半夜，最后曾菲安稳地回房睡着了，第二天吉安敏却在考场上打瞌睡，好在她底子强，不至于考试成绩不堪入目，但与理想中的大学却失之交臂。这件事，一家子人都瞒着曾菲，怕她有心理负担。

“姐，我出来喝口水。”曾菲走到茶几前站定，正准备拿水杯，却看到几乎一丝不挂的江承，瞬间清醒过来了，指着江承道：“你们俩……又不是没房间，知不知道客厅是公众场合？”

吉安敏知道曾菲误会了，刚要开口解释，却见江承朝她眨了眨眼睛，顿时明白过来了，心里不免又有些不高兴，刚还跟自己吹胡子瞪眼呢。但还是以大局为重吧，吉安敏故意往江承那边走了走，说：“我们也是出来找水喝的，你不是要喝水吗，赶紧喝吧。”

“你……嫌我碍眼了所以这样说的吗？找水喝干吗要两个人，他为什么穿成那样？”曾菲一副极其委屈的样子，然后伸手拿起茶几上的杯子，倒上半杯水，跺着脚就回了房，把房门“啪”的一下带上，又“咔”的锁上了。

这时候吉安敏才想起来自己还没换衣服呢，但很明显，曾菲不会再开门了，她也懒得费这个神，却听到江承有气无力地说：“那是我的杯子！”

“大男人别这么小气。”吉安敏白了江承一眼，倒在沙发上自顾自地睡了，也是怪，这一次她很快就睡着了。

天亮后，吉安敏趁着曾菲起来上洗手间的时机，赶紧换了衣服，做好早餐便去上班了。

从公司出来，吉安敏便知道什么叫“屋漏偏逢连夜雨”、“船迟又遇打头风”、“喝口凉水都塞牙”了。

到了公司，吉安敏刚录入指纹，便被前台琼斯通知黄老总有请。

尽管做好了心理准备，但吉安敏却没想到黄老总竟然如此狂躁，他把一张一张的营销数据甩到了吉安敏的脸上不说，还甩一张骂一句：“你是来吃干饭的吗……看看你的业绩，应届生都比你牛……不想干你早说啊……你有什么资格浪费公司的资源……”

不得不说黄老总是个真正的奸商啊，在他眼里只分会赚钱的员工和不会赚钱的员工，却从不分男员工女员工，老员工新员工，面子啥的在他脑海里根本没这概念。也不得不说黄老总精力真的很充沛，足足骂了半小时也不累，倒是吉安敏听累了，拍桌子大吼一声：“这个月做不到销售第一，我就辞职。”

黄老总愣了，呆呆地看着吉安敏，疑惑道：“你说的是真的？”

“真金白银一样的真！”吉安敏仰着脖子道，第一次采取了俯视的角度看黄老总。

黄老总乐了，刚刚鼓得像铜铃般的眼睛，顿时又变成了一条缝，直点头道：“好好好，我就喜欢小吉你这干劲儿，公司就需要你这样成熟的业务代表，好好干，有我做你的后盾。”

“后盾”两个字不禁让吉安敏抖了一抖，又纳闷了，黄老总不会是精神分裂了吧？想到这儿，吉安敏顿时觉得四周凉飕飕的，往后退了一步，想着还是赶紧出去吧，反正那傻得冒泡的军令状都立了。

黄老总见吉安敏这神情，赶紧随手泡了一杯茶递给吉安敏，道：“喝喝茶，润润心，清清脑。”

吉安敏翻了翻白眼，心道，你才需要润心清脑，你全家都要润心清脑。

不过黄老总办公室放着功夫茶的茶具，就他的意思倒真是用来润心清脑的，他说他脾气不好，所以需要喝茶来压一压，要不气全撒在员工身上多不好，会带来心理压力的，不符合公司“尊重每一位员工”的企业文化。看，多为员工着想的老总，到哪儿找去。

“黄总,没事儿……我就先出去做事啦？”吉安敏象征性地抿了一口茶，指了指门。

黄老总嗔怪地看了吉安敏一眼道：“急着溜干吗，我这办公室的门是朝着你们无条件开放的，你们想来就来，想走就走。去吧，注意劳逸结合。不过年轻人呢，还是要多吃苦，才有大收获。”

吉安敏赶紧点头，咬着嘴唇终于从总经理办公室退了出来，不禁大出一口气，这老总果然不是人人都可以当的。想象一下，如果自己也有这么一天，指挥着手下的百十号人，然后一会儿笑一会儿怒……

“靠！”想到这儿，吉安敏忍不住骂了一句。

“小吉姐，你骂谁呢？”琼斯幽灵般地出现在吉安敏的身后，一脸认真地看着吉安敏，还带着那么一丝关切。

但吉安敏还是在那认真和关切之后，从琼斯那张瓷器一样精致的小脸上看到了那么一丝丝儿的幸灾乐祸和不怀好意。

琼斯小姐这表情可不是好兆头，谁不知道琼斯既是前台，又是黄老总的秘书啊，而且还是贴身的。何况这琼斯似乎总是对自己不大客气，吉安敏深吸一口气，真诚地说：“我是骂我自己的。”

“哦，小吉姐，为什么要骂自己呢？”琼斯眨巴着一对水汪汪的眼睛，雾蒙蒙地看着吉安敏。

吉安敏也眨了眨眼睛，却只有干涩，只好无奈地说：“刚刚被黄总深刻地教育了，我觉得我非常有必要进行一下自我批评。”

琼斯一副恍然大悟的样子，点头道：“原来自我批评是这样的，靠！”

吉安敏瞪圆了眼睛，琼斯却嫣然一笑道：“我也在进行自我批评。”

吉安敏想到自己如果销售业绩排名第一，“理智”的黄老总不会因为琼斯为难自己，如果没完成任务，自己走人了，琼斯也为难不到自己，所以决定报复一下。凑近琼斯道：“你和黄总离得近，经常让黄总批评批评你就行了。”然后看也不看她，转身就走。

琼斯想了半天，才明白过来，批评是“靠”，让黄老总批评，不就是……琼斯气红了脸，“吉安敏”三个字从她的小白牙里一个一个地挤了出来。

回到办公桌前，伸手想打开电脑，手都按到开关键上了，吉安敏还是缩了回来，接着发了一会儿呆，拿起包便出了公司。

作为一个业务人员，如果总在办公室里呆着，不管你有事没事，都会成为老总的眼中钉。你很闲是吗？好，加任务！业务人员最怕的是什么？是加任务。那永远加不完的任务，压得吉安敏总觉得自己是要哭倒长城的孟姜女，哭倒了一块还有一堆。

直到从琼斯刀子似的目光中走出大楼，吉安敏才长吁了一口气，但望着路上车来车往却不知道该去哪里，莫名其妙地有一种天地之大无我容身之处的感觉，喉头泛上一阵酸意。正在这时，接到江承的短信：中午我要吃披萨。

“还披萨……美得你！”吉安敏嘀咕了一句，把手机扔进了包里，却又想起了李大可的约，于是打电话问他能不能出来。

“这么着急见我？”李大可在那边痞痞地说，心情貌似不错。

吉安敏冲着天空翻了个白眼，不过，她现在确实是想见见李大可，如果再呆在这儿，她怕自己会回头冲进公司，对黄老总拍着桌子说：“老子辞职！”可现在能辞职吗？当然不能，辞了吃什么呀？骨气在温饱面前，很容易患骨质疏松。

赶到了约好的“如果”咖啡馆，一身花衬衫的李大可正坐在窗边的一个卡座上贪婪地看着外面跟太阳做斗争的超薄美女。

“这位归爷，可以坐下吗？”吉安敏敲了敲桌子，等李大可扭过头来的时候，她已经落座了，懒洋洋地倒在沙发上。

李大可皱着眉一脸不满地看着这样的吉安敏，也学着她的样子，敲了敲桌子道：“没长骨头啊？刚怎么说话的。说，谁是龟爷？”

看着李大可一副要较真的样子，吉安敏乐了，爬起来趴在桌子上解释说：“我说的是海归的归，你看你这衣服……”

“海龟不还是龟吗？难道海龟就比陆地上的龟要高级些？再说我这衣服也不像乌龟壳儿啊。”李大可眉毛都竖起来了，这衣服可是他亲爱的女王大人买的。

吉安敏盯着李大可，摇摇头，然后靠在座椅上，只对一旁的服务员说：“来杯你们自己的咖啡就行了。”

吉安敏喜欢喝“如果”自己的咖啡，名字也叫“如果”。记得当初跟沈秦来的时候，吉安敏一抱着这咖啡心里便美美的，她总是一边喝一边想，如果我们结婚了，生活有多么美好，再生个萌倒一堆人的小美女，呀呀……可是现在的吉安敏看着眼前一模一样的咖啡，心里却满是苦涩，如果，没有认识沈秦，现在的自己会不会早已经遇上更好的人结婚生子了呢？如果自己早发现沈秦不想订婚，会不会就不是现在这样的结局？如果……

“没见过你这样的，骂了别人连个解释都没有，上辈子我是不是你仆人啊？”李大可一脸无奈地看着吉安敏，他是真的无奈，似乎吉安敏身上有磁铁似的，只要她一发功，自己就忙不迭地飞蛾扑火，连宋波都靠边儿。想到宋波，李大可又蔫了。

吉安敏见李大可这样在意，于是一个字一个字地解释道：“我的意思是，你穿的这衣服特像海外归来的海归。”

“这意思啊？呵，如果我家女王大人真的不爱我了，我就出海去，若干年后，也许可以成为一只海龟。”李大可一脸的忧郁，吉安敏却双眼放光：“你家大波波真的和你分手啦？”

“你这表情不对啊吉安敏，怎么一脸的幸灾乐祸呢？”李大可怀疑地看着吉安敏，琢磨了一下，顿时明白了她为什么这个样子了。吉安敏消瘦的身材，黯黄的脸色，便说明了两个字“嫉妒”，于是李大可便原谅了这个从小玩大的“闺蜜”。

吉安敏却斟词酌句，郑重真诚说：“大可，我不是幸灾乐祸，宋波不适合你。”

“那你说怎样的适合我？”李大可挑了挑眉，在他心里，喜欢的就是合适的，不喜欢便不合适。

“首先，你看宋波那样儿，爱购物爱交友爱旅游爱美食爱泡夜店，最重要的是，她超不爱工作，根本就不是一个能过日子的人，你应该找一个体贴温柔，多早出门都有人说一路顺风，多晚回家都亮着一盏灯等着你的。”吉安敏是非常认真地说出了自己的想法，她希望李大可能幸福，而宋波不可能给李大可这样的幸福。

可，最毒的，是“闺蜜”！

李大可悠闲地抿了一口拿铁，翻着白眼说：“吉安敏你倒是这样的人，你倒是想这样，可沈秦不还是跑了吗？”

吉安敏喉头一紧，恨不得冲上去咬李大可一口。

只是李大可浑然不觉，继续发挥：“现在是什么时代啦？女人光会煮饭洗衣服照顾男人是不够的，还得会穿衣服发嗲勾引男人……”

“勾引男人？阅尽男色不是我的理想。”吉安敏嗤之以鼻。

李大可一副朽木不可雕也的神情说：“谁让你勾引别的男人啦，自己家的男人也是要勾的，你不勾，就让别人勾去了。”

“自己家的男人……天天在一起怎么勾啊？”吉安敏觉得李大可说的也有道理，可是到具体操作上就不大明白了。

李大可一副小人得志的样子：“唉，真该让宋波好好教教你。”

“宋波是真牛，把你勾的三魂七魄都丢了。”吉安敏白了他一眼，说她不如宋波，她心里就硌硬。

李大可怀疑地看了看吉安敏，摇头道：“我今天来见你就是个错误的决定。”

“见我怎么就错误啦？那你这辈子遇上我，是上辈子杀人放火了吗？”

吉安敏觉得体内有个不怎么安分的小宇宙，让她看谁都不顺眼，尽管她一直压制着，可是一遇上李大可，小宇宙便不爆不行了。

“你瞧你这脾气，和宋波完全是两样儿的，宋波多温柔……”

“温柔你还来问我怎样留住她？”

“这是两回事，她还是温柔的，只不过不是对着我罢了，唉，我向你取经就是……”李大可说着又唉声叹气起来，一副自己脑子抽了，又对吉安敏完全失望的样子，扭头继续看窗外的美女。

吉安敏恨恨地看着李大可，他可以被他家宋波迷得死去活来，干吗非得搭上自己，于是伸手招来了服务生，自己再不多点些吃的，都压不住心头的火了。

第五章　守护

吉安敏正和李大可坐在“如果”咖啡厅里天南地北地瞎扯时，她的手机响了。

“敏敏，不得了啦，不得了啦！”是米亚娜，那歇斯底里的声音让吉安敏怀疑她是不是被绑架了。

“这是怎么啦，见鬼了还是怎么的？”

“比见鬼了还可怕，我在秦海路，你赶紧过来。”

“为什么啊，你知道我现在离你有多远吗，张口就来。”

“你就是在天边儿，等你知道我看到谁了，也会赶过来。”

“难道是……沈秦。”

“你丫狠！除了沈秦，没人能喊得动你了是吧？赶紧来！我看到沈秦了！现在就在悦食堂陪一美妞吃饭呢，那神情……”

“你别动，给我看住了，我马上去。”

话说完，吉安敏人也已经冲到了咖啡馆外面，但刚走到路边，又奔了回来，拉起一脸茫然正在买单的李大可便往外跑。

“唉哟干什么拉拉扯扯的，鬼上身了你？”李大可被吉安敏拉得直趔趄，嘴巴却没闲着。

“赶……赶紧开车送我去秦海路，沈秦……沈秦在那里。”吉安敏连话都说不清了，也不知道是急的还是慌的。

坐在车上，吉安敏一句话都没说，李大可就说了一句：“揍丫的！”

等下了车，吉安敏才发现手掌心已经给指甲攥出了一排小小的指甲印，还有一些血丝渗出来。

一见到吉安敏，米亚娜便晃着刚卷过的头发奔了过来，一脸沮丧地说：“沈秦走了。”

“走了！？怎么就让他走了，连个人你都看不住！”吉安敏就像一个想糖吃的孩子，好不容易就要到手了，却不知道滚到哪里去了。

米亚娜看着吉安敏灰白的脸色，心里也不好受，嘀咕道：“我又不是搞特务的，给他发现也正常啊，他一个大男人要走，我也拦不住啊。”

“那你有没有问他住哪儿？”吉安敏急急地问。一旁的李大可听了直摇头：“他如果会说，就不会玩失踪了。”

“那往哪个方向去总看到了吧？”吉安敏大吼一声，吓得米亚娜一呆，木木地指着右边说：“那儿，你们来的前脚他才走的，估计这会儿也走远了。”

吉安敏一听拔腿要追，却被李大可拉住了，没好气地冲着她喊道：“你清醒一点儿行不行？就知道冲着我横，你这样就能追得上吗？”

“可是总得追啊！”

“追什么追啊，人家都不要你了！”

吉安敏愣愣地看着李大可，惨白的唇颤抖着，她想告诉李大可不是这样的，想告诉他沈秦肯定是有原因的，如果真的不要自己了，为什么不直接分手呢？

“敏敏，算了吧，我看得很清楚，沈秦肯定是另有新欢了。”米亚娜拉了拉吉安敏，虽然她支持吉安敏问个清楚，但也不希望她纠结于此走不出来。在米亚娜看来，女人一辈子多谈几次恋爱没什么不好的，即使已经三十岁了。

可是吉安敏心底的希望就像小时候念的那首诗“野火烧不尽，春风吹又生”，她总能有本事让自己心里的火接着烧起来，比如现在，她就问：“那也许是他表妹什么的呢。”

“你当这是写小说呢？表妹可以搂腰亲嘴的吗？”米亚娜实在是听不下去了，觉得不打击一下吉安敏都愧对“闺蜜”这个称号。

吉安敏默默地听着，悄悄地蹲了下去，肩头微微抽动，接着伴随着丝丝缕缕的抽泣声。

米亚娜和李大可对视一眼，谁都没说话，想着吉安敏先是忙着找沈秦，后来又忙着找人代替沈秦，这情绪一直压抑着，可能宣泄出来更好。

谁知吉安敏竟越哭越厉害，最后竟成了号啕大哭，一些路人甚至停下来盯着她，想知道这丫头究竟是怎么了，甚至有人八卦地问米亚娜：“这是怎么啦？神经方面？”

“你才神经有问题呢。”米亚娜是那种典型的自己人只能自己擂，别人说个不字都不行的，听人这样说吉安敏她哪里忍得住。

那人看出米亚娜不是个好惹的，于是翻着白眼儿走了。米亚娜只得蹲下来，哄着吉安敏说：“姑奶奶，好些了没？可以回宫了吗？”

吉安敏泪流满面，抬起头，红肿着眼睛迷茫地问米亚娜：“他为什么不要我？”

米亚娜抿了抿嘴，把位置让给李大可，说：“你是男人，这问题你来回答。”

李大可无奈的蹲下来，看着吉安敏乱七八糟的脸，不知怎地就来了一句：“我也不知道，如果是我，一开始就不要你。”

米亚娜使劲踢了李大可一脚，咬着牙说：“你怎么说话的，有这么安慰人的吗？”

李大可也意识到似乎没有自己这样安慰人的，很认真地想了想，于是再一次严肃地说：“我不是这意思，其实不是你不好，是沈秦没眼光。”这话其实也不是李大可说的，书里杂志上都是这样说的，说这样安慰人最合适。

能想起这句话，李大可觉得自己还是有水平的。

可是，吉安敏却看着李大可问：“我没有不好，那你要我吗？”

“吉安敏你别装疯卖傻了，咱俩不是姐们儿吗？别瞎说了，赶紧地，回家。”李大可伸手便把吉安敏拉起来，谁知这丫头腿蹲麻了，一下子倒在了自己身上。本来这也没什么，但李大可却莫名其妙地感觉到了一股浓烈的凉意袭来，警觉地四周看了看，果然，宋波便在右后侧的人群外阴恻恻地看着他。

李大可正纠结着是扔下吉安敏不管，还是事后再跟宋波解释。没等他做出决定，宋波便鄙视地瞟了他一眼，扭着小蛮腰转身离开了。

“波波！”急得李大可直喊，宋波没回头，倒是同一方向的一位大胸女孩瞪了李大可一眼，红着脸似嗔非嗔地骂道：“流氓！”那小眼神小声线唬得李大可不敢出声了。

好不容易把吉安敏丢进车里，李大可苦着脸道：“如果有下辈子，我再也不要遇到你了，真是个害人精。”话是这样说，李大可还是把吉安敏送回了家，才去找他的波波女王。

吉安敏拖着一双仍然有些发木的腿上了楼，可钥匙却怎么也打不开家门，只好拍门喊曾菲，最后却是江承打着哈欠开的。

“你终于回来啦。”见是吉安敏，江承开心了，兴致勃勃地跟在她身后，可吉安敏直接进了房间，并把房门“啪”的一声关上。

“喂，我的披萨呢？”江承气得不行，拍了一下吉安敏的房门，然后趴在门上听了听，见里面没动静，又猛拍了几下：“我还没吃饭呢，你可不能过河拆桥，这才刚开始呢。”

吉安敏沉着脸把门打开，愣愣地盯着江承，张了张嘴，最后还是软下声音说：“不好意思……那个，我……忘买了。”尽管她现在心情巨差，但是没办法，这件事的确是她不对。

“你怎么啦？哭了吗？”江承指了指吉安敏红肿的眼睛，心里一惊，也不好再提披萨的事了。

“没什么事，我可以休息一下吗？”吉安敏倚着门有气无力道，那样子让江承觉得自己似乎特别过分，不免有些嘀咕，这是三十岁的女人吗？不知道的还以为是二十三岁。于是点点头道：“你休息吧，我泡面吃好了。”

吉安敏以为自己会睡不着，没想到竟然沉沉地睡了一下午，等她醒来的时候，望着天花板好一阵子，才知道自己是在哪里。

坐起身，拿过手机，发现黄老总给自己拨了不下十个电话，于是赶紧回过去。

“吉安敏，你这一下午干吗呢？别告诉我睡觉去了啊。”

“哪儿能呢，我在客户这儿呢，客户在会议室开会，我在门口怕打扰到他们了。”

“真是这样？”

“真的真的。”

“哪个客户？”

吉安敏想了想，报了一个和自己关系比较好的客户名字，即使黄老总去暗访，客户也会为她圆的。

刚挂断电话，曾菲一张可爱的脸便出现在了门口，她掰着手指道：“姐，我买了排骨、鱼、鸡脯肉，还有好多蔬菜。”

吉安敏这才想起来，中午回来的时候没有看到曾菲，原来她买菜去了，于是笑道：“不错啊，还知道买菜回来。”一句称赞，换得曾菲一个甜甜的笑容。

晚餐，吉安敏做了罗宋汤、清蒸鱼、香炸鸡柳、清炒小白菜和红烧排骨。江承自然又是吃得头都不抬，曾菲却很纠结，一边吃一边念叨：“姐，我再吃一个鸡柳吧，再吃一个不会长多少肉吧？”或者“姐，这排骨真好吃，肉上的油都炸出来了吗？不会长肉吧？”

“放心啊，都长在该长的地方。”吉安敏随口安慰曾菲，却让她更放心大胆地下筷子，结果一顿饭下来，吉安敏没胃口，被江承和曾菲两个吃了个底儿朝天。

“姐夫，菜吃得香不香？我是不是很会买菜啊？”曾菲吃完撑得不能动了，干脆趴在桌子上，娇媚地问一旁靠在椅子上也撑得不能动的江承。

吉安敏不禁觉得好笑，原来曾菲难得去买一次菜，是为了江承。她正想着江承这清冷的性子，不一定会搭理曾菲，谁知他却认真地回答道：“不错，搭配得挺好。”然后抽了个空，朝吉安敏眨了眨眼睛。

收拾好碗筷，吉安敏觉得在家里呆着挺憋闷，便下楼去走走。刚走到楼下，便看到高强一副指点江山的样子站在小区的休闲广场边，他对面是一群跳广场舞的大妈。

这情景叫吉安敏不禁觉得好笑，走过去冲着高强喊道：“你的远程音响没用了吗？”高强回头见是吉安敏，便打了个招呼，苦笑道：“不是音响没用，而是这些大妈们现在都不用自己的音响了，咱不论播什么曲子，她们都能及时跟着换舞步，广播体操她们都会了。”说完，又感慨地摇了一下头道，“中国大妈就是牛。”

吉安敏听了乐不可支，看了看欢乐无比的广场舞大妈，又看了看愁眉苦脸的高强，心情竟好了起来。对高强说：“要不，咱也跳跳去？”

“啊？”高强张着嘴，用手指着自己的鼻子：“我……去跳广场舞？那还不被业主们视为叛徒啊。”

“你这不是叛徒，你这叫打入敌人内部伺机而动。”吉安敏故作认真地盯着高强说。

“有必要吗？”

“当然有，毛主席都说知己知彼百战百胜，如果你解决不了问题，小心大家找你退钱。”

其实吉安敏也不知道为什么忽然想跳广场舞，奈何自己没勇气跟在后面学，便把高强拉下水。

高强还真陪着吉安敏在舞蹈队后边儿跳起了广场舞，两只曲子过后，身上出了一层薄薄的汗，竟觉得通体舒爽。

“唉呀，不行了，跳一会儿就累了。”吉安敏没跳几只曲子便跑到旁边的休闲椅上坐着，看着那边还欢快地蹦蹦跳跳的老大妈们，心里无比佩服，心想，跳广场舞是不是可以返老还童啊，看大妈们的状态，明显就是小时候的吉安敏啊。

高强见吉安敏不跳了，也跟着过来坐到了她旁边。

“怎么你也不行吗？”吉安敏好奇地看着高强，他看着挺壮实的，不会体质这么差吧？可话一说出口，便发现高强用一种挺古怪的眼神看着她，顿时有些蒙：“你怎么这么看着我啊？”

高强干笑了两下，眨了眨眼睛，忽然低头凑在吉安敏耳旁说：“你没听说过，男人不能说不行吗？”

“啊？”吉安敏瞪着高强，脑子拐了几个弯才明白他说的是什么意思，顿时脸上火辣辣的，又不免想，这高强是不是在调戏自己呀？他明知道自己没这意思。

如果在几年前，吉安敏肯定起身就走了，她是特规矩的姑娘，用李大可的话说，恋爱的情商几乎为零。可现在怎么说也三十了，姑娘也急了，平时没事也琢磨自己是不是哪儿不对劲了，琢磨来琢磨去，便发现自己就是太实在了。所以这会儿，吉安敏就有些纠结，该怎么办呢？

不过，还没等吉安敏想明白，便听到有人在喊：“吴婶你怎么啦？”然后便是一群老太太在那儿哭天喊地的奔来走去。

吉安敏还没回过神来，高强便“嗖”的一下跑了过去，她也赶紧起身跟了过去，高强已经蹲在倒地的老太太旁边，检查了一下说：“是突发心脏病。”又抬起头对吉安敏说，“吉小姐，赶紧打120。”然后做起了心脏复苏。

吉安敏哆哆嗦嗦地打完了急救电话，这时候她才发现自己是多没用，而跪倒在吴婶身边的高强在她心目中的形象也高大了起来，心想，如果家里有一个这样的男人，也挺让人放心的。

在急救车来之前，吴婶的儿子和儿媳也赶过来了，那儿子二话没说，对着高强便是一脚，怒吼道："我妈要是有个三长两短，我要你偿命。"

吉安敏被惊傻了，在吴婶儿子踹第二脚的时候，离高强最近的她想都没想就拦了过去，没成想，却被一脚踢到了肚子上，顿时痛得差点儿都没了呼吸。

"我说你这人怎么不讲道理啊，一上来就踹啊。"高强见吉安敏替他挨了一脚，顿时也怒了，边搂着吉安敏边冲着吴婶儿子怒吼道，这时老太太们也都赶紧把吴婶儿子给拉住了，你一嘴我一嘴地算是把事情给讲清楚了。

虽然知道自己错了，但吴婶儿子却不认错，支吾了半天，没说道个歉，倒是蹦出一句："如果不是你弄这个大喇叭，我妈也不会突发心脏病。"这么一说，他倒像是找到了理论依据，原本弯下去的腰杆立马又挺直了，冲着高强嚷嚷，让他赔医药费、精神补偿费、营养费、误工费。

"你妈都退休了，还要误工费？你脑子进水了吧你？"说这话的不是吉安敏，是曾菲，她在阳台上看到了楼下的一幕，立即拉着江承下了楼。

吴婶儿子立即甩头盯着曾菲，指着她的鼻子道："你谁啊？关你什么事儿啊，不该管的少管，管多了没你好处。"然后又盯着高强道，"你跑不掉的。"

高强已经气得说不出话来了，深吸了几口气，指着半倚在儿媳妇怀里的吴婶道："我家在这儿我跑不了，你是不是应该先管管你妈？"

这时候，周围的大妈们也都从刚才的惊吓中回过神来，纷纷指责吴婶儿子太过分，不说感谢人家，还想讹人，这世上还有没有王法了。

吉安敏不知道这吴婶儿子究竟是干什么的，但可以确定他太有斗争经验了，对周围大妈们的话充耳不闻，只盯着高强，救护车来的时候，非要高强跟着过去，否则他就不让他妈上车。

上车前，高强也没忘了吉安敏，低头问她："有事儿吗？要不要一块儿过去看看。"

吉安敏赶紧摇头道："我没事儿，不用了，你们赶紧去吧。"说完又忍不住叮嘱了一句："别让他给讹了。"高强点点头，把她转交给了江承，一脚跨上了救护车，可是眼睛却紧盯着吉安敏，直到车远了，吉安敏似乎仍能感觉到他的眼神，心里不禁有些抽抽。

"姐，你跟他啥关系啊？"曾菲越看越觉得这里面不简单，怀疑地问吉安敏。

吉安敏想了想，回答道："业主与业主之间的关系。"

"嘁，不信！"曾菲摇了摇头，又看到江承搀扶着吉安敏，便伸过手去说："我来扶我姐吧。"

江承侧身一挡，说："我来就行！"

曾菲碰了壁，心里老大不乐意，撇着嘴说："你看你那样儿，对我姐还没高强贴心呢。如果你不喜欢我姐，就放了她吧，那高强看起来也挺好的。"一句话说得吉安敏心里七上八下的，又想起了高强刚刚的眼神，说不出是什么内容，但就是让人忘不了。

三人回了家，吉安敏想到昨晚的经历，赶紧把曾菲拉进了房间，非常郑重地说："你今晚不能再把我赶去睡沙发了。"

曾菲不明白吉安敏的意思，眨眨眼道："你为什么要睡沙发啊？"吉安敏摸了摸还有些痛的肚子，一屁股坐到了床头说："不睡沙发我睡地板啊？"

曾菲好奇地看着吉安敏，蹦到床上，瞪着眼睛说："姐，你和姐夫都订婚了，你们没住一块儿吗？"

"啊？"吉安敏一愣，订婚了就应该住一块儿吗？这什么理论，别说是江承了，沈秦都没有。

"姐，现在都什么年代了。"曾菲像是看一个古生物似的，然后又兴奋地嘻嘻笑："姐，我觉得我的胜算又大了一成。"

吉安敏伸手拍了一下曾菲的脑袋："你以为所有的男人都是你想的那样吗？柳下惠也是有的。"

"切，柳下惠肯定是有病，男人都是下半身思考的动物，他们眼中也只有女人的下半身。”曾菲对吉安敏的说法嗤之以鼻，摆出一副经验十足的姿态。

“那你明天不要穿衣服好了，全世界的男人就都跟着你跑了。”吉安敏有气无力地说，刚刚吴婶儿子那一脚虽然没把她怎么样，但因为跌坐到了地上，感觉全身的骨架子都有些松散。

可曾菲仍然在喋喋不休：“姐，我真的好纠结，你说，你的前途堪忧，我则前程光明，可是我的快乐建立在你的痛苦之上，是不是有点不合适啊？”

“你终于发现不合适啦？”吉安敏好奇地看着曾菲，曾菲却又说：“但是爱情是自私而残酷的，所以，姐，对不起了！”

吉安敏白了曾菲一眼，这丫头怎么就那么笃定江承一定会喜欢她呢？赶明儿问问江承，是不是有所表示啊，如果真是那样，自己这边该怎么处理呢。

“姐，你还是去睡沙发吧，我不习惯跟别人一起睡。”

“那你明儿回家去吧。”

“不行。”

“那就两人一起睡。”

“姐，你该不会是和江承假订婚吧？”

听曾菲神来一句，吉安敏的小心脏顿时突突地跳了两下，但还是急中生智地说：“那你倒说说，他为什么和我假订婚啊？”

曾菲属于行动派，小脑袋一向不怎么够用，想了想，似乎真的不可能为了钱什么的和吉安敏假订婚。只是她哪儿知道，糖衣炮弹有些时候才是最有用的。

不管曾菲的小脑袋够不够用，但她一直够横，所以最后的结果仍然是吉安敏睡沙发。

吉安敏愁眉苦脸地拿着衣服去洗澡，一脱衣服才发现，肚子上硕大一块青紫色，心里不禁恨恨地骂道，丫当自己是如来神脚啊。

洗完澡躺到沙发上，吉安敏今天倒是倒头就睡了，并且做了一个美美的梦，梦里桃花盛开，一个帅哥和她牵着手漫步在桃林间，就那么走着，就算没有抬头，吉安敏仍然能够感觉得到帅哥那灼热的目光，让她心如脱兔。

只是这美好的情景没持续多久，便听到一个人在大喊："吉安敏吉安敏吉安敏……"然后眼前忽然出现一阵黑雾，雾中出现了一张清晰又帅气的脸，是江承，他扭曲着脸喊道："吉安敏！"这一嗓子，直接把吉安敏给喊醒了。

"我的妈呀！"醒过来的吉安敏吓得直喘气，想倒杯水喝，却又听到一声："吉安敏！"这一声又把她吓了一跳。

"江承你丫有病啊？喊什么喊啊？"吉安敏虽然不知道几点了，但就这梦来看，肯定不早了，所以虽然今天江承穿得整整齐齐地站在沙发边，但仍然是气不打一处来，多美好的梦啊。

"起来，给我弄吃的去，我饿了。"江承不理吉安敏，揉着肚子说。

"深更半夜还吃？你也不怕吃得胃穿孔啊？"吉安敏恨不得一脚踹死他，然后倒下将脑袋扎进抱枕里紧紧压住，告诉自己要平静，以求尽快睡着，最好能续上那个美梦。可是，还没等她把帅哥召唤过来，却发现江承在踢她，虽然力度不大。

吉安敏"呼"地坐了起来，怒视江承："你这小孩懂不懂事儿啊？我是你妈啊，你饿了找我要奶吃？"说完，自己忽然觉得不妥，小脸悄悄地红了。

"我不吃奶，我要吃夜宵，你不是说了给我做夜宵的吗？"江承不满地说，他觉得自己这一次简直是亏大了。

"我……说了要做夜宵？"

"吉安敏，是不是以后你说话得录下来啊？"

"不是，我想想……那，你要不要吃面条？"

"还有别的选择吗？"

"没有！"

"那好吧！"

吉安敏哀嚎着进了厨房，先把面条煮熟过凉水沥干调味，然后撒上一把葱花，再切一把葱炸成葱油浇在葱花上，当“滋滋”的声音响起，一股浓烈的葱香从厨房里飘出，江承瞬间出现在厨房门口。

“这么香？”江承看着穿着睡衣一脸不高兴的吉安敏，还以为她会煮一碗方便面对付自己呢。

吉安敏扭头木木地看着江承，把一大碗面端到他面前，咬牙切齿地说：“这一碗喂猪都够了，你应该也够吧。”

“别看我瘦，不定我跟猪谁吃得多呢。”江承端在手上便呼啦啦地吃了起来，有了吃的，他的智商便相当于恋爱中女人——等于零，完全没听出吉安敏那话的另一层意思。

“行，以后把你当猪来喂。”吉安敏倒在沙发上恨恨地说，江承倒听着很乐意，豪爽地答：“行，你就拿我当猪养。”然后想，自己要过猪一般的幸福生活了吗？

早晨，吉安敏是被一阵敲门声吵醒的，等她打开门，才惊觉自己这蓬头垢面的形象不应该开门迎客。可是，再退回去换衣服啥的，似乎更不合适。

敲门的是高强，他一晚上呆在医院里没睡，现在的形象也和吉安敏差不多，所以同样被吵醒的曾菲倚在门边乐呵呵地说：“你们俩还真登对。”

这样的状况是无论如何都不会在曾菲的身上发生的，她就算是睡觉也得漂漂亮亮的，哪怕门外是送外卖的小弟，她都要以最美的状态出现在他面前。

这大清早的当然不可能有送外卖的小弟，但有送早点的大哥，高强手上拎着一大袋小笼包，虽然面容憔悴，但却目光炯炯。

曾菲赶紧挤过去，接过来道：“高大哥，我最喜欢吃小笼包了，你真是太体贴了，知道我们家人多买了这么多。”

听到外面聊得热闹，江承也出了房门，正好看到曾菲那讨好的小样儿，瞥了一眼那袋子老大不高兴地说：“你接得倒挺快，是给你吃的吗？”

“大家都吃，都吃！”高强赶紧说，曾菲听了更是得意，拿起一个小笼包边吃边赞：“高大哥你真好，知道我姐今天没办法做早点就送过来。”

“她怎么没办法做早点啦？昨天晚上还给我下面条吃呢。”江承走过来，将手自然地搭在吉安敏的肩上。

吉安敏一愣，顿时浑身不自在，瞪了江承一眼，然后将他的手拨了下去，可是他又厚颜无耻地搭了上来，几次三番之后高强倒是尴尬了，说：“你们先吃吧，我回家睡会儿去。”

“你昨晚上还好吧，他有没有为难你？”一直没说话的吉安敏心里不免有些失落，脱口而出。

本来准备转身走人的高强眼里顿时闪出一丝亮光，又是摇头又是摆手道：“没事没事，就是陪了一晚上，吴婶儿已经脱离了危险，过几天就可以出院了。”

正说着，曾菲挤了过来，一手拿着小笼包，一手拉着高强，热情地说：“来来来，进来一起吃，吃完了再回家睡觉也不迟。”

江承不禁瞪大了眼睛，可是瞪得再大也没用，高强已经在曾菲的强力挽留下，半推半就的进了屋。

“我给你们热牛奶去吧。”吉安敏说完赶紧进屋换了衣服，然后进厨房热牛奶，可是江承却跟着走进来说：“我要喝咖啡。”

“喝咖啡吃小笼包？这中西合璧倒是稀奇。”吉安敏虽然这样说，但还是为江承冲了一包速溶咖啡，可是江承却挑挑拣拣地不乐意，嘟囔着：“现磨的才好喝嘛。”

吉安敏盯着江承，然后叉着腰，严肃认真地说：“知道为什么好多人喜欢穿名牌吗？其实不是因为面子，是因为舒适透气，穿得舒服；知道为什么好多人喜欢住豪宅吗？因为宽敞开阔，住得舒服；知道为什么要买豪车吗？因为有速度有激情，开得舒服，所以我非常理解你想喝现磨咖啡的心情，但是请问你要我拿什么磨啊？磨什么？”

“咖啡机很贵吗？”江承一脸嫌弃地喝着速溶咖啡问吉安敏。

“从一百多到几万块的都有，就你这品味，我伺候不起，何况我没钱没时间没心情，玩不起那个。”吉安敏继续热牛奶，她就不明白了，江承好歹也 25 了，怎么像是个不谙世事的小孩子，看到什么好就要什么，也不想想自己是不是要得起。

江承默默地听着吉安敏唠叨，倒也不再辩驳，等吉安敏把奶热好，他的咖啡也喝了一半了。

曾菲见江承跟着吉安敏同进同出，有些不大乐意了，撅着嘴道：“姐夫，我姐又飞不了，你用不着这样守着吧。”

“姐夫？”高强诧异地看着吉安敏和江承。

曾菲见高强这样，倒是急了，好不容易来一个同盟，可别还没动手就退缩了啊，赶紧伸手拉着高强道：“他们只是订婚，还没结婚呢，不过我有信心他们结不成婚。”

“为什么啊？”高强听曾菲这么一说，诧异变成了好奇，其他的暂时就顾不上了。

只见曾菲拍了拍胸脯说：“因为有我啊，我迟早会把我姐夫抢过来的。”然后站到江承的旁边，冲着高强说：“看，是不是我俩更有夫妻相？”

“谁跟你有夫妻相，别咒我。”江承赶紧闪到吉安敏的身后。

这一闪，曾菲心里不痛快了，但没几秒钟便又精神抖擞道：“就算你跟我没夫妻相，你和我姐也不是夫妻，顶多是姐弟脸。”

“能不闹了么？好好吃个早餐不行吗？吃都堵不住嘴。”吉安敏无奈，高强却苦笑了一下，问她：“你，要紧吗？要不要去医院看看？”

吉安敏刚张开嘴，曾菲又替她回答：“当然要，我姐肚子上青紫一片，恐怖得不行。”

“啊？”高强吃惊地看着吉安敏，可是江承却说：“哪儿有，一点事儿都没有，你忙去吧，有什么事的话，我会处理。”

“你这人懂不懂什么叫体贴啊？你如果真爱我姐，哪怕我姐指甲断了，你也应该当手断了一样对待，哪有这样的，那么厉害的一脚踹上来，你还紧着说没事没事，幸好这是在肚子，如果在脚上，说不定就骨折了。”曾菲跳起脚来说，她已经忘了，她是要抢姐夫来的，说完还不算，还冲过去把吉安敏的衣服给掀起一小半，正好露出那一片青紫来。

曾菲其实只是猜想吉安敏会有青紫，吉安敏从小就是敏感性皮肤，只是没想到这么恐怖，倒吓了自己一跳。

“我……”

给曾菲这一闹，吉安敏的脸“腾”地就红了，当着两个大男人的面，肚皮这样露着，而且还是这样一副恐怖狰狞的样子，顿时又急又臊，可偏偏曾菲却完全没明白她的感受，还在大喊大叫道：“你们看你们看，我姐这伤得多重啊，真是狠心啊，肠子什么的不知道有没有肿。”

肿你妹啊肿！吉安敏拼了命地把衣服往下拉，可是曾菲似乎还不过瘾似的，死死地拽住衣服，盯着喊道：“要不要去医院啊？要不要告诉姨妈？”

“我送你去医院吧。”高强赶紧起身说，江承不认输地上前一步，紧挨着吉安敏道：“要送也是我送，你负责医药费就行了。”

“我说要去医院了吗？”吉安敏看了这几个人一眼，心想，他们怎么都喜欢为自己拿主意呢？

“谁要去医院？敏敏是你吗？你怎么啦？”这时从玄关处走进来一个人，鞋都没换，连珠炮的问题把大家都问蒙了。

曾菲很是仔细地辨认了一下，才认出这人是李大可，终于松开拽住吉安敏衣服的手，不可思议地前后左右再一次打量了一下李大可才问：“大可哥，你这是怎么啦？怎么感觉像是被人拐卖了之后逃回来的啊？”

吉安敏也是一肚子的问号，昨天见李大可的时候还衣冠楚楚像是要去相亲，今天怎么就憔悴成这样了？看那胡子拉碴的，还有一对熊猫眼，似乎过了一晚上，脸上的皱纹都多了些，这得有多大的事儿才能把他折腾成这模样？

“李大可，你不会是被人劫色了吧？”吉安敏给李大可倒了一杯牛奶递过去。李大可像是见了失散多年的亲人似的，恨不得跟吉安敏来一个拥抱，也就不计较她说什么了。

“敏敏啊，我就知道你对我最好，所以我必须来找你，要不……这日子……”李大可都说不下去了，眼圈都红了。

“到底出什么事啦？”吉安敏见李大可这样也急了，问了半天，李大可才憋出一句话来：“我被宋波给踹了。”

“哦！”这个字是吉安敏和曾菲同时发出来的，虽然只有一个字，却让李大可有点受刺激。他不明白，她们俩一起“哦”是什么意思，那就是意料之中呗，难道自己真有这么差吗？

“为什么？赶紧说说。”

李大可觉得自己的心都碎了，真后悔跑这一趟，本来是找安慰的，结果却是找刺激。谁知道，这刺激还没完，曾菲又补了一刀：“我以为大可哥的心早就无坚不摧了呢。”

“为什么我的心无坚不摧啊？”

“你不是老被人甩吗？”

“我什么时候被人甩啦？”

“你要我说出来吗？我都记得呢，你小学六年级的时候，你们班有个叫李薇的……”

“停，不用你帮我回忆！”

“那你是不是承认了？”

李大可昨天没机会和吉安敏聊到曾菲，所以他不知道曾菲在这儿，要不打死他也不会来，小时候他总是欺负曾菲，现在自己被人踹了，她还不得使劲儿地报复，尤其还当着这么多人的面儿，更会加把劲。一想到这里这么多人，李大可又想到自己刚进门时听到的，吉安敏要住院？

“敏敏，你为什么要住院，怀孕了吗？他们俩谁的？”李大可之所以这样问，是觉得吉安敏看上去好胳膊好腿儿，精气神儿也挺足的，除了怀孕，他实在想不明白为什么要去医院。

吉安敏的脸都气绿了，恨不得把李大可拎起来扔到门外去，曾菲则双眼放光一脸崇拜地说："李大可，你真是太劲爆了，你女朋友太没眼光了，和你在一起过日子，这生活多有戏剧性啊。"

"那要不你和我一起过？"李大可白了曾菲一眼，却也接到了曾菲回的一个白眼珠子："我跟你过？我眼瞎了还差不多。"

"要不，吉小姐还是去医院看一下吧。"高强好不容易插进了一句，又成功把大家的眼光转移到了吉安敏的肚子上。

吉安敏头摇得像拨浪鼓似的："不用不用，就是软组织挫伤，如果是脑袋还需要去看一下，那地方不用。"

"为什么会挫伤？哪个地方啊，是不能让人看的地方吗？那地方是怎么会挫伤？"李大可又惊了，但他每一次开口，都让吉安敏恨不得去死。

"你不开口没人当你是哑巴。"吉安敏扔了一个抱枕到李大可脸上，被李大可抱在手上，一脸认真地说："我是你娘家人啊，我得护着你，说，究竟是谁欺负你，把你挫伤了？我饶不了他。"说完还冲着高强和江承两人分别狠狠地瞪了一眼。

曾菲窝在沙发上笑得直抽筋，半天才直起身子，一边抹眼泪，一边看着李大可道："大可哥，我终于知道你为什么被人甩了。"

"为什么？"这个问题李大可一直想知道，可就是没人跟他说明白，虽然他挺不待见曾菲的，但他相信只有曾菲会对他实话，因为她也不待见自己。这个世界不就是实话最伤人吗？所以大家都喜欢用实话去戳自己不喜欢的那个人的心窝子，于是李大可挺起了胸膛，等着曾菲去戳。

可是，曾菲慢悠悠地说："因为没有几个人发现你是这么一块宝。"说完了，李大可还是没明白，顿时觉得自己刚才的赤诚之心有点儿亏。

第六章　情敌

“啊！”吉安敏的一声大叫切断了大家的正常思维。

“姐……”曾菲怯怯地看着吉安敏，不明白发生了什么事。吉安敏指着墙上的钟，眼睛都直了，大叫着冲看着她的人喊：“怎么没人告诉我上班的时间到了？”

“不就上班迟个到嘛，用得着这样吗，你还受着伤呢。”曾菲可怜巴巴地看着吉安敏，好像受伤的是她似的，其实她只是觉得眼前的局面太好玩了，如果吉安敏走了，戏不就没得唱了吗。

没有人比吉安敏更了解曾菲，她瞪了曾菲一眼，冲进房间换好衣服，出来拿了两个包子便出了门，李大可从后面跟出来道：“我送你吧。”

“有代价没？”吉安敏戒备地看着李大可，这闺蜜好是好，可就是太小气。

李大可想了一下，摇头道：“目前没什么想法，先欠着吧，反正从小到大你欠我够多的了，也不差这一次。”

上了车之后，吉安敏的心才安定了下来，可是瞬间又烦躁起来，她不明白为什么自己的日子会过成这个样子，小时候妈妈说考上了好的大学就好了，可是考上好的大学之后她又忙着找工作，忙着上班，忙着找男朋友，好不容易找着了，男朋友还给弄不见了，可是班还得赶着上，见了黄老总就像是老鼠见了猫似的。

“你说如果我不上班了会怎样？”吉安敏问李大可，还没等李大可回答又自言自语道，“如果我可以不上班，我就睡觉睡到自然醒，穿着睡衣去买菜，吃完了饭就数天上飞过几只鸟，数累了就窝在躺椅上睡觉……如果能这样，多幸福啊！”

“其实还不算幸福。”李大可一脸深沉地回道。

“那怎样才算幸福？”吉安敏挺感兴趣地问，哪怕实现不了，想想也好啊。

“如果有人把吃的喝的送到你嘴里，你每天只需要张嘴吃啊喝啊，然后吃饱喝足就睡，睡醒了就看看天啊，数数小鸟，到最后的时刻，还有人主动送你一程，不用顶着一头白发，把每一天都当做是赚来的过，是不是更幸福？”李大可说完哈哈大笑，吉安敏这才明白过来他说的是什么意思：“你竟然说我是一只猪。”

“我只是说猪比我们幸福而已。”李大可笑着伸手揉了揉吉安敏的头发。

吉安敏被这样一打趣，也觉得生活不过就是这么回事，便又想起李大可这一大早过来肯定是有什么事，于是问：“你难得起这么早，还来找我，有什么大事？”

李大可反而不知道该怎么说出口了，半晌才说：“昨天晚上宋波正式跟我提出分手了。”

吉安敏一愣，忽然觉得好笑，她记得小时候她没考好，李大可成绩也一定下滑得厉害，自己考上的大学，平时整天瞎嘚瑟的李大可也跟着考了进来，这回似乎又凑到了一起，有种难兄难弟的感觉，拍着李大可的肩膀说：“嗨，没什么，谁这辈子不分几次手啊。”

李大可苦笑了一下道：“你那么想得开，为什么还放不下沈秦？”

吉安敏想了想，说："因为他没跟我说分手。"

两人一直沉默着，直到到了吉安敏公司的楼下，挥手道别。

吉安敏刚刚打完卡，便听到黄老总在身后狮子般地怒吼："你还好意思打卡？你看看，都几点钟了，迟到半个小时了！"

吉安敏忽然又觉得厌烦了，这样的生活有意思吗？为了挣那么点工资，三十岁的人了，被老板当着大家的面没脸没皮地骂着，真的有必要吗？

"还好意思说要业绩做到第一，你的行动呢？"黄老总还在扯着领带唾沫直飞，脖子上的肥肉有节奏地一晃一晃，让吉安敏又想起了李大可那个"幸福的猪"的比喻，可眼前分明是一只疯狂的猪。

"你竟然还笑？你还有脸笑，你说说，你笑什么笑啊？"黄老总拉过一个椅子，叉着腿气哼哼地坐下，瞪着吉安敏，那副样子让吉安敏困惑，为什么一个大男人有这样碎的嘴，他可以直接扣工资，甚至直接开除，但为什么要像一个女人一样喋喋不休。

吉安敏肚子上的肌肉隐隐作痛，觉得自己都要疯了，脑子里嗡嗡一片，情不自禁地大喊一声："你给我闭嘴！我只是给你打工的，又没有卖给你。"

"你……你竟然还敢顶嘴。"黄老总一愣，开公司这么久了，没一个人敢这样对他说话，他手指颤抖地点着吉安敏咆哮道："你给我滚。"

"我凭什么滚啊？你叫我滚我就滚啊？你以为你是谁啊，你有什么资格这样对我说话，你只不过钱比我们多一点儿而已，懂吗？"吉安敏忽然很爽，她觉得自己真是帅呆了。

"吉安敏，你怎么可以这样对黄老总说话？"琼斯终于回过神来了，裹着紧身小黑裙一脸忠贞地挡在黄老总的前面。吉安敏白了她一眼，懒得跟她说话，可是琼斯见她没说话，气焰却嚣张起来："你别不知好歹，你吃的喝的穿的用的都是黄老总给的。"

吉安敏走到琼斯面前一个字一个字地说："我非常认真地跟你说，我吃的喝的穿的用的都是我自己挣来的，如果你吃的喝的穿的用的都是黄老总给的，那是你的事，别扯上我。”

看着黄老总气得发绿和琼斯气得发白的两张脸，吉安敏觉得心情无比爽快，可结果却是悲摧的，黄老总当场把她给开除了，并且垫了一个月的工资，让她现在立即就滚蛋，连离职手续都不用办了。

吉安敏走出办公室的时候手里抱了一个大大的纸箱，吉安敏从来都不知道，自己在公司竟然有这么多的私人物品，纸箱都快装不下了。

在办公桌上收拾个人物品的时候，吉安敏狂躁而不耐烦的心才慢慢地被另一种情绪填满，不是伤心，不是难过，当然也不是喜悦，她一直搞不清楚这是什么感觉，直到站在路边等了半个小时都没打到出租车的时候，才知道这种情绪其实叫惆怅。

回到家后曾菲竟然说：“你怎么能做这么幼稚的事情？”

“不是说年轻人应该多跳几次槽吗？我毕业到现在才有过两份工作。”吉安敏努力为自己找一个比较合理的理由，她觉得这样容易接受。

可是，曾菲却鄙视地看着她道：“可你还是年轻人吗？”

如果曾菲是一个射手的话，一定会是一个非常职业的狙击手，因为她一枪就命中了吉安敏的命门，让她脸色煞白，双眼圆瞪，气得要死却一个字都说不出来。

“啊——姐，你不会是不放心我和姐夫两个人在家，所以才辞职的吧？”曾菲想到这里，心里酸酸的，盯着吉安敏一定要她给个答案，又不甘心地问，“姐，你不会真的这么幼稚吧？”

吉安敏想说不是，可是又觉得解释不清楚，因为她之前从来不敢想象自己竟然真的会被黄老总赶出来，她以为除非黄老总拿把刀要冲着她砍，否则她得老死在这公司，天知道她有多讨厌去面试，对着一群陌生的人挺不要脸地说自己有多优秀。可是，今天怎么就冲动了呢？而且到现在还没有后悔的意思。

吉安敏还没有想好怎么回答，听到动静的江承就戴着一幅眼镜从房间里走出来，这形象吓了曾菲一跳，她第一次看到这样的江承，禁不住问道："你近视眼吗？"

"你不知道有防辐射眼镜这一说吗？"江承取下眼镜，又看着吉安敏和她脚边的纸箱问："怎么啦？"

"辞职啦！"吉安敏故作轻松地说，其实她现在很想一个人躲到房间去好好地睡一觉，但是曾菲过来了以后，那房间就已经不属于她了。

"我刚睡醒，正好要活动一下，我出去买菜吧，要不你到我房间睡一会儿？"江承看着吉安敏，指了指自己的房间。

吉安敏愣了，忽然心里很感动，没想到在她眼里一直是小男孩的江承，也有这样体贴的一面。

拿了钱包，江承就要出门，却被曾菲拉住说："姐夫，我跟你一起去买菜吧。"江承看了一眼疲惫的吉安敏，点头应了，乐得曾菲像是见到了鱼的小猫，恨不得去挠墙。

曾菲其实在刚才想到吉安敏可能是为了看住她和江承才辞职的时候，就委屈得要哭了，别看她这两天一直呆在家里，可是江承总是宅在房里不出门，好不容易等到他出来喝水，想来点小动作，可是人家都舍不得瞅她一眼，这让曾菲非常沮丧。

江承和曾菲出门之后，吉安敏想了想，还是回了自己的房间，可是推开门一看，这房间还能住人吗？被子没叠，床上椅子上，甚至地上全都是曾菲的衣服和私人物品。想到躺下之前，还得先收拾一下，吉安敏摇了摇头又走到了江承的房间。

推开门，吉安敏呆了，她没有想到一个 25 岁 IT 男的房间会这么整洁，不但整洁而且很温馨，颜色搭配得很温暖，窗台上，电脑桌边和床头还放着几盆小绿植。

虽然和江承在一个屋檐下这么久了，但是他们一直是井水不犯河水，话都没多说几句，更别说进彼此房间了。

这一看，吉安敏不想走了。

江承的房间不但整洁，而且连一点异味儿都没有。拉上窗帘，窗帘竟然是两层，一层是透光，一层是遮光，拉上遮光帘，房间里一丝光都透不进来，像晚上一样。躺到江承的床上，吉安敏闻着莫名的清草香，感受到了前所未有的踏实，原本纷杂的心情竟很快就安静下来，进入了梦乡。

梦里，吉安敏坐在草地边的悬崖上，草原很像小时候外婆家旁边的那块草地，那块草地其实并不大，但在小小的吉安敏看来却是非常的宽阔，她可以在那里玩上一整天，那些花啊草啊小蛐蛐啊都是她最好的伙伴，每次看到有炊烟升起的时候，她才告别它们回家。

只是在梦里，吉安敏不明白，什么时候草地的旁边会有一个悬崖，而且自己又为什么要坐在这里？

“咚咚咚”的敲门声惊醒了吉安敏，她瞪着眼睛在黑暗中适应了半天，才知道自己睡在哪儿，当她终于舍得起身的时候，房门也被推开了，江承侧着身子倚在门口说：“起来吃饭吧，我做了红烧排骨。”

江承背着光，吉安敏看不见他的样子，但却看到他被一团柔和的光温暖地裹着，心里也跟着暖了起来，忽然觉得这样的日子如果可以一直下去多好。

想到这里，泪水不知道怎么地，就流了下来。

吉安敏第一次发现，过于温暖的事物容易让人麻痹，甚至瞬间失忆。眼前暖暖的江承微微地笑着，竟然让她觉得自己也不过是个二十出头的小姑娘，还带着二十岁出头小姑娘的执拗，所以她牙不刷脸不洗衣服不换，就那样皱皱巴巴地坐到餐桌前。

“姐，你这个样子真像被人刚刚从洗衣机里拎出来的，我都想把你挂到阳台上去晾晾。”曾菲歪着脑袋看着吉安敏。而吉安敏看着曾菲筷子上夹着的排骨，餐厅的灯是桔色的，打在刚刚出锅的红烧排骨上，泛着既柔和又诱惑的光芒。

“饿了吧？”江承递了一双筷子给吉安敏，温和地说。

吉安敏抬眼看了一眼江承，发现他穿着一件纯白的 T 恤，眼睛亮晶晶的躲在漆黑的头发下面看着她，又看了看桌子上的排骨，泪水就那样流了下来。

曾菲莫名其妙地看着吉安敏，抬起头来问江承："你确定你做的是红烧排骨不是催泪弹？"

"我确定，真的是红烧排骨！"江承郑重地点头，夹起一块排骨，那弹性那光泽那质感那欲说还羞的香，放到《舌尖上的中国》里面都可以用。可是，怎么就让吉安敏泪流满面了呢？

吉安敏放下筷子，双肩都塌下去了，有气无力地说："我失恋了，又失业了，我以为我都没饭吃了，没想到竟然还有红烧排骨吃……"

"失恋了？"曾菲大叫一声，筷子上的排骨"啪"地一声又掉到了桌子上，江承很不满意地皱了一下眉头。曾菲有些不敢相信理想竟然这么快就实现了，张着嘴看吉安敏，又扭头看了看江承，然后拍拍自己的胸口说："这么激动人心的消息真下饭，姐你说的是真的吗？"

吉安敏愣愣地看着曾菲，自己刚刚宣布的失恋和失业，不论哪一条激动她心，都足以暴露她让人鄙视的内心，于是咬牙问："你还是我妹妹吗？我们真有血缘关系吗？"

"我们当然有血缘关系，但终归不是亲生的。"曾菲点头肯定道，又瞪着闪光的双眼追问："你们真的分手了吗？是因为我吗？"

曾菲曾经被人称为"拆女"，意思是吃饱了撑得没事干，便去拆散别的情侣，而且成功率非常高，曾菲却妥妥地接受了这个称号，甚至大言不惭地说："我免费给他们做情感检验还不好吗？如果真的情比金坚，我能拆得散吗？只能说他们自己感情本身就是一块破豆腐，我才不稀罕呢。"因此，"拆对儿"对于曾菲来说只是一个游戏罢了，而且她对自己的"拆功"是非常有信心的。但一向无往不利的曾菲遇到江承好像就没辙了，他就像是钢制的板墙，无从下手，因为人家都不怎么正眼看她。因此，乍一听到吉安敏说分手的消息，她就激动了，既帮姐姐 PK 掉了一个渣男，又证实了自己的实力，这才是一石二鸟，这才是一箭双雕啊！

吉安敏被曾菲这么一刺激，也有些清醒过来了，是啊，自己现在是和江承谈恋爱啊，怎么把这个给忘了。正想怎么补救，江承却从桌子那边走了过来，拿出手帕擦着吉安敏脸上的泪水，温柔地说："对不起，都是我的错，原谅我好吗？你看我都做红烧排骨赔礼道歉了。"

"啊？"

"啊！"

吉安敏和曾菲同时出声，不同的是吉安敏是脑子暂时短路前发出的声响，而曾菲则是彻彻底底的失望，心里甚至还嘀咕：分个手还这么黏糊，爽快点不行吗？

此刻，吉安敏看着眼前贴心温柔的江承，心里七上八下的，摸了摸自己的脑袋，是自己睡迷糊了吗？为什么会觉得江承诚意十足，而自己瞬间变成了言情电视剧里面被馅饼砸中的"女猪"呢？

"江承……"吉安敏如梦似幻地喊了一声，她自己都被这柔腻的声音惊了一下。然后，便发现刚才还温情脉脉的江承竟然朝她飞快地眨了一下眼睛，她从梦幻粉红泡泡的世界一下回到了鸡飞狗跳的现实中，然后"失恋失业"四个字又开始在眼前欢快地晃荡着。

扯出一丝笑容，吉安敏有气无力地拍拍江承的脸说："好吧，我原谅你了！"谁知江承却拿起她的手吻了一下，然后起身凑在她耳边说："记住！我，是，你，的，男，朋，友！"

吉安敏被江承呼出来的热气弄得耳朵和心里都痒痒地，慌乱地点头道："我知道了。"

江承这才满意地回到自己的座位，他是一个认真的人，既然说好要演，当然不能露出什么破绽来，想到这里，他抬起头对吉安敏说："敏敏，既然曾菲不习惯两个人睡，不如你晚上就到我房间睡好了。"

江承说这话的时候，吉安敏正在喝汤，曾菲正在吃排骨，于是两人同时娇躯一震，又同时咳嗽不止，一个是呛着了，一个是给骨头卡着了。

“你们这都是怎么啦？”江承又不得不起身，过去站在她们中间，手忙脚乱地拍背和递餐巾纸。

“姐夫，你说话要不要这么直接啊？好歹……好歹顾忌一下我幼小的心灵行不行？而且，你刚才都不管我。”曾菲刚刚一边含着泪伸手拿骨头，一边看着江承对吉安敏呵护备至，心里别提多难受了。

“你那小脑袋怎么可能被那么大个骨头卡住，你姐呛到更难受。”江承解释道，他也明白自己刚才的话有歧义，不过晚上他一般不怎么睡觉，工作时间居多，床空着也床着，而且怎么都比沙发睡得要舒服些，哪知道这姐妹俩反应那么大。

这顿饭真是吃得一波三折。吉安敏好不容易平复过来，看着桌子上的菜，都有些不敢下筷子了，看着江承和曾菲说：“如果有什么事，或者有什么话，可以等饭后再说吗？”

江承微笑着点头，曾菲却嘀咕着：“不知道我的喉咙有没有破。”

“你居然会被骨头卡着，你觉得骨头比肉好吃吗？”吉安敏难以置信地看着曾菲，对面的江承则非常认真地说：“说明我的厨艺很不错，骨头和肉一样好吃。”

“这真是你做的吗？”吉安敏疑惑地看着江承，虽然以前两人来往不多，但屋子里成天弥漫着江承泡的方便面味道，这让她难以相信，一个把排骨做得这么好吃的人，竟然愿意天天吃泡面？

江承还没回答，曾菲便头如捣蒜说：“是的是的，姐夫在厨房里捣腾了半天呢，都不让我进去帮忙。”

本来曾菲想象地是这样的，江承炒菜，她在一旁择菜，然后他夹一口菜喂给她，温柔地说：“尝尝，好吃吗？”她则一脸沉醉的吃进去。曾菲都想好了，哪怕是黑暗料理，她也会毫不犹豫地吃下去，然后说：“姐夫，真的好好吃哦。”啊不，应该是：“承，真的好好吃哦。”俊男和美女挤在香气四溢的厨房，想想都浪漫。

可事实是，曾菲还没开口，江承便“啪”地把厨房门关上了，差点把她垫过的鼻子撞歪了。

曾菲也千回百转地想过，就江承对自己这态度，还这样锲而不舍地追他好吗？当然是不好，有句话说了，谁先开口谁先输啊，而自己已经不仅仅是开口的问题，还竖起了旗帜表明要争夺阵地。为什么这样呢？结论只有一个，便是自己是找到真爱了呀，江承又帅又有才还会下厨，腿还很长，这简直是从韩剧里走出来的欧巴，过了这个村就没江承这个店，因此，更要一往无前，追求到底！想到这里，曾菲猛地点点头，在心底做了个“加油”的姿势。

当然，曾菲这些强烈的心理活动吉安敏和江承是不知道的，而且江承已在吉安敏疑惑又犀利的眼神中败下阵来，老老实实地交代：“其实，是在‘又一居’里打包回来的。”

“啪”美丽的泡泡破灭了一个，曾菲不死心地追问：“那你在厨房里那么久是干吗啊？”

“把菜装盘啊。”江承老实地说，然后有些气馁，因为他发现把菜装盘竟然也是个技术活儿，那汤汤汁汁地弄了一厨房，怕吉安敏不高兴，只好又闷着头清理干净，于是，就用了那么久。

吉安敏无语了，曾菲低下头默默地吃排骨，感觉似乎没刚才那么好吃了。

三个人的晚餐瞬间安静了，窗外的广场舞音乐就显得尤为清晰，但也不影响他们听到敲门声。

开门的是江承，为了掩饰自己的尴尬，他几乎像一只箭那样飞过去开的门，有句成语叫“离弦之箭”，用它来形容就对了。

可一打开门，江承便后悔了，门外站着的是笑容可掬的高强。尽管江承很想以刚才的速度把门关上，高强却仿佛看透他的心思一般，赶紧上前一步抵住了门，然后继续笑容可掬地看着他。

“请进吧！”江承轻叹一声，无奈地让开了一条路，吉安敏赶紧迎了过去，很明显高强是冲着她来的。

眼前的高强明显精神多了，浅蓝印花短袖 T 恤配一条米色长裤让他看起来像是从时尚杂志里面走出来的一般，看上去既成熟又儒雅。

“高大哥，你哪像是做音响生意的呀，简直就是从华尔街回来的金童嘛。”曾菲毫不吝啬地称赞，本来她还想说一句“你和我姐真般配”，但看了看可以用蓬头垢面来形容的吉安敏，还是收回了这句话。

高强两手拎满了东西，在吉安敏的示意下放到了茶几上，然后一样一样拿出来，有雪蛤，有燕窝，有阿胶，有红枣，有补血颗粒，甚至还有乌鸡白凤丸。

“你……这是干什么呀？”吉安敏看着这一堆东西有些手足无措，没想到自己才三十岁就有人送补品了。

曾菲一手拿着排骨，一手拨弄着桌上的东西，幽幽地说：“高大哥，你这些东西可真混搭，补血健身还美颜。”又对吉安敏说：“姐，你如果嫌多就给我吧。”

吉安敏白了她一眼：“不怕流鼻血？”

曾菲赶紧摇头：“不怕不怕。”

遗憾的是吉安敏压根就没回应她，直接对高强说：“你都拿回去退了吧，等我的年龄乘以二的时候，你再送过来。”

高强一听赶紧说：“我都问清楚了，这些东西不是给老年人喝的，再说也退不了啊。”

“可是我看着就觉得自己老了。”吉安敏还是坚持让高强拿回去，她从小就不爱占别人的便宜，虽然替高强挡了一脚，但也不至于这样。江承在一边凑热闹：“心情好才是最好的。”意思是，如果高强不拿回去就让吉安敏心情不好了，这比啥都不好。

眼看高强僵在那儿了，曾菲赶紧把排骨吃完，擦了擦手说：“这东西这么不好吗？要不高大哥，我收了？”这时的高强再不愿意也只能点头说好，于是当着几个人的面，曾菲把东西两手一搂直接抱回了自己房间。

吉安敏回过神来，跟曾菲进了房间，气道："你干什么呀，没见过东西吗？"她是真的恼了。

可是曾菲却了解地看着她道："姐，我了解你，但是你觉得真的应该让高强把这些东西拎回去吗？这样合适吗？"

"那你也不应该这样做啊。"吉安敏觉得曾菲太给她丢脸了。

"那你觉得应该怎么做？你看你刚才那样，好像高强如果不把东西拎回去你就要翻脸似的，又不是你接了这东西就得答应他什么，姐，不能这样，人家诚心诚意地买东西来，你这不是在打他脸吗？"

吉安敏听曾菲这样说，也觉得好像有些道理，但她还是觉得不应该拿别人的东西，尤其是这么贵的东西。

"如果你觉得不合适，就用别的方式还回去不就行了吗？"曾菲直冲吉安敏翻白眼，又指着那堆东西说："你当这些我真的想吃啊，我只是给高强一个台阶下，咱们回去的时候把这些都拎给大姨，她一定高兴坏了，就当你孝敬她的好了。"

吉安敏听曾菲这样一说觉得也有道理，却有些发愁，该还什么给高强呢？而且瞧这一堆东西那钱肯定不老少，自己现在工作都没有，想想都肉痛。

正在这时，客厅里吉安敏手机的铃声响了，"愿得一心人，白头不相离"唱得撕心裂肺的，曾菲痴痴地笑道："姐，你的心愿不用这么明显地表达出来吧。"

吉安敏一听这话，又想到客厅里的两个男人，脸上莫名地烧了起来，赶紧冲出去接电话。电话是李大可打来的，说了几句疯话，吉安敏敷衍了几句就挂了。在吉安敏看来，失恋的人总会有一些反常的行为，当初沈秦不见了的时候，自己还不是像疯子一样满世界去找人，对于李大可实在不必太在意，他顶多也就说几句疯话而已。

吉安敏觉得自己失恋又失业，比李大可更需要疗伤。

第七章　抢手

不用上班，吉安敏便一直窝在家里，非常用心地研究一日三餐，力求既营养又美味，而且色相也要好，于是江承和曾菲便享福了，两人一个腰粗一个肚圆。后来还加上了高强，见天儿过来蹭饭吃，而且充分发挥了“奸商”的本质，吃了喝了，却凭着一张笑逐颜开的脸，一颗无比强大的心，一个似乎永远听不懂拒绝的脑子，任江承怎么暗示都没反应，他只好把这口气撒在曾菲身上，成天对她没好脸色。

曾菲觉得很冤枉，不过是高强又来送“营养品”，又“正巧”是进餐时间，她便稍微热情地邀请他共同进餐。

“吃饭的时候来客人，请人家一起吃饭不是人之常情吗？我也没想到他就答应了，而且还赖上了。”曾菲向吉安敏诉苦，脸却是对着江承的，吉安敏心里明镜儿似的，所以什么也没说，反正她也不在乎谁吃谁不吃，江承和高强对于她来说都是一样的。

江承看了一眼吉安敏，瞪着曾菲说：“你好意思说那叫稍微热情？你都恨不得拿个手铐把人家铐到饭桌上了。”“哪有这样，姐，当时你也在场，你说，我有那样吗？”本想着撇清的曾菲听到江承这样说顿时急了。“好像，是有这么一回事。”吉安敏故意想了想说，其实她觉得江承没必要这样较劲，毕竟他们只是假恋爱，可人家都是为了她，怎么说都是她占便宜，所以只能帮江承。

曾菲却觉得吉安敏不识好人心，她可是在给吉安敏制造选择的机会，再说了，男人这种动物都是需要斗争的，没有竞争就没有压力，没有压力，爱就体现不出来。可是吉安敏竟然一点儿感觉都没有，真是个爱情白痴，正气鼓鼓地，却听到江承兴奋地说：“不会是你对人家有什么想法吧？”

曾菲眨了眨眼睛问道：“你不会是吃醋了吧？”

这一回合因为江承的恶趣味而落败，他讪讪地换了运动装出去跑步。这是江承一个比较好的习惯，因为需要加夜班，所以他会在晚饭后一个小时去跑步锻炼身体。

在江承出门后，曾菲非常认真地表示要和吉安敏来一次正式的对话。“好，你说吧。”吉安敏懒懒地躺在沙发上看着曾菲，不过心里有些过意不去，自己如果和江承真的谈恋爱倒也罢了，可事实不是，其实江承和曾菲从年龄上看倒真是更合适，但却不能帮她一把，还有种占着茅坑不那啥的意思。曾菲哪里知道吉安敏想的是这些，她小心翼翼地给吉安敏倒了一杯她喜欢的花茶，然后挺直了腰问：“姐，你觉得你和姐夫真的合适吗？”“你觉得呢？”吉安敏本想说不合适，可刚想开口又变卦了，她忽然想知道，如果自己和江承是真的恋人，大家会怎么看？尽管她这样想，但曾菲的答案仍然在她意料之中。曾菲像是怕吉安敏后悔问这个问题似的急急地说：“当然不合适啊，姐你想想，姐夫他小你五岁，有人说女人的心理年龄比男人要大七岁，这样一算，你比姐夫要大十二岁，姐……你真有信心抓得住他吗？”吉安敏还没想清楚该怎么回答，便听到有人冷冷地接话道：“是三到七岁，而且我在男人中是很成熟的，心理年龄比别人大十岁。”扭头一看，江承一脸冰冷地站在门口。

“姐夫，你是刘翔吗，这么快！”曾菲讪笑道，从江承的眼中，她发现自己好像电视剧里让人讨厌的女二号，正事没有，专在背后害人。可是仔细想了想，又觉得自己并不是不希望吉安敏过得好，而是劳心劳力地为吉安敏打算，于是又理直气壮了。

“大可，你怎么来了？”吉安敏看到跟在江承后面的李大可不禁奇怪，难道他的伤还没疗好?

吉安敏对李大可的感情史比对自己的还了解，虽然她已经不记得李大可谈了多少次恋爱，但却知道他顶多伤三天，第四天便满血复活了。这一点吉安敏特别佩服。曾菲一看到李大可，便知道江承为什么不跑步了。我姐让他这么紧张吗？曾菲不免奇怪，然后情不自禁地打量了一下吉安敏，虽然眉清目秀，但也说不上有多好看，多惊艳，再加上纯麻的白色上衣和天蓝色的宽松短裤，走到哪儿都不打眼，但却让人很舒服，就像盛夏里有人给你扇扇子似的，叫人觉得这样就好，别无所求。

李大可并没有坐下来，而是将吉安敏直接拉了出去，江承在后面不满地嚷嚷：“有话就在家里说呗。”在家里能说得成吗？李大可心里想着，更快速的把吉安敏塞进了电梯，并使劲按上了关门键。

“你到底有什么事啊？”吉安敏看李大可做贼一样,心里不免有些紧张，不会是家里出了什么事吧。“下楼再说。”李大可面无表情地说，看都不看吉安敏，这更让她忐忑了。一下了楼，李大可差点哀嚎起来，因为江承正一脸灿烂地在楼道口等着。李大可真的有些恼了，指着江承嚷道：“我跟敏敏说句话你怎么阴魂不散的？”江承乐呵呵地露出一口白牙道：“我是出来跑步的，不信你问敏敏，刚刚是为了送你才上楼的。”“敏敏”两个字让吉安敏抖了抖，但她还是点点头，李大可不满地撇嘴：“我要你送？”

于是，李大可和吉安敏走到哪儿，江承便跑到哪儿，搅得快天黑了李大可的话都没说出来。

吉安敏确定江承不走，李大可是不会说的，心里更确定是有大事，于是对江承说：“你能去别的地方跑步吗？明天给你做可乐鸡翅。”

江承考虑了一下，点头道：“成交！”

看着江承矫健的身影，李大可老大不高兴地对吉安敏说：“你这是在养儿子吗？”

吉安敏无所谓地笑笑说：“当初不是以这个当做条件的嘛，当然要做到。”其实吉安敏很不喜欢自己的这个状态，这叫怎么一回事啊，暮气沉沉地，可是她又不觉得自己有什么可嘚瑟的。

李大可沉默了一会儿，深吸一口气对吉安敏说：“敏敏，经过深思熟虑之后，我决定，我们俩结婚吧。”

吉安敏愣愣地看着李大可，傻了半天才小声问：“你……说什么？”她可不敢当真，心想，李大可是不是拿她练胆子，准备向哪个女神求婚？

没想到，李大可竟然从口袋里拿出一枚戒指说：“我是说，我们结婚吧。”

吉安敏看着在路灯下流光溢彩的钻戒才知道李大可说的是真的，她忽然想起上次李大可给她打电话，似乎也是说既然在茫茫人海中找个合适的人那么难，与其浪费那时间，不如他们俩凑合得了，当时她以为他是在安慰她，难道那个时候他就存了这个心思？可这转变也太快了吧？他跟他的波波女王才分手多久啊。

“这……”吉安敏为难了，她觉得自己还没有真正地谈一场有质量的恋爱，就要凑合吗？可不凑合，接下来的日子怎么办，自己三十了，还会有更好的选择吗？

“敏敏，不是我打击你，你别看你三十了，但你单纯得像个小孩似的，我这知根知底的不会瞒你骗你，别人可就不好说了，你看沈秦……”李大可说到这里便没再继续，让吉安敏自己想。

“那……怎么和我家里人还有江承交代啊？”吉安敏为难地说，其实她自己也没真的想好，心底乱成了一团麻。李大可是谁？是她闺蜜啊，她一直以为自己累了困了或者绝望了，最后一个根据地绝对是李大可的家，但却从来没想过和李大可生活一辈子。

李大可以为吉安敏答应了，便把戒指塞进她手里，乐呵呵地说：“你家里人那里我搞定，至于江承嘛，用得着交代吗？你们本来就只是掩人耳目，说白了就是雇佣关系。”

“什么雇佣关系，江承那是在帮我。”吉安敏白了李大可一眼，李大可这时候可不敢得罪她，讨好地说：“是是是，帮你，不过你也不欠他的，这不是还管他一日三餐吗？你放心，我不会阻止你的，不过咱俩的关系，还是要尽早跟家里人说，要不这多别扭啊，是不是？”

吉安敏觉得这就像是一场闹剧，没什么心思再说下去了，于是干脆调头回家。

李大可见吉安敏头也不回地走了，自己好不容易付出的行动看来是泡汤了，心里一阵沮丧。没想到一扭头，发现高强在身旁一棵树后站着，不禁脸色一沉道：“你都听到了什么？”

高强一脸神气地说：“该听到的都听到了。原来小吉和那男的是假扮恋人，真是没想到啊。不过这下我就有机会了。”

李大可没好气地瞪着高强，指着他恼道：“你和敏敏才认识多久啊，捣什么乱啊！”

“认识多久有什么关系？好多人认识就结婚了，你和小吉认识的时间倒是够久的，她不也不待见你吗？再说了，小吉既然和江承不是真的恋人关系，那我们都有机会，你不能因为认识时间的长短来阻止我。”高强昂着脖子说。

要说耍嘴皮子，李大可肯定不是高强的对手，被高强一阵抢白，哪怕是气翻了，也说不出个所以然来反驳。

“你……”李大可觉得高强简直是不可理喻，转头想上楼去找吉安敏，却接到吉安敏的短信：不要上来了，我要休息！

李大可只得愤愤地走了。

第二天一大早天刚蒙蒙亮，吉安敏就从沙发上爬起来准备揉面做包子。自从发生上次的“公鸡”事件后，江承便再也没有无所顾忌地穿着小内裤在客厅走来走去了，大家都习惯了吉安敏这个“沙发客”。

吉安敏刚一有动静，江承便推门而出。这段时间因为要抢一个项目，江承的睡眠时间便少得可怜，也就吃过早餐后睡几个小时，然后又得接着干活。这一点让吉安敏很是感慨，别看江承虽然年纪不大，但是工作的态度却非常成熟，从来不会因为个人因素而对工作有些懈怠，再加上本身才华非凡，因此他在公司有着不一般的自由度，当然薪水也非常丰厚。

但是，吉安敏最为眼馋的还是江承壮得像小牛似的身体，一天只要睡几个小时，便照样精神抖擞。当然，自从上次“不小心”看了近乎裸体的江承后，吉安敏眼馋的程度便上升好几个等级，如果她年轻个几岁……这让吉安敏有些沮丧。

“你怎么这么早就起来啦？”江承好奇地看着吉安敏，自从不用上班后，她总是一觉睡到自然醒，反正曾菲比她还能睡，江承工作或不工作的时候也都不会吵着她。

吉安敏用手随意理了理睡乱了的头发，揉了揉脸和还没有清醒过来的眼睛说：“我起来给你包包子啊。”

江承本想说不用这样麻烦，他去买点油条和豆浆回来就好了，但话刚要说出口又咽下去了。江承发现自己很享受这种感觉，天刚亮，有个人专门为自己做早点，似乎，很美好。

看着吉安敏去洗漱，江承从房间拿出一沓纸来，等吉安敏出来的时候递给她。

“这是什么呀？”吉安敏翻着纸，越看心里越五味杂陈，呆呆地看着江承。

“你也别太感动了，我就抽个空儿在网上找了一下。”江承笑了笑，脸不自觉地红了，为了掩饰这莫名其妙的心慌意乱，他胡乱地对吉安敏说：“我先出去跑步。”出了家门才发现还没有洗脸漱口，不禁有些愣，最近这段时间怎么啦，好像一切都有些乱了。

吉安敏当然明白，别看只是一叠纸，但不会像江承说的那么容易，尤其是这些天他那么忙。

面揉好后天已经大亮了，发面的时间，她去附近的菜场买回了一斤新鲜的前腿肉，到家后正好看到曾菲坐在沙发上看江承给她的那摞纸。

“姐，你准备出去找工作啦？”曾菲拿着纸问吉安敏，那纸里面全都是招聘信息，而且全是比较适合吉安敏的职位，单位、职位要求、薪金等等每一栏都列得清清楚楚一目了然，连曾菲都不禁感慨：“姐，你以前那单位的老总是眼瞎了吗，你明明就是干行政的料啊。”

“那个……其实是江承帮我找的。”吉安敏说出这句话的时候，心里“突”地漏掉了一拍，不是她没出息，实在是从小到大，没人对她这样贴心过。人常说，女儿要富养，儿子要穷养，可吉安敏却是被穷养大的，张彩云要求她独立坚强自主，能自己解决的一定不要求人，吉安敏做到了，但是呢，一碰到感情的事便柔软得不行了。

吉安敏没想到的是，被富养大的曾菲也瞪大了眼睛，半晌酸酸地说：“姐夫对你这么贴心？”

“你也觉得贴心？”吉安敏顿时觉得曾菲可爱了很多，她以为曾菲对这些事情早见怪不怪了呢，谁知道曾菲却一脸委屈地说：“我那些男朋友哪会这样啊，他们要么送花，要么接我出去玩，要么就是喝酒或者吃饭，哪做过这么贴心的事。”

吉安敏听到这里，心里掠过一阵惊喜，虽然明知道和江承不可能，毕竟年纪摆在那儿，可心里还是乐滋滋地，在厨房里剁肉的时候，手起刀落，速度都要快很多。等江承回来的时候，家里已经弥漫着一股浓浓的包子香了。

吃饭的时候，曾菲忽然对江承说：“姐夫，我也要去上班。”

“你不回家了？”吉安敏好奇地看着曾菲，小姨其实早就给曾菲在家里安排好了工作，只等着她点头，可是曾菲却老大不乐意地说：“谁愿意回那个小地方的小单位工作啊。”

“可怎么说那也是你妈的愿望啊，再说了，小姨还能给你找一个不好的工作？”吉安敏想劝一下曾菲，却被她举手拦住了：“姐，我还年轻，我也想出来闯闯，见识见识，难道我比别人差吗？”

“那你想干什么啊？”江承不解地问曾菲，这么些日子来，他还真没发现曾菲有什么过人之处，当然，“缠劲”够强。

曾菲想了想，放下手中的筷子，掰着手指说：“我什么都可以干啊，总经理助理啊，总监啊，实在不行，我做个经理也是可以的。”

吉安敏一听就乐了：“你说的都是职位，而且，那可不是你这种毕业一年，没有任何工作经验的人干的。”

“这样啊，我明白了，但我说的也没错，我可以做秘书，也可以做销售，做前台也可以，做行政肯定也不差，如果要我做财务……嗯，虽然麻烦了些，但我也是可以的。”曾菲自信满满地说。

“行，那你去找吧。”吉安敏接着吃包子，不撞南墙不回头，等她撞了南墙再回头也好，反正她还年轻。

可没想到下一刻曾菲竟搂着江承的胳膊撒娇道：“姐夫，你也帮我找找工作呗，我一定会好好干的，好不好嘛？”吉安敏满身鸡皮疙瘩掉了一地。

吃完早餐后，吉安敏把餐桌收拾干净，又铺上碎花桌布，然后开始趴在上面写简历。虽然吉安敏觉得自己还没有找工作的状态，成天想着沈秦会不会再回来，但既然江承这么有心，多少她得应付一下吧。

只是吉安敏趴在桌子上浪费了好几张纸，也没写出两页来。垫着轻薄的白纸，吉安敏不看也知道实在是太寒酸了，甚至她觉得自己就像这纸似的，轻轻薄薄的，一点儿分量都没有。但这能怨谁呢？自己虽然工作七年了，但也只在两个单位呆过，而且还属于极本分的那种，既没有什么傲人的业绩，也没有升过职，连加薪都是按常规的年限来。

第一次，吉安敏后悔没多跳几次槽。

餐桌另一头的曾菲也在写简历，可跟吉安敏却有着天壤之别，那下笔如有神助的样子，那气势不知道的还以为是退休老人在写自传呢。吉安敏很是疑惑，她真不明白曾菲这个毕业一年，仍然在啃老的小丫头有什么可写的，貌似还画了什么，这让吉安敏忍不住了。

“菲菲，你简历怎么写的啊？”吉安敏探头想看看，曾菲却赶紧将纸拿起来，瞧那简历的厚度都让吉安敏惭愧，又好奇。

“菲菲，你到底写了些什么啊？”吉安敏还不死心，她并不贪，能把一张 A4 纸写满就行了，如果能够写两页，这简历就可以称得上圆满了。

看到吉安敏非常诚挚而又固执地盯着自己，曾菲纠结了一会儿，才把手里的简历递给她。

吉安敏怀着十分崇拜的心情接过了曾菲的简历，还没看两行就笑得腰都直不起来了，指着曾菲乐道：“你这叫简历吗？你还真是在写个人传记呀，而且这才……写到你上高中的时候啊……啊？小时候你居然剪破过我的白纱裙？那可是我最喜欢的。”

曾菲讨好地冲着吉安敏笑了笑：“你再往后看嘛，我是知错就改的人，后来不是让我妈给你买了一条更漂亮的吗？”

“不是裙子的事，那可是我要在元旦汇演的时候穿的，就因为让你给剪破了，我只好穿着毛衣跳舞，结果练了那么久三等奖都没拿到。”想到这件事吉安敏就恨得牙痒痒，她那是为了跳舞吗？也不是为了拿三等奖，而是那时候她情窦开得早了些，一不小心就喜欢上了一个男生，她就想着自己穿着白纱裙跳舞的样子，一定可以给男生留下一个深刻的印象，可曾菲却把她的裙子剪了，害她被张彩云喷着一脸唾沫骂了一整天还不敢洗，最后只好穿着白毛衣跳舞。虽然换了一件衣服，但吉安敏的目的还是达到了，因为男生自那以后真的对她有着深刻的印象，她刚从舞台上下来，他便乐呵呵地叫她“白熊熊”，直到几年前的同学聚会，那男生一看到她就喊：“白熊熊，我在这儿。”隔了二十年竟然还能一眼就认出她，而且还一副特亲切的样子，看得她想揍人，因为自从他喊白熊熊，她就认清了他的本质，对他没有一丁点儿感觉了。

这一切，可都是因为曾菲！遗憾的是，曾菲并不真觉得自己错了，她振振有词道：“如果不是我，你穿那么薄的纱裙说不定会冻病的。”

“我乐意！”吉安敏气愤地说，然后把纸扔给曾菲咬牙切齿地说：“接着写，该写的不该写的都给我写上。”

“那怎么行啊，人家会因为我太恶劣不录用我的。”曾菲觉得自己是个理智的人，好好的简历怎么能胡来呢，虽然没有工作过，但没吃过猪肉也看到过猪跑啊，简历是可以乱写的吗。

吉安敏从鼻子里发出一个怪异的声音：“哼，你还知道自己恶劣啊？”两人互瞪一眼，继续低头写简历。

生气归生气，但吉安敏还是从曾菲的奇葩简历中有了一点小收获，虽然没什么工作经历，但是可以加上一些自己的人生格言啊，性格特点啊，工作精神啊什么的，就这样加加减减的，竟然真的写满了一页纸。

曾菲还在洋洋洒洒地写着，看那样子，是有点儿沉浸其中的感觉了。

“你读书的时候写作文都没这么用心吧？”吉安敏看曾菲的简历又加了两页纸，忍不住鄙视道。

曾菲头都没兴趣抬：“这能一样吗？小时候写作文打足了也就三十分，现在搞不好我就月薪上万了，这放到我妈那时代，一个月我就是万元户了。”

“万元户？”吉安敏张大了嘴，不是听错了吧。

“是啊，是多还是少啊？”曾菲终于抬起了头，白皙的脸上，蹭上了几块黑墨水，可吉安敏现在可没心思提醒她这些，想的就是那月薪上万。

“你觉得少？”吉安敏觉得自己真的不大理解这些 90 后，前几天李诗请她喝咖啡，给她看了一条微博，说是现在 90 后对薪金的要求降低了，月均 6000 块钱一个月，当时她就想一头在窗帘上撞死，或者泡在咖啡杯里淹死，她工资最高的时候也没拿到六千好吧，人家刚毕业就是定这个标准了，还是降低了之后的。

当时，李诗非常理智地拍了拍吉安敏的肩说：“谁让你生错了年代呢。”吉安敏问李诗：“你觉得这是有可能的？”

李诗优雅地喝了口咖啡道：“当然，80 后和 70 后老了，公司总要人运转吧，90 后要求都是六千起步，自然就会妥协。”

吉安敏不可思议地看着李诗：“你是在做梦吧，等 70 后和 80 后老得不能动了，90后年纪也不小了好吧？”

李诗笑了笑，侧脸对着吉安敏说：“但他们有梦想。”那样子，像极了赫本，看得吉安敏有些激动，自己的闺蜜竟然这样优质，她觉得自己的档次也提高了不少。

曾菲看吉安敏发了半天呆也没说话，心里有些忐忑，眨了眨眼睛说：“姐，你的意思其实是我要求高了是吧？那……就八千好了。”

看着继续快乐地趴在桌子上的毫无工作经验，敢要求月薪八千的曾菲，吉安敏觉得自己还没有下海，就直接给拍死在沙滩上了，她瘫倒在餐桌上，动都不想动了。

第八章　应聘

接下来几天，吉安敏又开始了奔波劳碌，她按照江承所列的公司，先把江承给她重新设计过的简历全部撒了一次网，然后又是一通面试，在她面试完等通知的时候，才有时间和米亚娜以及李诗开碰头会。当然，还是在米亚娜的“遇见吧”。

刚一落座，米亚娜便推来一杯咖啡：“尝尝！”然后抱着双臂，眼神犀利地盯着吉安敏。

吉安敏看到米亚娜那冷得像杀手似的表情，战战兢兢地端起咖啡杯：“里面……不会是断肠散吧？”

“你倒是说说，我为什么要毒你？”米亚娜的表情没有一丝变化，只是嘴皮子动了动，于是显得声音更冷了，冻得吉安敏不禁抖了抖，非常诚恳地说：“这些日子忽略你们了，小女子向你赔不是好不好？”

“赔不是还有好不好的吗？诚意何在！”米亚娜的表情又一点点地变了，然后简直是扭曲地指着吉安敏道：“你说说你像不像话，你最痛苦的时候是谁陪着你的？你最需要人陪的时候是谁在你身边？你满世界乱窜的时候，是谁在担心你牵挂你？”

“你和李诗。”吉安敏老实交代，然后端起杯子就喝，却听到另一个悦耳的声音鄙视道：“你还知道这个世界上有我们俩，我该夸你有良心吗？”

骂人骂得这么高级的，除了李诗还有谁？一身藕荷色长裙的李诗优雅地坐到了米亚娜旁边，这样一来，便有些三堂会审的感觉了，吉安娜不禁有些紧张。

“杯子太小了。”吉安敏是真心说出这句话的，如果杯子大一点，她还可以把脸和眼睛遮起来，想想该用什么样的方式溜。可是这样露在外面，在米亚娜和李诗炯炯有神的目光下，她脑子便秀逗了。

“如果你想用你爸爸下乡插队时的大茶缸来喝咖啡的话，下次我帮你留意。”米亚娜愤怒的时候说话经常是不带断句的，吉安娜要在心里默读好几遍才明白是什么意思。

“我不是以为……这是，断肠散嘛……”吉安敏赔着笑，知道这时候可不能惹米亚娜，要不她真有可能下次弄个大茶缸来给她专用。

“下次，一定不负你所望。”米亚娜恨不得一巴掌拍到吉安娜装了石头似的脑袋上，没好气地说：“上次你说‘如果’的咖啡好喝，我去考察了一下,然后调配出了‘遇见’第五代。”顿了顿,又挑了挑她尖尖的下巴问:“感觉怎样？”

吉安敏不禁瞪大了眼睛，上次来还是第二代呢，现在就第五代了？可她真没用心品尝啊，虽然知道这是咖啡不是断肠散，但就米亚娜的性子不会那么好心，指不定配了什么泻药之类的，她抱着早死早超生的心态，所以……吉安敏叫来服务生：“麻烦再来一杯‘遇见’，哦对了，第五代的。”

等帅哥服务生彬彬有礼地转身，吉安敏便拿出一本杂志来挡住自己的脸，因为想都知道，米亚娜的脸肯定都绿了，头顶没准儿还冒着青烟。

遗憾的是没挡几秒钟，杂志便被李诗抽走了。

“吉安敏，我发现我特别地不了解你。”李诗虽然表情很温婉，但温婉中却字字如刀，特别是“特别地”三个字。

“怎么……不了解我啦？”吉安敏想了想,这段日子也就和她俩疏远了,但也没做什么伤天害理的事啊。

李诗顺了顺自己及腰的长发，淡淡地，却又刻薄地说："你说你要是谈了恋爱，我和小米倒也理解，可是男朋友都不见了，你还整天忙成这样，除了照顾江承就是照顾曾菲，吉安敏，我以前一直以为你笨点儿傻点儿，可真没发现你有这么优良的贤妻良母的素质。"

"我也没发现，不过虽然她挺贤妻良母的，但依旧还是又笨又傻。"米亚娜在一旁毫不犹豫地补刀。

"除了男朋友跑了，然后被人骗钱，大部分时间我还是可以的吧？大学都顺利地毕业了。"吉安敏以自己微弱的力量进行反击。

米亚娜懒得理吉安敏，拿出手包说："大学毕业有用吗？你看窗外那些大姑娘小伙子，哪个大学没毕业？一个女人，可以没有男朋友，可以没有老公，甚至大学可以没有毕业，但不能没有工作。"然后拿出一张名片放到吉安敏面前："下周一上班去吧。"

"这话可千万别让我妈听到。"吉安敏嘀咕着，然后拿起名片，眼睛不禁瞪大了，深吸了一口气："奥华广告？"

吉安敏的表情深深满足了米亚娜的虚荣心，脸上总算是有了笑容，还向吉安敏抛了个媚眼："怎么样，还是我好吧。"

李诗接过名片，不解地问："奥华广告怎么啦，很有名吗？"

"你一个宅女当然不知道这些，也不用知道。"米亚娜从李诗手中抽走名片，又扔到了吉安敏面前，收起脸上的表情，严肃对她说："记得把自己打扮得漂亮点儿，职业点儿，粉底啊口红什么的也都得用上……"说得吉安敏都想对她说："你把我'良母'的称号接过去吧。"

"你是怎么认识奥华广告的人的啊？"吉安敏及时中止了米亚娜的唠叨。原来因为奥华广告就在"遇见"斜对面，所以里面的员工很喜欢过来喝咖啡，聊聊天什么的，就这样人力资源部经理余华便和米亚娜混得熟了，吉安敏这一失业，米亚娜便软磨硬泡，又免费送了几次咖啡，余华终于答应让吉安敏周一过去面试。

“不是面试吗？你怎么说是周一去上班呢？”李诗撇了撇嘴，对米亚娜的夸大其词有些不赞同。

没人比米亚娜更了解李诗了，说得好听一点儿是优雅知性，说得不好听是假清高。这幸好是吉安敏，如果是李诗，说不定会把名片摔回到她脸上来。

“人家是人力资源部经理，这面试不就是走个过场嘛。”米亚娜无奈地看了看两人，正要说什么，看到有熟客进来，便赶紧起身过去招呼，走出几步却还是不放心地回头叮嘱：“穿漂亮点儿啊，别给我丢人！”然后不等吉安敏回答，便踩着 12 厘米的高跟鞋和客人卖弄风情去了。

“怎么不听人说话啊？”吉安敏一声哀嚎，一脸无奈，又把服务生刚端上来的咖啡一口气喝掉了。

李诗不免摇摇头：“你喝咖啡和牛嚼牡丹也没什么区别，对了，你想对小米说什么？”

“我想说我不去面试。”

“如果你不想小米杀了你，你完全可以不去。”李诗倒是非常认真地品尝起米亚娜调的“遇见”。

“我能说我刚从奥华面试完过来的吗？”吉安敏郁闷地说，然后盯着手中的名片，哭丧着脸说：“你说米亚娜，办个事儿真不靠谱，这种事不该早点儿跟我说吗？”

李诗“啪”地放下咖啡杯：“你能有点儿骨气吗？为什么不能享受自己爬到山顶的乐趣？”

吉安敏不明白干吗要在这事情上讲骨气：“反正目标都是到达山顶，既然有人愿意抬我上去，为什么我非要坚持自己爬上去？”

“自己爬上去才会有成就感啊，自己爬上去才能够欣赏路边的风景啊。”李诗气得都不想看吉安敏了，不明白自己怎么就会跟这种女人混在一起了。

只是吉安敏把“又笨又傻”继续发扬光大，丝毫没觉察到李诗的愤怒，乐悠悠地说：“如果有人抬我上去，我一样会有成就感的，而且我还会更加仔细地欣赏沿路的风景，甚至还可以腾出手来拍照。”

“你不怕人家把轿子抬翻了吗？”李诗有些忍无可忍了。

“人家既然是抬轿子的，怎么会把轿子抬翻？再说了，飞机也会失事难道我们就不坐飞机啦？婚结了还可能离，难道我们就不结了吗？”吉安敏说着说着，便有些佩服起自己的口才，虽看这几年业务跑得不怎么样，可是嘴皮子倒是练出来了。

吉安敏正得意着，看到米亚娜已经和客人们打过招呼，起身往自己这边走来，她又忍不住想抽身走人，可是李诗却提前扬声对米亚娜说：“你家敏敏不需要你安排啦，她刚从奥华广告应聘回来。”

“什么？”米亚娜瞪圆了眼睛，但声音却依旧小小的，柔柔的，只是吉安敏仍然听出了她的咬牙切齿。

“我也不知道你给我找了呀，早知道谁还跑去面试啊是不是？”吉安敏的一番表白理所当然地平息了米亚娜的怒火，却被李诗丢了无数个白眼，于是她干脆不看李诗。

“你应聘的什么职位？”米亚娜问吉安敏，她觉得只要达到目的就行，至于什么方式就不重要了，而且如果吉安敏真的自己应聘上了的话，那余华不是永远欠自己几杯咖啡的人情了吗？嗯，想想便喜欢这种感觉。

吉安敏嗫嚅了半天，才用低得别人无法听清的声音说：“业务经理。”

“啊？”米亚娜和李诗不约而同地惊呼起来，然后米亚娜直接就问:“安敏，到底是谁给你的胆子啊？”

“最近许久没见，你飞速成长起来啦？”李诗同样很好奇。

吉安敏本来是有些心虚的，但是江承说她已经上班这么久了，不能老是原地不动，有的时候桃得跳一跳才摘得着。吉安敏一想也对啊，自己一大把年纪了，再不跳以后就跳不动了，于是闭着眼睛就不管不顾地跳了。

米亚娜和李诗对视了一眼，李诗又看着吉安敏：“你不会和江承……”

“瞎说什么呀，就她那样能搞得定江承？”说话的是米亚娜，她是见过江承的，那大高个儿，帅得像电影明星似的，而且人家还比吉安敏小五岁，就她自己都不大敢上前，吉安敏怎么可能。

“也许咱敏敏是个潜力股呢。”李诗搂着吉安敏的胳膊，斜眼看着米亚娜，但那两人都知道，她那只是逗吉安敏玩儿。

不过这事儿吉安敏也没办法，因为她觉得自己的确是和江承扯不上，虽然那小孩真的挺让人暖心的。

想曹操曹操就到，江承发来短信：怎么还没回来？面试的感觉怎样？要不要去接你？

吉安敏还没看清楚，便被米亚娜抢去了，然后嘴巴定格在O上半天没回过来，李诗也凑过去看，也保持了同样的造型。

“不就一条短信嘛，至于吗？”吉安敏不明白为什么她身边的女人都那么敏感，可米亚娜却指着短信对吉安敏说：“你没觉得有些暧昧？”李诗在一旁拼命地点头。

吉安娜拿过手机又看了几遍，皱着眉不明白，她真的没觉得暧昧啊。

李诗一副恍然大悟的表情，对米亚娜说：“我终于明白为什么她一直没人追了。”

“嗯，我也知道了。”米亚娜点点头，一副沉痛的表情。

只有吉安敏不明白，抓着两个人问：“为什么啊？我真的一直不明白，你说我长得也不丑啊，为什么就没人追我呢？”

米亚娜见吉安敏那傻样儿都不想跟她交流了，免得拉低自己的智商，指了指李诗说：“你跟她说吧。”

李诗握着吉安敏的手，情绪低落，声音恍惚地说：“因为你就是个绝缘体啊。”

“绝缘体？”吉安敏不大明白。

“对，你看你那糊涂样儿，根本就感觉不到缘分的到来，缘分只好伤心地去找别人了。”李诗用歌剧一般的神情，手优雅的做了一个小鸟儿飞去的动作。

吉安敏怔了半天，忽然有些伤感，如果真的如李诗所讲，那以前是不是有好多好多的缘分，都因为自己不解风情错过了？但是，“但是，如果说江承对我有意思……真的不可能。”吉安敏想到这里就觉得好笑。

不过，不管吉安敏是不是真糊涂，现在也不可能争出什么结果了，于是她准备撤了，为了配合她应聘，家里两个人已经清汤寡水地过了好几天了，弄得她怪不好意思的。

“有什么不好意思的啊，你不会是在他们俩身上实验当妈吧？”米亚娜戏谑地看着吉安敏，作为职业女性，她是非常不喜欢吉安敏身上那一股子付出劲儿，付出是需要回报的，这种不求回报的付出不是傻是什么。

吉安敏仿佛知道米亚娜想的是什么，无奈地摇头说：“谁让我善良呢，反正我也没什么优点了，这个优点还是得好好发扬。”

米亚娜叹了口气，也不知道该说对还是不对，几个人虽然言语里有来有往，但毕竟每个人的生活都是自己的，不过还是忍不住问：“善良可以帮你找个男人吗？”

“也许……可以吧……”吉安敏不知道，其实她除了善良之外，还有一些小乐观。虽然这个小乐观很调皮，力量比较小，占据不了主体意识，但总是会经常跑进吉安敏的脑子里逗弄一下，每次生活有个什么坎，她再痛苦，也因为这个优点闪闪光，便就又闯过去了。就像沈秦不见了，虽然她找得很疯狂，但在关键时刻还能乐观地想到，如果找个人替他把老妈糊弄过去，一切就好了，于是又从找沈秦的疯狂转移到找替身的疯狂中，不管怎么说，经过这一打岔，失恋的伤感不知不觉地减轻了很多。

只不过，这个优点用李诗的话来说就是“没大脑”，所以吉安敏只好彰显“善良”这个品质，咱中华上下五千年，不是一直认为善良是美德吗？说自己善良总是没错的，可是米亚娜却说：“笨蛋一般都说自己善良。”

就在吉安敏快要发飚的时候，李诗忽然吐了一句话：“告诉你们个喜讯，我要结婚了！”一下把她两人震得半天都回不过神来，这话题转变得也太快了吧，这消息也太具有震撼力了吧！

“刚刚那话是你说的吗？”米亚娜身子前倾，目不转睛地盯着李诗。

李诗看了看米亚娜，又看了看早已惊呆了的吉安敏，转动着如天鹅般的脖子，优雅地点头道："是真的，该读书的时候读书，该恋爱的时候恋爱，该结婚的时候结婚，这才是人生赢家啊。"

"你还有没有人性啊，我男朋友刚跑，工作都没落实，你居然告诉我你要结婚？"吉安敏这次是真的深受打击。

李诗无奈地看着吉安敏："难道你一辈子找不到男朋友，没有工作，我就一辈子不结婚啦？"

"我如果一辈子找不到男朋友又没有工作，你认为我这一辈子还会很长吗？"吉安敏愤愤地说，并且郑重地告诉李诗："我认为你这种往别人伤口上撒盐的行为和你的知性形象非常不符。"

"这你就不知道了，文人和流氓本质上是一样的。"米亚娜一副非常了解的神情，她是谁啊，开咖啡馆的，主要针对的就是有小资情怀的人，天天就研究这些人的特点，端坐在那儿一个个都是男神女神，但只要一开口，那一个个字全是刀子。

"你也不差。"吉安敏扭头就丢了一句给米亚娜。米亚娜顿觉无辜："我是帮你的好不好？"

李诗不搭理米亚娜，只是从包里拿出两个淡蓝色的喜帖给两人一人一份，让她们帮着参考一下。

"你的喜帖怎么是蓝的啊？"吉安敏拿着喜帖像是发现了新大陆似的，忘记了李诗刚刚发布婚讯时自己失落的心情。

"你俗不俗啊，李诗是谁啊，文艺女青年，未来的美女作家，难道还能用大红的？"米亚娜倒是觉得这喜帖挺别致的，然后仔细端详起喜帖上李诗和郭诚的照片来，反正李诗说是让两人参考的，于是便故意口不择言地说："这照片儿，你笑得倒挺含蓄，但却像一朵假惺惺的小花儿，郭诚笑得是挺真诚，只是咧着嘴像二傻子似的。"话音刚落，李诗回道："你接着说，我马上造谣，保管你这里马上就没人了。"

"你有这本事？"米亚娜不信。

“如果我站起来大吼一声说你这咖啡杯没消毒……”李诗的话没说完，便被米亚娜捂住了嘴，战战兢兢地说：“小祖宗，有些谣是不能造的。”

见李诗点头，米亚娜才把手放下来，然后小心地将喜帖放到李诗面前，又帮她叫了一份点心，讨好地说：“开个玩笑嘛，你都要结婚了，还不兴我们姐俩发泄一下啊。”

吉安敏却没搭理米亚娜，她拿着喜帖手伸了老远，眯着眼睛看了半天，又拿近了再看，李诗不禁好奇，问：“你老花眼了吗？”

“你才结婚，我就老花眼，我是不是得以你大姑的身份出席喜宴啊？”吉安敏白了李诗一眼，又拿着喜帖对着光照了一下问：“你这上面有刮奖的吗？”

李诗差点把嘴里咖啡给喷出来了：“吉安敏，你还有更好的创意吗？”

吉安敏想了想，说：“你可以印上‘遇见吧’的优惠券啊，这比那一盒少得可怜的巧克力外加什么果冻要好多了。”

李诗和米亚娜面面相觑，又看了看吉安敏：“这真是你想出来的？”

吉安敏不明白这两人是什么个意思，这点子是好还是不好，不过就经验来说，应该是不好，所以干脆低头道:“是，我想出来的，怎么地吧。”

米亚娜点头：“不错啊，真有长进，怎么变聪明啦。”

吉安敏难得被米亚娜夸一次，有些嘚瑟地说：“人总是要长大的嘛。”可李诗仍在迟疑：“别人会不会说我没诚意啊？”

“反正如果是我的话，我宁愿过来喝咖啡，也不要吃那果冻。”吉安敏坚持自己的点子是闪光的。

米亚娜也说：“那些明星结婚还有商家赞助呢，你就一喜帖还担心什么啊。”

李诗想了想也觉得有道理，于是和米亚娜商量起有多少客人，到时候会有多少人过来，然后又商量起给李诗打个什么折扣，开始你来我往地砍起价来。

接下来的几天，吉安敏心里都有些燥，这种燥不单纯因为天气，也不是因为某一件事，就是莫名其妙地定不下心来，不是做饭的时候忘了按煮饭键，就是炒菜的时候菜糊了，晚上失眠，早晨也睡不着……灌了一壶菊花茶进去后，吉安敏开始查自己银行卡上的数字，然后盘算着给李诗送多少钱的红包，她和米亚娜是没法比的，一是米亚娜有钱啊，小老板娘那出手肯定是重量级的，二来米亚娜虽然和李诗砍价砍得厉害，可不用说，她成本价都不知道会不会收。

没事，送个厚点的吧，等到我结婚的时候让李诗加倍给我还回来。吉安敏想通又乐了，觉得晚结婚也挺好的。

但看着银行卡上的数字，吉安敏心里又有些低落，想着这工作还得尽早落实，要不看着这数字只降不升，心里慌得狠。尽管她的钱在曾菲来看，只是一个零花钱，都不能算是存款。

其实也不是没有好消息，吉安敏这一两天接到了一些公司打来的电话，通知她去上班，虽然都是小公司，但不管怎样，总算可以有一份工作。

正当吉安敏把几家单位摆出来，琢磨着去哪家的时候，却接到了奥华广告的电话，通知她下周一上班。

“哦，好的！谢谢！”这个消息让吉安敏呆了，然后她站在客厅里纠结了半天，她需要倾诉，她需要找个人好好聊聊，左边是江承右边是曾菲，找谁呢？想了想，吉安敏还是决定去找江承，跟曾菲似乎聊不成什么正事。

正在看一部灵异类小说的江承被突然的开门声吓了一跳，然后看到吉安敏表情怪异地站在那里，心里觉得瘆得慌，站起来慢慢地走到吉安敏面前，伸手晃了晃：“吉安敏你这是什么表情啊，不会是中邪了吧？”

吉安敏没好气地打掉江承的手道：“瞎说什么呢，大白天的说这种话，不怕别人怀疑你有病吗？”

江承松了口气，拖过一把椅子放到吉安敏面前，又倒了一杯冰果汁递上。吉安敏看着江承拿果汁的地方，张大了嘴：“我的天，你房间里什么时候多了一个小冰箱啊？”

江承把冰箱门打开，吉安敏一看，大部分都是啤酒，江承说：“有时候晚上需要喝点冰啤酒振奋一下精神。”

“可是外面的冰箱有很多的空间啊。”

江承有些尴尬：“每次出去都得穿得整整齐齐的，累！”

吉安敏半晌才难以理解地说：“穿个衣服也累吗？你是有多懒啊，吃饭累不累啊？开啤酒瓶累不累啊？说话累不累啊？”她觉得男人的累真是太不可思议了，“你晚上又不睡觉，为什么要脱得……那么……”说到这里，她都说不下去了，眼睛都不敢看江承。

江承也窘得不行，但看到吉安敏一张通红的脸，觉得很可爱，既害羞又要问，这是有多浓厚的好奇心啊？三十岁了还有这样的心情，这种女人已经很少见了吧。

“你来找我有事吗？”江承岔开了话题，他其实并不是那种特别木讷的男孩，如果是别人，他说不定还会来一句：“我的身材不够好吗？”可是面对吉安敏，想到这句话，他便觉得呼吸有些急促，决定还是聊别的比较安全。

吉安敏这才想起自己来这里的目的，于是兴奋地对江承说：“我刚刚接到奥华广告电话，让我过去上班呢。”

江承听到这个消息也特别替吉安敏高兴，开心地说：“那是好消息啊，今天得庆祝庆祝，我请你出去吃饭。”

“啊？”吉安敏没想到有这个结果，又追问了一句傻话：“你请我吃，那意思是你付钱喽？”

“你很穷吗？”江承没想到吉安敏会问这个问题，所以也脱口而出。

吉安敏这才回过神来，有些不好意思，虽然她还没有那么穷，只是被张彩云从小锻炼得危机意识比较强，可这样赤裸裸地表现出来似乎还是第一次，于是不好意思地说：“当然不会因为穷，只是……其实，我一般不会问这么二的问题，因为咱俩比较熟……”吉安敏都不知道该怎么解释下去，好像怎么说都说不明白似的。

江承听到了那一句“我一般不问这么二的问题”，却有点心花怒放的感觉，说：“要不咱们去香缘餐厅吃吧？”

听到“香缘餐厅”吉安敏的心里“突突”了两下，香缘餐厅和米亚娜李诗去过，环境非常不错，既有情调又比较私密，但是这样的餐厅也不是只有一家，可这香缘餐厅也不知道是怎么做的宣传，城中的小青年只要谈恋爱，就必须去香缘餐厅，不去的话，女孩子都会翻脸的。

因为有这特别的含义，所以吉安敏情不自禁地觉得心里毛茸茸的，她正不知道怎么回答时听到有人在房门处腻腻地说：“我也要去。”不用说，自然是曾菲。

“怎么什么时候都有你啊？”江承像一只泄了气的皮球。本来有可能出现意外或惊喜的两人晚餐，因为曾菲的加入而变成了温馨的三人家庭餐，江承因此一晚上都黑着脸，曾菲倒吃得津津有味，丝毫不受影响，一点儿都不觉得惭愧，也一点儿都没察觉到她在江承的眼里的本质已经变了，直接从闪亮无知的女孩变成了闪亮讨厌的电灯泡。

吃得差不多了，江承对吉安敏说：“一会儿咱们去买几件衣服吧。”

“咱们？是你买还是我买？”吉安敏觉得这个问题很重要，如果是给江承买，她倒是可以陪一下，毕竟吃人嘴软，但如果给自己买她就不愿意了，最近花她的钱跟要她的命似的。

“当然是给你买。”曾菲指着吉安敏说，她不明白为什么吉安敏总觉得自己的衣服够了，不是说女人的衣柜里永远缺一件吗？曾菲认为，吉安敏虽然长着女人的样子，其实是个男人，她就不明白了，江承为什么喜欢像男人一样的吉安敏。

想到这里，曾菲情不自禁地挺了挺胸，又扭了扭腰，却听到吉安敏问：“身上痒吗？不会是过敏吧？”

“扑哧”一声，一个穿着便装的男人从身边走过，应该是从洗手间里出来，他虽然没有停顿，但吉安敏还是听出来，是他笑的。

见曾菲虽然脸色似乎有些不好看，但还安静地坐着，于是接着刚才的话问：“为什么要买衣服啊？”

“你马上就要上班了，当然要置办几身行头，难道总穿你身上那类？”江承指了指吉安敏身上的白 T 恤，本来出门前曾菲要吉安敏换来着，可是吉安敏翻来找去就那么几件，他便挥手说：“没事，又没有衣冠不整。”这句话深得吉安敏的心，本来嘛，穿衣服是看各人的心，干吗非要规定哪些好看哪些不好看。

但是，没想到只一顿饭的工夫，江承竟出尔反尔。吉安敏看了看自己的衣服，不解道：“我是跑业务，风里来雨里去的，又不是坐办公室，这样最舒服了。”江承再次摇头说：“对啊，虽然风里来雨里去，但你是跑业务的，又不是种庄稼的，真不明白你这样的人为什么会选择做业务。”

其实吉安敏也觉得自己并不适合做业务，只是当初毕业找工作的时候，正巧吉爸生病住院，并且比较严重，她心里一着急，听说做业务收入是最高的，便一狠心扎了进去。几年下来，虽然依然做不到巧舌如簧，但却凭着自己踏实认真的工作态度，硬是在这行蹚出一条路来，新客户开发的速度虽然不快，但老客户的基础却非常牢固。所以黄老总后来也打电话叫吉安敏回去，但她实在不喜欢那个公司的氛围，拒绝了。“我都做业务这么久了，还能换别的吗？去做前台和文员我不甘心，做中层管理，人家凭什么要我？”说到这里，吉安敏有些沮丧，不知道自己往后该怎么发展。“既然这样，你为什么不想想升职呢？”江承觉得吉安敏的年龄和阅历都到时候了，吉安敏却摇摇头：“我白痴啊，能升职，我会不想？”按道理说吉安敏工作努力，业绩也不错，不知道为什么，就是没升职。“姐，你没有升职的气质。”一直没说话的曾菲突然开口说。“瞎说，升职还要气质？”吉安敏白了曾菲一眼，不再理她。也不怪吉安敏不虚心学习，曾菲一个没入职场的人，谁会相信她有什么真知灼见，跟她聊这个不是白浪费时间吗。

没想到的是，曾菲这话却得到了江承的认同。

江承指着斜对面的那一桌问：“你觉得那个男人是干什么的？”吉安敏看了一眼，那不就是刚刚笑她说话的那个人吗？不过这回倒是看清楚了，以前不认识，既然不认识，估计不是笑自己的，于是她仔细观察了一下说："事业有成，性格沉稳，但又霸气十足。""怎么看出来的？"江承笑着问。吉安敏指着那人说："你看他，穿着虽然随意却不随便，很考究，眼神虽然锋芒不露，不闪不乱却深不见底，而且他对面坐着那么一个大美女，他毫不喜形于色，仿佛对面坐着的是我似的，啧啧，这个男人不简单。"最后一句差点让江承把刚喝进的柠檬水喷出来，这女人是有多不自信，她不知道自己就静静地坐在那里，那种纯真、知性和三十岁女人的成熟融合在一起是多么有魅力吗？但抬起头看到吉安敏脸上很明显的欣赏，心里又有些不乐意，撇了撇嘴说："要是对面坐着的是你，只怕你被啃得只剩渣了。"

"只要他愿意，我渣都愿意被他啃。哇，好帅的大叔啊！"江承和吉安敏一愣，再看曾菲，正满目含春地看着那霸气男，这话当然是她说出来的。吉安敏拿了一个白瓷盘放到曾菲面前，接到曾菲疑问的眼神，说："接接口水。"通过曾菲的反应，江承发现吉安敏已经很不错了，心情大好，言归正传："如果他穿着二十块钱的地摊货，你们还会有这样的好感吗？"吉安敏想了想，那样的男人竟然穿着二十块钱的地摊货，不是倒闭就是破产，可是又觉得这样以貌取人是不对的。正纠结着，曾菲腻腻地说："别说穿地摊货，就算是摆地摊的，那也是最帅的！"说完，水汪汪的眼睛还眨了两下，遗憾的是那帅哥压根就没注意到她，但是却瞅了吉安敏几眼。"别争了，每个职业每个岗位做好了，都会有他的气质，但最重要的是要让它显现出来，别让糟糕的穿着把它埋没了。"江承说完就叫服务员来买单，他越来越不喜欢那个霸气男了。"我也要去买衣服！"曾菲赶紧表明态度。"你如果也去上班的话，可以一起。"江承气定神闲地说，一副把曾菲算得死死的样子，可没想到曾菲却开心地说："我上班啊，下周一就去。""去哪上班？"吉安敏和江承异口同声地问，没想到曾菲这么沉得住气，这完全是一副干大事的样子啊。曾菲面对两双瞪得大大的眼睛，见躲不过去了，才支支吾吾地说："到九重天做公主。""不行！"江承和吉安敏异口同声地强烈反对，"九重天"是什么地方？本市最高档最神秘也是最腐败的娱乐场所，曾菲如果真去那里上班了，张彩云还不得把自己的皮扒了。“你如果去那里上班，我明天就把你送回去。”吉安敏威胁道。“你如果不去那里，我就允许你和我们一起去逛商场。”江承诱惑道。

在江承和吉安敏的威逼利诱下，曾菲总算是勉勉强强地答应不去“九重天”上班，不过却要求江承带她去“九重天”玩一次：“我从来都没去那里玩过，听说里面可奢华了……”还没等到江承应声儿，吉安敏便给阻止了：“故宫还奢华呢，那一个桌子都够你吃喝三辈子的，什么时候有时间我带你去。”

“故宫就看看，那桌子又不归我，有什么意思啊。”曾菲嘀咕着一肚子地不乐意，九重天和故宫能扯得上吗？吉安敏却说：“那你告诉我，你去了九重天什么会归你？有根毛算你的吗？”

“其实，玩一下还是可以的吧……”江承见两人越说越僵，想打圆场，但看到吉安敏的一张黑脸，立即便转变了语气，冲着曾菲皱眉道：“你姐说得有理，看看有什么意思？越看越觉得自己人生灰暗。再说了，那地方是随随便便说去就去的吗？”

“那不随便是怎么个去法？”曾菲自动忽略前几句，对后半句打破砂锅问到底，江承看了看吉安敏，摇头道：“我也没去过，别问我！”

吉安敏白了江承一眼，分明就是去过，年纪不大，比狐狸还贼。

几人买了单起身，曾菲却一边走一边赖在吉安敏身上：“姐，你帮我找个工作呗，你看我这年纪轻轻地整天呆在家里也不像话啊，这样回家要被我妈鄙视死的。”

“你还知道自己年纪轻轻啊。”吉安敏揶揄道，这段时间以来曾大小姐在家当米虫不知道多惬意，从没见她自责过。

曾菲一般只听字面的意思，所以猛头点：“当然啊，这是我最知道的事情啦，我不年轻谁年轻。”

在曾菲死乞白赖并把吉安敏当棵树般拽了半条街之后，她实在是没办法，只好答应曾菲，改天去问问米亚娜要不要人。

曾菲一听有可能去米亚娜的咖啡厅上班，双眼放光，她曾经跟吉安敏去过一次,那里来往的不是青年才俊就是钻石王老五,万一和谁“遇见”了，那她曾菲也是人生赢家啊。想到这儿，曾菲又重新挂在吉安敏的胳膊上：“姐，你得好好跟米姐姐说，一定要让我去上班，我辉煌的人生可就从那里开始了。”

“你去也不过就是个服务员，别指望太多啊。”吉安敏敲了敲曾菲的小脑袋。

“知道啦，我指望的是别的。”曾菲乐呵呵地说，那感觉简直是美得冒泡了，不禁让吉安敏有些警觉：“你指望的是什么呀？”

曾菲撅着嘴巴打死不说，吉安敏威胁说如果不实话实说，明天就绝不打这个电话，她还是不得已说出了自己的目的，米亚娜的咖啡馆就等于是自己后半辈子的机遇。

“你不是喜欢你……姐夫吗？”吉安敏指了指江承，心里不禁感慨，这90后小女孩的感情啊，真不是自己能搞得明白的。

曾菲探过小脑袋看了看江承，用甜得腻人的声音说：“我还是很喜欢姐夫啊，但鸡蛋不能放在一个筐里嘛。”

江承瞪圆了眼睛，自己原来竟然只是一个鸡蛋啊。

见江承这样，曾菲立即笑着说：“姐夫，如果你现在决定跟我姐分手，我保证不去别的地方找艳遇。”

吉安敏惊得张大了嘴，有这么直截了当抢男朋友的吗？却听到江承说：“你放心大胆去找吧，我只能是你的遭遇，绝对不是艳遇。”

三个人要去的太平洋百货离香缘餐厅不远，为了消食，就一路打打闹闹地走了过去。

就这几步，曾菲就直喊腿酸，撒娇地对江承说：“姐夫，你什么时候买辆车啊？不用多好的，和李大可的那辆差不多就行了。”

这一说，吉安敏才想起来，似乎好久没有李大可的消息了，心想这人说话做事果然不靠谱，还求婚呢，头晕呢吧。吉安敏本来也没在意这事儿，自然不会有什么伤心难过之类的心情。

就是那么巧，说曹操曹操到，不仅见到曹操，还见到了另外一个吉安敏“朝思暮想”的人：沈秦。李大可竟然和沈秦坐在商场门口的喷泉边说着什么。

“姐，你看那是李大可吗？他和一人在聊天呢，我们要不要过去打招呼啊？”曾菲也看到了，只不过她不认识沈秦。

“李大可，沈秦！”吉安敏大吼一声，咬牙切齿地冲了过去，把曾菲和江承都吓了一跳，也只好跟着了。

吉安敏这一声喊得那是气灌丹田，李大可和沈秦都听到了，双双脸色发白。

看到吉安敏飞奔过来的身影，沈秦转身就想走，却被李大可拉住了。

“你别过来啊，你再过来我就跳下去。”沈秦见逃不掉，跳到喷泉旁边的台阶，作势要往喷泉水池里跳。

吉安敏看到这一幕给逗笑了，心里的气也泄了些，叉腰指着他说：“你跳啊，我数三下你不跳，你就是王八蛋。”

“用得着数吗？他本来就是王八蛋。”一旁的李大可加油添火，就怕吉安敏不烧死沈秦。只是没想到下一秒吉安敏就冲着他喊：“那你是什么蛋，啊？你居然背着我和他暗通款曲，你还拿我当哥们儿吗？回头我再收拾你。”

“吉安敏，你没文化不要紧，可不能乱说，我和李大可之间能用暗通款曲来形容吗？那是形容男女的，你再恨我也不能毁了我的名声啊。”沈秦站在台阶上义愤填膺地指责吉安敏，又看了看那些围过来的人，万一明天有新闻出来，说一女的和一同性恋抢男朋友，那自己后半生可怎么活。

一旁的曾菲看不过眼，指着沈秦道：“这位大哥，你都淋成落汤鸡了，哟，这衣服什么料子啊，都褪色了，我说你这形象不要名声也罢。”

沈秦低头一看，自己才买的红色 T 恤竟然褪色了，把自己的白裤子都染得不像话，他正要离开，曾菲又说：“哟，裤子都红啦？不会是来例假了吧？”

围观的人听了哄堂大笑，沈秦脸也涨红了，指着几个人说："你们……太过分了。"

"过分？有你过分吗？不声不响地就走了，连句话都没有，你到底当我是什么，今天你必须给我说清楚。"吉安敏说到这儿，鼻子一酸，泪水就情不自禁地往外涌。

看吉安敏这样子，沈秦的心也软了，柔声劝道："我们回头再说好不好，你看现在这地儿也不合适啊。"

沈秦其实也觉得在这件事情上，他的确是做得过了些，尤其分开这些日子，他越来越体会到吉安敏的好。本来沈秦就是想找吉安敏聊聊的，但又摸不准她的态度，才找李大可打听，谁知李大可说吉安敏对他恨之入骨，让他最好别见，如今看来倒是真的。

吉安敏三步跨过去，也站在了喷泉边上，拦住沈秦的路，今天无论如何她也要他给自己一个交代。

"敏敏啊，我知道你对我还有感觉，其实我对你也余情未了，不如这样，你让我先回去把衣服换一下，我们回头再约个地方详细聊，你觉得怎样？"沈秦见吉安敏不放自己走，心里又有些嘚瑟，便不顾自己身上的糟糕样儿，摆出一副风度翩翩的模样来。

吉安敏却丝毫不为所动，不管沈秦怎么说就是不让路，只要他给自己一个交代。

沈秦见围观的人越来越多了，便低下声说："要不你去商场里给我买套衣服，我换了之后咱们在旁边找个地方聊……"话没说完便"啊"地一声倒在了地上，李大可实在是受不了他继续占吉安敏便宜，一脚踹了过去。

沈秦被李大可这一脚，真的给踹进了喷泉里。沈秦自幼怕水，吓得脸都白了，他一边大喊救命，一边在水里拼命挣扎。

"水不深，你先站起身来。"这时几个保安跑了过来，可沈秦哪里听得见这个，以为自己这回可要死了。保安见喊没有用，直接下水，过去把沈秦拎起来，他这才发现水只及膝深，顿时有些不知所措，心慌的感觉还在，尴尬的感觉又涌了上来，一旁的曾菲添油加醋地拍手道："这位大哥，你还有什么遗言吗？说完了直接躺下去还是可以的。"

"你说你逗不逗啊，这么怕水，居然还用跳下水去威胁我姐，你可真够二的。"曾菲那叫一幸灾乐祸。

吉安敏看着这一幕闹剧，忽然间冷静下来，心底的悲愤，委屈也烟消云散，甚至不明白当初怎么就鬼迷心窍，那么想和他结婚。这样一想，竟连问沈秦当初为什么要离开的兴趣都没有了，不管原因是什么，也都不重要了。

"算了，我们走吧。"吉安敏看了江承一眼，拉着曾菲退出了人群。

沈秦看到吉安敏走了，想追上来，却被李大可抬起的脚给吓住了。

一直看好戏的曾菲被吉安敏拉着急匆匆地往商场里走，这才回过神来，小嘴劈里啪啦地问个不停："姐，这个人是你前男友吗？没想到你感情经历还蛮丰富的，不过这男人的确是不怎么样，那张大叔脸根本没办法和姐夫比，而且看着人品也就一般，还有点二……你当初是怎么想的，怎么会爱上这样的男人？算了算了，你别难过，这也没事，哪个女人没爱过渣男……对了姐，你怎么可以当着未婚夫的面，对前男友那么激动呢？难道你不怕姐夫吃醋吗？"说到这里曾菲好奇地回头看了江承一眼，见他不紧不慢地跟着，只是那脸色可以去非洲当土著了。

曾菲又回头悄悄地在吉安敏耳边说："姐，我忽然理解你为什么喜欢那个男人了，因为你和他差不多，你说你是不是二啊，你看姐夫那脸色……唉，你有什么事儿私下里跟他说，怎么可以……"吉安敏忽然回头瞪着她："说完了没有？说完了就闭嘴，吃那么多还这么爱说话，也不怕打饱嗝。"

曾菲撅了撅嘴道："这不是姐夫请客嘛，第一次我必须得宰他一顿。"

趁着刚才和曾菲说话的机会，吉安敏偷偷地瞅了江承一眼，发现他脸色的确是够难看的，这件事没惹着他啊，他基本上算是一个局外人，这是怎么了？

曾菲还是不忘初衷，拉着吉安敏问 ：“我说姐，你速度挺快的啊，那个似乎分得都还没彻底，就和姐夫订婚了，不愧是我姐，我服了。不过你说姐夫到底喜欢你什么呀，这么容忍你，唉，我怎么就没碰到一个对我这么好的。”

“你怎么这么啰唆？”吉安敏皱着眉问曾菲，曾菲想了想，摇头道：“我们 90 后想说什么就说什么，绝不憋着，也绝不虚伪。”

“嗯，是够坦诚的，连姐夫都要抢。”吉安敏冷笑道，摇摇头。

“这种事，各凭本事呗，总比我暗地里撬你墙角要好吧，我不屑干那个。”曾菲说着说着还嘚瑟起来，走路都快要颠起来了。

“我还得谢谢你？”吉安敏说，又借机瞅了一眼江承，发现他仍然皱着眉，于是稍稍退后了几步问他 ：“你说我适合穿什么样的衣服？”

江承瞅了一眼吉安敏 ：“硬挺的，设计感强的，职业的，贵的。”说前面几个的时候，吉安敏还点头，但最后一个词让她隐隐有肉痛的感觉。

“姐，瞧你那脸抽的，怕贵吧？有姐夫跟着，难道要你付钱，瞎心疼。”曾菲说完率先跑进了女装部。

江承和吉安敏听这话都一愣，对视一眼，然后江承凑到吉安敏耳边道：“今天我付钱。”

“啊？”吉安敏眨眨眼，有这么好的事吗？她都有点不敢相信了。

“我说的是我付钱，不是我买单。”江承说完，也跟着曾菲进了女装部，吉安敏发现果然不敢相信的一般不能相信：得，回去把钱还给他就行了。

结果逛下来，吉安敏都心疼得要晕过去了，江承和曾菲给她挑的衣服那价格，好人看着血压都往上蹿，但她在两人的夹击之下实在扛不住就买了。

“我就不明白了，你们俩居然在这件事情上意见高度一致。”回来的路上，吉安敏忍不住念叨，然后摸摸包里的银行卡，想着里面的钱回家后就要转到江承的卡上了，便特别不舍。她不明白，为什么薄薄的一件衣服，要那么贵，镶上金线的价格也就差不多了。

回到家后，吉安敏趁着曾菲去洗澡，问了江承的银行账号，打算转账过去，江承问："你身上的钱够用吗？不够用的话，等几个月也可以。"

吉安敏身上的确没有多少钱，这些年来她挣的钱都给张彩云了，一方面她觉得赡养父母是应该的，另一方面也免得张彩云唠叨。所以囊中羞涩的吉安敏觉得江承的这个提议很有诱惑力，但是她还是非常痛苦地说："我还是给你吧，要不我觉都睡不好。"

见吉安敏这样，江承便明白其实她身上也没有多少钱，于是说："这样吧，我不要你利息，你再多给我做一个月的饭就行了。"

吉安敏一听，顿时有些嘚瑟，原来自己这手艺还有这好处，反正不占他便宜就行了，于是伸出一个剪刀手说："两个月，我给你做两个月的饭。"

江承打了一个响指："成交！"

"成交什么呀？"曾菲像个出水芙蓉似的走出来，但也只能是一个花苞，可她偏偏要表现出一副妩媚的样子，江承看了浑身一抖，吉安敏看得很明白，他鸡皮疙瘩都起来了，不禁觉得好笑，于是和江承对望了一眼，不约而同地说："和你没关系。"

第九章　总裁

失业快两个月的吉安敏终于又上班去了，她早早地起床，并在曾菲的建议下化了一个淡妆，然后高强不知道从哪里得到的消息，又送来了早点，而江承更是把她的衣服都搭配好了。

看着椅子上放着的那套淡蓝色套裙，吉安敏都呆了，问江承："你怎么知道我衣服……"江承指了指曾菲："让她拿出来的，穿淡蓝色可以让你不那么紧张，也可以让别人看到你心情好。"

带着大家的希望和喜悦出了门。吉安敏想，米亚娜帮她找的工作是业务助理，她应聘上了业务经理。"我……其实还是挺不错的，是不是？"这样一想，吉安敏觉得今天的天空都蓝了很多。本来吉安敏起得早，地铁又不会堵车，迟到是不可能发生的，但偏偏这么寸，它就是发生了。一向不喜欢穿高跟鞋的吉安敏，今天在江承的建议下穿了一双 8 厘米高的高跟鞋，毕竟是职场中人，也不是那么接受不了，可走出地铁的时候，给人一挤，她就没办法了，人给摔出去了不说，脚还崴了。

人说伤筋动骨一百天，可进奥华广告是多不容易的事啊，吉安敏揉了揉脚，觉得不是很严重，便想，就是爬也得爬到奥华广告去。等吉安敏挪到奥华广告楼下的时候，眼看着时间就到了，她一急，顾不得脚痛就跑了起来，只是光顾着跑没看路，又撞到了一辆车，她再一次给撞到了地上。

我靠！吉安敏心里又怨又怒，但看到车上下来一个人，还是得一边撑着身子想爬起来一边赶紧道歉："对不起对不起！"

"你没事吧？"一只手伸过来，吉安敏看了一眼，既干净又修长，而且还是一只男人的手。

实在没办法站起来，吉安敏只好拉住了这只手，既干燥又温暖的感觉击中了她。原来，男人的手还可以这样，有力，温柔。

"啊！"可当吉安敏看到手上那只名贵的手表时忍不住惊叫起来，她惊讶的不是手表有多贵，而是手表上的时间，还差五分钟就要迟到了。转身看了看高大的办公楼，奥华广告在最上面的两层啊，吉安敏都忍不住要骂出来了。

"对不起啊，我要迟到了，我今天是第一天上班……你……你的车没事吧？要不这样吧，我……把我的电话给你，如果有什么事的话你打我电话好不好？"吉安敏一边解释一边急匆匆地在自己包里找笔和纸，但却找到曾菲硬塞给她包里的口红。

愣了一下，吉安敏拿着口红，跛着脚，跑到车窗前，用口红把自己的电话号码写到了车窗上。然后一抬头，发现眼前的这个西装革履的男人似乎很面熟，但她也没心情多想，急匆匆地说："对不起啊，你有事就打这个电话找我就行了。"说完便不要命地朝大楼扑过去，却不知道身后的女孩对她的行为无比愤慨。

"天，居然在道奇上这样乱写乱画？啊？电话号码？"一个身穿黑白格通勤装的高挑女孩是认得这辆车，这是奥华广告总裁齐辉的车，更认得这个站在车前一脸无语的男人，他便是齐辉呀。

"总裁。"女孩毕恭毕敬的，但眼睛却还是忍不住往车上瞟，心想，刚才那女孩胆子太大了，是什么让她这么有自信，居然这样明目张胆地勾引总裁，不知道是哪个公司的。

齐辉看了看眼前的女孩，眉头不禁一皱：“你不怕迟到吗？”虽然齐辉对于公司的员工不是很熟悉，但是前台于乐他还是认识的。

于乐吐了吐舌头，灰溜溜地踩着尖尖的高跟鞋小跑着进了办公大楼，并在电梯关上的最后一刻冲了进去，刚刚站定，就一眼看到那个在总裁车上写电话号码的女孩。

于乐思索了一下，当然这个过程极短，她笑逐颜开地越过几个人，蹭到吉安敏身边悄悄地问：“你好，请问你是哪个公司的？”吉安敏看了看眼前这个衣着时尚的女孩，虽然她眼睛里明显写着好奇和八卦，但却没有歹意，于是笑着回答：“我是奥华广告的。”于乐一听，情不自禁地张大了嘴，惊讶地说：“这怎么可能？你是奥华广告的我怎么不知道。”不过还没等吉安敏解释，她又回过神来了，指着吉安敏问：“你是今天来报道的新同事吧？”

吉安敏一听于乐这样说，赶紧点头：“是的是的！”原来这女孩也是奥华广告的，而且看起来没什么心机又喜欢八卦，既然如此，不如先和她搞好关系，自己在新公司也不会那么孤单。

吉安敏还没有想好应该怎样和于乐拉关系，便发现于乐挽住了她的胳膊，然后甜腻腻地问：“哎，你叫什么名字？多大啊？”

见吉安敏一副傻了的样子，于乐赶紧解释：“我不是要问你的名字，只是想知道你是比我大还是比我小，我叫于乐，24 岁。”

“哦！”24 啊，真好的年纪，吉安敏扯着嘴角笑笑说：“好年轻啊，我……那个，30 啦！我叫吉安敏。”

“那你比我大呢，那我以后叫你吉姐好不好？”

吉安敏点点头，不禁有些感慨，想当初刚上班的时候，自己可也是单位年纪最小的，现在却成人家姐了。只是吉安敏无论如何都想不到于乐这时候心里正在想，30 岁了还有勇气去追总裁，啧啧。

“于乐，你在公司是什么岗位啊？”吉安敏和于乐一起出了电梯，边往公司走边问，却见于乐停住了脚步，指了指前台的位置说：“那就是我的岗位。”

吉安敏不禁了然，像于乐这样长得漂亮，身材超棒，爱笑又喜欢八卦的女孩，绝对是当前台的好材料啊。当然，刚到公司就结交到前台，这对于自己快速熟悉公司是极有好处的，所以吉安敏的心情还是挺愉快的。

只是，吉安敏有些不明白，为什么前台这么晚来上班？于乐不愧是跟人打交道的，看一眼便明白了吉安敏的意思，解释说："以后你上班的时间点不是八点半，而是九点钟，因为今天第一天，所以要求提前来熟悉环境。"

啊？九点啊？吉安敏松了一口气，广告公司嘛，晚上加班没关系，那么早上班就真没必要。

"吉姐，我带你去会议室吧，一会儿人力资源部经理余华会来给你安排工作的。"于乐正跟吉安敏说着，便看到齐辉走了进来，赶紧立正道："总裁好。"

吉安敏见于乐这样，也赶紧屏声静气，却发现总裁竟然是今天撞自己的那个人，在齐辉点头离开的那一瞬间，她想起他就是"香缘餐厅"的那个霸气男。

我的天啊！吉安敏有些晕，在于乐看来，就只能用"花痴"来形容。

"吉姐，你的脚……"于乐把吉安敏带到会议室，本来想出来，可又看了看吉安敏走路不大方便的脚忍不住问道。

吉安敏活动了一下脚腕，无奈地说："被摧残的。"

"不会是被总裁摧残的吧？"于乐本想打趣一下，却见吉安敏脸上抽抽了两下，心里想不会是被自己胡说给说中了吧？

其实吉安敏只是在想该怎么跟于乐把这事儿说清楚，完全没料到于乐的想象力有那么丰富，甚至不等她的答案就出了会议室。

于乐是谁啊，是前台。有的人在前台只是混资历，但有的人却能够在这岗位混得风生水起，于乐无疑是后者，她知道得越多死得越快啊，只是她心里还是无可避免地掀起了滔天大浪，没想到啊没想到，长得人见人爱花见花开却又呵气化霜遇水成冰的总裁，居然喜欢的是吉安敏这样的大婶。

想到这里，于乐又忍不住透过玻璃窗看了一眼会议室里的吉安敏，也不过就是长得比较清秀而已，可想到她的脚竟然和总裁有肌肤之亲，她心肝都颤了。

凭着于乐对公司女同胞们的了解，吉安敏的到来必将掀起一股腥风血雨。之前大家都平安无事，主要是总裁没表现出对谁有特殊的兴趣，所以每个人都有机会，又每个人都没机会，大家不过是暗自较劲。

吉安敏一来便如此锋芒毕露，这不是把自己当成人肉靶子嘛。

吉安敏当然不知道她现在的处境是如此的危险，更不知道原来奥华公司的江湖是如此险恶，她还在和其他几个新来的同事一起，耐心地等着余华来给她安排岗位。

只是余华给其他几位把岗位定好，并且让相关部门的同事带出去以后，最后对吉安敏说："你的岗位有调整，不再是之前应聘的业务经理，而是……总裁助理。"

"什么？"吉安敏难以置信地看着余华，这不是做梦吧？其实不光是吉安敏，余华也觉得不可思议，他实在是没看出来吉安敏哪一点可以当总裁助理，但没办法，总裁亲自开口的。

该用什么来形容吉安敏站到齐辉面前的心情呢？那样的紧张让她像是回到了二十岁，那样的慌乱感让她像是回到了二十岁，那样揣着一只小兔子似的羞怯感也让她感觉像是回到了二十岁……然后吉安敏想如果一个男人让你感觉年轻了十岁，那一定就是你的男神。

只是，"男神"最关键的不是"男"，而是"神"，"神"自然是高不可攀，只能仰视的。所以一整个上午，吉安敏都在战战兢兢中度过，腰挺得笔直，眼睛盯着桌子上的座机，连洗手间都是跑着去的，生怕错过了齐辉的电话。

眼看着终于磨蹭到了下班时间，吉安敏却不知道是该直接走人，还是该跟齐辉打个招呼，她真的好想到对面米亚娜的"遇见吧"去吐槽啊。其实坐在吉安敏的位置，便可以看到蚂蚁般大小的"遇见吧"，她终于深切地体会到了什么叫天涯咫尺。

吉安敏一直纠结，直到 12 点 30 分她终于下定决心给齐辉打个内线电话，总不能不吃饭啊，却见齐辉从办公室走出来，对吉安敏说:“还没走啊?那一起去吃饭吧。”

一起……吃饭？吉安敏有些不知所措，自己现在是秘书的身份，这是不是表示以后每天中午都要一起吃饭呢？而且吃饭这件事情要不要自己安排，要安排在哪里，安排哪些菜，对于她来说不过是果腹的事情，对于一个总裁来讲是不是会有一定的学问？唉呀，没经验害死人啊。

齐辉看着表情丰富的吉安敏，唇角弯起一个不易觉察的弧度，指了指门口说：“如果你没有什么安排，我们就去楼下餐厅吃。”

吉安敏当然不敢说自己有安排，躲过初一躲不过十五，早死晚死都是死，今天豁出去了，明天就知道该怎么办了。于是吉安敏赶紧摇头说：“我没有什么安排。”然后紧跟在齐辉后面去了餐厅。

餐厅在大楼的八层，虽然类似于员工餐厅，但环境却很优雅小资，菜品也非常不错，就算是最便宜的盒饭，也是色香味俱全，而且营养到位。

只是，正在喝果汁的于乐看到吉安敏小鸟依人面带羞涩地跟在齐辉身后，差点儿被呛到，这个女人是单纯还是傻？就算是秘书也不应该这样光明正大地跟在总裁身后来吃饭吧？还是那样一副表情。

于乐看了看周围，不禁抖了一下，这里可不全是奥华广告的女同事，而是整栋大楼的女同胞啊。这栋大楼谁不知道顶层奥华广告的总裁又帅又酷又有钱，最重要的还不是啃老的富二代，如果嫁给这样的男人，一是财产不用和人分，二是花钱不用看长辈的脸色，三是这男人就是鸽子蛋钻石啊，光想着能在一栋楼上班，这虚荣心都爆棚，如果嫁给他了，这颗心会不会直接爆掉都不知道呢。

于是，于乐发现女士们全部是一个表情，瞪得大大的眼睛里有妒有恨有怨有羡慕，还有一些如果杀人不犯法就要冲上去的情绪。而男士们的表情却有些莫测，但同样，目标一样是吉安敏，至于他们心里想什么，只有天知道。再看吉安敏，仿佛带了免疫盾牌似的，这餐厅里的叵测人心她竟丝毫没有感觉到，还是那个样子。

可怜的吉安敏是真不知道啊，她还在想，一会儿需要自己去给总裁点菜吗？那是不是要先问问他喜欢吃什么呢？她都想好了，回头要买一个本子，把总裁的喜好全部记录下来。吉安敏其实没什么特别的地方，也不是多优秀，她最大的优点便是努力和认真，只是她没想到的是，两人一坐下来，厨师就立即拿来菜单，低声温柔地问："总裁，您看今天上什么菜？"

"你点吧。"齐辉把菜单往吉安敏面前一扔，然后端起一杯柠檬水优雅地抿了一口。

虽然总裁的姿势很唯美，但吉安敏还是狠狠地眨了一下眼睛，斗胆说："可是总裁，我不知道您喜欢吃什么啊。"

这时四周响起一阵嗡嗡声，女士们此刻全都转变成了女斗士，她们咬牙切齿地盯着吉安敏，恨不得冲过来说：我知道总裁喜欢吃什么，总裁餐前一定要喝汤，但绝对不能有一丁点儿的浮沫，总裁喜欢吃牛肉，而且一定要炖得烂烂的那种……可，吉安敏却仍然用一副无辜又忐忑的表情看着齐辉，却不知道她这个样子有装嫩的嫌疑，更惹人恨，但就算是知道也没办法，她面对齐辉真的就小了十岁，本来就傻，此刻更傻。

"总裁，您看？"厨师弓着腰原地旋转了 90 度，再次面对齐辉。

"杭椒牛柳，西红柿炒蛋，爆炒猪肝，鲜菌汤。"齐辉的话一出口，周围又是一阵"嗡嗡"声，这是怎么回事，总裁不是一直喜欢吃炖牛肉吗？总裁从来没有吃过猪肝啊？总裁居然喜欢吃西红柿炒蛋？还有那个鲜菌汤是怎么回事？主厨听到这些菜，决定明天把这些菜的原材料多进一些，肯定会热销，他之所以对齐辉这样毕恭毕敬，不就是看中了他带来的经济效益吗，这世上爹也亲娘也亲但钱最亲啊，否则拿什么孝敬爹娘。

而吉安敏此刻的脸却烧得就像那首歌唱的，是天边的云朵，不过不是最美的，而是最红的。这让她恨不得扇自己一耳光，都三十岁了，毛细血管还这么敏感干吗？心里不免又在颤抖，怪不得说总裁都腹黑，这些菜明明是那天晚上她在"香缘餐厅"点的，记得当时服务生还追问："你们不点些别的吗？"吉安敏非常理直气壮地说："我就喜欢吃这个，没有我就换餐厅。"

吉安敏偷偷瞄了齐辉一眼，却发现他正在专心致志地看从办公室带下来的文件，心里不免开始肆无忌惮地胡思乱想，总裁会不会对自己一见钟情啊，要不为什么会把自己调来当秘书，为什么会点自己喜欢吃的菜？这分明就是最狗血的言情剧啊。可是等她侧脸看了看一旁茶色隔断玻璃中的自己和齐辉，又彻底打消了这个念头，自己怎么看也不像是狗血言情剧里的女主，用曾菲的话说，当女主也是要有气质的。

这顿饭其实大家都没吃好，齐辉点吉安敏喜欢吃的菜，只是觉得好奇，这么平凡的家常菜，为什么她那么喜欢？吉安敏虽然喜欢吃，但她一贯认为和谁吃很重要，齐辉虽然“秀色可餐”，但她却知道不是自己碗里的菜，当然吃不进。

而那些楼里的女员工因为心情不好，自然就吃不好。所以这一天的中午，气氛非常沉闷，后来有同事翻了老黄历，果然，诸事不宜。

吉安敏下班后第一时间冲进了“遇见吧”，虽然早就打电话让米亚娜和李诗在此候着，可当她看到江承和李大可的时候，还是惊了一下。看了一下，吉安敏不免好奇跟屁虫曾菲怎么不在，正要开口问，就见曾菲穿着“遇见吧”的制服，端着一碟甜点很职业地从里面走了出来。“你这是……”吉安敏本来打算今天下班后跟米亚娜说曾菲的事，可现在看她这个样子，分明是已经上班了呀。曾菲不傻，她自然知道吉安敏的意思，于是得意地解释道：“我和姐夫一起过来的时候自己跟米姐说了，没想到她竟然毫不犹豫地答应了。”米亚娜点头，笑着说：“反正我也要招人，用谁不是用，用你表妹更放心些，而且她挺活泼的，人长得又漂亮，还能给我多招些客人来。”曾菲听米亚娜这样说，小脸顿时泛出不一样的光彩，激动得频频点头，心里已经下定决心要为米亚娜肝脑涂地，生是“遇见吧”的人，死，也是“遇见吧”的死人，可江承却嗤笑地说：“你在这上班不是大材小用了吗，你该去中情局当间谍的。”

原来江承早就猜到吉安敏下班后的第一站肯定是“遇见吧”，想着等她吐完槽再回家，估计也没有说话的兴致了，那很多情报不是就漏掉了吗，于是便赶紧把手头的工作做完，准备过来和吉安敏会合，但他真的没想带着曾菲一起过来，虽然吉安敏对他似乎没什么意思，也不会在意他和曾菲是不是走得近，但是他自己介意啊，尽管他也不明白，为什么要介意，所以一直都抱着敬而远之的态度。

只是江承怎么也没想到曾菲那么难缠，无论他什么时候打开房门，曾菲都会一脸娇羞地看着他，然后甜腻地叫："姐夫！"还故作无辜地眨几下眼睛。

"你知道朋友妻不可欺吧，姐夫其实也一样。"江承并不是喜欢讲道理的人，以前面对那些对他有意思的女孩，他都是非常直接地说："我不喜欢你！"可这一招对曾菲一点用都没有，她会同样非常直接地问："你又没有和我谈恋爱，为什么就知道不喜欢我呢？"

但面对"姐夫也不可欺"的这个问题，曾菲是用一种比较遗憾的神情看着江承，叹道："姐夫你年纪不大，思想真的OUT了，你不知道现在大家都说姐夫就是用来抢的,闺蜜就是用来毒的吗？"说得江承打了一个寒战，情不自禁地看了一眼镜子里的自己，虽然面色有些憔悴，但也不老，难道落伍了吗？这么一迟疑，就被曾菲一直黏到了"遇见吧"。

吉安敏见江承态度这么冷，怕伤了曾菲的自尊，她好不容易才下定决心出来上班，而且对于米亚娜的称赞那样看重，就表示其实她也是很希望自己有所追求的，于是伸脚踢了一下江承，想让他注意点儿。

可吉安敏明显不了解曾菲，至少是不了解曾菲的抗打击能力，其实不仅仅是吉安敏，所有的人都被曾菲对于江承认为她应该去"中情局上班"的理解给雷晕了。

因为，曾菲并没有不爽，甚至没有撅嘴，反而欢呼雀跃地说："姐夫，你是不是对我有一点点好感啦？你是不是舍不得我出来上班，要我在家陪你啊？"

一席话说完，江承的脸直接绿了，其他人都保持沉默在消化这段话，而邻桌则有人频频看向这边，再怎么开放，对于妹妹大庭广众之下抢姐夫的事，依旧让人难以理解的。

米亚娜第一个在诡异的氛围中反应过来，且“唰”地站起来，把曾菲转了一个方向道：“现在是工作时间，赶紧送你的甜品去。”

“可是我姐夫还没回答我呢。”曾菲的一双大眼睛委屈地看着米亚娜，却听到米亚娜用乞求的声音对她说：“姑奶奶，你再来这么几出，我这里的客人都要跑了，你可穿着我们这儿的制服呢，不是想第一天上班就扣工资吧？”

见曾菲悻悻地离开，江承“咚”地一声倒在桌子上，看那样子，是给雷焦了。倒是李诗，挺理智地敲着桌子问吉安敏：“今天上班情况怎样？”

吉安敏看了看四周，缩了缩脖子说：“这儿就在我们公司对面，会不会有些是我同事啊，万一传出去了，我就死定了。”

“没事儿，只要你别像曾菲那样亢奋地说话，别人不会知道我们在说什么，这个位置可是我专门挑的，作为我们自己的基地。”米亚娜骄傲地说，眼睛里闪着女强人的光，吉安敏不禁心里凄凄，有钱人就是拽，有钱的女人更拽。

“没事儿，敏敏，咱们小点儿声，快说说今天的情况吧，等你半天了。”李大可同样一脸好奇地问吉安敏。

吉安敏本来就一肚子的话想说，可是这会儿倒不急了，这情况有点儿反常啊，自己又不是第一次上班，至于这么关心吗？她指了指几个人道：“你们是不是有什么阴谋啊？”

李大可翻了翻白眼道：“你想多了吧，你俩闺蜜是你自己叫过来的，我是李诗叫过来的，她要我给她送红包。”因为吉安敏，李大可和米亚娜及李诗都挺熟了，曾经还想认李诗当干妹妹，只是李诗看不上他那一副没文化的样子，给严词拒绝了。

“至于他，有没有什么阴谋我就不知道了。”李大可又指了指江承，却正好被送完甜点的曾菲听到，她立即愤愤道：“我替姐夫证明，他就是想我姐了，所以在这儿等着的。”此话一出，江承和吉安敏立即不自在起来，但又都奇怪地没有反驳。

为了转移这些好奇宝宝的注意力，吉安敏只好清清嗓子说：“好吧，是我多心了，那我给大家汇报一个消息吧，我当上总裁助理了。”

这话比曾菲刚才的那句更有震撼力，一桌子人许久没说话，最后是米亚娜笑着且小心翼翼地问：“安敏，你是跟我们开玩笑的吧？”

“我倒是想开玩笑，可你们认为我开得出这样的玩笑吗？”吉安敏拿来一小碟慕斯蛋糕，她还真饿了，中午虽然都是她喜欢的菜，但她根本就没有吃多少。

“不是，哪有上班第一天就升职的呀，这不科学啊，我写小说都不敢这么写！”李诗表示赞同米亚娜。李大可只剩下点头了。曾菲也嘻嘻笑地说：“姐，你真幽默。”

吉安敏觉得很挫败，但当她发现还有一个人没发表意见时，不免有些激动，抓着江承问：“你信不信我？”

“信！”一个字，被江承说得斩钉截铁，却让吉安敏感动不已，如果他是个女的，指定就扑上去亲一口了。

“你为什么信啊？”这话是李大可问的，他也想相信，可他没办法说服自己。

“你们不信有很多理由，我相信就是相信，没什么理由。”江承淡定地说，并且给了吉安敏一个妥妥的表情。

接下来的几天，吉安敏很忙，她感觉自己就像一个职场新人，一切都需要学习，一切都很懵懂。不一样的是，以前是围着带她的前辈团团转，现在是围着总裁团团转。不过想想以前的那个前辈，长着一脸的痤疮，还让吉安敏要和他保持距离，以免有流言蜚语，影响他的前途。吉安敏便觉得现在还不错，至少总裁没有这样的表示，虽然他的前途已经定了，所以偶尔歇下来，她便安慰自己说，挺好的挺好的，至少总裁秀色可餐，可以让自己的眼睛随时饱餐一顿。

半个月的时间，吉安敏发现自己成长的速度还是很快的，她已经知道了齐辉要去哪几个餐厅吃饭，常坐的座位是哪个，然后与这几个餐厅的服务员混成了好姐妹好兄弟。齐辉一点儿都不像电视里的总裁那样，会把一个包厢长期包下来，哪怕一年都不去坐几回。齐辉很节俭，所以吉安敏只需要在他表达出意愿后，订下他要去的餐厅以及指定位置就好了。

吉安敏还知道齐辉办公室里有一组超大的衣柜，刚开始她以为装的是公司机密资料，没想到里面竟然全是齐辉的衣服，吉安敏以为齐辉每天不换几身衣服就不爽呢，后来才知道他只是以办公室为家，一个月里有大半的时间是在办公室里过夜的，所以得在办公室备齐一套家居用品，甚至还有一个超大的浴盆，相比之下，这衣柜就很正常了。

不正常的是，吉安敏要负责齐辉衣服的清理（当然是要送到齐辉指定的干洗店），然后还要根据齐辉要出席的场合，搭配出他当天要穿的衣服，这对于吉安敏来说，是个莫大的考验。

被齐辉鄙视了几次后，吉安敏跺跺脚，连续一周去名牌专柜记下模特和来往客人的搭配，弄得那些专柜的美女以为她是同行的间谍，看到她眼睛就瞪得溜圆。在吉安敏觉得脸皮真的都快和齐辉的大班桌一样厚了时，她的搭配终于让总裁的嘴角上扬了一下。

“你说我是他秘书还是老婆啊？”吉安敏累趴在了米亚娜的店里问。

“你可以问，我是他的秘书还是私人助理啊？但千万别加上老婆两个字，何必一定要让自己心痛呢？”米亚娜推过一杯“遇见”，故作优雅地说。

吉安敏喝了一口咖啡，吧唧了一下嘴说：“你这咖啡还真是淡。”米亚娜白了她一眼道：“淡？遇见的时候如果不淡，那就是艳遇啦。”

“那你应该改名叫‘初见’，第二次或第三次遇见，一般都比艳遇的味儿更浓。”吉安敏又猛喝了一口，然后问米亚娜：“可以再加一点咖啡进去吗？”

米亚娜瞪着吉安敏没说话，半晌把曾菲叫过来说：“给你姐来一杯黑咖啡，要浓的。”曾菲叹息地看着吉安敏，一副很无奈的样子。

结果吉安敏把那杯黑咖啡直接带到了对面楼上，没办法，总裁大人召见。虽然是中午的休息时间，但你以为你是公务员吗？还想有私人时间，没深更半夜把你叫起来就不错了。

齐辉闻着吉安敏带过来的咖啡香，盯着她手上的咖啡说：“拿过来。”

吉安敏傻傻地递了过去，齐辉打开咖啡就那样喝了起来，她不禁呆了，要不要这样公私不分啊，自己是他的秘书，自己的咖啡也成了他的了吗？

眨了眨眼睛，吉安敏艰难地说：“总裁，我喝过。”

“啊？”齐辉正在品味着黑咖啡带来独回甘，听到这句话差点儿吐了出来，他看着吉安敏，那凌厉的眼睛像是看着一个罪大恶极的人。

“对不起总裁，我应该最开始就说清楚的，只是我没想到你速度那么快。”吉安敏真的觉得非常尴尬，如果重新再来一回，她宁愿被米亚娜骂浪费，也不会带到办公室来。

齐辉把咖啡往办公桌上一放，冷冷地说：“你应该什么都不说。”

下午的时间吉安敏很忙，只是她不知道齐辉是怕她太闲了，然后对中午发生的事胡思乱想，所以派发一堆的事给她做。

吉安敏一边工作一边愤愤地骂：“妖孽，智障，神经病，疯子……”一直骂到江承打电话来问她什么时候回家吃饭，她的工作才做完，而那个“妖孽”已经提前下班走人了。

第十章　钻戒

吉安敏踩着七厘米高的高跟鞋，饿得前胸贴后背地回到家，一打开门便闻到了一股浓浓的炸鸡香，香得她都要幸福得晕过去了。

这是哪个好人做的啊！把高跟鞋随脚踢出去后，吉安敏赤着脚便奔到了餐桌前，看到橙色的盘子上放着几个金灿灿的炸鸡腿，感动得都要哭了："这是谁啊，对我这么好。"

手都来不及洗，吉安敏拿了张纸巾，准备包起鸡腿，下一秒，却眼睁睁地看着鸡腿被端走了。不是吧……

顺着那只端盘子的手，便看到江承的脸，她及时改变了策略，一脸委屈地看着江承："别呀，你都放餐桌上了，还不给我吃？顶多，我明天给你做卤肉饭。"

"卤肉饭？你都多久没给我做饭了，都是我给你做。"江承想起这事儿，心里就不爽，他也不是不体谅吉安敏，可是馋虫时时刻刻挖着他的心。

吉安敏也有些惭愧，于是小心翼翼地说："最近不是忙嘛，我刚进单位，顺过来就好了。再说，你做饭也挺好吃的。"还顺带着冲江承抛了个媚眼，又指了指鸡腿问："我，可以，吃了吗？"

“可以是可以，不过，给爷再撒个娇。”江承挑了挑眉毛，又把盘子往吉安敏面前一划而过，那香味儿真的让她都要跟着跑了。

“爷，求您了！”吉安敏几乎是朝江承扑了过去，却被江承拦住了，扯了扯她的头发说：“逗你玩儿呢，冷了，我给你热热去。”

“热了还脆吗？”吉安敏赶紧跟着江承到了厨房，她还是比较讲究的，如果脆皮成了软面粉团子，她宁愿饿死也不吃。

江承把盘子放进微波炉，头也不回地说：“中火两分钟，保证比刚炸的都好吃，还敢说自己是吃货，这个都不知道。”

“我不是吃货，我是美，食，家。”吉安敏敲着盘子在一边儿等。

事实证明江承是对的，从微波炉里拿出来的鸡腿酥脆喷香。

吉安敏的口水直在嘴里打转，正准备开吃，却发现江承从冰箱里拿出几罐啤酒问：“炸鸡配啤酒，要不要？”

吉安敏的眼睛顿时乐成了一条缝，觉得生活的美好不过如此，赶紧点头道：“要要要。”

江承拿着啤酒走到桌边道：“那么迫切，你很会喝酒吗？”

吉安敏开了一罐啤酒，对着江承眨眨眼道:“一会儿你不就知道了吗？”这句话让江承想起她那次醉酒，便有些迟疑，想了想，又把剩下的啤酒放回了冰箱。心想，就给她喝一罐，应该不会醉吧。

可是喝酒哪有说喝一罐，便真的只喝一罐的。两人喝着酒吃着鸡腿聊着初中直到大学后再工作，这菜就不够了，又从冰箱里找出了火腿肠和卤蛋，吃着吃着，酒不够了，于是又去拿酒……最后吉安敏和江承也都不知道自己是怎么倒下的，只记得两人都是被一阵尖叫声给吓醒的。

“你们……你们不能收敛一点吗？太过分了！你们就不怕伤害我吗……好歹，好歹我也是……也是你们的亲人啊……”

这不着调的话不用猜也知道是曾菲说的，吉安敏不明白自己怎么她了，只知道头重得很，感觉痛得要裂开似的。正要起来，稍微一动却发现身边暖乎乎的，吉安敏疑惑地抬起头，顿时傻了，她看到了一双同样惊讶的眼睛。

当吉安敏发现自己竟然躺在江承的怀里时，脑子里只有一个念头：天啊，没脸见人了。

吉安敏手忙脚乱地挣扎着从江承怀里爬起来，头痛加上手软脚软，竟然又一头栽了回去。当着曾菲的面，嘴唇准确地撞在了江承的唇上，可从曾菲的角度看，便是吉安敏非常主动地，结结实实地亲了江承一口。

"你……你还是我姐吗？"曾菲目瞪口呆地看着趴在江承怀里发呆的吉安敏，再看江承，也是同样一副表情。

曾菲哪里知道吉安敏的苦，她摔的位置特别不好，不但亲上了江承，而且手还撑在了江承的敏感位置，非常直观地感受到了他强烈的身体变化，这让她苦不堪言。不用力吧，起不来，用力吧……天，不敢想！最后，还是江承伸手撑起吉安敏，她才能够起身。

吉安敏现在最想的就是去洗个澡，她觉得浑身燥得不行，却被曾菲拉住了，颤颤抖抖地问她："姐，你不会是……被狐狸精上身了吧？"

吉安敏一巴掌拍在曾菲的脑袋上："如果这个世界上有狐狸精，那也是你。"

趁着姐妹俩还在纠缠，江承冲进了浴室，直接打开花洒洗了冷水澡。听着里面传来的水声，曾菲贱兮兮地问吉安敏："姐，你们俩昨天晚上有没有，那啥？"

"和你有关系吗？"吉安敏瞪着曾菲，不想曾菲的理解太奇葩，她捂着嘴惊讶道："姐，你们居然在沙发上……"

吉安敏本来头就痛，这下更痛了，一下子又倒在沙发上。可是沙发不再是以前的那个沙发了，那上面有鸡腿味儿，有香肠味儿，有卤蛋味儿，有啤酒味儿，可是这些味儿都挡不住浓烈的江承味儿。

"姐，你说我是不是一点儿机会都没有了？"曾菲闷闷地坐到了吉安敏的旁边，难得以一种非常认真的态度说。

吉安敏被曾菲这种态度给迷惑了，起身看着曾菲，不知道自己是不是应该把事实告诉她，可是心里似乎好像又不大乐意，尽管从年龄上来说曾菲和江承更般配一点，自己这么大年纪了还去和小姑娘争，好意思吗？

但一想到以后没办法和江承这样吃炸鸡喝啤酒，没办法去江承那里蹭床睡，没办法享受江承给她做的饭，没办法在加班回家后期待有个人从房间探出头来不满道："这么晚才回来，打电话我去接你啊。"

"你，真的那么喜欢江承吗？"吉安敏看了一眼浴室，凑近曾菲小声地问道，却意外地见她沉默了，且许久才喃喃道："其实……姐，我一直说爱啊爱啊，但好像还没弄明白什么是爱。"

吉安敏松了口气，嗔怪地看了曾菲一眼："既然如此，这几个月你要死要活的，还以为你对江承情根深种了呢，刚刚你那个样子。"

"我刚刚那是，习惯性的，好像不那样说就不对似的……而且我也以为我是真的好爱好爱，可是……"曾菲欲言又止，这倒让吉安敏惊讶了，她从来没见过曾菲这个样子，今天的曾菲真是让他大开眼界啊。

"姐，我告诉你啊，我今天认识了一个客人，一见钟情，我终于体会到了什么叫做狂野的心跳，什么叫怀里揣着兔子，什么叫见一眼就天荒地老。"曾菲又恢复了原来的样子，吉安敏也放心了，她倒不关心曾菲那个一见钟情的对象，反正也持续不了多久。自曾菲初三情窦初开以来，她的恋情便没有超过半年的。

不过，当吉安敏听说曾菲昨天晚上就和那个一见钟情的对象共度良宵之后，她再也没办法淡定了："你第一次见面就和那个谁在一起？曾菲，你能不能懂点事啊，女孩子……"

"停停停，你是不是被我妈上身啦？我和他只是共度良宵而已啊。"曾菲一脸无辜地看着吉安敏。

吉安敏见曾菲一副被冤枉了的样子，气不打一处来："我说错了吗？是共度良宵啊，还而已，要怎样才不而已啊？"

"她的良宵和你的良宵不一样，她的意思是说这一晚上她和那个谁只是过了愉快的一晚，并没有发生别的事情。"江承洗完澡，神清气爽地从浴室走出来。

“你偷听我们讲话？”曾菲再“豁达”也没办法在曾经追求的对象面前谈现在喜欢的人，小脸也红了，尴尬得要命。

江承忍住笑，闲庭信步般地走到餐桌边倒牛奶：“你们那么大声音，用得着偷听吗？你俩，要不要喝一杯？”

曾菲和吉安敏对视一眼，无奈地撇了撇嘴，但仍然小声地解释着：“姐，就是姐夫说的那样，我和他没发生别的事情，很……很纯洁的，就是在一起聊天玩游戏。”然后想了想，站起来走到江承面前拍了拍他的肩膀说：“姐夫，既然你这么理解我，那我决定了，以后安心做你的小姨子，不过，你可得对我姐好，要不然……”

“要不然怎样？”江承警惕地看着曾菲。

曾菲叉着腰摇头晃脑道：“我就抛弃了那个谁，再来追你，追得你焦头烂额不得不娶我，娶了我之后，我再接着折磨你。”

“果然是最毒妇人心。”江承摇了摇头，瞥了吉安敏一眼。

“你那个那个谁是谁啊，叫什么名字，多大啊，什么工作？”吉安敏问曾菲，作为姐姐，有些事情她必须得弄清楚，要不以后万一有什么事，怎么跟老妈和小姨交代。

曾菲张大了嘴，扯了扯嘴角笑道：“叫什么名字有什么要紧的，人对了就行。”

“人对了你也该知道那人是谁啊，你不会过了一晚上都不知道他叫什么名字吧？”吉安敏简直是从沙发上跳了起来，在她的脑海里不要说不可能和一个陌生男人共度一夜，有过多的交流都不可能。当然，曾经那个骗了她几千块钱的骗子除外。

曾菲缩了缩脖子，无所谓地说道：“我忘了问，不过没事的，他还会来找我的，下次再问呗。”

“最好不来找你。”吉安敏白了曾菲一眼，准备去冲个澡，却被曾菲拉住问：“为什么最好不来找我？”

“一晚上了，一个不问名字，一个不告诉名字，都不靠谱，你俩真要在一起，呵呵，吉曾两家都要大乱了。”吉安敏说完就进了房间，没听到曾菲得意地说：“一定会让你失望的，我们交换了微信号啊。”

话说完，江承便凑过来问曾菲：“你姐有微信吗？”

“这你都不知道？”曾菲不可思议地看着江承，江承想，是不是该对曾菲坦承一切找个同盟呢？

吉安敏踩着点儿到了办公室，却见齐辉办公室的空调已经启动了。难道总裁昨晚又加班？

吉安敏想了想，便敲门进去，想看看他有没有换下的衣服要清理，被告之是早晨才到办公室的，正准备出来，听到齐辉问：“你住的地方离公司很远吗？”

其实不太近，要转两趟地铁呢，但就吉安敏的就业经验来说，没有哪个单位的领导喜欢家离单位太远的员工，于是考虑了一下说：“还行吧，我以后争取早一点过来。”她以为齐辉是对她的上班时间有异议，所以赶紧表明自己的态度。

没办法，吉安敏昨天收到了第一个月的工资，让她挺激动的，月薪加上各种福利和加班费，超出她想象得太多了，卡上增加的数字让她瞬间感受到了生活的美好。

“下班比别人晚，上班也要比别人早”这一条吉安敏准备一会儿就写到备忘录上，可没想到齐辉却说：“如果不方便，公司可以给你安排附近的住房。”

“公司给我安排？帮我付房租？”吉安敏觉得如果这是真的，简直就是和天上掉了馅饼一样，这样不但可以省下租房的钱，而且还可以经常去“遇见吧”蹭饭吃。想想，每个月可以几乎不花钱了。以这样的速度攒钱，再加上以前存在张彩云那里的积蓄，在这个城市买个小两居也不是多难的事了。

齐辉露出微不可察的笑意，抬了抬眉，说：“公司会给予一部分的补助，不过鉴于你的工作比较勤奋，我可以为你申请比较高一点的补助。”

哇噻！吉安敏正要点头，却想到如果真的搬了，那以后可能再也见不到江承，他也就这样消失在茫茫人海中了，等到以后的某一天在某个地方遇见，说不定双方都已白发苍苍，连问声你好的力气都没有了。

想到这里，吉安敏脱口而出："谢谢总裁，我还是不搬了吧。"说完，她心里又纠结得不行，世事为什么总是这么难两全呢？

"为什么？"齐辉很奇怪，他刚刚明明看到吉安敏挺高兴的，而且，他早已经把房子安排好了，没想到吉安敏竟然会拒绝。

"因为……"吉安敏本能地不想说出真话，眼睛一转，她说："因为我表妹和我住在一起。"

齐辉松了一口气，耸耸肩道："你表妹可以和你一起住啊。"

"可是我已经交了一个季度的房租了，签合同的时候说了不能退的。"吉安敏这一次反应特别快，当齐辉说她可以三个月之后再搬的时候，她就后悔了，觉得自己还是蠢，应该说半年一交的。

想想就这样拒绝了有点可惜，于是吉安敏又发挥厚脸皮的特点问："总裁，我现在租的房可以报销吗？"

齐辉抬眼看着吉安敏，缓缓摇头，摇得吉安敏觉得自己是不是有点过分，于是缩着脖了退了出去。

中午下班，吉安敏收拾一下，准备去"遇见吧"问一下米亚娜，曾菲那个谁到底是怎么回事，没想到齐辉却这时走出办公室问她："你这些日子的午饭都是在哪儿吃？"自从吉安敏知道员工不一定非要在食堂吃饭后，只要齐辉没有特殊的要求，她便天天都在"遇见吧"蹭饭吃，米亚娜也不在乎多她一个人的吃食，倒还挺高兴中午多了一个人陪她聊八卦。

于是吉安敏指了指对面，说："在那里吃，遇见吧。"

"嗯？"齐辉没明白吉安敏的意思。

吉安敏赶紧解释说"遇见吧"是自己姐们儿开的咖啡馆，中午有便餐："就在写字楼对面，挺近的，保证不耽误工作，您吱一声我五分钟内能够回来。"

“我又不是老鼠，我干吗要‘吱’啊？”齐辉抬了抬眉。

“啊？”吉安敏一愣，明显还没明白齐辉是在和她开玩笑。

没明白就没明白吧，齐辉懒得理她，抬脚就走，边走边说：“中午和你一起，去尝尝！”

“去哪儿尝尝？”齐辉不满地说：“遇见吧，今天没带脑子来上班吗？”说完便接着走，那利落的样子，感觉好像“遇见吧”是他自己家开的似的。

吉安敏只好跟在齐辉身后，一起朝“遇见吧”走去。

可想而知，当米亚娜和曾菲看到吉安敏带着一个大帅哥进来的时候，是怎样的惊讶。曾菲甚至很不满意地对米亚娜说：“米姐，你说我姐为什么总能和帅哥在一起啊？”

“你身边不也有帅哥吗？”米亚娜安慰地拍了拍曾菲的肩膀，示意她去工作。可曾菲却强调：“不一样，我身边的帅哥都是外表帅，我姐身边的帅哥都是里外一起帅的，当然，李大可那家伙不算。”唠叨完了才去应酬客人，米亚娜都不知道请她来上班是对还是错，不过想想自从曾菲过来后，自己倒不像以前那样孤独，也就算了。

等餐上桌，齐辉问吉安敏：“你为什么喜欢吃杭椒牛柳。”

“不是我喜欢吃，而是今天轮到它了。”吉安敏第一天到米亚娜这里来吃西餐的时候便发誓要挨个儿吃完，而米亚娜为了不输给吉安敏，就想方设法地开发新产品，没想到竟然成了“遇见吧”的一个特色，甚至还被本市的报纸报道过。

吃完饭，齐辉掏出笔记本来工作，又要了一杯咖啡，并且对端咖啡来的服务生说：“我以后每天都要喝不一样的咖啡。”

吉安敏呆了，总裁居然开始挑战新鲜事物啦？可是齐辉没搭理她，低下头继续看电脑里的资料。

无聊之余，吉安敏发现米亚娜和曾菲在吧台使劲地挥手让她过去。

“总裁，我过去一下，我姐们儿找我有点事儿。”

“嗯？”

“吧台那边，烈焰红唇，笑得最妩媚的那个。”

“嗯！”

吉安敏一到吧台，米亚娜便趴到桌子上道：“你还真投入，我们的手都快挥断了。”

“什么事儿啊这么着急。”吉安敏见米亚娜这火急火燎的样子挺奇怪，她曾经说过，“遇见吧”是她的工作区域，在这里她一定会保持优雅的形象。

“那帅哥是你们总裁吧,你可以以后每天都把他带过来吗？”米亚娜问。

吉安敏想了想点头道：“每天可能不会，他偶尔会有应酬，不过看今天应该挺满意的，哦，对了，刚刚还说以后每次都要喝不一样的咖啡，估计是想常来的。”

“唉呀，谢谢你宝贝儿！”米亚娜冲过去便给了吉安敏一个熊抱。

“不过你这是为什么呀，你不会是看上他了吧？我看他那样子，不大好追啊。”吉安敏挺认真地提醒米亚娜，写字楼里那么多美女，也没见齐辉对谁假以辞色过。

米亚娜摆摆手说：“别瞎说，你的窝边草我会吃吗？我是为了让他来给我招揽客人，你看看我今天的上座率，比以往高了两成。“

吉安敏瞅了一眼，还真是比以往的人要多一些，可是她不明白这是为什么，如果不是为了工作，就齐辉那张面瘫似的脸，她肯定是有多远躲多远。但吉安敏发现不少如花似玉的熟面孔，便又释然了。

真是妖孽啊！吉安敏感慨着瞅了齐辉一眼，发现他正好也往这边看，那冷冷的眼神看得吉安敏心里一抖，心道，难道这么远他还听得见我说什么？悄悄地挪到柱子后，却见曾菲不要命地朝齐辉的方向挥手。再看，不是齐辉，而是邻座另外一个男人。不，确切地说，是一个大男孩。

“那就是那个谁？”吉安敏问曾菲，曾菲点头正要说什么，却被米亚娜安排去送咖啡，然后郑重地对吉安敏说：“现在的女人都喜欢冷酷的帅哥，只要他这尊神往这里一坐，我这里就成了最佳艳遇基地，你跟你们总裁说，以后只要他来，我可以给他免单。”

“他还缺你免的那单？你可以把免的那单给我，不过话说回来，女人是喜欢帅哥，可是男人不就没了嘛，你单做女人生意啊？”吉安敏说完就知道自己错了，其实男顾客似乎也不少，而且也有很多熟面孔。

米亚娜得意地呵呵笑：“不懂了吧，你带来的是谁啊，是你们公司的总裁啊，女人爱总裁的脸，男人却想在总裁面前表现，所以硬着头皮也会过来的，而且咱这环境怎么着也比你们那食堂强吧。”

吉安敏对米亚娜佩服得五体投地，这才是真正的生意人啊，随时随地抓商机，于是对米亚娜说：“既然如此，那李诗的份子钱，你也帮我出了吧。”

“小家子气，钱是挣出来的，不是你这样抠出来的。”米亚娜恨恨地鄙视吉安敏，手里正在调制专门针对吉安敏口味的咖啡。

吉安敏浑不在意，钱这玩意儿在不同人手里有不同的用处，同样，不同的人有不同的挣法儿，对于米亚娜来说是挣来的，对于她吉安敏来说只能抠。

吉安敏正胡思乱想，感慨张彩云没给自己适合这个时代的天赋，却听到米亚娜叹息道：“李诗这婚还不知道结不结得了。”

“怎么了？”吉安敏上午本来给李诗打了电话的，让她有时间中午过来聚一聚，想趁着这个机会把红包给她，却没想到李诗在电话里支支吾吾的，一会儿说起得太晚，一会儿说有别的事。

吉安敏再傻也听得出来这是推辞，既然如此，她也不说破，有些时候总要给别人一点空间，何况李诗还在准备婚礼。只是没想到，却是婚礼出现了问题。

米亚娜把咖啡递给吉安敏：“听说是她婆家的问题，非要李诗和她老公回老家工作，说是连工作都找好了。”

“不是吧？李诗是自由职业倒是无所谓，但这态度不行啊，这么大了还要家里人管，以后可怎么办？就李诗清高的脾气，估计以后有得闹了。”

“就是啊，李诗也担心这个，说如果她老公不断奶，就离婚。”米亚娜摇摇头，在她看来恋爱可以谈，婚那么早结干吗，还傻乎乎地把证都早早地领了。

“不过……”米亚娜朝吉安敏眨眨眼，朝齐辉的方向努了努嘴道：“如果万一你和他可以发展的话，倒是可以先把证赶紧领了。”

“为什么？”吉安敏不明白，自己和李诗怎么就是完全不一样的待遇？虽然她也习惯了不一样，但本着谦虚好学的态度，还是想问一问。

米亚娜不好意思地笑着说：“我之前呢，的确觉得你和一个总裁在一起，怎么想怎么不合适，可是今天这么一看，他对你似乎还真有那么点儿意思，如果人家真的喜欢你，你还矫情什么？过了这个村就没这个店了，机会是要留给会把握的人。”

“你真不该开这个咖啡馆，应该去搞成功学啊，弄个讲师当当，站在台上手一挥，一群人都潮水似的向你涌来，啧啧，这才叫有成就感。”吉安敏挺认真地给米亚娜出主意，却被她掐了一把：“死丫头，找个好男人是女人最大的成功。”

“对于谈恋爱的人来说，好男人就是自己身边的那个。对于结了婚的人来说，好男人永远是别人身边的那个。你能说得清什么样的男人是好男人吗？”吉安敏问米亚娜。

米亚娜一愣，不得不承认吉安敏说的是对的，可是……“那又怎样？是个女人就得找个男人，那不如选个性价比高的，你们那总裁明显就是，好货就在你面前，如果你自己不去抓，那谁也帮不了你。”

“说什么呢，人家是好货，可也得让我抓。人家来这儿就是图个新鲜，和我没什么关系，别瞎扯，呆会让人家听到了我工作都保不住。”吉安敏觉得米亚娜这想法太不切实际，谁都知道进口车厘子和老百姓家门口种的樱桃看着差不多，但那价格就差远了。

太不切实际了就是浮夸，别的事浮夸一下可以，但婚姻这件事不行，容易耽误终身，不过想了想，她还是问米亚娜：“为什么我就一定要先把证领了？”

“你啊！”米亚娜被吉安娜之前那样一说，劲头儿就泄了，快快地说：“我的意思是如果你们有可能的话，当然要先结婚啦，你想啊，奥华广告的总裁啊，你就算离了，他稍微意思意思给一点精神补偿，都够你过一辈子的了。”

对于吉安敏来讲，这的确是一个非常值得去思考的问题，她很认真地想了想，皱眉道：“有可能，结婚当然不能太随便，我也不是那种是个男人就嫁的啊。你说如果李大可向我求婚，我能答应吗？”

“为什么我求婚，你就不答应呢？”身后竟传来了李大可愤怒的声音。

吉安敏瞪大了眼睛看着米亚娜，发现她抿着嘴唇使劲憋笑，于是用极小的，几乎只能辨认出口型的声音道：“你居然不告诉我。”

米亚娜的回复是耸了耸肩，然后一副认真工作的样子去招待客人了。吉安敏换上一张笑容可掬的脸扭过头去面对李大可。

果然，李大可黑着一张脸站在她身后。吉安敏故意嬉笑着说：“干吗这样看着我，不知道的还以为我给你戴绿帽子了，快，坐吧！”说着，给李大可拉了一张椅子过来。

李大可气呼呼地坐下，吉安敏问：“你走路怎么没声音的啊？”

李大可心想，你也就对我敢这样，于是没好气地说：“我是鬼啊，我走路没声音，是你自己想得太投入了吧，你刚才想谁啦？”

不愧是青梅竹马，一问就问到点子上了。

李大可瞪着吉安敏，恨恨地问道：“你说说，为什么我求婚就不能答应？”

吉安敏盯着李大可乐了，指着他对刚刚忍不住想八卦又跑回来的米亚娜道：“你说男人这是什么心理啊？他竟然还真的不舒服了。”说完又扭头问李大可，“那你真的愿意娶我吗？你能接受我们俩勾肩搭背地走在大街上，你能接受我们那啥？”

“那啥？”李大可问。

“你说那啥，夫妻俩要干吗？你觉得我们躺一张床上……”说到这儿，吉安敏乐得趴到了吧台上。那场面，想想都滑稽。

李大可挠了挠头，说："这个我还真没认真想过，我只想着，我们互相都了解，我知道你很善良又踏实，肯定不会给我戴绿帽子，肯定会对我妈好，其他的……别说，还真是个事。"

吉安敏听李大可这样一说，顿时惊讶了："天啊李大可，你的意思是说那天是真的向我求婚，不是演戏啊？"

李大可点点头，说："是真的，不过，我现在觉得还是考虑一下的好。"

"快，戒指在身上吗？拿出来给我看看。"吉安敏催促着李大可。李大可迟疑地从口袋里拿出戒指，递给吉安敏。

吉安敏接过戒指很仔细地看着，白金的花瓣上托着一颗闪烁的钻石，她情不自禁地感慨："妈啊，这竟然就是我人生中的第一枚求婚戒指，我差点儿就错过了。"说完，她不死心地问李大可："李大可，如果那天我答应了，那这钻戒是不是就属于我了？"

"也就是个意思，又不能吃。"看着吉安敏那遗憾得不行的样子，李大可心里有些抽抽，这丫头不会想把这戒指给贪了吧？正想拿回来，却听到米亚娜问："李大可，你不是吧，钻戒竟然还随身带，你也不怕被偷了？"

李大哥支支吾吾没吭声，他之前听曾菲说吉安敏中午经常在米亚娜这里吃午餐，今天只是带着戒指过来碰碰运气，想着如果机会再求一次婚。可是现在，他迟疑了。如果，连最基本的问题都解决不了，结婚，还是很有些风险的，得慎重，他觉得自己之前的婚姻观可能有些错位！

吉安敏还拿着戒指在看，心里不禁暗叹，难怪女孩子们都喜欢钻戒，确实挺漂亮的。

吉安敏眼里的光芒让李大可很不安心，再让吉安敏这样看下去，这钻戒就不属于他了，于是伸出手去拿，却被吉安敏打了回来，警惕地问："李大可你干吗？不说了是向我求婚的钻戒吗？"

"可……你这不是没答应吗？"李大可最怕吉安敏这缠劲儿。

完了，小一万块钱没了！李大可感觉像是有把小刀在自己的心窝处一片一片地拉着，小一万块啊！

想到这儿，李大可掐了一把自己的大腿，心道，真是贱，好好的跑过来干吗，平白损失一枚钻戒。这事儿搁谁身上都不好受，李大可还在独自挣扎，指望着吉安敏能够良心发现，没想到她说：“如果我答应了，你愿意娶吗？”

“不……不愿意！”李大可的婚姻观刚刚可是经过内心狂风暴雨洗礼过了，他现在真的认为自己和吉安敏不合适，还是做朋友的好，至少得再仔细考虑一下。

李大可原以为吉安敏是被这钻戒给迷惑地失去了心智，准备嫁给他算了，可当他听到吉安敏接下来的话时，才知道这竟然是一个陷阱。

吉安敏把钻戒一点一点地，轻轻地，优雅地戴上了食指，一边伸手欣赏一边嘚瑟地说：“是你不娶，又不是我不嫁。你说你不娶会向我求婚吗？当然不会，所以这个戒指是你送给我的，正好我生日快到了，就当是我的生日礼物吧。”

真敢说！这下别说是李大可，就连米亚娜都觉得她太堕落，太没自尊，太丢闺蜜的脸了……可是还没等到米亚娜感慨完，便听到一个冷冷的声音道：“该回去上班了。”

是齐辉。

刚刚还在张牙舞爪的吉安敏顿时变成了一只温顺的小家猫，乖乖地站了起来。可齐辉却没动，只拿眼盯着吉安敏戴着钻戒的手指，说：“你确定要戴着这戒指去上班？”

“啊？”吉安敏没怎么明白齐辉的意思，但她又傻，当然能够感觉得出来齐辉是对这个钻戒不大高兴，于是赶紧取下来塞给李大可，反正她也不是真的想要。

齐辉这才转身。转身就转身吧，还扔下一句话：“小气劲儿的，鸟屎大的石头也眼馋。”

吉安敏受气小媳妇儿似的跟在齐辉后面，大气儿也不敢出一下。

可是李大可受不了，这是什么？是对他的侮辱啊，自己刚还心疼得像刀子割似的，现在居然被另一个男人用非常不屑的口吻嫌弃，是个男人都受不了吧？于是“啪”地将桌子一拍，指着齐辉说：“这的确是鸟屎，但你能给她买个鸟蛋大的啊？”

“只要她愿意！”齐辉脚步没停，这话似乎不是他说的似的，但是几个人都听到了，包括刚刚送完咖啡回来的曾菲。

只要我愿意？吉安敏愣了，齐辉的意思是如果我愿意，他就会送买鸟蛋大的钻戒给我吗？可是他为什么要给自己买钻戒？

还没等想明白，吉安敏发现齐辉已经离自己好几步远了，于是赶紧跟了上去。其他的可以放放，慢慢想，保住饭碗最要紧，尤其是这个饭碗这么厚重珍贵。

看着吉安敏傻傻地跟在齐辉身后出了“遇见吧”，李大可这才回过神来，问米亚娜：“他他他……他什么意思啊？”

“好像他愿意娶敏敏似的。”米亚娜手托着腮，觉得一切太不真实了，不真实地让她不敢确定自己刚刚是不是听到了这句话。可是如果她是吉安敏的话，肯定当场就把齐辉拦住，当着哥们姐们的面问清楚，那句话是啥意思。怎么能扔下一句撩拨姑娘心弦的话，就这样黑不提白不提地走了呢？

曾菲还没恢复过来，她喃喃道：“我姐真好命，这就是传说中的福相吧。”她情不自禁地摸了摸下巴，是不是要去整个容，变成吉安敏那样的圆脸呢？

“你说你姐如果变成了总裁夫人，我这里还留得住你吗？”米亚娜看向还在发呆的曾菲。

“她如果变成了总裁夫人，你就不用开这店了，直接让她买去就完了。”李大可乐呵呵地说。

“也是！那我就不用讨好齐辉，直接讨好敏敏就行了。”米亚娜这样一想，心情巨爽，却发现曾菲走到吧台前拨电话，不禁撇撇嘴道：“小丫头片子，这么小气，电话都占公家的便宜。”

曾菲朝米亚娜吐了吐舌头，然后立即一脸着急地对着电话道：“完了完了姐夫，出大事啦，我姐的那总裁说要买个鸟蛋向她求婚呢，你赶紧想办法吧……鸟蛋啊，你不明白啊……钻戒啊……”好不容易解释清楚了，一挂断电话，曾菲便发现李大可和米亚娜都瞪着她。

“干吗这样看着我？”曾菲从两人的眼神里感觉到自己的所作所为犯了他们的忌讳，于是拿着托盘往后退了几步，躲到了柱子后面。

“看你，你以为你好看啊。”李大可白了曾菲一眼，而米亚娜直接喊：“你就是傻，傻字知道怎么写吗？”

“我怎么傻啦？”曾菲犹不自知。

米亚娜很灌了一口刚给吉安敏泡的黑咖啡道：“江承和齐辉，你觉得你姐嫁给谁好？”

“当然是我姐夫啦。”曾菲伸出脖子说，坚强得像个女战士似的。

米亚娜走过去拉出曾菲，敲了一下她的脑袋：“榆木脑袋啊，这多明显的对比啊，李大可，你是男人，你给说说。”

“我怎么说啊，都是你们女人的规矩。”李大可不接话茬，没哪个男人愿意被人家去做对比，虽然比的不是李大可，但却忍不住同仇敌忾。

米亚娜瞪了李大可一眼，然后掰着手指对曾菲说：“你听我给你分析，江承，比你姐小五岁，也不过就一个小白领，没房没车，如果对于一般人来说这也能够接受，可是现在不一样了，齐辉出现了。你再看齐辉，比你姐大三岁，多好啊，又是奥华广告的总裁，随口一说就是鸟蛋，房和车就不用说了，你姐真要嫁了他那就等于是跨进了豪门，这才是金饭碗，她一人得道，咱都跟着升天了。你说谁好，如果是你，你该选谁？”

李大可虽然不好直接表示赞成米亚娜的话，但他心里是觉得有道理的，女孩子嫁人就像男孩子就业一样，当然要选择一个好的了。

“如果是我，我当然选择齐辉了，这还用问吗？”曾菲觉得米亚娜问这话挺没水平。

米亚娜以为她终于说服曾菲了，可没想到曾菲却又来了一句：“不过，现在哪有金饭碗，嫁了还能离呢，这也是个问题。”

这下李大可也忍不住了说：“离了你姐得到的也够过好几辈子的了。”

“那婚前财产分不去的，你们都不懂法。”曾菲骄傲地说。

米亚娜气得给自己灌了一杯水道：“不分财产，就光人家象征性的补偿费用，你知道顶你卖多少杯咖啡吗？”曾菲摇头，米亚娜只出一只手说：“绕地球五圈。”

这一比方，曾菲也没明白这到底是多少钱，其实米亚娜也没明白，反正这也不是重点话题，她拉着曾菲说：“你回去一定要劝你姐抓住机会，千万不要错过。”

曾菲却撅嘴着嘴说：“如果是我，肯定选择齐辉，可我姐不是我，我姐喜欢的是我姐夫。”

“什么？”米亚娜和李大可再一次异口同声地喊了出来，这一次是真的很震惊。

米亚娜一脸惊恐地看着李大可，不可思议地说：“敏敏不会是被沈秦给刺激狠了吧？”

李大可半晌没动静，忽然捶了一下桌子说：“别让我再碰到那小子，否则揍不死他。”

“曾菲，你怎么知道你姐喜欢江承呢？她跟你说啦？”米亚娜见曾菲一脸悻悻的模样，不禁有些怀疑她说的是真还是假。

曾菲瞪着一双无辜的眼睛说：“我姐和我姐夫都睡在一起啦，你们说就我姐那样，如果不喜欢我姐夫，会和他睡到一起吗？”

“啊？”米亚娜和李大可再次异口同声地惊叫。

“不会是你做梦吧？”李大可这次是真急了，对于他来说，吉安敏就是家人，他不允许她对自己这么不负责任。

“我，亲，眼，看，到，的！”曾菲一字一句地说，对于李大可这样的质问，她很不开心，这明显是怀疑她的智商嘛。

当大家正在猜吉安敏和江承之间有没有可能的时候，吉安敏又被齐辉安排了一大堆该她或不该她做的事，让她忙得连去洗手间都得小跑着，看得于乐都禁不住打趣她：“吉姐，我怎么觉得你比总裁都忙呢？”

“如果你敢当着总裁的面说这句话，你这个月的早餐我包了。”吉安敏朝于乐眨了眨眼睛。

于乐紧抱着双臂，作了一个害怕的动作，说：“你就算是包我一年的早餐，我也不敢说。”

一直忙到下班，吉安敏才有空伸伸腰转转脖子，全身舒坦了之后她冲着齐辉的办公室伸了个大拇指，喃喃自语道：“佩服，不愧是总裁，有眼光，去哪儿才能找到我这么任劳任怨的员工。”

好吧，也只敢这样小声地抱怨，事情还是得做。想到江承曾经说：“你总是加班，我做的这些好吃的给谁吃去？”不知从什么时候开始，做饭这件事情竟然转给江承了。

收拾好文件，晚上回去加班吧，至少得先把江承做的菜给吃了。到楼下发现下雨了，而这个时间点，想要打到车无异于登天啊！

“嗨！”一个熟悉的声音从身后响起，江承竟然从大厅的休息室走过来，他的手上拿着一把黑雨伞和一小盒巧克力慕斯蛋糕。

“你怎么会在这儿？”吉安敏开心坏了，就像小时候不小心迷路了，却在一个转角处看到了妈妈的感觉。不过想到这儿，吉安敏的脸情不自禁地红了，自己一大把年纪了，怎么对江承竟然会这样依赖。

“我看下雨，正好没什么事，就过来接你。”说完，江承递上蛋糕：“先垫垫肚子吧。”

两人撑着伞走出了大楼，却见齐辉的车正停在台阶下，见吉安敏过来，他放下车窗冷冷地说：“上车！”

吉安敏有些不知该怎么办才好，江承在这个时候紧紧地握住了她的手，笑着对齐辉说：“谢谢齐总，我们还是坐地铁吧。”

“你们是？”隔着老远，吉安敏都能够感觉得到齐辉的怒意。可江承却云淡风轻地说：“我们不同路，就不麻烦齐总了。”

齐辉的眉头皱了皱，只是问吉安敏：“上不上车？”

吉安敏的手又一紧，只好说："我……还是不耽误总裁了，我们坐地铁。"

"明天上班告诉我，你们是什么关系。"齐辉说着便把车窗关上，关上一半，又来了一句："想好了再说。"

看着绝尘而去的凯迪拉克，江承问吉安敏："你准备明天怎么说？"

吉安敏耸耸肩道："明天再说呗。"是编也好骗也好，反正她不打算当着江承的面，告诉他自己会怎么办。

"我明天要出差，可能一周的时间。"江承撑着伞，告诉吉安敏，他也不知道目的是什么，只是觉得应该告诉她。

"哦。"吉安敏应了一声。

"我给你做了荷叶糯米蒸排骨。"江承又说。

"荷叶？哪儿来的？"

"我去摘来的。"

"去哪儿摘的？"

"去郊外摘的。"

郊外？那这道荷叶糯米蒸排骨岂不是用了江承大半天的时间，吉安敏想到这儿心里冒出了一点抑制不住的小欢喜，为了掩饰，她没话找话道："你以前不是不喜欢做饭嘛，可是现在做得倒挺好的。"

"不是不喜欢做饭，而是没找到甘心为她做饭的人。"江承握着吉安敏的手紧了紧，吉安敏这才发现原来自己一直和他牵着手，稍微使了点力，江承却握更紧，便也就算了。

"你知道为什么我从来没有叫过你吗？"江承站住，侧过身子来问吉安敏。

吉安敏心跳如鼓，隐隐知道，可是却还是摇摇头。

吉安敏从没发现自己这样不自信过，曾经面对沈秦，她会笑着说"我们订婚吧"，会安排好需要做的每一件事，会想得到以后出现的每一天。可是面对江承，她发现自己没办法，脑子里只有一片空白。

江承紧紧地握着吉安敏的手说："我希望我可以叫你安敏，从现在开始；我希望可以一直这样牵着你的手，不管是下雨还是晴天，不管是只有我们俩还是大庭广众之下；我希望以后，能够做好每一天的菜，等你回来吃，然后你说，真香；我希望你能够回答我三个字，你可以吗？”

“你……你这是……什么意思啊？”如果是米亚娜在旁边，听了这句话，肯定会拿个大棒子敲过去，然后问一句：吉安敏，你肩上扛的那个是叫脑袋吗？

“傻瓜，我的意思是，我爱你啊！”江承声音温柔，但在吉安敏耳边却无异于惊雷。

吉安敏知道自己会牵挂着江承，所以总是希望能够早些回家，知道自己希望能够时刻看到江承，所以才会把工作带回家做，知道自己舍不得离开江承，所以才会拒绝齐辉安排的住处……

可是吉安敏不敢想，江承对自己是不是也有这样的牵挂和不舍，尽管有时候江承对她那么好，但她仍然不敢想，所以她一定要问清楚，一定要江承说出“我爱你”这三个字，可是当他真的说了，却发现自己竟然有些承受不住。

吉安敏不知道自己该说什么。

江承以为吉发敏心里在迟疑，于是说：“你可以不马上回答我，我给你一周的时间，一周后我回来你再告诉我，好不好？”

吉安敏虽然心里说，我愿意呀！可是，既然江承说了一周，那就一周吧，于是她羞涩地点点头。

第十一章　擦肩

第二天一大早江承便赶飞机去了，曾菲因为前一天晚上加班比较晚，干脆住在了店里。吉安敏正在门口换鞋准备去上班，听到有人敲门。“不会是曾菲回来了吧。”吉安敏便顺手打开了门，门外却是一位穿着藕荷色束腰真丝连衣裙的女人，看上去年近五十，但面容姣好，气质高雅。

吉安敏迅速在脑子里搜索了一下，似乎没见过，不禁有些好奇地问：“请问您是？”

女人腰背挺得笔直，笑了笑问道：“请问江承是住在这里吗？”

“啊？哦，是啊，不过他出差了。”原来是找江承的，想到昨天江承的表白，眼前这个女人明显是认识他的，这不禁让吉安敏有些紧张。

虽说如果真的答应了江承，肯定是要接触他身边的人，但吉安敏没想到会这么快，所以她情不自禁地一出口便是推辞，只是没想到那女人却说：“我知道他出差了，我是来找你的。”

“找我？”吉安敏指了指自己，不解地看着那个女人，她刚才不是问江承是不是住在这里吗，怎么又改口找自己了。

趁着吉安敏愣神的功夫，那女人一侧身进了屋里。

吉安敏赶紧跟了进去，她心里不免有些急，再不上班就要迟到了，但那女人说："我是江承的妈妈吴涵。"她便石化了。

"我可以坐下吗？"吴涵微笑地看着吉安敏，但眼神里却是明显的疏远，这让吉安敏感觉有些不舒服，就像电视剧里说的，有一种不祥的预感，但她还是连声说："您请坐您请坐！"然后食品柜一通乱翻，边翻边问："伯母您喝茶还是咖啡？果汁也有。"

吴涵抬眼看着吉安敏，似笑非笑地说："你觉得，你叫我伯母合适吗？"

不合适吗？吉安敏心头一颤，没再说话，闷着头泡了一杯茶，冲了一杯咖啡，又倒了一杯鲜果汁放在托盘里一起端了过去，讪讪道："阿姨？"

吴涵瞧着眼前这三杯饮料的，并没有伸手，而是理了理已经非常有型的头发，优雅地说："我年纪不大就生了江承，你看着比我似乎也没小多少，叫姐姐最好。"

"姐？"吉安敏心里泛出一阵苦涩，江承这妈是什么意思已经很清楚了吧，难道自己还真能厚着脸皮硬叫伯母或阿姨？不过也没有这么损人的吧。

"哎！"吴涵响亮的一声应答吓了吉安敏一跳。

吴涵亲热地握住吉安敏的手道："你是叫吉安敏吧？我听江承说过你，江承这孩子啊，从小就会读书，从小学到研究生都是名校，就是不听话，一毕业就出来住，宁愿在外面打工也不管自己家的事业，幸好你像个姐姐似的照顾他，帮我分担了不少。"

这一段话的信息量太大了，吉安敏半天才想明白，越想越心惊，这吴涵大姐明显有好几个意思，第一是江承曾经和她提起过自己，怎么提的谁也不知道；第二江承和家里的关系不是很和睦，但怎么着也是一家人，是谁也分不开的血缘关系；第三是江承还是个富二代，似乎还是没什么竞争的富二代；第四则非常简单，她认为吉安敏应该当自己是江承的姐姐，而且还是给她极大的面子了。综上所述其实就一个意思，你和江承不论年龄、学历和家世都没法比，趁早熄了这颗快燃烧的心吧。

吉安敏正不知道该怎么应对，手机在包里疯狂地响起，是齐辉。

“不好意思，那个……我接个电话。”吉安敏不知道该怎么称呼吴涵了，叫伯母和阿姨人家都不喜欢，可是大姐，她无论如何也叫不出来，这样活生生地把自己喊老十岁，她才不干。

吉安敏往阳台走，刚接通手机，那边齐辉低沉的怒吼：“怎么不上班？”

“总裁，今天临出门发生了一点事，请假都来不及。”吉安敏觉得吴涵气场真是太强大了，自己当时都给震晕了，都没想到要打个电话跟齐辉说一声。

那边齐辉倒是心中一惊，声音软了很多：“你没事吧？”

“我没事，没事。”吉安敏赶紧解释，听齐辉这语气，保不齐以为自己出车祸了。

“没事的话，尽快来上班。”齐辉冷冷地说完，便直接挂断了电话。

吉安敏愣愣地看着手机，心想这男人是不是受过什么刺激啊，认为不冷就得不到别人的尊重？所以越整越冷，越整越酷？

等吉安敏走到客厅，却发现吴涵已经离开了，茶几上放着一张的银行卡，下面压着一张纸，纸上写着银行卡的密码。

吉安敏拿起卡看了半天，心想，一个银行卡做这么骚包干吗，这里面会有多少钱呢？是不是够自己过一辈子的？想着想着，眼眶就湿湿的。

吉安敏把茶、咖啡和果汁全喝了，然后深吸一口气，才背着包去上班。

赶到公司，吉安敏已经憋得不行了，可刚推开大门，便发现齐辉正在前台不知道和于乐在说什么。

吉安敏悄悄地挨着墙根儿，心里默默祈祷：不要看到我不要看到我！齐辉却像是后面长着眼睛似的，一边看着于乐递过来的文件一边说：“什么要紧的事让你连请个假的时间都没有。”

吉安敏一怔，然后看到于乐一脸好奇地盯着自己，才确认齐辉是在和自己说话，吸了一口气说："总裁，一会儿再跟你交代。"然后在于乐目瞪口呆的表情中奔去了洗手间。

吉安敏神清气爽地从洗手间出来，想着如果真的和江承在一起，光他这妈就够自己受的了，估计原本光明而短暂的人生，从这儿开始就剩黑暗了。想到这儿，吉安敏的小心肝儿都抖了，好歹自己也是张彩云女士含辛茹苦养大的，不能这样让人给"祸害"了，不禁又深深地佩服起吴涵来，为什么自己就不能成为这种"谈笑间灰飞烟灭"的女人。

不过，她应该比我大上二十岁，二十年后说不定我也可以！想到这儿，吉安敏心里终于透进了一丝丝名叫"快乐"的小微风。就在这时，一股寒风袭来，齐辉从身边擦肩而过，留下一句话："到我办公室。"

哪怕是总裁有请，这签到卡也不能免，要不这一天就白干了，说不定还会被当成旷工。吉安敏赶紧小跑着去打卡，却发现于乐似笑非笑地看着她。

"我脸上有东西吗？"吉安敏用手在脸上蹭了蹭。

于乐端详了一会儿，摇摇头，便急切地抱着双臂，凑近吉安敏问："吉姐，你觉得当着总裁的面，跑去洗手间，这样……真的好吗？"

吉安敏想了想，似乎是不雅，于是摇头道："不好！"

"那为什么你可以这样做，而我……我想了想，无论如何都做不到，你说这是为什么？"于乐竟然一副很受伤的表情，原来敢于做一些别人难以理解的事情，也是会遭人嫉妒的。

于是，吉安敏用同样的姿势与口吻问于乐："你觉得，我在总裁面前那啥……这样真的好吗？"

"那啥？"于乐拧了一下眉头，又嬉笑着问。吉安敏瞪了她一眼，转身准备去办公室，又听到于乐又悄悄地问了一句："真的那么急？你早晨干什么啦？"

吉安敏用拇指和食指结成了一个圈，往嘴边一放，又伸出三个手指头，意思是喝了三杯水，便笑着离开了，没想到，这个动作让于乐内心波澜起伏地折腾了一整个上午。

刚在办公室桌前坐下，还没把电脑打开，内线电话就响了，接通，里面传出齐辉的声音："进来！"

"资本家，多等一会儿，多说一个字你会死！"吉安敏嘀咕道，但还是不得不走进齐辉的办公室。虽然是在隔壁，但两人办公室那面积和装修简直是天壤之别，那就是小康之家和豪门大户的区别。

"总裁！"站在齐辉的办公室，吉安敏不敢再多想，垂下头，又恢复成乖得像猫的小秘书形象。

齐辉看着吉安敏，半晌才问："我昨天问的问题，想好怎么答复我了吗？"

昨天的问题？吉安敏在脑子里搜索了一下才想到，只是不明白为什么齐辉一定要问她和江承的关系，她现在真的不知道怎样开口，如果没有江承的表白，可能她会脱口而出说只是朋友，可是现在……一想到吴涵，吉安敏的心一截一截地凉了下去，苦笑着说："没什么关系，就是合租而已。"

"那你这周抽个时间搬到公司为你租的公寓。"齐辉没有看吉安敏，那意思是，这件事必须要做，没有商量的余地。

"一定，要搬吗？"吉安敏还不死心地问，齐辉抬起头来看她："你之前的房租……公司会给你补贴。"这样的好事如果再不答应，估计自己被辞退的时候评语会是：智商太低。

适当地表示了感谢，吉安敏回到了自己的办公桌前，却怎么也静不下心来。江承说一周后回来，如果发现自己不在了，会怎样？想一想，再回忆一下和江承相处的点点滴滴，吉安敏就这样乱七八糟地过了一上午。

直到齐辉给她发信息，说搬家的时候说一声，有时间他会过去帮忙。

"怎么好麻烦总裁呢。"

"搬家不是在工作时间，那时候我不是总裁。"

不是总裁那是什么？吉安敏可不敢问，却意识到似乎真的要离开。想想吴涵的态度，离开了也好，当断不断，必受其乱。就这样浑浑噩噩，直到齐辉走出办公室，吉安敏才意识到该去吃午饭了。

“还是去‘遇见吧’吗？”齐辉问吉安敏。

吉安敏其实不想去“遇见吧”，她还没想好该怎么和米亚娜说，可是如果齐辉跟着自己一起去食堂吃午饭，接受大家各种眼神的洗礼，那还不如去“遇见吧”，至少那里人要少一些。

没想到齐辉却说：“那你去吧，我中午有事。”

“啊？”吉安敏顿时心里有些雀跃，心想那就不去了，但齐辉又加了一句：“回来的时候给我带一杯‘遇见’，第五代的。”

齐辉离开后，吉安敏一头栽在了办公桌上，要不要这么悲摧啊！米亚娜是谁啊，她是孙猴子转世啊，就自己这状态，哪怕笑得就像朵花儿似的，也能看出点什么来。

让吉安敏意外的是，一直以事业为上，立志要把“遇见吧”开遍全市并走向全国的米亚娜竟然不在店里，倒是曾菲跑前跑后，顺带着对别人指指点点。

歇下来后，曾菲叉着腰站到吉安敏旁边，嘚瑟地问：“姐，你看我，有没有点儿女强人的感觉？”吉安敏瞟了她一眼笑道：“明天我去网上买一袋石膏粉，你糊上一层，可能看上去会比较强。”

曾菲回道：“没事，我还小，女强人也是锻炼出来的嘛。”吉安敏心念一转，对曾菲道：“你回家去跟着你爸妈，不想当女强人都不行。”

说到这儿，曾菲怏怏地说：“我才不要跟他们在一起，一年，一年的时间我就会被他们唠叨成老太太，你再见到时我就是白发魔女了。”

“谁有那本事？我说一句，你说一百句。”吉安敏看着窗外的阳光，忽然就想起了“滚滚红尘”几个字，便没再说别的，每个人有自己的路要走，你看到的也许是金光灿灿的柱子，可是别人看到的或许是牢笼。其实很多事情，只有当事人的感觉最重要，其他的都无所谓，但不是所有人都明白这个道理。

吉安敏默默地吃完一碗石锅饭，曾菲来收碗的时候惊叫道："你居然全吃完啦？"吉安敏也觉得吃得有点多，可也不至于这么惊讶啊，曾菲苦口婆心地说："姐，还是收敛一点的好，咱们女孩要瘦一些才好看。"

"我很胖吗？"吉安敏看了看玻璃窗中映射的自己，觉得还好，虽然不是骨感美女，但也不至于让人惊讶，而曾菲也说："不胖，但是不胖和瘦是两个概念，明白吗？"

吉安敏摇头，曾菲摇了摇头，坐到吉安敏旁边，指着镜子里的两个人问："你看哪个好看。"

"你好看。"吉安敏非常真诚地说，从小张彩云就无数次地告诉她，她不是个特别好看的女孩，虽然后来她知道这是张彩云让她好好学习的独特方式，但是心理阴影却就此埋下了。

"因为我瘦。"

为了避免曾菲再继续给自己灌输"女人要瘦"这个概念，吉安敏决定转移话题，对曾菲说："我准备这两天搬家，你也准备一下吧。"曾菲一愣，没明白吉安敏的意思，问："搬什么家，搬哪儿去啊？"

吉安敏把齐辉的意思说了，曾菲瞪圆了眼睛，没好气地说："姐你不是吧？你真的要抛弃姐夫吗？"

吉安敏不紧不慢地喝着咖啡，然后走到吧台说："我来做一杯咖啡吧。"然后便低头忙碌起来。

"姐，你还没回答我的问题呢。"曾菲急不可耐地跟在吉安敏身后。

"你不是知道了我和他不是你想的那样吗？"吉安敏在上次江承表白的时候，便听他说已经把事情全部告诉给了曾菲，并且成功地让90后的曾小姐成为自己的同盟。

曾菲倒没想到吉安敏已经知道了，扭捏地说："姐，我知道我不该当叛徒，先是背叛了自己接着又背叛了你，但那是因为，我觉得姐夫真的好喜欢你，而且他真的好适合你啊。"

"你知道什么是适合？他真的适合我吗？他比我小五岁，他是富二代，他帅气逼人，他妈妈还不同意我们在一起……”吉安敏看着曾菲，如果自己是她这个年纪，又怕什么呢？叹了一口气，见曾菲还不服气地想说什么，干脆拦住她的话头说：“或许你觉得面对困难要鼓起勇气，可是你姐姐我不行，我三十了，时间是最靠不住也是最无情的，不会因为我和它相处了三十年就会好心地走慢一点，我真的耗不起，也赌不起。”

曾菲怔怔地看着吉安敏，这一段话她需要慢慢地去理解，虽然她认为自己哪怕到了六十岁，也会像现在一样鲜衣怒马，但是窗外的阳光打在吉安敏脸上，呈现出一种时光和岁月交错的感觉，让她什么也说不出来，因为她不懂。

“好吧姐，什么时候搬？我搬过去合适吗？”曾菲闷闷地问，一条好好的直线，怎么突然就拐了一个弯呢？想到这儿，她发现自己似乎错过了什么，直到吉安敏端出一杯咖啡来，她才想起：“姐，你什么时候见他妈啦？”

吉安敏端着咖啡正要喝，却被一个人抢去了，是米亚娜。

“你真的决定和江承在一起了吗？你自己要想好，女人容易老，他可比你小五岁。”米亚娜断章取义地说了一通，便小口地抿起了咖啡：“哦天，这是你做的？”

吉安敏点点头，趁着米亚娜在喝咖啡，朝曾菲挤挤眼。和江承还没开始就已结束，她目前还没想好该怎样跟米亚娜说，或许可以这样说，她现在还不想被米亚娜唠叨，于是作出一副饶有兴致的样子说：“我做的，叫‘看见’，怎样？”

“为什么是看见？”米亚娜不明白。

“看见了，也许是擦肩而过，也许是明天再见，也许是一生相守，也许是相行陌路……看见，有无数可能。”吉安敏淡淡地说，便听到有人说：“给我来一杯‘看见’吧。”

吉安敏看了一眼来人，戴着黑框眼睛，一脸期待地看着她，非常感慨地说：“这名字取得太好了，我看见了你只是看见，谁知道接下来的故事是什么，也许有，也许没有。”

“你怎么可以和我姐有故事？”一旁的曾菲大嚷，吉安敏顿时明白，这人就是曾菲的那个谁。只是，这和吉安敏想象中的出入太大了，她以为会是个时尚的小潮男，没想到竟然是个小书生。

小书生被曾菲这样一嚷嚷，顿时面红耳赤，急了半天才说：“我只是表达我的感觉，并不是我要怎样……”

“还想要怎样？我姐大你多少你知道吗？”曾菲简直要跳起脚来了。

“你……你真是不可理喻。”小书生憋了半天扬长而去。

“喂，有你这么无理取闹的吗？”吉安敏瞪着曾菲，曾菲冲她眨眨眼道：“没事的姐，偶尔闹闹，再去哄哄，他才记得我，才会注意到我啊。”

吉安敏半张着嘴，这个度是不是太难掌握了？忽然她注意到曾菲说这样小书生才会注意到她，难道……想到这儿吉安敏好奇地问曾菲：“你和他还没开始？”

曾菲点点头道：“是啊，我在追他。”

吉安敏无语，半晌才摇头道：“你可真有出息。”

“这有什么呀，他好我就去追喽，难道因为要面子，我就放弃一辈子的幸福？”曾菲无所谓的耸耸肩，而吉安敏忽然觉得她说得其实挺有道理的，为什么自己就没有这样的勇气？想到这儿，吉安敏有些郁闷。

米亚娜让吉安敏再调几杯“看见”，并拉着曾菲过来学习，还让另外一个店员把“看见”的名字写到店门口的水牌上。

“你还真是雷厉风行。”吉安敏心情大好，又调了三杯，米亚娜和曾菲一人一杯，再带一杯回办公室给齐辉。

米亚娜喝着咖啡悠闲地说：“我这叫女企业家素质，你这个窝在办公室的小白兔哪里懂，没这境界。”

“我是小白领。”吉安敏强调，米亚娜却嗤笑道：“我看就是小白兔，你除了不给齐辉暖床，还有什么没做？”

吉安敏无奈地抬了抬眉，表示没办法，然后奉承了米亚娜几句，吉安敏很庆幸逃过了米亚娜的火眼金睛，悠闲地端着一杯咖啡回了公司，不想齐辉早已经回来了。吉安敏真不明白，齐辉成天窝在办公室里，不闷吗？

将咖啡放到齐辉的办公桌上，正准备退出来，听到低头的齐辉说："明天给你一天的假，好好收拾一下，后天就搬。"

这么快？吉安敏差点冲口而出，最后还是闭了嘴，反正早晚都是要搬，让齐辉不开心对自己也无益，只好点头道："好的，谢谢总裁。"

"总裁？"齐辉在吉安敏离开后，嘴角扯出一抹无奈的笑。

第二天，吉安敏便留在家里整理，原来这些年自己在这里留下了这么多的难以舍弃的东西。看着一屋子大包小包的，吉安敏有些犹豫，真的不能丢掉一点吗？

因为要一起搬过去，曾菲也请了假在家里收拾，虽然她才来没多久，但东西也不少，尤其是衣服。用曾菲自己的话说，如果同一件衣服一周穿了两次，那就表示飞扬跋扈的日子一去不复返了，同时也表示自己老了。这话让吉安敏听了有些触目惊心，因为她每季的衣服总共也就那么几套。

曾菲收拾好后，累得都不能动了，趴在沙发上问吉安敏："你说姐夫回来看到咱俩不在，会不会去贴寻人启事啊？"

"你不会跟他说了吧？"吉安敏警觉地瞪着曾菲，却被她白了一眼，撅嘴道："你都威胁我说告诉他就和我断绝关系，我敢说吗？我可不想睡大马路。"

吉安敏没再说话，她实在是不想自己还没走，江承便赶回来阻拦，弄得像电视剧似的，最后一团糟。可是，吉安敏又情不自禁地看着门外，想着有没有可能江承突然出现在门口，温柔地对她说："我想你了，所以早点赶回来了。"

"姐，我饿了，咱们去吃点儿东西吧。"曾菲打断吉安敏，有气没力地说："哪怕去小区门口吃碗牛肉面也好啊。"

姐俩走到楼下便碰到了高强，听说吉安敏要搬，他眼睛都直了，脱口而出："我就出了个差，怎么你们就要搬了呢？"

曾菲"扑哧"一笑，甜甜地说："高强哥哥，你这差出得也太久了点儿吧。"

高强无奈地说："我到邻省开了一家分店，刚开始，得盯着。"说完叹了口气，无奈地小声说："这一不小心……就擦肩而过了。"

曾菲狭促地看着高强道："高强哥，和谁擦肩而过呢？"话音刚落，胳臂被吉安敏掐了一把，便往外挪了几步，亲热地挽住高强说："高强哥，马上都要擦肩而过了，可我现在还饿着呢，可不可以请我们吃顿分手饭啊？"

吉安敏不禁无语望苍天，至于吗？一顿饭也要赖别人来请，她真想对曾菲说，你过你的阳关道，我过我的独木桥吧，以后谁也别说认识谁。

"高强，你别听她的，跟你开玩笑呢。"吉安敏冲高强笑了笑，然后一把拖住曾菲说："走吧，姐请你吃烤羊排。"半拉着把曾菲拖开了，不想高强却凑了上来道："方便一起吗？"这样吉安敏也不好说不方便，本来她只是想忽悠一下曾菲，这下真的得请高强吃烤羊肉了。

这一顿，三个人都喝了不少酒，吉安敏半夜才醒来，想起自己没买单啊，那这账是谁付的？不是说好了是自己请客的吗？正巧曾菲起来喝水，听见吉安敏问买单的事，把头摇得跟拨浪鼓似的。

不是曾菲，那只能是高强了。

"姐，我觉得这高强对你有意思！"曾菲挨着吉安敏坐下笃定地说，双眼熠熠生辉，很明显她已经清醒了，她的酒量比吉安敏要好很多。可吉安敏头还痛着呢，挥挥手没好气地说："你说这个有意思吗？"

曾菲眨巴着眼睛看着吉安敏，兴奋地说："怎么没意思呢，当然有意思啦！你想啊，你都三十啦，居然有那么多男人来追你，我姐夫，齐辉，高强，还有李大可那厮，唉呀姐，什么时候开始，你变成香饽饽啦，以后可不敢小看你了。"

"那你把我吃了。"吉安敏又浑身无力地躺下了，却听到曾菲说："我又不是肉食动物。"说着又好奇地问吉安敏："姐，你说这么久了，姐夫怎么就没把你拿下呢？你觉得这是为什么？”

这一说，吉安敏也好奇了，她好奇的是曾菲为什么这么说，难道自己是属于那种很好拿下的吗？

曾菲心直口快，还没到考虑别人感受的年纪，嘴巴一张就说：“你三十了！如果我到了三十岁还没嫁，找个男人我就扑上去了。”

“三十岁就该是狼啊？”吉安敏气得都要怄血了，曾菲却还没心没肺地说：“不是说三十如狼，四十如虎吗？”

吉安敏气得扔个抱枕过去，曾菲接过抱枕扔到一边儿接着说：“姐，你还是听我的吧，姐夫没把你拿下是他太正直太善良，我好不容易退出了，你再不接着，这么好的货可就要到别人碗里了。再说了，你看你，脸上的痘都长出来了，你不急吗？既然急就别硬撑着。”

“谁急啦？急什么呀？再说了，我不都说了他妈不同意嘛。”吉安敏灌了一口水，心想哪怕吴涵是个泼妇自己都不怕，可她偏偏那么优雅，那么高贵，不说话光站着，就让你自己想到“不配”两个字来。当一个人，尤其是吉安敏这样的一个女人，意识到这两个字后，就没有勇气了。

曾菲对吉安敏这说法非常不屑，这在她看来是怯懦的表现，而且是不够爱的表现，所以她真的非常不满，而且还非常生气，咬着牙说：“姐，都什么年代了，你又不是和他妈结婚，怕什么呀，难道将来还能住到一起不成？”

“可是我不想拥有一段不被祝福的婚姻，再说……江承比我小那么多，万一有一天……”吉安敏说着就没声音了，其实这才是她最担心的，她并没有多少自信，相对于爱情，她更希望找一个条件差不多，门当户对的人嫁了，以后踏实平安地过日子。

曾菲不明白，吉安敏怎么年纪轻轻的，老想着细水长流呢？细水长流的日子有什么好？只听人说去海里冲浪，没说要到小溪边度日的。不禁嘀咕道：“跟个进了庵的尼姑似的，那么清心寡欲有意思吗？”

“有没有意思都是我的意思，你快睡去吧！”吉安敏催促着曾菲赶紧进房间，她头痛欲裂，虽然喝得不算多，感觉却很不好。不管怎样，她想静静地呆一会儿。

曾菲懒懒散散地起身，却想起了什么，问吉安敏："那新房是什么结构啊？咱俩怎么住？"

吉安敏一愣，是啊，怎么没想过这问题。真是的，一站到齐辉面前就跟傻了似的，这么关键的问题也忘了问，于是一脸无辜地对着曾菲摇摇头。

曾菲一脸无奈，叹口气又问："那……位置在哪儿啊？"

"公司附近啊。"这次吉安敏答得挺快，就是因为离公司近，所以齐辉才让搬的嘛。

曾菲点点头，甩了甩马尾说："也好，离你公司近，那我上班也方便，哪个小区啊？"这一问吉安敏又傻了，再次一脸无辜地冲着曾菲摇头。

曾菲半张着嘴，"哗"地坐到了沙发上，盯着吉安敏半晌才说："姐，你怎么那么让人操心呢？你这好在是出了名的大公司，如果是个小公司，我都怀疑是不是骗子集团，有这么不清不楚就让人家搬的吗？"

吉安敏想了想，的确是没有，但这只能怪自己没问清楚，总裁难道还能主动告诉你，这小区在哪里，户型是怎样的？再说了，齐辉忙得连回趟家的时间都没有，就是有那心也没有那时间啊。想到这里吉安敏心里咯噔了一下，这味儿不对啊，怎么就会认为他有那个心呢？

"算了算了，我睡去了，你明天早上别忘了打电话问啊。"曾菲打了个哈欠，趿着拖鞋进了房间，"啪"地关上了房门。

吉安敏躺在沙发上不禁想，自己这沙发客难道要一直当下去吗？不过想到林书豪当年不也睡人家的沙发吗。不经历风雨怎么见彩虹，梅花香自苦寒来，若非一番寒彻骨，哪得梅花扑鼻香……想着想着，吉安敏也睡了，直到被电话吵醒，才发现天已大亮。

电话是一个让吉安敏意想不到的人打来的——齐辉。

一听到齐辉那冷冷的声音，吉安敏的脑子瞬间清醒，"唰"地一下就坐了起来，深吸了几口气，才按着胸口故作平静地说："总裁，有事吗？"

"我在你家小区门口，你在几栋几单元？"还是那冷冰冰的声音，让吉安敏有些摸不着头脑："总裁，您怎么会在我家小区门口呢？"

电话那边的齐辉有些不耐烦，语气加重说："你今天搬家，我给你叫来了搬家公司。"

搬家公司？齐辉居然给自己找搬家公司？可是还没等她搞清状况，齐辉便在那边催："快报门牌号。"她便稀里糊涂地报了门牌号，总不能让总裁在小区门口等自己啊。

吉安敏就这样呆呆地坐在沙发上，想齐辉这到底是什么意思，直到曾菲起床，她才发现自己还没有梳洗，于是姐俩便开始在洗手间打起了仗。

好在吉安敏洗漱的程序不多，干净清爽了便好。以最短的时间自己收拾好，刚好门铃响了。

曾菲脸上正敷着面膜，一边小心地扯平面膜，一边嘟囔着说："姐，这齐辉对你绝对绝对不一般，我有感觉，这是你生命中非常重要的机会，你先去开门，我还要收拾一会儿。"

兵来将挡，水来土掩！吉安敏庆幸自己平时不怎么化妆，如果像曾菲那样，不被齐辉骂死，也会被自己纠结死。

照着镜子整了整衣服，吉安敏便去开门，谁知道打开门竟然是高强，又是拎着一袋早餐。

吉安敏和高强一起把早餐在桌上摆好，正说着话，曾菲浓妆艳抹地从洗手间扭着小腰闪亮登场，看到高强便呆住了。

"啊？怎么是高强哥啊？"完全不是她想象中的戏码嘛，于是刚绷得紧紧的神经松了下来，懒懒地坐到桌边问吉安敏："姐你是不是忽悠我啊，你不说是齐辉吗？"

"齐辉过来跟你有关系吗？"吉安敏打量着曾菲，扯了扯那曳地长裙，又问："大小姐，您这是搬家啊，还是准备去参加晚宴呢？"

曾菲在吉安敏的注视下有些不自在，扭捏地说："我……只是习惯了在陌生人面前打扮一下，这是一种礼节，没什么别的意思。”

“我也没说你有别的意思啊，不过你有别的意思也正常，真的，我特别能够理解。”吉安敏挤兑曾菲。

曾菲却难得地红了脸，小声解释说：“姐，你放心好了，我以后不会抢你男朋友了。”

“哦，真的吗？”吉安敏故意惊讶地看着曾菲，曾菲赶紧点头：“姐，我保证，以前的那些事你千万不要跟小书生说啊，对了姐，你为什么从来不问他叫什么？”

吉安敏摇头道：“问了也白问，不知道哪一天就成了路人。”

“啪”地一声，曾菲拍着桌子站起来了，双手叉腰，恼怒地冲着吉安敏嚷嚷：“姐，你这是对我的不信任，也是侮辱，我这次是认真的，我一定会把小书生追到手的。”

大家都没想到，就在这时候，齐辉气宇轩昂地走了进来，正好把这劲爆的一面看在眼里。

曾菲瞪圆了眼睛，看了看齐辉，又看了看吉安敏和高强，从牙缝里挤出一句话：“是谁？谁进来不关门啊？”

吉安敏哪有时间去管曾菲，她像是安装了发条似的“蹭”地站起来，小跑着绕到齐辉身边，紧张地说：“总裁，您怎么……怎么真的过来了，你看这里乱的。”

“你以为我是骗你的？”齐辉居高临下的看着吉安敏，一会儿又环视了一下到处都是包裹的房间，淡淡地说：“搬家嘛，当然会乱。”

吉安敏有些手足无措，倒是齐辉看到高强，主动伸出手自我介绍：“齐辉。”高强也大大方方地握住齐辉的手，点头道：“我叫高强。”

曾菲趁着这时候，赶紧又溜进洗手间重新打扮了一下，这已经成了她的生活习惯，或者生活态度了，见着陌生人，或者说陌生男人，一定要以自己最美的一面出现，否则，她就浑身不自在。

“总裁您吃早餐了吗？要不一起吃吧。”吉安敏把早餐往齐辉面前挪了挪，她以为齐辉会拒绝，没想到他竟然真的坐下，拿起根油条感慨地说：“好久没有吃到这么纯传统的早餐了。”当然他吃的姿势比吉安敏她们要优雅多了。

“难道他以为生活在美国？”高强在吉安敏耳边嘀咕着，那声音不大，但也不是特别小，齐辉刚刚听得见，脸色顿时不好了。

最尴尬的当然是吉安敏，她心里其实也认为高强问得对，咱都是中国人，在中国生活，虽然您有钱，但能不能别这么作。但是，吉安敏也非常明白一点，自己是在齐辉的手底下工作，借她一个胆儿也不敢说什么。

正想着该怎么圆过去，曾菲又换了条粉色欧根纱的裙子出来，大家才松了一口气。此时吉安敏已经不管曾菲穿什么了，反正钩坏了也是她的，她现在只要曾菲出来搅和，这其实就是曾菲最大的本事，在她的眼里，从来就没有什么会被环境和氛围所左右的道理。

果然，曾菲坐下来后，一双眼睛盯着桌上的人，发现大家都看着她，便笑眯眯地说：“我是不是很漂亮啊。”

“唉哟，嘶！”原来是高强把舌头给咬了，曾菲瞪大了眼睛，傻傻地问：“要贴创可贴吗？”

“不要！”高强一脸警惕地看着曾菲，但吉安敏已经找来了西瓜霜，说他搞不好会长成溃疡，到时候每天喷几次西瓜霜就好了。

高强正要说什么，齐辉却把筷子放下，说：“我吃饱了，什么时候搬？”

“我……我还没吃呢。”曾菲撅着嘴，赶紧低下头来啃油条，却见齐辉问高强：“你也要搬？”

高强赶紧摆手说：“不是不是，要搬也是江承跟着她们一块儿搬，我和她们只是小区里的邻居。”齐辉的脸色很明显地好了些。

吉安敏忽然想到一件事，便蹭到齐辉身边小声说：“总裁，你刚才在电话里说帮我们叫了搬家公司？”

曾菲从豆浆碗里抬起头来，乐呵呵地说："总裁你太牛了，我们之前还以为叫出租车就行，结果昨天一收拾发现东西太多了，打电话给搬家公司都说要提前预约，准备今天叫出租车多跑几趟呢，但是那钱可就不老少了。"

"曾妹妹，你是不是过生日啦？"高强忽然开口问道，曾菲不解地摇头道："没有啊。"

高强摸了摸下巴，皱着眉头摸着下巴仿佛像自言自语一般说："那你怎么话变多了一些呢？"

曾菲被高强这样一说有些受伤，自己怎么就成了一个话多的人呢，半天才明白高强是说她变老了，高强哥原本的良好的印象就化为了泡影。

第十二章　新居

新家离公司果然很近，曾菲一进去就恨不得在地板上打滚，宽大而洁净的客厅让她惊呆了，而吉安敏也不用担心晚上要睡客厅了，因为这是一个两居室。

“姐，你看看，居然有这么宽阔的落地窗。”曾菲站在落地窗前比划着，也许是窗子太大，光线太明亮，使曾菲看上去像是一个渺小的剪影，但纵然这样，吉安敏都能够感受得到她浑身散发出来的快乐。

吉安敏耸耸肩，长叹一声：“有钱真好啊，连快乐都可以买到。”

曾菲又打开了落地窗，外面是一个宽阔的阳台，她兴奋地在上面蹦了几下：“姐，这阳台好大啊，像露台似的，我要在这里放一个秋千椅，我要躺在秋千椅上喝咖啡。”

吉安敏还处于恍惚的状态，她摸着墙上精美的壁纸，不敢相信自己怎么就像电视剧里的灰姑娘一样莫名其妙地变成了白天鹅，而且究竟是怎么变的，她完全不知道。

可是，吉安敏心里却隐隐有些担心，齐辉为什么要对自己这么好？她三十了，并不傻，虽然不愿意承认，虽然心里觉得不可能，可是……她看着这套房子，心里还是有些不安。

李大可郁闷地窝着沙发里看着这一疯一傻的两个女人，本来他是准备来帮忙的，结果过去的时候才发现已经人去楼空，等他好不容易找到了现在这个地方，就发现这两个女人已经不正常了。

“你们不饿吗？还要多久才能回过神来？”李大可直接躺在了沙发上，别说，这真皮沙发还是挺舒服的。

曾菲明显还在极度兴奋中，摆摆手道：“不饿不饿。”然后冲进了房间，又跑出来对吉安敏说：“姐，我要把我房间装修成粉红色的公主房。”

吉安敏哭笑不得地看着曾菲：“这房子不是我买的，是公司帮我租的，你还想装修，不知道什么时候就得搬出去呢。”

“敏敏说得有道理，你们得认清事实，这房子不是你们的。”李大可听吉安敏这样说，心里舒服了点儿，男人就是这样，总希望自己像棵大树一样，可以庇护自己身边的人，在李大可的心里，吉安敏就像自己的家人一般，他一方面挺为她高兴，一方面又有些纠结，可是他真的不懂女孩子们的心思，所以不解地问曾菲：“你家房子比这大多了，装修得也挺不错，怎么没见你这么高兴？”

曾菲想了想说：“大可哥，你出去旅行过吧？”李大可点头。

“旅行的时候大多数人都吃不好，等到好不容易吃了一顿好的，就会觉得好满足，可是在家的时候吃得比那些好多了，却没什么感觉，你说这是为什么？”曾菲托着腮问李大可。

李大可拍了拍曾菲的脑袋，感慨地说：“小曾菲真的长大了，说话一套一套的。”

“嗯，李大叔，您老了，赶紧娶个老婆生个儿子再等着抱孙子吧。”曾菲伸了伸懒腰，又去打量她的房间，如果不装修，怎样才能让房间符合自己的想象，最有自己的风格呢？

把东西放好，就没什么需要整理的了，因为房子很干净，只是吉安敏没想到，她入住的第一天除了李大可以外，还接待了另一个人，就是那天和齐辉一起吃饭的大美女。

“请……请问您找……找谁？”开门的是李大可，他这一张嘴，屋里的吉安敏和曾菲就知道门外肯定是个大美女，只有大美女才能让从小立志做铁齿铜牙的李大可变得这样结结巴巴。

眼前这个大美女一头栗色的大波浪，水汪汪的眼睛搭着樱红花的唇，那粉中带红的皮肤，只能用两个字来形容——“诱惑”，更别提那身材了，标准的S形裹在紧身裙里，都快要李大可窒息了。

这性感美女很体贴，不但没有摔门而去，反而一副很有兴趣的样子从上到下打量着李大可。这种目光让李大可异常紧张，身子立得笔挺的，脖子昂得直梗梗的，可是大美女却说：“你是吉安敏？”声音里竟然有着一些莫名的激动。

是来找安敏的？女人找女人一般都没什么好事。他觉得自己最正确的选择是找个借口离开。可是李大可见大美女盯着自己，便挪不动步，就把小身板又挺了挺，非常绅士向里面一伸手说：“我不是吉安敏，我去叫，您请进请进。”

曾菲非常看不惯李大可这馋猫见了腥的样子，冲过来道：“装什么绅士啊，是谁都没问清楚，是个人就往里面请啊？万一是小偷踩点来了呢。”然后斜视着大美女一副蔑视的样子问：“你谁啊？”

李大可扯了扯曾菲的衣角，提示她有话好好说，客气点儿，可曾菲却瞪了他一眼。其实这就是李大可不对了，美女们一见面，尤其是势均力敌的，那就是天生的敌人，谁愿意低人一头，在这个时候最好是退一步——围观。

大美女抱着臂，再一次打量着曾菲，不过这一次却不像之前看李大可那样，曾菲在她眼里看到了敌意，这敌意让曾菲恨不得把脚尖儿给踮起来，使她能够高过大美女一头。

“你才是吉安敏？”大美女眼睛眯起来了，有点咬牙切齿的样子。曾菲有一种不祥的预感，却激起了她的兴趣，心道，老姐怎么会有一个这么强劲的对手？

曾菲看这美女似乎不是善茬儿，正要说自己就是，想看看她怎么着，吉安敏就从房间走出来了，说 :“我是吉安敏，你找我有事儿？”

大美女一看这才是正主儿，没好气地把李大可推开，瞪了曾菲一眼，踩着高跟鞋“咯噔咯噔”地走到了吉安敏面前，急得曾菲在后面直喊 :“你能不能先换鞋啊？有没有素质啊，上没上过学啊。”

大美女回头瞪了曾菲一眼 :“你上学的时候老师会教脱鞋的事吗？”问得曾菲一愣，于是大美女狠狠地跺了跺脚，不再搭理曾菲，回身毫不客气地问吉安敏 :“你凭什么住在这里？”

吉安敏一听有些蒙，难道是自己搬错了家？虽然齐辉临时有事并没有真的帮她们搬家，但是他司机留下的这门钥匙没错啊。

吉安敏还没开口，曾菲便挤过来，指着大美女问 :“你什么意思啊，我们凭什么不能住啊？你是谁啊你，一进门就叽叽歪歪的。”

大美女优雅地侧过身，看得李大可眼睛都快瞪出来了，可是她说出来的话却不怎么优雅 :“我叫唐蜜蜜，是齐辉的女朋友。”

“就你这一张苦瓜脸，还唐蜜蜜，你为什么不叫唐甜甜？”曾菲讽刺道，那美女风情万种地撩了一下头发，用一种糯糯的声音说:“我如果是苦瓜脸，那也是最漂亮的苦瓜脸，我知道你这是嫉妒，我早习惯了，至于我为什么不叫唐甜甜，因为那是我姐。”

曾菲张了张嘴，无语了，心里却暗骂 :这家人真的是——太不要脸了，竟然取这么嗲的名字，不说这人长得怎么样，光听这名字，就化了。

“我才不管你们姐俩叫什么，不过，你刚说你是齐辉的女朋友？”曾菲的伶牙俐齿让李大可有些危机感，这以后更没办法好好地聊天了。可是大美女却不以为然地“嗯哼”了一声，表示事实的确是这样。

“且不说是不是真的，就算你真是齐辉的女朋友又怎么样？这和我们住在这里有关系吗？这房子是你的？”

曾菲心里已经有些虚了，万一这真是齐辉的女朋友，自己住着他们付钱租的房子，总不好太过分，可是这女人的态度让她搓火儿。何况，之前她一直认为齐辉对吉安敏有什么意思，现在看来，似乎不是这样啊，不管怎么说，吉安敏在这美女面前，真没有什么可比的。

唐蜜蜜却被曾菲给问住了，别人不知道，她自己知道，她真的没有什么立场来过问这件事，如果齐辉知道了，还不知道怎么着呢。可是，一想到齐辉对别的女人这么好，她心里就很不爽，不爽到完全控制不住自己的腿和情绪，于是她恨恨地对吉安敏说："你看你们这房子，像是职工宿舍楼吗？心里没鬼，你凭什么住这样的房子？"

吉安敏心里明白了，与曾菲对视一眼，两人都明白了，这唐蜜蜜是齐辉女朋友这件事还有待查证，否则她干吗自己这样急吼吼地跑过来，在齐辉面前撒个娇就行了，虽然看到她和齐辉一起吃饭，但齐辉对她可不像是对待女朋友的样子。

"我不知道职工宿舍楼什么样，至少奥华好像没有，而且我觉得我住这样的房子也没什么，因为我是总裁秘书，如果我都没有经济实力来住这样的房子，不是给奥华丢脸吗。"吉安敏笑着说："我这刚搬过来，连口热水都没有，要不，给你拿瓶矿泉水？"

唐蜜蜜白了吉安敏一眼道："谁喝你的破矿泉水。"说完又嘀咕道，"就算你是总裁秘书又怎样，谁规定总裁秘书要住什么样的房，谁来看啊。"然后见吉安敏自顾自地开瓶喝水，没好气地自己拿了一瓶就拧，可怎么都拧不开，脸"腾"地一下红了。

只要有美女在场，李大可便自动切换到英雄品质，美人有难，他怎么可以不救呢？于是他赶紧接过来，拧开了递过去，曾菲鄙视道："大可哥，其实你可以去演戏。"

"真的吗？我演什么？演个高富帅怎样？"李大可乐呵呵地说，难得曾菲在外人面前这么给他面子，曾菲冷笑着回他一句："演太监。"

"噗"刚喝进一口水的唐蜜蜜顿时给呛着了，弯下腰咳嗽不已。李大可本想去帮着拍拍，可一想到曾菲那话，又不好上前，只好就那么干瞅着。

唐蜜蜜在众人的目光中平复了情绪，半天才挤出这么一句话来："你真的和齐辉没什么特别关系？你发誓！"

"你当你是谁啊，我姐凭什么要对你发誓啊，我姐是在奥华上班又不是卖给奥华的，让人搬过来，搬过来又来嚷嚷。"曾菲双手叉着腰劈里啪啦一通嚷，又转身对吉安敏说："姐，你给齐辉打电话，到底什么意思啊？不行咱们搬回去算了。"

吉安敏看着曾菲挺感动，难得她在关键时候这么有立场。倒是李大可不敢相信地问："你说的是真的？"

曾菲认真地点头道："当然是真的，红烧肉虽然好吃，但是老有人在旁边提醒，这是病猪肉，这肉是别人的，还怎么吃得下啊。"

唐蜜蜜被曾菲直接轰晕了，脸上红一阵白一阵，都不知道该说什么好了。倒是吉安敏冲曾菲点点头，示意她放心。然后瞅着唐蜜蜜，心里不明白，漂亮成这样，怎么那么没自信啊，于是轻叹道："我的确是没必要向你发誓，我就问你一个问题，如果你是男人，你和我，你选谁？"

"当然是我啦。"唐蜜蜜都不带考虑地，脱口而出，这下曾菲不服气了："凭什么就是你啊，哪个男人爱好这么特殊啊？"本来曾菲是想帮吉安敏的，却被吉安敏白了一眼。

"齐辉从小所有的爱好都很正常。"唐蜜蜜骄傲地说，她和齐辉可是青梅竹马，只是她不明白，于是扭头又问吉安敏："那他为什么对你这么好？"

"你既然知道我搬到这儿来了，和奥华的人应该也挺熟的，你说说，在工作上，就我和你，你会选谁。"吉安敏又问唐蜜蜜。

这次唐蜜蜜扭捏了半天，才用蚊子般的声音说："是……是你吧。"

吉安敏忽然觉得唐蜜蜜挺可爱的，虽然看上去咋咋呼呼的和曾菲有一拼，什么都没搞明白就往这里冲，但是她很明白自己的优势和劣势，最难得的是她竟然直截了当地承认这些。

想到这儿，吉安敏的表情柔和了很多，笑着问唐蜜蜜道："那你觉得你到这儿来质问我有意义吗？”

“可是……可是……就算你工作能力强，齐辉也不至于对你这么好啊，你才上班多久啊。”唐蜜蜜心里还不是很乐意，这样一问吉安敏也卡壳了，毕竟她不是齐辉，而且也不是一个能看懂别人心里小九九的人，只好双手一摊对唐蜜蜜说：“我也不知道，可能有很特别的原因，你可以去查啊，我没意见，找出结果麻烦告诉我一声。”

唐蜜蜜听了脸上一喜，坐到吉安敏身边一脸甜甜的笑，腻腻地说：“那我们结成同盟吧？”

“同什么盟啊，是你要查，又不是我要查。”吉安敏往旁边挪了一下，觉得这唐蜜蜜真是一只披着美女皮的小狐狸，还想把自己套进去。

见吉安敏不上钩，唐蜜蜜只好悻悻作罢，却又不甘心，敲着脑袋想了想说：“我以后要经常过来检查。”

“检查什么？”吉安敏和曾菲异口同声，但明显曾菲的声音高出她 N 个分贝。

唐蜜蜜一脸光明正大地说：“检查你们说的是不是真的，齐辉是不是和你们没关系啊，口说无凭，这也是我调查的一部分。”

“你脑子进水了吧，我姐半天白说了啊？”曾菲听了气不打一处来，而且坚决不同意。

可是唐蜜蜜似乎更加坚决，她表示如果吉安敏不同意的话，她就干脆住进来，这样对一切更清楚。曾菲无语了，这住下来更不能忍，还不如她来偷袭呢，而吉安敏也不乐意，好不容易有张床睡了，不能再去睡沙发。

“我说蜜蜜小姐……”李大可刚一开口，便被唐蜜蜜生硬地打断了：“是唐小姐。”

“好好，唐小姐！吉安敏都说了和你那个心上人没什么关系，你还来检查不是浪费时间吗？时间就是金钱啊，这样白白浪费了多心疼。”李大可好不容易从美色中回过神来，帮了吉安敏一把。可唐蜜蜜明显不是个省油的灯，她眼都不眨一下地说：“不怕，本小姐时间和钱都浪费得起。”

吉安敏和曾菲对视一眼，怎么办？如果不答应唐蜜蜜来检查，恐怕这尊神不是那么好请走的。

“关键时间是公平的，一天也就 24 小时，你浪费在这里了，那其他的地方时间不就少了吗？那离真相不就远了？”李大可边说边看唐蜜蜜的脸色，觉得她似乎被打动了，于是双手一拍道：“万一等到你查清真相的时候，齐辉和别人木已成舟，不就错过了嘛，时间你浪费得起，时机才是最重要的。”

“成舟了我就把这舟给拆了。”唐蜜蜜咬牙切齿道，似乎已经看到齐辉和别人成舟了，然后不屑地对李大可说：“时机是重要，但时机也是可以创造的。”

吉安敏见唐蜜蜜这副油盐不油盐不进的样子，想着答应唐蜜蜜算了，为人不做亏心事，半夜不怕鬼敲门，先把她打发走再说，肚子都饿得咕咕叫了。

正要开口，曾菲像个好奇宝宝似的问唐蜜蜜：“你为什么那么喜欢齐辉啊？他虽然长得帅点儿，但这个世界最不缺的就是帅哥了，他是有钱，但你一口一个本小姐的，看着也不像是缺钱的人啊，你看他那张木板脸，你找一个喜庆点儿的，就像……那样的，不好吗？”她本来想说像小书生那样的，但又怕引起唐蜜蜜的好奇心，给自己惹来一个情敌，虽然八竿子打不着，但曾菲的忧患意识还是非常强烈的。

唐蜜蜜被曾菲这一问，叹息道：“我也没办法啊，我们两家是世交，从小就认识，他小时候对我可好了，有好吃好喝的都会留给我，别的男生欺负我，都是他帮我的，谁知道长大了，他就不理我了。”

其实在吉安敏看来，就齐辉那样，能和唐蜜蜜一起吃饭就算不错了，做他秘书这么久，就没见他和其他女人有过接触，能在一起吃饭，已经算是天大的面子了，她倒是忘了自己，齐辉几乎是死皮赖脸地想跟她一起吃饭。

尽管吉安敏在感情方面不是很顺，毕竟也年纪大些，有些道理她还是明白的，小时候单纯地以为喜欢就可以在一起，恨不得把自己的一切都拿出来分享，长大了才知道只有爱才能在一起，爱了，也未必全心付出，所以如果她是唐蜜蜜也许会很满足吧，至少她喜欢的那个男人，曾经那样无私地对她。

长大后发现喜欢并不等于爱，当然就不能在一起了，当然就不能让对方误会。齐辉这做法倒是挺对吉安敏的胃口，一个真正的男人就该这样，爱就爱，不爱也别耽误人家。

如果站在唐蜜蜜这个角度看，十几二十年的感情搭进去了，不是想收就收得回来的，那是伤筋动骨的痛，吉安敏倒是挺同情的，于是仗义地对唐蜜蜜说："行了你查吧，随时欢迎！"

"我家大门常打开，欢迎你来查呀……"李大可见事情有一个圆满的结局挺开心的，就唱了起来，曾菲白了他一眼："常打开？不怕招贼啊。"又转身对唐蜜蜜说，"我姐虽然让你来查，但你自己心里得有数，不是真的什么时候想来就能来的。"

"是要规定时间，那叫查吗？"唐蜜蜜急了，心想这小丫头怎么那么刺儿头啊，真不好说话。

曾菲没好气地说："嘁，你当自己是皇后娘娘啊，我和我姐妙龄年华，我们不一定要齐辉，但不代表我们就没有别的男孩子追啊，你来捣什么乱？"

"你是怕别人看上我吧？"一说到这儿，唐蜜蜜的自信就像加了油的火苗似的，瞬间开始熊熊燃烧，她虽然在齐辉那儿折戟沉沙，但在其他男孩面前，可是昂着脖子走路的小凤凰。

见这两人又要吵起来，吉安敏赶紧表示随时欢迎唐蜜蜜来查，万一哪个不长眼的男孩真给她钩走了，也是命。

好不容易送走唐蜜蜜，曾菲急不可耐地问吉安敏："姐你怎么那么好说话啊，还真答应啦？"

吉安敏可怜巴巴地看着曾菲道："我有办法吗？我饿得没力气赶她走了。"然后告诉曾菲，就唐蜜蜜这情况，必须得让她查，查不了多久就会去别的地方查的，因为这里实在是太不值得查了，而且她查只会有三种结果，一是查出点什么来，她死心了；二是什么也没查出来，但感动了齐辉；三是什么也没查出来，她也死心。

“为什么没查出来也死心？”曾菲不明白，吉安敏乐了，逗着她说:“你不是对爱情挺了解吗？这都不知道？”

“我是对男人了解,可是我不了解女人啊。”曾菲觉得很正常,在她看来,没有情敌，只有碉堡。吉安敏怔怔地看着曾菲，心里暗道：境界啊。只好解释说：“如果齐辉并没有喜欢上别人，但仍然不喜欢她，她还有什么可纠结的呢？”

“姐，你这也太绝了，直接就下狠手断人家的念想。”曾菲感慨着，这么些年，居然没想到吉安敏是个狠角儿，吉安敏倒不放在心上，淡淡地说：“若干年后，说不定她会感谢我。”

第十三章　痴心

搬家之后，离奥华近了很多，吉安敏走着就可以去公司。吉安敏却开心不起来，心底一阵阵地浮躁，尤其是今天，简直没办法静下心来工作。

看着日历，算算日子，江承后天就该回来了，他回家后看到人去楼空会怎样？吉安敏想到这儿，心底便一阵虚，摸了摸手机，还是没决定要不要给江承发个短信。

江承离开时对吉安敏说，一周时间，让她安静地思考，所以他也没和她联系，只在微信里更新自己的行程，吉安敏似乎感觉到他是给自己看的。

怎么跟他说？这句话一直在吉安敏的心里翻腾着，自己从小到大都没有这么纠结为难过，没有觉得自己这么过分过。但，有别的办法吗？

下班后，吉安敏懒懒地走出电梯，想着去“遇见”找曾菲一起回家，却看到眼前站着一个风尘仆仆笑逐颜开的人，不是江承又是谁？他手里还拎着行李箱。

“你，怎么就回来了？”吉安敏傻了，心里隐隐有些庆幸，看江承这样子分明是没有回家，那他就不知道自己已经搬出来了吧。可她又不安，这表示她要面对面地告诉江承，他们不可能。当面拒绝吗？想想都让人接受不了。

江承趴在行李箱上，疲惫不已却嘿嘿笑着说："把事情早一点做完，就赶着回来了。"

"哦，那……你怎么没先回家？"吉安敏话一出口，恨不得扇自己一耳光，果然，江承非常直白地说："因为我想你了。"一边有人听了，盯着吉安敏笑，想到也许是她同事，江承又体贴地更正道："想吃你做的菜。"

吉安敏听到这句，鼻子一酸，眼睛就红了。

"怎么啦？"江承见吉安敏这神情有些愣，随即又笑笑，凑近吉安敏的身边说："是不是你也想我啦？"

吉安敏勉强扯出一丝笑，转移话题问江承："要不我们去遇见吧？"

"明天再去吧，先回家好不好？"江承看着吉安敏笑，今天对于他来说是个重要的日子，他急于想知道吉安敏的答复，而且他觉得这是板上钉钉的事，一周的时间只是代表了他对吉安敏的尊重，他不认为结果会有什么变化，所以，江承不想被其他的事情打扰，他决定好好地享受这一刻，行李箱里还有他特意买的限量版红酒。

"江承，我和曾菲已经搬出来了。"走出办公大楼吉安敏忽然说出这句话，她看着江承，一副任由他处置的样子。

奥华广告所在写字楼是本市最好的写字楼之一，前面有一个非常宽阔的广场，现在都是匆匆忙忙下班的小白领，没有人关注这对男女，他们对于其他人来说还不如赶地铁重要。感情？每个人都有，这个城市每时每刻都在发生类似的情感戏码，多了，便不值得停下脚步去关注。

吉安敏说出那句话很艰难，但对于江承来说，这句话带来的却是他从未体验过的痛，他迅速安慰自己，搬家也正常，也许是她父母知道了，毕竟曾菲还小，男女混住总不是太好，但他还是忍不住问："是……因为曾菲？"

吉安敏误会了江承的意思，摇摇头道："不是，曾菲已经有她喜欢的人了，你和她不是都结成同盟了吗，这是公司给我租的，上班近。"

“哦，就在这附近吗？”江承问，吉安敏点头。

“那，我可以去看看吗？”江承紧盯着吉安敏，心里默默祈祷，让吉安敏答应，只要吉安敏答应了，他就还有希望，可吉安敏却顿住脚步，一脸遗憾地说：“下次吧，现在还没收拾好，乱着呢。”

江承觉得呼吸都有些困难，尽管他尽量让自己看起正常，但握着行李箱发白的骨节暴露了他的情绪，他很难过。

两人正默默站着，一辆凯迪拉克在他们旁边停下，车窗缓缓落下，是齐辉。

“有一些文件需要你加班处理，本来准备送到你家去的。”齐辉拍了拍手中的资料，也不看江承，对吉安敏说：“我送你回家。”

“谢谢总裁，我走着回家就好了，您把资料给我吧。”吉安敏伸出手，齐辉却斩钉截铁地说：“上车。”

吉安敏皱了皱眉，她有些生气，下班之后时间是自己的，他可以要求自己加班，这是因为他会付加班费，但没有资格这样命令自己。可是看到江承一脸的疑惑，吉安敏上了车，他如果要误会，不如让他误会得更彻底些。

从后视镜里，吉安敏看到江承手上拎着的背包落下，可他却像一个木头人，一动不动地站在那里。直到车拐弯，再也看不见了，吉安敏还是盯着后视镜。

“你喜欢他？”齐辉突然出声，吉安敏却像是没有听到，挺直着背，含着一眶的眼泪，一动不动地盯着窗外。

“我，带你兜兜风吧。”齐辉再问，吉安敏没有回答，他方向盘一转，上了高架桥。

从层层叠叠的立交桥上望着远方的城市，以及渐渐西沉像红气球似的太阳，吉安敏不知道怎么地，心底就响起了王菲的那首《红豆》。

“还没好好地感受/雪花绽放的气候/我们一起颤抖/会更明白，什么是温柔/还没跟你牵着手/走过荒芜的沙丘/可能从此以后，学会珍惜天长和地久……”车内响起了吉安敏心里的歌，她惊讶地看着齐辉，第一次发现齐辉冲着她微微一笑，说：“不要觉得惊讶，这首歌适合任何一个为情所伤的人听……”

一句话，把吉安敏给逗乐了。

“想吃什么？”齐辉问，吉安敏侧脸看着他，心里忽然觉得很感动，上班这么久，他从来没有像今天这样对她说过话，像个哥哥似的，话不多，有着不容怀疑的真诚与关心。

吉安敏想了想，说：“火锅。”

齐辉听了哈哈大笑：“还以为你会宰我一顿，竟然只想吃火锅。”

吉安敏呆呆地看着齐辉，这真是个奇妙的黄昏，她拒绝了一个自己从来没有那么喜欢过的男孩，又看到了另一个男人从未有过的丰富表情。

“本来是想宰你一顿的，可是想了想，还是点我喜欢吃的算了。”今天的齐辉没有了往日的严肃，吉安敏也放松了很多。

车子拐进了一个幽静的小巷子，两旁种满了木芙蓉，吉安敏很好奇，这里会有火锅吗？齐辉似乎对这里很熟，车子开到尽头，再往右拐，是一个非常宽敞的院子，院子装修得很田园，用木槿当篱笆，篱笆的一边放了几个木制的桌椅，有几个人正坐在那里喝茶聊天。

停车场在另一边，吉安敏发现这里停的都是名车，想必这是一个名流私人聚会的基地，这让吉安敏有些忐忑，不禁小声问齐辉：“总裁，这里是吃火锅的吗？”

齐辉把车停好，笑着说：“这里想吃什么都有。”说完径直往院子里走去，吉安敏也只好跟着。

那几个喝茶的男人很熟络地跟齐辉打招呼，吉安敏在一边僵硬地保持着微笑，她有些不知所措，因为不知道齐辉会怎样介绍自己，说是下属，不免要被人调笑，不介绍，吉安敏则会更尴尬。

“这位是？”一位戴着眼镜的男士彬彬有礼地指向吉安敏问齐辉。

吉安敏想，与其别扭，不如自己介绍算了，这时听到齐辉说：“我朋友，吉小姐。”这让吉安敏松了一口气，也能够更加坦然地面对那些人了。

齐辉要了一个包厢，并没有像吉安敏猜想的那样，和他的朋友一起吃。

在很愉快的氛围中吃完饭，出门的时候，又碰到了那些人，并没有出现吉安敏以为的那种故作的试探，大家都非常尊重她，很友好地挥手道别。

“总裁，谢谢你！”吉安敏感激地道谢，齐辉却不大明白，听完吉安敏的解释后，他笑了：“你是不是肥皂剧看多了？”

她的确是看到电视上是这样演的，所以才这样以为。

“你不要太紧张，在公司之外，就只是熟人或者朋友的关系，没有谁会比谁高一等，我是这样认为，我认识的人也会这样认为。如果不是这样看待工作关系的人，你可以不理会。”齐辉的解释让吉安敏很意外，她一直以为他是个高傲的人，原来不是。

“那我们现在是朋友了？”吉安敏问，她觉得自己很大胆，却清楚地知道齐辉不会生气。

“我从不请一般的熟人吃饭。”齐辉没有正面回答，但这句话吉安敏分析了半天，确定他的意思是：我们是朋友。不禁觉得好笑，为什么不直接说？搞得这么麻烦。

见吉安敏心情好些了，齐辉便把她送到了楼下。

“要不要上去坐坐？”下车后吉安敏问齐辉。

“不要随便请男人上楼坐，不好。”齐辉说完，关上车窗，一溜烟就不见了，留下为之气结的吉安敏。

“你个骗子！”吉安敏瞪着齐辉的车还没回过神来，身后便响起一阵娇喝，不用说也知道是谁。

转过身，果然看到唐蜜蜜气鼓鼓地从阴影里走出来，指着她喊：“吉安敏，你是个骗子。”

“你还真是不辞劳苦。”吉安敏一脸的无奈。

唐蜜蜜却不管，只是瞪着眼睛问：“你说，你们深更半夜干什么去了？”

吉安敏把手表伸到唐蜜蜜面前道："麻烦你看清楚，深更半夜吗？才八点半而已，如果我和他有什么，会这么早回来？"

"如果没有什么，他为什么要送你啊？"唐蜜蜜想到这里就心痛，齐辉从来不送她。

"如果我说我和他是朋友，你能相信吗？"吉安敏非常坦然地对唐蜜蜜说。

"朋友？"唐蜜蜜觉得自己的脑子不够用了，她想过吉安敏会狡辩，却没想到她会说是朋友。齐辉有朋友吗？

"他为什么要跟你成为朋友啊？"唐蜜蜜问吉安敏，吉安敏指着自己的鼻子反问唐蜜蜜："你觉得这个问题应该问我吗？"话音刚落，电话响了，是曾菲。

"姐，你赶紧到遇见吧来吧，出事儿了。"曾菲在那边急得不行，吉安敏第一次见她这么着急的，不禁好奇："怎么啦？"

"姐夫喝醉啦，你快来吧，我们都搞不定他。"曾菲无奈地说，让吉安敏赶紧过去。

原来是江承在"遇见吧"喝醉了，这让原来伸手准备拦出租车的吉安敏顿住了脚，对曾菲说："我就不过去了，要不，你让你的小书生帮帮忙，把他弄回家去吧。"

"小书生这几天不理我了，你再不来我就把他带回我们现在住的地方去，你看着办吧。"曾菲下了最后通牒。

吉安敏无奈只好拦了一辆出租车，没想到唐蜜蜜也挤了上来，对吉安敏说："我知道为什么齐辉要和你成为朋友了。"

"为什么啊？"这下吉安敏倒是觉得好奇了。

"多简单的道理，你太平凡了啊，他不会对你有非分之想，而你呢，也有自知之明，所以就可以成为朋友，你说我猜得对不对，是不是很聪明啊？"

吉安敏盯着唐蜜蜜没好气地说："你没听过丑小鸭变成白天鹅的故事吗？"

唐蜜蜜无所谓地说："所以我聪明啊，丑小鸭为什么会变成白天鹅？

因为它本来就是白天鹅啊，你本来是白天鹅吗？再说，你不觉得你蜕变的年龄大点儿了吗？”

一句话让吉安敏气结，气得看她一眼都嫌多。

在“遇见吧”看到江承的时候，唐蜜蜜惊讶地对吉安敏说：“没想到啊，你挺有帅哥缘的啊！”

“你真是个杂食动物，看见是男人眼就放绿光。”曾菲对唐蜜蜜就没好感，抓紧机会，能刮她一句是一句。

推了推江承，他简直是烂醉如泥，哼都没哼一声，吉安敏不禁皱眉问米亚娜：“你是开咖啡馆的还是开酒吧的啊？怎么醉成这样？”

米亚娜听吉安敏说这个气便不打一处来，涨红了脸拍着桌子说：“你还问我，我还要问你呢，你看看你看看，我这里还有客人吗？咖啡馆要的是安静，要的是小资情调，他拎了两瓶二锅头进来……”米亚娜气得都说不下去了。

“这怎么办啊姐？”曾菲问吉安敏，吉安敏也没辙了，面对人高马大的江承，她还真没什么主意，没好气地说：“扔大街上算了。”

“真的啊？那我可以捡走吗？”唐蜜蜜用一副看好戏的表情问，却被曾菲抢白：“垃圾你也要啊？你干脆把你不良的爱好都说出来算了。”说完看了看江承，似乎这样说他是不对的，哪有这么帅的垃圾。

唐蜜蜜挥挥手，从口袋里拿出手机，边拨号边说：“我来帮你们解决吧，记得要请我吃饭哦。”

吉安敏和曾菲面面相觑，不知道唐蜜蜜这唱的是哪出，却听到她嗲声嗲气地对电话那边说：“伯母啊，我在遇见吧看到了江承……喝醉了……奥华广告对面的咖啡馆……嗯……好，等您哦。”

吉安敏简直要晕倒，唐蜜蜜应该是给吴涵打电话，倒是曾菲比较理智，抓住唐蜜蜜的手问：“你认识江承？”

唐蜜蜜点头：“是啊，他是我表哥。”

“我天！”吉安敏要虚弱了，想到一会儿吴涵又要昂着脖子挟着强大的气场过来，她就想有多远躲多远。

“敏敏，我……会……继续……追你的……”一直没动静的江承忽然坐起来来了这么一句，惊得大家目瞪口呆，可还没回过神来，他又趴回桌子上了。

“他说的敏敏是你吗？”唐蜜蜜不可思议地看着吉安敏，然后跺着脚痛心疾首地说：“这个世界是怎么了？为什么一个二个都往你身边凑，你有什么好的，哪点儿比我们强嘛。”

唐蜜蜜说着还看了一眼曾菲，这就是女人的天性，知道什么时候是敌人什么时候找同盟。

曾菲却没和唐蜜蜜搭上线，虽然她很想掺一伙儿，可是却强迫自己说，我长大了，我成熟了，我理智了，我不能再和表姐对着干了……还没念完，便听到吉安敏冷冷地说：“我就一样比你好。”

“什么？”唐蜜蜜愣了，她没想吉安敏会回答，所以更加好奇，包括曾菲和米亚娜。

“我年纪比你大。”吉安敏话一出口，立即遭到了鄙视，她也不管大家的表情，起身拿包说：“我要走了，反正有人来收拾江承，我也不管了。”

“姐，我和你一起走吧。”曾菲边说边取下围裙，唐蜜蜜竟然也站起来说：“我也要跟你走。”

米亚娜不乐意了：“要走行，先把江承弄走。”

这个要求是不合理的，但曾菲又不好和自己的老板娘顶嘴，只好使劲给吉安敏使眼色。

“又不是我们弄来的，为什么要我们弄走啊。”吉安敏看着时间，心里有些着急，不定吴涵什么时候就过来了呢。可米亚娜不管，非得要先处理了江承，才让她们离开。

正僵持着，吴涵火急火燎地进来了，也许是真的着急，之前吉安敏见到的那股子气势荡然无存。

就在那一刻，吉安敏觉得她忽然理解了吴涵，再强势，也不过就是因为爱自己的孩子。如果自己辛辛苦苦养大的儿子，肯定也会在这件事上计较一番的，何况她并不算很过分。

吴涵看到醉酒的江承很不开心，看到一旁的吉安敏更不开心，甚至有些恶狠狠地说："小承从来没有这样喝醉过。"那意思很明显，都是吉安敏惹的祸。

这话吉安敏听着自然会不爽，但也是实话，如果不是因为她，江承肯定是不会醉成这样的，可她也没办法。

江承被吴涵带来的两个大汉架走后，曾菲忽然扭头问唐蜜蜜："你为什么喊你表哥的妈妈伯母？"

唐蜜蜜无所谓地说："江承又不是我亲表哥，是我同学的表哥。"曾菲一副要晕倒的样子说："你还喜欢到处认亲啊，差点儿吓死我了。"

"为什么啊？江承是我表哥你很害怕？"唐蜜蜜觉得很奇怪。

曾菲没有回答唐蜜蜜，因为她觉得没必要，在她看来，江承就是她姐夫，虽然现在有障碍，但还是很有希望的。作为表妹，怎么着也得出把力，怎么着也得讨好一下江承的表妹，让她说说好话……可是，曾菲很不愿意这样。

"三十岁女人的春天来了。"米亚娜调侃着吉安敏，声音里又有一些落寞，有的时候她很羡慕吉安敏，平平淡淡的，身边总不乏真心实意的人。不像自己，看上去身边蜂飞蝶舞地好不热闹，其实一个想和她结婚的都没有。

闹了一通，咖啡馆也差不多要打烊了，于是各回各家，各找各妈。

吉安敏和曾菲是走回去的，姐俩边走边聊，说到动情处，曾菲长叹一声道："姐，我准备去参加美丽女生的选秀。"

"为什么呀？"吉安敏挺惊讶的，而且感觉也不大好，她对这些选秀的节目都没什么好感。

曾菲半晌没说话，忽然趴在一边的栏杆上看着车来车往说："我喜欢小书生，可小书生说他喜欢的女孩子应该是有追求的。"

"你现在不挺好的吗？"吉安敏对曾菲的现状挺满意的，踏踏实实地多好，但曾菲却摇头道："可这不是追求。"

“难道你就因为一个男孩的话，改变自己的人生吗？如果有一天他说他不喜欢你追求的东西，你是不是要为了迎合他去换别的爱好？这不是爱！”吉安敏说着有些气，不过是一句大道理而已，居然就让曾菲这样赴汤蹈火。

曾菲转过身来笑着对吉安敏说：“姐，我赞同他的话并不是因为我爱他，而是我发现他说的话是对的。”

“怎么个对法？”吉安敏压着一口气，曾菲像个气球，总飘着，好不容易找个桩给系住了，现在又来一个人把绳给解开了不说，还要再一次放飞。这让吉安敏很不高兴，他谁啊。

但曾菲接下来的话却让吉安敏很震撼，曾菲说她其实一直喜欢表演，她喜欢站在舞台上被大家关注的感觉，她喜欢有很多很多人用狂热的眼神看着自己……“就像你天生喜欢窝在家里一样，我天生喜欢站在舞台上。”曾菲看着吉安敏，她不知道这个有些传统的姐姐能不能理解她。

“姐，不管我是不是成功，只要我在追求梦想，就不会倒下，哪怕没有了小书生，我也不会倒，即使我四十岁五十岁仍然单身一人，我也不会倒。”曾菲说到小书生，声音里有些黯然，一直自信开朗的她显得自卑，她觉得她在小书生面前就是一个躯壳。

曾菲的话让吉安敏有一种眼泪要夺眶而出的感觉，自己三十岁了，却发现自己立不起来了，难道是因为自己没有追求？可，追求是什么？

吉安敏小时候喜欢画画，把家里的墙上画满了，结果张彩云逮着一次就揍一次。揍怕了，吉安敏便在课本旁边的空白处画，没想被老师逮着了，又是一通训。工作以后，心情不好时，吉安敏也会信手画些，唯有画画让她觉得内心是安静的。可以什么都不想。

但，已经多久没画了？吉安敏看着自己的手，甚至为它感到委屈，如果自己也有曾菲这样的一颗心，这样的精气神儿，是不是这就是一只拿画笔的手呢？

“菲菲，我支持你！”说完这句话，吉安敏长吁一口气，抬眼见曾菲的眼睛湿成一片。“支持”两个字才是最打动人心的，最美丽的。

但，有“支持”也要有行动。

第二天是周末，吉安敏梦还没做完，便被曾菲从被窝里拉起来，要她陪着去买衣服，参加海选。

“其实你应该叫唐蜜蜜陪你去，我的审美不适合。”吉安敏打着哈欠说。

曾菲不得不同意吉安敏的话，就吉安敏的那些衣服，一大半是棉麻的，不适合舞台，唐蜜蜜便不一样了，她是在时尚中泡大的大小姐啊。

“那，姐，你有唐蜜蜜的联系方式吗？”曾菲一脸讨好地看着吉安敏。

那天唐蜜蜜扯了一张纸写下了，但她一走，曾菲就给扔了，现在后悔得不行。

不过，齐辉一定有。吉安敏问齐辉要唐蜜蜜电话的时候，齐辉愣了一下，良好的教养让他很绅士地问：“唐蜜蜜会愿意你知道她的电话吗？”当他知道唐蜜蜜早就留过电话，只是吉安敏不小心弄丢了之后，便很爽快地出卖了唐蜜蜜。

没想到，唐蜜蜜得知曾菲要参加选秀节目，积极性极高，除了陪逛陪吃之外，还介绍了挺牛的造型师给曾菲，一度敌对的两个人竟然成了好朋友，这种变化让吉安敏大叹世界变化太快。

“你为什么突然对曾菲这么热情呢？”吉安敏非常不解，但让她更难以理解的是唐蜜蜜的答案，她说这其实是一种投资，如果曾菲有一天真的成功了，那么她就是明星的闺蜜啊。

“那又怎样？”吉安敏问。就算曾菲成了明星，自己这个表姐都没觉得有什么大不了的，还不是该上班上班，该挤地铁挤地铁。就像张彩云似的，就算有一个有钱的妹妹，但日子还是一样过，她的口头禅是：“自己的日子自己过，人家有钱是人家的，和你有关系吗？”

但唐蜜蜜明显不这样想，她觉得有一个明星闺蜜是一件很拉风的事情。

吉安敏表示海选那天一定会陪曾菲去，其他的就随她们俩去闹，她现在愁的是江承。

吉安敏无论如何也没想到江承竟然这么固执，他每天早上会坐地铁来给吉安敏送早餐，每天晚上短信提醒明天是什么天气，一大早会打电话叫起床，而且还把工作地点搬到了“遇见吧”，为的就是多看吉安敏一眼，当然最后这一句是米亚娜猜的。

吉安敏躲避过，但江承却从不纠缠，只是默默地做他想做的一切，让吉安敏连说一句“别这样”的机会都没有，这样的躲避自己都觉得可笑，她只好尽量不去“遇见吧”，中午躲在公司吃食堂，下午下班后直接回家，害得米亚娜抱怨江承是第三者，活生生地拆散了她们这对好闺蜜。

一周后，米亚娜打电话给吉安敏：“亲爱的，你能不能好好地跟人家说清楚啊？行就行，不行就拉倒，一个大小伙子每天这么痴痴地等，我告诉你再这样，电视台都要采访他来了。”

“我说清楚了，他要这样我也没办法，再说你说得也太邪乎了吧，电视台知道他是谁啊。”吉安敏觉得这一次米亚娜不太够朋友，江承愿意坐就坐呗，他又不是不付钱，这样一个长期顾客别人求还求不来呢，最关键的是，吉安敏不相信江承能够坚持太久，现在的小伙子不都这样嘛，三分钟热度，万一碰到一个新鲜白嫩的小姑娘，三分钟可能都没有。

但很明显，米亚娜是真急了，拍着桌子说：“你别怪我没告诉你啊，我这里有一个老顾客就是电视台的，已经注意到江承，跟我打听过了，保不齐哪天就说服江承参加他们那档子倾诉节目了。”

这下吉安敏傻了，如果真的上了电视，吴涵还不劈了她，以后还要不要正常过日子了。

下班后，吉安敏便急急地赶到了“遇见吧”。

江承坐在靠窗的位置，那是吉安敏最喜欢的座位，躲在丝绒座椅的角落里，正好被米色的窗帘半遮着，窗外的一切尽收眼底。但此时，江承却有他自己独特的味道，黄昏的阳光斜斜地打在他的身上，泛起了一层柔柔的金光，长长的睫毛下眼神很专注，一心一意地盯着电脑。

都说认真的男人最有魅力。在这一刻，吉安敏非常认同这句话的，她心里毛茸茸的，然后鼻头又酸酸的，这样的男孩都不要，以后不会后悔吗？

就这样站了许久，江承伸直腰身想放松一下，才发现吉安敏站在对面，眼前掠过一缕惊喜，暖暖地一笑，指了指对面的座位说："坐会儿吧？喝点什么？"

"那还用说，她每次来只喝'初见'。"米亚娜亲自端了咖啡过来，凑在吉安敏身边说："你刚才都看痴了，那眼神我都要醉了，要我说，舍不得就收了吧。"

吉安敏瞪了米亚娜一眼，小声说："你当是收妖呢。"

"我看啊，他长得的确是挺妖孽的，优质品种，省优部优国优，小心做决定，千万别后悔！"米亚娜嘀咕完便忙活自己的去了，可"别后悔"三个字却没有带走，一直在吉安敏心里回荡着。

"听说你这段时间一直在这里？"吉安敏问江承。

江承点点头，一副云淡风轻的样子，抿了一口咖啡说："这里环境好，有吃有喝的，能够带给我不少灵感。"

吉安敏无语，她怎么叫江承离开？人家又没说是来守她的，而且江承的确是认真地在工作。

"有没有人说你特别像一个明星？"吉安敏突然说，吓了江承一跳，尔后一笑说："是不是说我长得像张翰啊？"

吉安敏拼命点头，本来她不认识张翰，可曾菲来后，到处贴满了他的大头照。想到这儿，吉安敏想，曾菲不会是因为江承长得像张翰，所以才死缠烂打的吧。

"像谁并不重要，最重要的是要有自己的态度。"江承说完，意味深长地看了吉安敏一眼。

吉安敏觉得江承这话似乎有别的意思，但又不是很确定，苦笑着说："态度是一种能力，没能力的人说态度，只不过是把自己当成别人的笑话。"

“一千个人就有一千种看法，何必太在意？”江承点到即止，关了电脑，对吉安敏说：“吃饭去吗？”没等吉安敏回答，他又笑着问：“连和我吃饭都不敢吗？”

“没什么不敢的。”吉安敏被江承这样一问，顿时有些气血上涌，自己这又是为了谁呢？忽然间，她觉得一切也不过如此，于是站起身来说：“吃火锅去。”

“女孩子不是都不敢吃火锅吗，就你一年四季都喜欢。”江承一边把电脑往包里放一边笑着说，吉安敏听了有些不爽，问：“你请哪个女孩子吃火锅，人家不敢？”说完，又觉得自己过了，像是一个吃醋的小女人似的，但她已经放弃了吃醋的资格。

江承哈哈大笑，并不解释，反而扭过头来问刚刚给邻座端咖啡的曾菲说：“一起去吃火锅吧。”曾菲一副受宠若惊的样子：“也请我？”

江承点头，曾菲扭扭捏捏地问：“可不可以多带一个人啊？”说完指了指不远处的那个卡座，是小书生，他正捧着一本书看得入迷。

“还在追求人家？”江承悄悄地问曾菲，曾菲苦着脸点头，“只要有最后一线希望，我都不会放弃的。”

“瞧瞧人家。”江承冲着吉安敏眨了眨眼，然后豪情万丈地对曾菲说：“行，一起吧，姐夫给你们创造机会。”

“不就一顿火锅嘛，不知道的还以为你是请满汉全席呢。”其实吉安敏是想提醒江承不要这样称呼自己，但一开口，却不是原来的意思了。

几个人去了本市最红火的火锅城，因为来得晚，只好在火锅城门口屋檐下临时摆的桌子坐下，倒是另一种感觉。

火锅城装修得古香古色，但和齐辉上次带吉安敏去的小餐厅还是没办法比，不过它地势高，坐在屋檐下看着下面的车水马龙和人来人往，让人有一种俯瞰众生的感觉。吉安敏却觉得这才是自己的生活，踏实而安稳。

“姐夫，你家不是挺有钱的吗？你为什么还要出来打工啊？”这是曾菲百思不得其解的问题，好好的富二代不做，跑来当屌丝打工仔，这是什么道理。

江承没有直接回答，而是反问曾菲："你为什么不在自己家的企业上班？"

曾菲"嘁"了一声道："我家那是企业吗？和你们家比那就是一个作坊，而且我们不一样，你虽然比我大不了多少，但明显是个成熟的男人，我还在叛逆期呢。"话一出口，便有人拼命地狂咳了起来。

"你很久没吃东西了吗，慢慢吃。"曾菲见小书生咳得一张俊脸都红了，心疼得不行，赶紧又拍背又端水，看得吉安敏感慨："菲菲，我觉得你的叛逆期已经过去了，你看你都这么体贴了。"

"再说吧，让我考虑考虑。"曾菲的一句话，又让小书生狂咳不止。

"你还是别再说话了，让他先平静下来。"江承也乐了。

曾菲无奈地耸了耸肩道："没办法，你们不知道他平时是多么麻木的人，也就我能让他情绪稍微激动一下，可他就是不承认他喜欢我。"

吉安敏无语，她从来不知道还可以这样直截了当地去追一个人，江承说："我真是羡慕他。"

小书生勉强抬起头，看着江承，指了指自己。意思是，你羡慕我吗？江承非常坚定地点头，说："是的，我羡慕你。"

好不容易安抚好了小书生，却从旁边蹿出一个粉嫩的小女生，双眼放光地看着小书生说："程浩，你也来吃火锅啊。"

原来小书生叫程浩啊，吉安敏和江承对视一眼：有戏啊！

果然，一看到小女生，曾菲立即进入备战状态，杏目圆瞪，一双手还紧紧地挽着小书生的胳膊。

"程浩，这是谁啊？怎么像个蚂蝗似的粘着你？"小女生不示弱，曾菲也无所谓，反而往前一趴，几乎倒在了小书生的身上，嗲声嗲气地对小书生说："就算是蚂蝗，我也只做你一个人的蚂蝗，你也只能有我一个蚂蝗。"

"你？"小女生很明显也是小书生的追求者，见此情景，气得都要喷血了，本来以为自己脸皮厚，没想到还有比自己脸皮更厚的，可曾菲还挑衅地冲着她吐了吐舌头。

小女生指着曾菲跺着脚问小书生道："程浩，你喜欢她吗？"

小书生看了看曾菲，说："我还没有决定。"

小女生一愣，曾菲却很得意，这让吉安敏很惊讶，虽然以前知道曾菲对小书生不同，但没想到竟然这么不同。不过再看小书生的表现也能够理解，他虽然年纪轻轻，倒是挺沉稳的，想想就知道以后肯定会有一番成就。

"那……如果我和她，谁的机会更大一些？"小女生坐到了小书生旁边，也挽起了他的胳膊，没想到小书生甩开她，斩钉截铁地说："她。"

这一个字让一桌子的人都惊了，再看曾菲，眼泪汪汪地看着小书生，满脸写着"感动"。

小女生瞪了半天，突然抄起一瓶啤酒，"呼"地站起来。

吉安敏吓得也站起来了，挥着手说："你……冷静一点儿，别别别伤害自己。"

小女生轻蔑地看了吉安敏一眼，冷冷地说："大婶，谁要伤害自己啦？"然后"砰"地一声敲破了瓶子，指着小书生和曾菲说："你们要是愿意让我扎一下，我就成全你们。"

"你说话算话啊，扎完了就不准再缠着他了。"曾菲钢铁侠似的站起来，小书生趴她耳边说了什么，说完两人竟同时扭头就跑。

江承和吉安敏半晌才回过神来，却发现小女生凶恶盯着他们俩。

"你想干吗，你刚叫我大婶我都没计较。"吉安敏心里咯噔了一下。

小女生邪邪地说："一看你们和他们关系就不一般，跑得了和尚跑不了庙，他们跑了，你们就得受着。"

"谁说我们是庙啊。"江承吼了一句，拉起吉安敏就跑。

吉安敏还没回过神来，发现自己的手被江承抓在手里，接下来便是一路逛奔。

两人气喘吁吁地跑了很久才停下来，吉安敏一边叉着腰喘气一边说：

“现在的小姑娘怎么那么劲爆啊，爱情……都是这么追来的吗？”

江承也挺累的，一屁股坐到了马路牙子上回道：“这就叫青春啊，放肆的青春。”

“是吗？那你以前有没有这样被小姑娘追过？最奇葩的是怎样的？”吉安敏好奇，就凭江承这张脸，应该也挺能招蜂引蝶的，这样的事估计少不了。

江承想了想，说：“最奇葩的是读大学的时候，一个女孩每天中午都跑到学校的播音室喊一句她喜欢我。”

“啊？后来呢？”吉安敏简直不可以想象，如果是自己……别说喊了，当着面说都做不到。

江承耸耸肩：“没有后来。”

“你们男人真是挺狠心的。”吉安敏撇撇嘴道，江承却不以为然：“我们只是能够很真诚地对待我们自己的心，爱就是爱，不爱就是不爱，和一切无关。”

“唉，以前没觉得，这一比较才知道，我真的是老了。”吉安敏也坐到了江承的旁边，想着那小女生的行为感慨不已。

江承侧过脸看着吉安敏：“那你青春年少的时候，做过这样的事吗？”

“没有。”吉安敏想都没想便脱口而出，那个时候她光顾着应付张彩云了，不过最重要的是没遇到一个让自己也可以疯狂一把的男孩，想想，还真是人生的遗憾。

“不是有部电视剧说要重走青春吗，不如，你也重走一次，疯狂一次，赌一把？”江承认真地看着吉安敏，纵然在夜晚，他的眼神仍然是晶亮的，闪得吉安敏一阵心慌：“赌……什么？”

“赌我！”江承直截了当地说。

吉安敏愣愣地看着江承，赌吗？

“只要你敢赌，我就敢保证给你的是一辈子。”江承给的赌注一下子就击中了吉安敏。

一辈子？吉安敏怔了怔，她一直想要的不就是一辈子吗？这几年孜孜以求的不就是一辈子吗？为什么现在有人对她说一辈子，她却不敢拿？

就在吉安敏想实在不行就赌一把的时候，手机很不合时宜地响了。是齐辉。

"总裁，您找我？"吉安敏一边接电话一边瞅着江承，见他一副要杀人的样子，于是往旁边挪了挪。

"不好意思，这么晚打扰你，可以麻烦你到办公室来一趟吗？"电话那头，齐辉的声音有些嘶哑。

对于齐辉的客气，吉安敏有些不适应，但潜意识里觉得齐辉这时候找她一定是有什么要紧的事，于是起身道："我马上就过去。"正要走，被江承拉住，小声说："我送你回去。"

齐辉在那头问："你方便吗？"

"方便方便！"吉安敏松了一口气，心想如果不是齐辉这个电话，她真答应了江承，现在该怎么办。

"不是工作上的事，是我现在胃有点不舒服，你可以帮我买一种药吗？"齐辉把药名告诉吉安敏，又告诉她哪里才有卖之后挂断电话。

药店离公司并不近，吉安敏先去买药，然后又送到公司，江承一直陪着，这让她心里很是踏实。

"你不用送我，现在时间还不晚。"吉安敏到了公司楼下忍不住再一次违心地对江承说，尽管路上她已经好几次叫江承回家，但是她很害怕别人对自己好，怕会还不起。

"你不用，但是我需要，和你无关。"江承笑笑看着吉安敏，示意她赶紧上楼。

吉安敏赶到办公室时，齐辉正躺在沙发上，盖着薄毯，紧皱着眉头，额头上都是汗。

"总裁，你这是怎么啦？"吉安敏被齐辉的样子吓一跳，一直那么强势的人成了这个样子，使她有些不知所措，赶紧打水给他喂药。

喂完药，吉安敏又拿了纸巾给齐辉擦头上的汗，见他似乎好点儿了，准备起身去收拾一下药盒，却被齐辉紧紧拉住，闭着眼睛喃喃道 ：“别走，别离开我！”

吉安敏看着齐辉拉住自己的手，心里顿时漏跳了一拍，难道齐辉还真的喜欢自己？这不可能吧？平静一下心情，吉安敏想到江承说在楼下等着送她回家，便凑近窗子往楼下看了一眼，果然，江承还在。

再看齐辉，表情没那么痛苦了，便想，他刚才那句话不是对自己说的吧？估计是稀里糊涂地想起了什么人。想到这儿，吉安敏有些坐不住了，一直这样也不是事儿啊，于是对齐辉说：“总裁您好些了吗？如果不行的话，咱们还是去医院吧？”

“我……好多了。”齐辉皱了皱眉头，吉安敏松了一口气，想着既然没什么事，自己总不能和齐辉呆一晚上吧？孤男寡女的，便说 ：“那我……”话没说完，齐辉便拦住话头 ：“安敏，再多陪我一会儿。”

这次吉安敏是真的傻了，难道，齐辉真的对自己有意思？但在这个时候，她却很不着调地想起了唐蜜蜜，又想起了那个砸酒瓶子的小女生，情不自禁地抖了一下。

齐辉以为吉安敏冷，挣扎着起来，把自己的外套披在了她身上。

一个简单的动作，齐辉却脸色发白，似乎又有细密的汗珠子渗了出来。见齐辉的情况实在是不大好，吉安敏再一次建议去医院，可他却摆了摆手道：“去过医院，要不哪来的药，我的身体我清楚，你不用操心。”

吉安敏顿时语塞，因为齐辉说的是“不用操心”而不是“不用担心”，这让她有些拿不定主意，是因为关系不是很亲近，还是说他的病已经很严重了，不是她能够操心得了的？

见吉安敏脸上的神情变幻莫测，齐辉靠在沙发上，对她说 ：“你别胡思乱想了，我没事，你给我倒杯开水放在一边，就回去休息吧，明天还要接着来上班的。”

“我知道明天要上班，生怕我白拿了你的钱似的。”吉安敏暗自腹诽了一下，正准备走人，刚刚，齐辉不还是想留下自己陪他吗？

“您休息吧，我还有一份表格没处理，正好弄完了回去。”吉安敏还是有些担心齐辉的情况，不待齐辉再说什么，便轻轻地退出了总裁办公室。

坐到自己的办公桌上，她给江承发了一条短信，让他先回家，不用等自己了。江承没有回复，吉安敏便安心地打开电脑，她是真的有个表格没处理完，但并不着急。

处理好表格和数据，半个小时过去了，吉安敏悄悄地打开总裁办公室的门，见齐辉已经睡熟，松了一口气。

准备关门离开时，瞟见办公桌上的药还散着，于是轻轻地绕过齐辉，准备把药放进齐辉办公桌的抽屉里。可抽屉一拉开，却发现里面有一张诊断书，诊断结果是齐辉已经得了胃癌，这个消息把吉安敏震得腿脚发软，感觉天都要塌下来了。

不知过了多久，吉安敏才回过神来，却见齐辉正好整以暇地躺在沙发上，看着她。

“你……”吉安敏有些手足无措，像是偷东西被抓到似的心虚得很，刚刚心头的那份震撼也消去了一大半儿。

齐辉的脸色明显好了很多，眼睛也清亮了些，他笑着摇头道：“一看就是老实孩子，以后做这种事儿，要轻一些。”

吉安敏本来脸皮就薄，被齐辉这样一说，更觉得自己做错了，如果有个地缝她都要钻进去了，红着脸解释道：“我……只是想收拾一下，不是要……要翻你的东西。”

齐辉苦笑了一下，艰难地起身道：“没事，你是我的秘书，我现在告诉你，这办公室里的一切你都可以管……反正最不想让你看到的东西你也看到了。”

吉安敏听了这话心里很感动，一低头又看到了那个诊断说明，她壮了壮胆子问齐辉：“你既然说这里什么都归我管，那你归不归我管？”怕齐辉反悔，又补了一句：“你也在这个办公室里。”

齐辉没想到一句话把自己绕进去了，于是好笑地问吉安敏：“你想怎么管我？”

“去医院。”吉安敏斩钉截铁地说，有病就得治，在她看来，没有什么事情比命更重要，尤其这个病那么可怕。但齐辉却长叹一口气道：“其实人生在世不都有这么一遭吗，别看得太重，治不治的都一样。”

吉安敏一听齐辉这样说，心里酸楚一片，没好气地说：“治不治都一样那要医院干吗？而且你怎么知道就到了这一遭呢？我……刚看过了，并没有特别地严重，干吗要自己把自己逼到那一遭？再说了，这工作有什么要紧的，就算不再挣钱了，你这辈子也不愁吃喝了吧？又没老婆孩子要你养……”

“胆子越来越大了，竟然敢在上司面前说工作没什么要紧的，还讽刺我没老婆孩子？”齐辉忍不住调侃吉安敏。

“我只是说事实。”吉安敏垂头丧气地说，她其实知道自己从来就不会干说服人的工作，否则以前的业务也不会那么差，想到工作，她又补了一句：“我的工作要紧，你的不要紧。”

“我的工作如果不要紧，你的工作也没什么好要紧的了。”齐辉对着吉安敏说绕口令，他的工作都没了，哪里还有吉安敏什么事儿。

吉安敏给齐辉绕得有些晕，但还好没忘记自己的目的，于是耐着性子说：“总裁，咱们能不能不谈工作，先治好了病再说？”

齐辉盯着吉安敏，沉默了半天说：“我住院没人照顾我。”

这是理由吗？怎么像个孩子似的任性。

“我小时候特别羡慕别人生病，因为生病了就会有很多人围着他团团转，爸妈啊，朋友啊，可是……我从来不生病。”齐辉说着小时候的事，可看到吉安敏一副想哭的表情，不禁给气笑了。

“爸妈不在你身边吗？”吉安敏觉得只有父母不在身边的孩子，才会这么孤独，这么渴望有人在身边吧，齐辉不会是孤儿吧？

齐辉摇头道：“在，只是他们总是忙，忙到最后公司还是倒闭了，只剩下这么一个广告公司撑着。”说完，抬头看着吉安敏：“是不是很可笑？”

“那你为什么还要忙？为什么不去医院？”吉安敏觉得齐辉的想法太异于常人了，完全和她不在一个频道上，难道这就是所谓的有钱人的世界？

齐辉手一摊：“不忙我干什么？去医院，治好了，接着忙，有意义吗？”

“你去住院吧，我照顾你。”吉安敏脱口而出，她不知道自己去照顾齐辉对于他来说算不算有意义，但对于自己来说应该是有意义的，至于什么意义，她倒说不明白。

齐辉看着吉安敏，似乎是想知道她说的是真还是假，但看着看着却笑了：“行，你照顾我，我就去住院。”

那一刻，吉安敏竟然流泪了。

第十四章　求婚

李诗的婚礼终于拉开了序幕。

要说李诗这婚结得也是挺曲折的，一个婚礼都吵翻了天，男方说是娶媳妇，要去男方老家办，女方说两人在本城生活，社会关系也在这里，当然要在本城办，但小两口却要旅行结婚，好不容易有个长假，不旅行多亏啊，吵来吵去差点儿打起来了，最后只好抓阄。

抓阄的时候，由李诗抓，一打开：在本城办。李诗她妈赶紧把纸条抢过来，接着把另外两张纸条扔进垃圾筒，还嘚瑟地把纸条往大家面前使劲抖，说："看见没？怎么样，天意啊。"这要一般人也只能听天由命了，但李诗婆婆不是一般人，她就算是痛苦，也得对着那两张失败的纸条痛苦，于是恨恨地从垃圾筒里找出了那两张纸条，一打开却发现都是"在本城办"，虽然是农村妇女，但是人家挺有风度，只是淡定地对李欣她妈说了一句："亲家母，您是学表演的吧？"

老妈办了这么丢脸的事，李诗也就清高不起来了，大手一挥，男方办一场，女方办一场，然后就跟赶场子似的，虽然大家都说不用她管，但办个婚礼累得跟狗似的，恨不得画一张笑脸粘在脸上。

再累，婚礼也得照常进行，而且两场婚礼一个都不能少，新娘都坚持下来了，吉安敏这个伴娘自然也推脱不了。

婚礼头一天，吉安敏在医院里把事情对齐辉说了一下，一边削苹果一边让齐辉放心，事情完了就回来，齐辉一脸委屈地看着自己。

“怎么啦？”吉安敏不解，这是什么表情，好像自己欺负了他似的，自己不就是去当个伴娘嘛，而且这里也请了护工，再说齐辉也没有病得躺在床上动不了，至于吗？还有没有个总裁样？

齐辉咔嚓咔嚓地啃着苹果，见吉安敏特不满的神情，换了一副云淡风轻的样子说：“没事，我也该回去上班了。”

吉安敏深吸了一口气，气得捶着床板，指着齐辉嚷嚷：“你这人怎么这样啊？是你生病，又不是我生病，你竟然来威胁我。”

这样对齐辉说话，吉安敏以前是想都不敢想的，可是现在却似乎是很自然的事，随口就说了出来。也许付出的人底气总是足些，所以吉安敏对齐辉的那种敬畏之情随着每天给他炖这个炖那个给炖得烟消云散了，现在只要齐辉不配合治疗，她就黑脸。

有一次齐辉被吉安敏吼得火大，没好气地说：“回去后总裁让你当得了。”吉安敏无所谓地说：“你以为我不敢啊，反正败的又不是我家的。”这话正好让值班医生听到了，非常严肃地教育吉安敏道：“你这个做老婆的是怎么回事啊？不知道病人的情绪很重要吗，他心情不好的话会影响病情的……”把吉安敏训得晕头转向，想说理时，人家已经转身走了。

见吉安敏吃瘪，齐辉躲在被子里乐得直抽抽，然后听到吉安敏咬牙切齿道：“这医生怎么这么八婆啊，是拿嘴治病的吗。”

这期间病房其实很热闹，除了吉安敏和公司那些时不时来探望的同事，唐蜜蜜也经常来，刚开始是气势汹汹地要赶吉安敏走，却发现后果很严重，因为她不知道怎样熬齐辉喜欢的那种不稠也不稀的白粥，也不敢在齐辉不听话的时候凶他，而且吉安敏一天不出现，齐辉就嚷嚷着要出院的时候，她心里只有一个想法：这个男人怎么这么闹腾？没办法，唐蜜蜜大小姐只好又屈尊把吉安敏请了回来。

之后，唐蜜蜜就改变了策略，她变成了小鸟依人的温柔少女，一口一个“安敏姐”。哄得吉安敏对她比曾菲都要好，最后倒是曾菲道出了真相，原来唐蜜蜜觉得吉安敏还是个善良的女人，所以，她肯定不会对自己未来的妹夫下黑手。

“这有什么的，妹妹向姐姐下黑手的也不少。”吉安敏听完曾菲的转述没好气地说，曾菲却扯着吉安敏的衣角说：“姐，以后不会了，我有小书生了，你以后也别提了好不好？”

吉安敏哪见过曾菲对自己这样低眉顺眼，只好答应不提。

虽然唐蜜蜜觉得已经非常委屈自己了，但是齐辉却不买账，依旧爱答不理的，私下里吉安敏也问他，为什么对唐蜜蜜这种态度？齐辉沉默了半晌才回她：“万一我哪一天真不好了……她不会太难过。”

吉安敏听了心里堵得慌，却故意挑刺说：“你就不怕我难过？一天到晚把我拴在这里。”

齐辉一听却笑了，没心没肺地说：“你又不爱我，能有多难过。”

吉安敏虽然不大爱听这话，却不得不承认，齐辉说得是对的。万一齐辉有个不测，自己也许会伤心难过，但绝对跟唐蜜蜜不一样，她虽然看着什么都不上心，但一个人爱了十几二十年，早成了习惯。齐辉要真是没了，这个习惯要怎么改？

不过这是以后的事，现在要紧的是李诗的婚礼。这件事对吉安敏的刺激也不小，眼见着曾菲那边儿稳定了，唐蜜蜜也在奋斗中，李诗更是大婚在即，米亚娜那是明显不愁嫁，就剩自己了……想想都愁死人了，张彩云催完订婚，现在又开始催结婚了。

唉，实在不行，把江承收了？一想到江承，吉安敏心里就像是被沙子硌着了一般，好多天没见到他了，他也没和自己联系。

那天晚上，吉安敏安顿好齐辉后走出办公室大楼，发现江承还在楼下等着。但是送她回家的路上，却一个字都没说，两人就这样沉默地走了一路。之后，就再也没有他的消息。

“你带我去参加婚礼吧。”齐辉突然出声，打断了吉安敏的思绪。

参加婚礼？吉安敏不知道齐辉怎么会有这么奇葩的想法。“我以为你不喜欢参加婚礼。”吉安敏说。

“谁说我不喜欢啊？以前那是忙，很多事情比婚礼重要，现在我住着院，闲着也是闲着，沾沾喜气嘛。”齐辉说完，便给司机打电话，让他送一套适合婚礼穿的衣服来，那架势，根本就容不得吉安敏不答应。

“你现在是住医院，又不是住养老院，居然觉得自己很闲，再说了，你以什么身份参加啊？”吉安敏愁眉苦脸地看着齐辉。

“朋友的朋友啊，我又不是不送礼金。”齐辉继续吃着苹果，认定吉安敏会答应。

这句话深深地打动了吉安敏，齐辉参加婚礼那礼金肯定不少，李诗上次还说办两次婚礼太耗钱，礼金还不够付车马费的，作为好朋友，应该帮她一把，而自己底子也不丰厚，如果把齐辉带过去，也算是变相给她创收了。想到这儿，吉安敏又瞥了齐辉一眼，觉得这样的金主如果放过，李诗事后如果知道，肯定要怪自己的。

就这样，齐辉便衣冠楚楚地和吉安敏一起来到了婚礼现场。

李诗的婚礼在一个花园酒店的户外绿地上举行，用她自己的话说，在农村和鸡鸭一起办了一场婚礼，一定要到城里来和鸽子鲜花一起办一场，让心理能够平衡些。

“那你为什么不干脆到教堂办啊？”米亚娜问李诗，可是李诗却摇头：“我要的是氛围，又不是什么实质上的意义，搞得太严肃，我会有压力的。”

化妆室里，三姐妹又聚到了一起，当李诗听说吉安敏把齐辉带来了，立即双眼放光道：“他会送多少礼金？”

“我怎么知道？”吉安敏没好气地说，说完又挺郁闷地问李诗：“你这婚还没结完怎么就变了个人似的呢？你知道你这个问题有多俗吗？你以前都不带装钱的，多脱俗啊！”

“喊，她是脱俗了，我更俗了，我的钱包在她看来都是铜臭，但偏偏总要我买单，有本事你天天喝露水活着去。”米亚娜一想起这个就意难平，觉得三个人中自己最傻，还傻得那么心甘情愿。

李诗一边往脸上补妆一边无奈地对她们俩说：“你们知道婚姻是什么吗？婚姻就是南天门，再不沾人间烟火的仙女只要过了这道门，都得下凡，何况是我。”

“你终于舍得下凡了，以后该轮到你请我了。”米亚娜松了一口气，继续在镜子前试礼服，边试边说：“敏敏，以后我结婚你也得带齐辉来。”

吉安敏顿时蔫了，等到米亚娜结婚，齐辉的情况还不知道会怎样，是好起来了，还是更严重？唉，谁知道呢。不过没等吉安敏郁闷完，就被李诗的吐槽给拉过去了。

因为婚礼的事一直忙得焦头烂额，这段时间真的没怎么和她们两人见面，所以有吐不完的槽，什么婆婆太小气，公公太邋遢，老公太粗心……吐得吉安敏忍不住问：“那你为什么要结婚啊？”

这个问题让李诗一愣，她一直为结婚的事忙啊吵啊闹啊，从来没想过为什么要结婚，她一双因为戴着假睫毛而显得大得有些过分的眼睛闪闪发光，激动不已：“对啊，其实我可以不结啊，不结不就没这么些问题了吗？”

米亚娜一听，捏着礼服的腰便跑过来，拉开吉安敏对李诗说：“你听她的干吗啊，她靠谱吗？谁结婚不得面对这些问题？你想找个没爹没妈没意见的，还得考虑他心理是不是健康呢，再说了，她自己是结不了，如果结得了比你这情况差十倍她也乐意。”

“谁结不了啊，告诉你们，追我的人多着呢，是我不乐意！”吉安敏昂着脖子强撑着说，却看到米亚娜邪邪地笑着说：“那你觉得外面那两个，谁能下定决心马上娶你？”

“两个？”吉安敏瞪大了眼睛。

米亚娜点头道：“对啊，江承和齐辉。”

“江承是谁带来的？”吉安敏觉得心都凉了，她有一种打死也不想出去的感觉。

“是……他自己跟来的。”米亚娜支支吾吾地说，吉安敏一看就知道，肯定是米亚娜故意透露消息，江承又故意地过来的。

吉安敏也不想追究谁的责任，连自己都想不到会把齐辉带过来，现在关键的是一会儿出去怎么面对呢？

米亚娜弯着腰盯着吉安敏：“你很纠结？”

吉安敏点头。

“为什么纠结，他们和你有什么特殊的关系吗？”米亚娜紧追不舍，却把吉安敏问蒙了，是啊，自己和他们又没有什么特殊的关系，为什么要怕呢？想到这儿，她又乐起来了。

米亚娜见吉安敏的表情变化，无奈地说：“终于让我见识到了什么叫没出息。”

想通了，吉安敏便开心地试起了礼服，眼看着婚礼就要开始了，她的妆还没化好，还有一堆活儿没忙完呢。

“你说你们俩……我真不知道该怎么说你们，别人当伴娘都是一大早就陪着干这个干那个的，你们比我还晚……”李诗穿戴整齐地躺在贵妃榻，郁闷地看着两个忙得一团乱的闺蜜。

“我这不是得照顾病人吗。”吉安敏把裙子往身上拉，却卡得死死的，于是和米亚娜对视了一眼，才发现裙子拿错了。

米亚娜掐了一次自己的腰身，问吉安敏：“你又长肉了吗？”

“我这叫圆润。”吉安敏强词夺理，却被米亚娜鄙视：“圆润现在应该是李诗这种女人的词，你还没结婚，抢这个干吗。”

李诗闭上眼睛，深吸一口气，今天自己是新娘，一定要优雅，一定要温婉。

婚礼进行曲终于响起，吉安敏和米亚娜也妆容精致地在掌声中陪着李诗闪亮出场。

“为什么我也紧张呢？”吉安敏凑近米亚娜悄悄地说。

“吉安敏，以后我结婚绝对不要你当伴娘。”米亚娜却这样回了吉安敏一句。

她们三个上大学的时候约定，不管是谁结婚，另外两个都要当伴娘，哪怕已经当了孩子妈了，也得当伴娘。吉安敏很奇怪米亚娜为什么这样说，而且还全名全姓地称呼自己，这表示米亚娜生气了，而且是非常非常生气，于是她小声小气地问米亚娜：“祖宗，我又哪儿得罪你了，给点儿提示呗。”

米亚娜用眼珠子往四周扫了一下，说：“你看全场的男的都在看着你，你说你平时不化妆也就一般，这一化妆却那么不一般。”说完又瞪了吉安敏一眼。

吉安敏听米亚娜这样说有些无语，哪有什么男人都在看自己的事，不过是因为自己今天化了妆，还穿了一件漂亮的礼服，让米亚娜感觉不一样了，而女人在美貌面前就只有敌人没有朋友了，尤其是追求美貌的女人，如米亚娜。而在别人的眼里，吉安敏也不过就是一个漂亮的小伴娘而已。

只是，这怎么是三言两语说得清楚的，吉安敏只好承受着米亚娜的嫉妒之火，两人正大眼瞪小眼时，听到李诗恨恨地说：“有没有搞错，我才是新娘。”

米亚娜知道自己刚说错了话，对吉安敏可以随心所欲，但李诗却不行，何况她今天是新娘，不管是哪一场婚礼，最吸引人注意的当然只有新娘，也只能是新娘。于是赶紧凑到李诗旁说：“对不起对不起，我是说除你以外，必须是除你以外啊，你是全世界最美丽的新娘。”

李诗听完高傲地昂起脖子说：“如果我再结一次婚，绝不请你们俩当伴娘。”吉安敏和米亚娜不约而同地说：“瞎说什么呢！”

李诗这才意识到自己说错了，心底里狠狠地“呸”了几下。

“亲爱的，一会儿别忘了把花扔给我啊。”吉安敏讨好地在李诗耳边叮嘱，虽然她不信这个，可事到如今，不信也得信了。

李诗还没来得及反应，米亚娜便挤开吉安敏抢着说："为什么，我也想要嫁人的，扔给我。"

"你根本就不愁嫁好不好？"吉安敏觉得米亚娜在这个时候还和自己争，真的是太不够意思了，可米亚娜却揶揄地说："你还愁？你看看那两个男人，不错眼的盯着你，跟少盯会儿你就被别人抢块肉似的，你说那么玉树临风的两个人怎么就对你……"

"有完没完，都给我闭嘴，我是背过身去扔的，你们当我后背长了眼睛啊！"李诗恨不得跟这两个不靠谱的闺蜜绝交。

李诗和老公在台上像是发表获奖感言似的说了一大通，然后流了几滴眼泪，假模假式地又戴了一次早晨才从手上摘下来的戒指，最后才郑重其事的到了扔捧花的环节。

吉安敏和米亚娜都站在最前面正中间的位置，一个急急地说："李诗，快扔到我这儿来，我的下半辈子就靠你了。"另一个也不甘示弱："李诗，我在这儿，别扔偏了，那可是我的幸福。"

李诗听着两个人在同一个位置，想着也不管了，反正谁拿了都一样，于是抬手就往后面使劲扔了过去，边扔边说："你们自己去抢啊。"

花扔得太高了，吉安敏和米亚娜跳起来去抢那捧花，其实现在已经不是花的事了，只是勾起了好玩的心性，抢到花似乎就表示自己比对方强大。

花直直的向后面飞去，她们俩的头狠狠地撞到了一起，米亚娜揉着脑袋冲着吉安敏嚷嚷："平时看你不争不抢的，倒是留在关键的时候用哈。"

吉安敏也给撞得晕头转向，闭着眼睛有气无力地说："小点儿声，这么大声头不晕啊？我为什么不抢？泥菩萨还有三分土性呢，平时让着你也就罢了，这个时候也要我让，才不！"

"好了，现在让别人抢走了。"米亚娜失望地说："幸好咱们谁也没抢到，如果你抢到了搞不好我会跟你绝交的。"

"不至于吧，一捧花你就和我绝交？女人的友谊真的好脆弱啊。"吉安敏感慨不已，挣扎着准备起身。米亚娜情况比吉安敏要好，已经踉跄地站起来了，走到吉安敏身边搀了她一把说："当然，有仇必报是我的本性，至少要绝交一天。"

"我去！"吉安敏直翻白眼，却发现眼前出现一束捧花，她不禁拍了拍脑袋："难道这就是眼冒金花的意思？"

"你傻啊，有人向你求婚啊。"米亚娜激动不已，这一刻，她是真的嫉妒吉安敏了。

求婚？吉安敏有些搞不清状况，这完全不在她地想象范围内，她也从没想象过有一个人会很郑重地向自己求婚。

"发什么呆啊。"米亚娜偷偷地掐了吉安敏一把，使她终于回过神来看眼前捧花的人，是江承。

吉安敏的脑子一下空白了，她不知道自己该怎么办才好，难道他真的是求婚？不是在生自己的气吗？

反倒是江承很坦荡地将花放进她的怀里，很温和地笑了笑说："不管你是不是选我，只要你的选择能够让你幸福就好，但愿这捧花可以带给你幸运和幸福。"

那一刻，吉安敏觉得心里揪得慌，她觉得有点儿控制不住自己，因为心里有个声音在狂叫："你给我幸福好吗？"她觉得快压制不住这句话，要冲口而出了。

就在这个时候，现场一阵嘈杂，是齐辉晕倒在地了。

从婚礼现场转战到医院，吉安敏也顾不得江承了，倒是江承在她耳边悄悄地说："你去忙吧，回头再联系。"

吉安敏安心了些。

李诗穿着婚纱招呼着人把齐辉送去医院，米亚娜拦住她："你去医院不吉利，还是打 120 急救比较好。"

早已有人打了 120，李诗却很是惭愧："那……人家在我们婚礼现场晕过去了……我不去是不是不合适啊？"

“行了，你也别纠结了，我替你盯着，明后天再去看吧。”米亚娜话音刚落急救车便来了，她跟着吉安敏一起上了车。

齐辉的情况并不严重，安顿好了之后，米亚娜和吉安敏都累了，又累又饿的两人瘫坐在了走廊的椅子上。

“早知道这样，之前就偷些喜饼吃，饿死我了。”米亚娜摸着肚子哀号，吉安敏闭着眼睛乐了：“真叫你吃，你肯定又要说减肥。”

“我当然要减，我又不像你，被人抢来抢去的。”米亚娜想起这事儿，有些不服气，她于是又说：“齐辉是不是被江承那捧花给刺激了啊？”

米亚娜好奇地问吉安敏，却发现吉安敏正在发呆，也不知道她在想什么，于是推了她一把：“问你呢。”

“我怎么知道，我又不是他。”吉安敏蔫蔫地说，一副累极了的样子，她觉得自己心比人累，像是陷进了一个漩涡里，一直在转，根本找不到方向。

深深呼出一口气，吉安敏对米亚娜说：“你知道我小时候有什么梦想吗？”

米亚娜想了想，坚定地说：“难不倒我，当个女强人，和你妈抗衡。”一句话把吉安敏逗乐了，苦笑着说：“我有那么没出息嘛，一辈子就想着和我妈斗？”

米亚娜也笑：“我记得上大学的时候，你进宿舍的第一句话就是，终于远离我妈了。你不是说你妈从小把你管得跟什么似的吗？我就想如果是我，最大的愿望肯定就是不被人管。”

“那是愿望，我的愿望是离开我妈的管制，已经实现了，但我说的是梦想。”吉安娜声音越来越轻，轻得就一片羽毛。

吉安娜继续轻轻地说：“我的梦想是当一个画家，我小时候就很喜欢画画，在墙上画，在本子上画，在所有能画的地方画，我妈觉得这是不务正业，她虽然管我挺狠的，但是从来都没有打过我，却因为画画这件事，打过我两次，但是我仍然画，偷偷地画，实在是没办法了，就拿个树枝在沙子上面画……只有在画画的时候，我才是我自己，不用顾忌任何人。”

米亚娜从来没听吉安敏说过她喜欢画画，而且她也不觉得这有什么好为难的，于是便说：“喜欢那就去画呗，又不是多难的一件事。”

“不难吗？”吉安敏扭头看着米亚娜，似乎想从她那里得到一些鼓励，这让米亚娜有一种压力，支支吾吾地回道：“应该……不难吧，我也不了解，但大街上到处都是这样的培训班，我那咖啡馆有女人带着孩子来，她喝咖啡，孩子坐一边画画，我看着特简单。”

吉安敏皱了皱眉，觉得似乎不像米亚娜说的那样，但，也许是自己想多了？只好无奈地说：“为什么我觉得挺难的呢？”

米亚娜想了想，说：“可能是你太看重了，所以就觉得难，就像我们找男朋友，因为太重视，便总想找一个自己喜欢的，可以过一辈子的，难免会有些吹毛求疵，便觉得找个人结婚怎么就这么难呢？”

“只是我不明白，你怎么会在这个时候，想着要去学画画呢？”米亚娜觉得吉安敏脑子的回路真的非常奇怪。按正常来说，这个时候应该去担心齐辉的病情，或者江承的情绪。

“可是我觉得想别的，我想不过来。”吉安敏也觉得好笑，她想了想说：“可能我真的累了，我想要换一种生活方式，我需要安静，我需要给自己一种力量。”

“力量？”米亚娜觉得吉安敏越来越让她看不懂了，当吉安敏说无力的时候，她也觉得无力，这感觉让她很不爽，她不喜欢和吉安敏之间有距离，这种距离使她觉得离青春越来越远，远得让她想哭。

吉安敏对于米亚娜的感觉却毫无察觉，只是片面地回答米亚娜的问题：“我觉得我很虚，心虚，其实没有人知道，我不敢去追求我想要的，我不敢去憧憬未来的生活，我总是被迫接受面前的现实，因为现实的，发生了的才是踏实的。”

米亚娜看着这样的吉安敏，心里钝钝地痛，她一直认为吉安敏很努力，先是努力地学习，后来是努力地工作，然后是努力地生活，再接着努力地找人结婚，她努力地让人觉得惭愧，可却没想到，心底却是这么的……荒芜。

“亲爱的，我支持你。”米亚娜紧紧地搂了一下吉安敏。

“谢谢你！”吉安敏感动地说：“你说我去哪儿找你这么好的人，明明不缺钱，还陪我勤工俭学，明明可以有更好的工作，却因为陪我找工作给耽误了，明明有那么多男朋友，却……”

“等等，我不是因为陪你才不结婚的啊。”米亚娜本来听了也感慨不已，不想吉安敏却越说越不是那么回事：“为什么你让我觉得我很傻呢，如果让我那些前男友听到这件事，小心他们把你给杀了。”

“你刚刚劝我挺会说的，也许你不把婚姻看得那么重，找个两条腿的男人结了，就用不着对我吹胡子瞪眼的了。”吉安敏说着便把头靠在了米亚娜的肩上，就像读大学的时候那样。

“有这么容易吗？心做不到，强迫自己找个人结婚，我会在婚礼上哭死的。”米亚娜长长地叹了一口气，吉安敏起码知道自己要找个可以结婚的人，而自己却似乎更茫然。

“如果有好的画画老师，别忘了给我推荐一下。”吉安敏闭上眼睛懒懒地说。

米亚娜叹了一口气，同样懒懒地回：“行，我明天给你去街上接宣传单去。”

第十五章　情定

米亚娜办事的效率挺高的，没两天便给吉安敏介绍了一个非常棒的美术老师。齐辉也可以出院了，只需要回家休养便可以，吉安敏的生活又回到了原来的状态，工作完了之后，便去美术老师的工作室学画画。

曾菲也顺利地通过了海选，她和程浩之间也出了一些问题。她不明白为什么程浩突然就疏远了她。为了弄清楚，曾菲时常把江承叫过来讨教，这让吉安敏挺不满意的。

“你这种事情去问江承,有意思吗？”吉安敏得知江承马上又要过来后，忍不住大发牢骚，曾菲一脸讨好地说：“姐，我不问他问你啊？你知道男人是怎么想的吗？”

吉安敏语塞，她如果知道早就嫁出去了，只好问:“那你问明白了吗？”

曾菲点头:“问明白了，他说是我这些日子因为选秀的事情忽视了程浩，所以程浩生气了。”

“那,你要不别参加选秀了,好不容易找个你真心喜欢的人,别耽误了。”吉安敏觉得事业还可以奋斗，但男人却是可遇而不可求的。曾菲却说：“可姐夫让我扛着，说程浩之所以生气是因为他在乎我，我得扛着，让他知道他是在乎我的。”

“他在不在乎你，自己还不知道？”吉安敏觉得这话太奇怪了，曾菲无奈地摇头道：“男人心，海底针。”

“不管怎么样，你的事情搞清楚了，那可不可以不要再和江承来往了啊？”吉安敏问曾菲，她觉得如果她一直这么面对江承，她也想不明白是不是要选择江承。但她心里是愿意和江承在一起的，她的脑子里情不自禁地出现了那句：只要你敢赌，我就敢保证给你的是一辈子。

曾菲听吉安敏这样说，也不满了，皱眉道：“姐，你这想法有问题你知道吗？你不要他是你的事，但这不能阻止我和他做朋友啊，就像你扔垃圾似的，你不能因为你不要了，就阻止别人去捡啊。”

“他不是垃圾。”吉安敏瞪了曾菲一眼，她不是不要江承，是觉得自己要不起，江承怎么能是垃圾。

曾菲见吉安敏变了脸，心里一动，便又巴巴地凑过来，趴在吉安敏旁边问：“姐，不是说分手亦是朋友吗，何况你们又没开始，而且还是他追的你，你说你是不是还对姐夫有想法啊？怕自己坚持不住？”

“滚，瞎说什么呢？”吉安敏没好气地瞪了曾菲一眼，便躲到房间画画去了。

以往画画的时候，她可以什么都不想，让时间静止在这一时刻，可是今天她却怎么也静不下以来，两只耳朵支棱着听外面的动静，听着江承进门，听着他和曾菲寒暄，甚至听着他进厨房。

他为什么进厨房呢？吉安敏忍不住还是悄悄地打开了房门，见曾菲大模大样地坐在沙发上拿着手机玩游戏，于是招了招手，把她叫进来。

“你在自己家鬼鬼祟祟地干吗？”曾菲跳上了吉安敏的床，继续玩游戏，却被吉安敏一把拍下来，拉到了椅子上：“床是睡觉的，别弄得像狗窝似的。”

曾菲白了吉安敏一眼，把腿搭在床沿上，继续低着头玩游戏，吉安敏见此，只好讨好地问：“菲菲，你让江承在厨房干吗呢。”

“做饭啊。”曾菲无所谓地回答，眼睛一直盯着手机，没看见吉安敏已经紧皱的眉头:“你没搞错吧,你不是有事要问他的嘛,怎么让他去做饭啊?”

吉安敏一副拿曾菲没办法的样子，怎么这么不靠谱呢，曾菲却说:“姐，人家是做给你吃的，你前些天下吃的那些热饭热菜，都是他给做的。”

“啊?”吉安敏还以为曾菲因为要参加选秀请了长假,所以有时间做饭,本来还想好好地夸她一顿。

曾菲见吉安敏的反应，呵呵地笑着说：“原来你一直以为是我做的啊，你什么时候见我做过饭啊。”

“咱们家就两个人，不是我只能是你啊，厨房那么多菜谱。”吉安敏欲哭无泪，曾菲却还在嘻嘻笑：“那是江承买的。”

想了想，吉安敏还是走进了厨房，江承见是她，一脸的灿烂:“你在家?不是给总裁送文件去了吗？”

“我刚到家没一会儿，你怎么来当厨师啦？”吉安敏倚在门口，看着江承切苦瓜，切完放在一边，实在看不过去了，便说：“苦瓜要用盐腌，这样才不会太苦。”

“嗯，谢谢你。”江承说得很郑重，按照吉安敏说的做，然后好似自言自语地说：“其实最后还是苦的吧？虽然很多事情结局并不会改变，但还是要努力去尝试，至少努力过，才不会有遗憾，就像这苦瓜，如果我没有按照你说的去做，你心里会抓狂吧？”

吉安敏为了掩饰去找了大蒜来剥，然后嘟囔着说：“你当自己是人生导师呢，一个苦瓜也有这么多的道理。”

“其实我就是这苦瓜。”江承使劲地揉了一把苦瓜。

吉安敏笑着问：“怎么说？”

“苦自己，但不苦别人。”江承朝吉安敏眨眨眼，然后还算熟练地去切西红柿，却被吉安敏夺下来：“剥一下皮吧，这样口感比较好。”

江承问吉安敏：“我的厨艺这么差，为什么之前你没发现呢？”

吉安敏无奈地说：“因为曾菲的厨艺也不好，所以……”然后一脸“你懂的”样子看着江承。

江承一脸的无语，指了一下水池子里的菜说："虽然味道一般，但我买的时候是很用心的，营养搭配得还不错是不是？你看这一堆……全是我的心。"说得吉安敏心里一抖，她看着水池子里红红绿绿水灵灵的蔬菜，心里却想，这实在是太花哨了，于是抿了抿嘴，故意叹息道："这些果然是你的心啊？那真是太花心了。"

江承一听，傻了，只好闷着头去洗菜，刚才那么可爱的菜，现在却实在不讨人喜欢。

"可不可以不要拒绝我？"江承忽然问吉安敏，手里的动作却没有停。

吉安敏的脸倏地红了，在江承看来煞是好看，但也知道她误会了，于是有些不好意思地说："我的意思是，我们可不可以还像以前那样，就当是好朋友？"

吉安敏的心又落到了实处，她现在很害怕江承说一些让她难以抉择的话，她点头愉快地说："当然可以，我从来就没说过我们不可以当朋友啊。"这话如果让曾菲听了，肯定又要嚷嚷起来，多口不对心啊。

两个人难得地又回到了最初，齐心协力地做完了一桌子的菜，像是摆宴席似的，曾菲要感动哭了，拿着筷子说："好久没吃过这么丰盛的菜了，我感觉又回到了我们以前三个人在一起的日子，真是太愉快了。"

"乱叫什么呀，该改口了。"吉安敏在桌子下面踢了曾菲一脚。

曾菲吐了吐舌头说："习惯了嘛。"又问江承："等你找到女朋友的时候，我就不这样叫你，好不好？"

江承当然点头称好，而且觍着脸说："其实我们完全可以像以前那样，我知道你们不可能搬回去，那我搬过来好！"曾菲猛点头，吉安敏却大喊："不行！"

"为什么？"江承和曾菲同时问。

"我不想睡沙发。"吉安敏用最简单的理由拒绝了江承，想了想，又问："你不会是说真的吧？"

江承点头道："是啊，就算你们想搬回去也没办法了，因为房东的儿子从国外回来了，找了个不错的女朋友，据说要把那房子当婚房。”

“为什么别人找个人结婚就那么容易，我身边就李诗一个。”吉安敏想着，心里就憋闷。江承乐了，说：“不会是因为你有单身的气场吧？不过你想结束也可以，我永远在这里。”

吉安敏点点头道：“你真是个好人，我看你能等多久。”

曾菲懒得看他们斗嘴，倒想起另外一件事：“你们说，一海归还用那房子当新房，是不是假海归啊？听说现在有些海归其实都是假的，学校都不怎么样，甚至不是正规大学。”

“人家，不但是正规大学毕业的，而且还是名校。”江承说他见过那小伙子，挺不错的。

“那就是他太小气了。”曾菲想结婚这么大的事，连房子都舍不得买，就不值得嫁：“而且那地段也不好。”

不过这一点吉安敏倒是了解，奥华广告下面的一层便是一个投资公司，里面有好几个海归，一起喝过几次茶后才知道，其实拮据得很，一样愁房子愁老婆愁以后的孩子要不要上名校。

“上名校真的那么要紧吗？如果自己的小孩并不是很优秀，去一个好的学校，最后总是垫底，严重伤害他的信心，成绩有可能越来越差，未必是好事。”曾菲难得说出一番大道理，却被吉安敏和江承双双质疑：“你从哪里听来的？”

曾菲气愤地眨眨眼睛说：“我虽然不爱学习，但好歹也是大学生好吧！”

“你好意思说自己是大学生？大学对于你来说就是重新上了一回幼儿园。”吉安敏想起曾菲“辉煌”的大学时光，便摇头。

见吉安敏这样说，江承也似笑非笑地看着曾菲，曾菲只好无奈地说：“是程浩说的。”说完，又双眼放光地问：“是不是很有道理啊？他总能说很多让我明白的道理。”

“这是英国曾经做的一个研究。”江承翻了翻白眼，一脸惋惜地对曾菲说：“姑娘，眼睛放清亮一点，不要盲目崇拜人。”

“话是这么说，可我还是觉得，程浩挺不错的，否则他早就答应和曾菲在一起了，现在多少人抱着玩玩的心态去谈恋爱呢。”吉安敏实话实说，曾菲却听着不爽：“姐，合着不爱我，就是好的？”

“那是因为人家慎重，对你负责任，你放心好了，只要他选择了你，便是一辈子的。”吉安敏让曾菲安心，江承听着却不爽，低声说：“在你眼里谁都好，就我不好。”

吉安敏还没来得及说什么，曾菲便抢着解释：“那是因为我姐对你有更多的期待。”

“真的吗？”江承侧过脸看着吉安敏，看得她脸上火烧火燎的，觉得江承自从上次表白之后，脸皮厚了很多，经常让她尴尬，于是无奈地说：“刚不还说做好朋友的吗？”

“你说做好朋友就可以，我说就……”曾菲心里很不平，却被吉安敏踩了一脚，于是没好气地起身道：“我去找程浩，你们慢慢聊。”

“在做好朋友之前，我想问你一句，你到底……对我有什么不满意？是因为我妈，还是因为年龄？”江承不解地看着吉安敏，他几次都没有真正地问清楚原因，觉得自己都快要疯了。

吉安敏也觉得新关系开始之前一定要梳理清楚原来的关系，这样拖拉着不是回事，想了想，认真地对江承说：“其实不是你不好，而是我们不合适。”

“怎么就不合适呢？”江承不明白了。

“你有没有遇到比我更好的女孩？更漂亮的，更有学识的，家境更好的？”吉安敏问江承，江承只好老实地点头。他上初中开始便不断地接到女孩子的情书，有些女孩子当然非常不错，何况吉安敏并不算特别优秀，可自己就是喜欢，就是觉得和她在一起一辈子也不会烦。

“既然她们都很好，那你为什么不和她们在一起呢？”吉安敏接着问，她想让江承明白，这就是好，但却不合适的原因，不合适所以不应该在一起，江承却很受伤，轻叹了一口气说：“是因为不爱啊，因为不爱，所以不选择。”

吉安敏没想到江承的答案是这样的，她自己也有些迷糊了，不爱和不合适是同一个概念吗？她认为自己和江承不合适，是因为自己不爱他吗？但江承分明是这样想的，他认为吉安敏不爱他。

“没关系，没谁会天生只爱一个人，也许是我不够努力！”沉默了片刻，江承又是一脸灿烂，虽然这分明是装的，但这样的他让吉安敏很感动。

“傻不傻，其实你都不知道自己真正想要的是什么！”江承揉了揉吉安敏清爽的短头发，伸手把她揽进了怀里。

这一幕看上去那么不合时宜，但吉安敏却没有拒绝，她靠在江承的肩上，就这样被他拥在怀里，这种暖暖的，被人小心翼翼呵护的感觉，是让她情不自禁地沉溺其中，觉得这样也很好，何必去管那么多的纷纷扰扰呢？赌一把又怎样，输了就输了嘛，万一赢了呢？

两个人都没有再说话，就这样相拥着，直到吉安敏沉沉睡去。

吉安敏醒来的时候天色已近黄昏，发现自己还在江承的怀里时，很不好意思，她从来没有睡得这么安稳过。

吉安敏看着江承，他正一脸笑意地凝视着自己，这个情形，多少年以后，吉安敏想起来，仍然清晰如昨。

“好了，任性的小姑娘，总有一天你会爱上我的。”江承扶起吉安敏，若无其事地说：“我得去找房子了。”

“那要不，你还是住在这儿吧。”吉安敏想着江承四处找房子，便心有不忍，江承却摇头道：“算了，不能让你为难。”

只是吉安敏万万没有想到，狡猾的江承竟然把她对面的房子给租下来了。

那天吉安敏开门准备去上班，正好看到江承从对面开门出来晨跑，她顿时呆了，江承看到她灿然一笑：“吉小姐，早安！”

“我的天，你居然搬到我对面？”吉安敏听到江承的声音，才真的相信江承成为自己邻居这件事：“你是怎么办到的？上次房东来催这家人走，他们还不答应呢。”

“房东不行，房东的老婆可以啊。”江承冲吉安敏眨眨眼睛道：“山人自有妙计，我，就是那个山人。”

吉安敏给江承逗乐了："你不是山人，你是美人。"

一缕阳光把吉安敏裹在暖暖的光圈里，更显得她白皙的脸如玉一般泛着柔和的光芒，闪亮的眼睛显得熠熠生辉，把江承都看呆了，直到吉安敏脸上又泛起两团红润，才伸手揉了揉她的头发说："你才是美人。"

一句话，让吉安敏挺不好意思的，轻轻地打了一下江承说："别把我头发弄乱了。"

江承又胡噜了一下吉安敏的头发，笑着说："我会负责任的。"见吉安敏瞪过来了，便无奈地补了一句："为你的头发。"

眼看着上班的时间到了，吉安敏正和江承道再见，他还跟着，于是问："我上班去，你干吗呢？"

江承帅气地甩了甩头发："我跑步啊。"

于是吉安敏上班的这条路便多了一道风景，一个女孩笑意盈盈地走着，一个男孩时而围着她绕个圈，时而在她旁边耳语几句，时而倒退着小跑，眼睛里满是笑意。

"行了，你明天还是换条路吧，别人都看着我们呢。"吉安敏见不断有人冲他们笑，便有些不好意思。

"看就看嘛，有什么不好意思的。"江承继续在吉安敏身边跑着，因为吉安敏是走着，使他看上去更像是原地踏步。

短短的一段路，吉安敏用了以往两倍的时间。

但尽管如此，吉安敏还是觉得很愉快，而且这愉快的感觉能持续一整天，连于乐都感觉到了，趁着工作不忙，忍不住进了吉安敏的办公室，趴在她面前悄悄地问："吉姐，你今天中彩票了吗？"

"如果中彩票，你就看不见我了，我可能已经像梁朝伟那样，跑到伦敦喂鸽子，或者躺到死海上看书去了。"吉安敏一边忙着自己的工作一边回于乐的话，不知道这丫头怎么会这么问。

"我以为你低调嘛，你不一直都挺低调吗。"于乐说着，动手帮吉安敏整理文件，却被她接了过来，总裁助理可以接触的东西，却不一定是前台可以接触得了的。

放好文件，吉安敏笑了笑说：“如果真有一天，我中了彩票，那我一定马上辞职，订一张机票……随便去哪儿都好。”

“那你今天为什么一直在笑呢？”于乐不解地问，她和吉安敏的关系没好到那种程度，所以吉安敏一脸诧异地笑了笑反问她：“有吗？”

吉安敏没想到竟然这么明显，连于乐都看出来了，她不自觉地摸了摸脸。

“照照镜子吧。”于乐说着又回到了自己的工作岗位，她那位置除了去洗手间，还真不能离开，但她还是忍不住想，吉安敏不会是被总裁求婚了吧？

吉安敏呆呆地坐在办公桌前，直到下班，她才拍了拍脸，准备去米亚娜那里坐坐。谁知道一进门，米亚娜也问：“今天有什么好事吗？”

“啊？”吉安敏觉得太不可思议了，抓着米亚娜的手问：“我怎么了，有什么不对劲吗？”

米亚娜瞟了吉安敏一眼：“脚步太轻快，按理说你们齐大总裁现在像是休假似的窝在他的大别墅里，你应该忙得马不停蹄才对，哪次到我这里来不是像蜗牛的兄弟似的。”

“啧啧啧，真不愧是未来的女强人啊，这看人的功夫一级棒。”吉安敏不得不佩服，冲米亚娜伸出了大拇指。

米亚娜却不领情，骄傲地说：“那是，看人不行我还怎么找出大客户来，不过你的意思是，我说的没错？你今天的确心情很好？”

“大客户？难道还有人一天来喝一百杯咖啡的？”吉安敏顿时不明白了，一个咖啡馆也有大客户吗？

米亚娜不禁笑了，看着吉安敏摇了摇头：“当然不会有人一天来喝一百杯咖啡，但是，我要找的大客户是一天可以跟我买一百杯一千杯一万杯咖啡的人。”

吉安敏想起了那个广告，憋着笑说：“你其实目光可以放得长远一些，找一个可以买咖啡绕地球三圈的。”

“我不是不现实的人，但你可以，可你又不赶快定下来，那齐辉哪点儿不好，年龄和长相都无可挑剔，更不用说家世了，还没有父母来挑三拣四的。”说到这儿，米亚娜突然问：“对了，齐辉他父母呢？”

吉安敏也是一愣，仔细想了想，摇头道：“没看见，也是奇怪，你说我在医院那么久，现在也是每天去他家送文件，也没看见，连电话都没撞见一个。”

“不会是父母双亡吧？那更好了。”米亚娜快人快语，却被吉安敏拍了一巴掌：“有没有良心啊。”

“我不是那意思，我是说这样你们之间就完全没有阻碍了，你好好考虑一下吧。”米亚娜说得很认真，吉安敏无可反驳，只好低声道：“人家也没说喜欢我啊。”

“你非要他说出来吗？是个人都看得出来他喜欢你啊。”米亚娜觉得吉安敏就是传说中的榆木脑袋，让她都想敲开看看，里面到底木到了什么程度。

吉安敏强词夺理道：“反正他没说，如果他真是你说的那样，那干吗不说呢？一个大男人用得着这么磨叽吗？”

“说出来你就信了？”米亚娜瞪着吉安敏，恨铁不成钢地说。

吉安敏大学的时候有一个关系还不错的男性朋友，那男孩对她特别好，比恋爱中的男孩对女孩都好，可当吉安敏被他的好折腾得春心荡漾时，他却宣布有了女朋友。自那以后，只要没说出来的好，吉安敏绝不多想。

但吉安敏做梦也没想到，她点的头还没抬起来，旁边卡座里便有一个玉树临风的人起身道：“那我现在说，还来得及吗？”

竟然是齐辉，他不应该是在家里，等着自己去汇报工作吗？

“如果我现在说，吉安敏嫁给我，你嫁吗？”齐辉再一次问。

“总裁，你别开玩笑了。”吉安敏紧紧握住米亚娜的手，她也不知道为什么要这样，只觉得自己一点儿力气都没有了，不是没想过，而是真的到了这一刻，却让她有些受不了。

齐辉今天一身灰色的休闲西装，雪青色的衬衣松开了最上面的纽扣，完全就是都市新贵。

看到这么一个潇洒俊逸的男人，米亚娜忍不住把自己身上裹着的披肩抚了抚，可齐辉只是看着吉安敏笑："你为什么认为是开玩笑？"

吉安敏今天穿的高跟鞋太高了，脚有点累，再加上齐辉的压力，便有些站不住，于是一屁股坐到齐辉刚刚坐的卡座里说："因为我是你的秘书，所以你说这话显得不够真诚。"

"为什么？"齐辉不明白了，米亚娜倒是懂了，她忍不住插嘴道："总裁与小秘书之间的故事太艳情了。"

"那,如果我说,请你嫁给我吧,你觉得够真诚吗？"齐辉双手撑着桌子，盯着吉安敏小声说，小到只有她能听得见。

吉安敏抬头看着齐辉，她想从他的眼睛看到调侃，可那琥珀色的眼睛里透露出来的只有真诚。她慌忙地避开眼睛,在桌下握紧手,故作轻松地说："总裁，你不会是想让我辞职吧？我会饿死的。"

齐辉笑了，起身对呆立一旁的米亚娜说："老板娘，麻烦来杯'初见'，给她压压惊。"又回过身对吉安敏故作遗憾地道："好吧，我非常遗憾地告诉你，你失去了一次傍大款的机会。"

吉安敏双手一摊，配合地做了遗憾的表情。

齐辉在吉安敏对面："如你所愿，我是开玩笑的，不错，你通过了总裁的最终考核，要不下个月给你涨工资？免得你饿死人家以为奥华广告总裁身体问题引起了经济问题。"

见两人的脸色终于缓和了些，米亚娜赶紧挨着吉安敏坐下，对齐辉说："我们又开发了一款'再见'，要不要来一杯？"米亚娜一谈到咖啡，便切换到了工作状态，齐辉双手互抱在胸前，微眯着眼睛，问："有没有'相见恨晚'？"

"相见恨晚？"米亚娜眼前一亮说："我马上就去开发，客户需求永远是最重要的。"

事后，吉安敏说米亚娜可以去演相声了，特别有潜质。米亚娜又是一副看傻子的眼神盯着吉安敏说："你明明就不喜欢他，那天那气氛如果不搅一搅，我这'遇见吧'就要改成'尴尬吧'了。"吉安敏想想也是。

那之后几个人聊到了米亚娜"遇见吧"的未来规划，除了遇见，初见，相见，再见，还可以开发出一见钟情，相见恨晚等等产品，然后事情就那样不了了之。齐辉难得去了一趟公司，所以吉安敏下午就不用去他家送文件了，下班后随便吃了碗面便去了画室。

画室离公司不远，布置得古香古色的，别说去学画，就算去那里坐坐，都别有一种感觉。只有在这个时候，吉安敏才可以心无旁骛。画完了一副素描，天已经黑了，吉安敏从画室出来，看到有人正在外面等着，那人抬头望着天，这场景那么熟悉，似乎是江承。

"嗨！"吉安敏走上前，拍了江承一把。江承没有回头，指了指天上的月亮："你看今天的月亮有多圆。"

"今天是十五，哪个十五的月亮都圆。"吉安敏说完也和江承一起看月亮，她发现今天晚上的月亮虽然很圆，却像冰块，连洒下的光都是冷冷的，冷得她不禁打了一个寒战。

江承伸手把吉安敏揽进了怀里，吉安敏正要挣扎，却被江承死死摁住，说："别闹，小心着凉。"这样吉安敏便真的觉得外面冷，而江承的怀抱好暖。

"其实我要谢谢你，如果不是等你，我就看不到这么漂亮的月亮。"江承笑着说，吉安敏抿嘴一乐，觉得江承是故意这么说讨一个浪漫氛围，打趣说："你说得好像它是因为我才出现似的，我有这么大的魅力吗？"

"可如果不是为了等你，我怎么会抬头看它？"江承说完，把吉安敏转了个身，自然而然地牵起了吉安敏的手说："回家吧，再呆下去会感冒的。"

吉安敏想抽回手，可江承掌心的温度一点一点地暖了她的心。怎么他身上哪儿都那么暖呢？吉安敏想得心里都发烫了，心想，反正谁也看不见，而且看江承那样子，并没有什么企图，她又怀疑自己是不是想太多了。

两人晃晃悠悠地回到小区，意外看到唐蜜蜜坐在花坛边儿上，可不用说，肯定是等吉安敏的。

“你找我啊？有事儿吗？怎么不上楼啊？”吉安敏赶紧上前去问，唐蜜蜜只穿着薄薄的雪纺衫，看着都觉得冷。

“曾菲不在家，我就在这儿等你了。”唐蜜蜜解释完便瞪大眼睛看着吉安敏说：“你，你居然有男朋友了？你怎么不早说啊？”

“没有啊。”吉安敏知道唐蜜蜜肯定是误会她和江承了，于是赶紧解释：“我们是好朋友。”

唐蜜蜜明显不信，她一跃而起，然后围着江承上下打量，边打量边说：“别骗人了，好朋友会牵手吗？好朋友会让人看着这么暧昧吗？”顿了一下，又说：“就这条件，如果不是因为先有齐辉，我都扛不住，你能扛住？”说完，唐蜜蜜脸上刚才的颓废都没有了，甚至有些兴高采烈。

“我本来是想问齐辉是不是跟你求婚了，可是现在看来，是我想多了。”唐蜜蜜长吁一口气，却被吉安敏她拉到一边说：“别瞎说了，我比他大五岁呢。”

“那又怎么样？王菲比谢霆锋大十一岁呢，现在不像以前了，姐弟恋算什么呀？谁大谁小不重要，爱情最大，其他的都不是问题，我看好你们。”说完唐蜜蜜便蹦蹦跳跳地走了，压在她心头的大石头终于没了，顿时身轻如燕，恨不得飞起来。

吉安敏看着唐蜜蜜窈窕的背影，想着她刚刚的那番话，不禁怔了怔想，难道年龄真的不是什么问题吗？不明白自己为什么不能勇往直前地去爱，这样其实也挺好的，至少以后不会后悔，不会有遗憾。以前吉安敏总觉得自己赌不起是因为年纪大了，可是看着月光下自己的影子，真的，年纪大了吗？

“齐辉向你求过婚吗？什么时候的事？”江承站在吉安敏的身后问，尽管他想尽量平静地谈这件事情，但吉安敏还是听出了他的情绪。

吉安敏身子僵了一下，正要否认，却被江承从身后抱住，霸道地说：“既然他求过，我也要求婚，亲爱的吉安敏小姐，嫁给我吧！”

吉安敏被江承抱得死死的，喘不过气，一天之内被两个优秀的男人求婚，让她觉得像一场非常不真实的梦。但是江承在耳边呼出的热气，和那种专门属于他的味道让她都快要晕过去了。

“你放……”吉安敏想叫江承放开她再说，可她刚一开口，便被江承截去话头：“我知道你不会答应，没关系，但是千万别叫我放弃，我不能放弃。”

“你真讨厌。”吉安敏说着，泪水便情不自禁地流了下来，滴到了江承的手上。

江承紧紧地将吉安敏的泪水握在手心里说：“如果可以，我不会再让你流泪。”

“江承……”吉安敏不知道该说什么了，她感动得转过身紧紧地搂住了江承。

直到身后传来一声惊呼：“天啊，你们在一起了吗？”

吉安敏一听是曾菲，赶紧从江承的怀里跳出来。果然，曾菲和程浩正手牵着手站在一边好笑地看着她和江承，于是她决定先发置人：“你们俩干吗去了？这都多晚了才回来？”

“我……我们吃火锅去了啊，我不是不叫你们，主要是……”曾菲正解释着，却被程浩轻轻扯了一下，顿时明白过来：“姐，你别想转移话题啊，你说你多不厚道啊，在我面前还死撑着，还说自己和姐夫只当好朋友，现在被我捉……捉……”本来她想说捉奸的，又觉得不合适，只好回头看着程浩。

“捉了现形。”程浩成功地补刀。

“对，就是捉了现形，姐，是不是该承认了？我可是你妹妹，你这样对我就太不公平了，我和程浩的事儿有没有瞒过你？我连他叫什么都不知道的时候，你就知道有他这么个人了。”曾菲说得正带劲，却见吉安敏的眼神像刀子一般射向自己，想着还得依靠她生活，还是不要得罪她的好，于是又挪到江承身边问：“姐夫，我姐不说话，一般来说沉默就代表默认，我认为她是默认了。你呢？是明认，还是默认？”

江承倒是很爽快：“你姐认我就认。”

“你不能这样啊，你是男人啊，怎么能往我姐身上推呢。”曾菲对江承的态度表示不满意，说实话，她对吉安敏和江承都很不满，因为他们居然合起伙来骗她，骗了也就罢了，最后还不弄假成真，真是太过分了。

“你和程浩之间的事儿，不也是你担着吗？”江承朝程浩的方向努了努嘴，程浩却抬起头看月亮，曾菲眼前一亮：真帅！

见曾菲进入了花痴状态，吉安敏冲江承招招手，准备悄悄溜掉。程浩捏了捏曾菲的鼻子说：“傻样儿，人都要走了。”

曾菲一听，还没问出结果呢，这事儿得当着江承的面儿问，否则就吉安敏那脾气，她没辙了。于是赶紧拦着，见吉安敏还是不说话，便拢了拢头发说：“我还是给姨妈打个电话吧，你的终身大事我还瞒着她，她回头不骂死我才怪。”

吉安敏这才注意到曾菲把原来大爆炸似的头发拉直了，于是好奇地问：“你不是说女人是先看头后看脚，所以头一定要成为大目标吗，现在为什么缩小了呢？”

曾菲看了程浩一眼，月光下的他一副月白风轻的样子，淡淡的，但眼神却像一个黑洞，直把曾菲给吸进去了，这让曾菲的眼角有些湿湿的，她悄声在吉安敏耳边说：“姐，以前一直是别人对我好，现在才发现，其实付出也是一件特别幸福的事情，尤其是付出之后得到了回馈，就会觉得特别珍贵。”

“难道，弄头发也是付出？”吉安敏伸手摸了摸曾菲的直发，滑滑的软软的，难道爱一个人要连发型都改变吗？

曾菲一听乐了，把手掩在唇边对吉安敏说:“不是的，只是感觉有了他，所以不需要弄那么大的目标了。”

吉安敏的脑子里出现了几个字——“尘埃落定”。

“你们姐俩说完了没？在这儿说悄悄话，不如回你们自己的小窝说去。”江承见那姐俩嘀嘀咕咕地说个没完，和程浩相视一眼，彼此无奈地耸了耸肩。

曾菲这才想起程浩一直在等她，有些不合适，于是温柔地对他说：“你回去吧，明天再见。”

“嗯。”程浩点头，双手插在口袋里，转身之前对曾菲说：“多穿点儿，天都这么冷了。”

“好，知道了，明天我加一件。”曾菲甜蜜地回道，看着程浩的眼睛都快滴出蜜来，程浩却依然皱着眉头道：“别忘了吃早餐。”

“嗯。”曾菲重重地点头。

送走了程浩，曾菲立即变脸：“姐，你还没回答我的我问题呢？”

吉安敏不禁摇头：“人和人真是不同啊。”曾经也有个男孩这样关心曾菲，结果曾菲冲着他没好气地说：“你应该回去关心关心你妈，别在我身上浪费时间。”然后男孩奇葩地回答：“我马上就回家关心我妈，但是之后可以接着关心你吗？”当时吉安敏恨不得劝曾菲答应他算了，就算是为了一个可怜的妈。

“这就是爱和不爱的区别啊。”曾菲觉得这不是什么问题，但吉安敏却觉得尽管如此，似乎总有那么点儿不对劲，敢情找到一个喜欢儿子的儿媳妇，就等于丢了一个儿子？于是问：“那程浩他妈呢？”

曾菲笑了：“这是问题吗？我不爱他，当然让他回去照顾他妈，我爱他，就会主动和他一起去照顾他妈了。”说完，又扭头对江承说：“我也不问了，就我姐这顾左右而言他的样子，我就知道答案了。姐夫你回家去吧，别送了，再送就送到家里去了。”

江承听到曾菲这样说，便指了指楼上说：“我住这儿。”

曾菲不可思议地看着江承，又回头看看吉安敏，惊讶地张着嘴道：“我的天……天啊，你不会要留宿吧？姐，我一直以为你很 out，原来你这么 fashion 啊！要不要我回避？”

吉安敏似笑非笑地看着曾菲，点点头：“嗯，我很 fashion，但是你不用回避。”

“哇，霸气，姐，这才是真正的你。”可当她得知江承住在对面之后，心情便不大好了，关上门问吉安敏：“为什么程浩不能为了我，追到我们家对面呢？”

“因为是你追他，所以应该你住到他对面去。”吉安敏说完便放水准备洗澡，却听曾菲喃喃道：“姐，我始终是不如你，住到他对面是不错啊，但他住的是学校宿舍……真是的，读什么研究生……其实，我可以让他搬出来住啊……”

吉安敏从洗手间出来的时候，曾菲仍然在畅想中，小脸红扑扑的煞是好看。

“赶紧洗澡去，别胡思乱想了。”吉安敏扔了一条毛巾到曾菲身上。

曾菲吓一跳，不禁哀嚎着用抱枕蒙住头道：“姐，你太讨厌了，干吗打扰人家啊，关键时刻呢。”

已经进房间的吉安敏探出头道：“别嚎了，洗完澡，你睡床上把梦里接上，更真实。”

曾菲想了想，这样也不错。

第十六章　恶疾

第二天一早，吉安敏是被手机吵醒的，竟然是李大可，想着他没事不会给自己打电话，于是挣扎着起床接通电话问："你看清楚了吗？现在是早晨六点半啊。"

"看清楚了，可是我一晚上没睡，能等到这个时间给你打电话，已经很仁慈了。"李大可在那边兴奋地说。

吉安敏一听，肯定是有喜事。

吉安敏恍然大悟："李大可，你要结婚了吗？"

"哇噻，真不愧是青梅竹马，一猜就中啊。"李大可在那边开心不已，说他一会儿就要去买房了，买完房就去民政局领结婚证，说到这儿，李大可提醒吉安敏说："你晚上记得把时间空出来，也跟曾菲说一声，我请你们吃大餐。"

"嗯，好啊好啊，我要吃火锅！"

"没问题，全市所有的火锅店，随便你挑。"

晚上，大家约好在火锅店里见面，除了吉安敏和曾菲，江承和米亚娜也来了，江承是见那姐俩出门，硬跟来的，米亚娜是听曾菲说起，自己打车来的，因为晚上啥也吃不下去，就想和人说说话。

“你不会是怀孕了吧,怎么会吃不下呢？”吉安敏嘻嘻哈哈地问米亚娜，却听她说：“如果真是怀孕了，我就去庙里拜菩萨去。”

“敢情你的目标是生孩子？”吉安敏觉得米亚娜的想法太有意思了。两人正走在楼梯上,她一不小心差点踩到米亚娜的长裙,不禁抬手拎起裙子道:“你看你吃个火锅像是参加国宴似的,穿这么长的裙子过来,也不怕沾上油。”

两人正要去包厢，却听到有人欢欣鼓舞地说：“ladies and gentlemen，欢迎参加由大可李先生举行的大中华火锅宴。”

吉安敏翻了几下白眼，转身道：“你不作会死啊？”

米亚娜同样的表情看着李大可：“这里只有 ladies，没有 gentlemen，你眼睛虽然不大，但性别能看清吧。”

“那，ladies，不要告诉我你们没有 gentlemen 可以带哦。”李大可像个土豪似的摇动着一根手指头，一副贱贱的表情让米亚娜都不想理他，一把推开他道：“滚！”

“这是怎么啦？”李大可凑近吉安敏问。

“失恋啦！”

“我说多大的事呢，这不是她长项吗？”

“长项就不应该伤心吗？”

“当然，你看我，就不伤心。”

“啊？”吉安敏看着李大可，却见他眨眨眼睛，大声道：“唉呀，两位大美女来来来，我给你们带路。”李大可说着便乐呵呵地先走了几步，却被吉安敏拉住了：“你刚刚说那话是什么意思啊？你怎么是一个人来的？”

李大可点头，摊开手道：“是啊，一个人不可以吗？自由！”

“可你今天不是去领结婚证了吗？为什么一个人来啊，也不带给我们瞧瞧，不会是还没登记就分手了吧？”吉安敏越想越觉得诡异，这件事情在别人那儿听着挺诡异，但是放到李大可身上，那是有可能的。

“不会吧李大可，你怎么这么不负责任啊？”米亚娜顿时对那还没见过的女孩产生了巨大的同情，伸手就朝李大可挥了过去。

江承侧倚在门框上闲闲地说："还不进来吗？我都饿死了。"

"饿死了你自己不会点啊？"李大可没好气地说，对于女人，他是极有风度的，但对于男人，他的脾气就没那么好了。

江承却不以为意，笑着说："我已经点好了，保证你们满意。"

"你不会点了燕翅鲍鱼吧，笑得那么阴险。"李大可不放心地看了江承一眼，转过身找服务员要单子。

米亚娜鄙夷地说："见过火锅吃燕翅的吗？小气样儿！"

李大可合上菜单，对服务员说："一人来一碗燕窝，我不是小气，我是不甘心被人宰。"

江承依旧气定神闲，曾菲乐呵呵地说："对对对，大可哥不差钱。"可服务员却摇头道："对不起先生，没有燕窝。"

李大可抬头道："那鱼翅呢？"

服务员继续摇头："也没有。"

"那你有什么呀？"李大可恼了，米亚娜却拍了拍他的肩膀道："李先生，咱们不是演小品，这儿是火锅城，只有火锅，所以您不用担心被宰。"

两人正大眼瞪小眼，吉安敏的电话响了，她拿出来一看，赶紧在李大可眼前晃了晃，李大可也呆了："我妈为什么找你？"

"我怎么知道？"吉安敏瞪了李大可一眼，但接起电话还是非常非常有礼貌地说："阿姨您好。"

"大可啊？"吉安敏瞥了李大可一眼，他猛地摆手，于是回道："我和他不在一块儿啊，我在加班呢。"

李大可赶紧冲着大家做嘘的手势，并且示意米亚娜帮帮忙，米亚娜翻了翻白眼，还是大喊了一声："吉安敏，干什么呢？忙着呢，赶紧把这份文件处理完。"一桌子人听了直乐，李大可忙伸出大拇指，可吉安敏在那边电话却越接越皱眉，用非常疑惑的眼神盯着李大可。

李大可被吉安敏盯得毛骨悚然，用口型问："怎么啦？"

挂断电话后，吉安敏表情难测，什么也不说，只是盯着李大可，直看得他如坐针毡才开口：“你妈刚在电话里说，你早晨给她打电话报喜信儿，说今天要登记结婚，可现在电话却打不通了。”

李大可眨了眨眼睛，扭过头问服务员：“这么久了怎么还没上菜啊？”一旁的吉安敏不依不饶地拉着李大可的衣领：“你是怎么回事啊？你居然拉黑你妈，这个婚是没结还是怎么着？”

李大可拉下吉安敏的手：“你说你对别人都那么温柔，轻声细语的，怎么在我面前就这么粗暴，好歹我也是个男人，是异性！”说完又一点头，坦然地说，“你猜得没错，我这婚的确是没结成，可我能对我妈说吗，我这一说不要翻天了吗，你又不是不了解她。”

“啊？”一桌子人面面相觑，怎么也没想到李大可搞这么大阵势居然没结成婚。

“那你这是庆祝你从坟墓边上还阳啦？”江承看着陆续上来的菜问，吉安敏看了他一眼，虽然这种说法听着怪别扭的，可好像说的也在理，于是又回头去盯着李大可。

倒是米亚娜柳眉倒竖：“你原来觉得婚姻是坟墓啊？那你天天缠着我们家敏敏是干吗呀？如果想玩玩找别人去啊，我们家敏敏玩不起，也不好这个。”

吉安敏虽然不相信江承是这样的人，但米亚娜这样一说，也情不自禁地看着他。

江承这下坐不住了，觉得事情似乎有点严重了，于是挺直了身子说：“不是在说李大可的事吗？怎么又针对我了呢，婚姻是坟墓这又不是我发明的，不都这么说吗？”但一看吉安敏脸色不好看了，赶紧又补了一句，“可是我呢，是想早点入土为安的。”

吉安敏也不好发表什么意见，只好继续抓着李大可不放：“都到这骨眼儿上了，为什么不结啊？”

李大可脸色一黯，似乎不想提这事儿，挥挥手道：“这是我自己的事儿，你别管。”又转向服务员：“赶紧把所有的菜都上齐，把他们嘴巴堵住。”

吉安敏见李大可一副誓不交代的样子，于是点点头，拿出手机道：“你别以为是我想管你，我有这时间吗？是你妈，她让我一定要把事儿问清楚。你妈你了解，我可不想她深更半夜地打电话来骚扰我，我现在就告诉她，你是故意把她拉进黑名单的，让她自己找你问清楚。”

“别别别。”李大可赶紧拦着吉安敏，一旦吉安敏说了这话，那他妈肯定会从老家杀过来，与他相依相伴一些时日，直到他的婚姻大事落定，若不是有这份精神，也不会和张彩云针尖对麦芒这么多年了。

“那你得实话实说，有一点儿虚的假的都不行。”吉安敏放下手机，气定神闲地看着李大可。李大可挠了挠头，知道这小青梅是糊弄不了的，她太了解他了，没办法只好把事情从头讲起。

原来，李大可一大早地拉着女朋友去售楼处准备把房子定下来，那房子他们早就看上了，定下来之后，就去领结婚证。但实在不巧，碰到了女朋友的前男友带着当初劈腿的那个第三者。碰到就碰到吧，那男的居然也是来买房的，而且清清楚楚地说是婚房，当时就吓李大可一跳，原来他们的新房就在李大可看中那栋楼的后面。

“所以你女朋友不乐意啦？但也不至于不结婚啊，这和你有什么关系？哟，莫非你女朋友准备把前男友抢回来，所以踹了你？”曾菲眼里透着八卦的光芒。

李大可摇头叹息：“你读书的时候如果努点儿力，把字儿认全了，你就可以去当作家了，她为了别的男人踹我？我是谁？我是李大可！”

“我也是大学生。”曾菲不满地嘟囔着，但却明显有些心虚气短，她那大学是怎么进的，李大可一清二楚。

可事情就是那么寸，那个楼盘也是奇葩，前面建的是商住楼，后面是别墅。商住楼的宣传是和别墅零距离，别墅的宣传却是平民价格，可是再平民也不是李大可这等平民可以拥有的啊，但偏偏女朋友经过刺激之后，犀利地盯着那别墅说：“李大可，我也要买别墅，就买旁边的那栋，我们每天恩恩爱爱地恶心死他们。"李大可很理解女朋友，谁被劈腿了能不生气啊！可是就算把他李大可卖了也买不了这别墅啊，于是问女朋友可不可以通融通融，可女朋友用秋风扫落叶般的眼神斜视他问："你的意思是我每天一睁开眼，就看到他们在别墅里开开心心的？"

"咱们这么高，看不见的。"李大可定的房子在十六层呢，哪儿有这么好的眼神，可女朋友却捶胸顿足地说："我心里看得见，心里！"

"那咱们买个厚厚的遮光窗帘，首先咱尽量不见到他们，再慢慢忽略他们，你要实在不愿意，咱们买别的楼盘去。"李大可讨好地说，最后连售楼小姐都来劝，说他们那栋楼阳光好，户型好，楼层还好，最关键的是居高临下，每天俯视着那谁，这不也挺舒心的嘛。

"那售楼小姐最后还说，什么最重要？不是房子，是情最重要。你们看，说得多好，什么都是感情换不来的。"李大可说到这儿，有些感慨了，可是奈何女朋友油盐不进，死活就是要别墅，哪怕不在这里买，在别的地方买也行，但无论如何也要别墅。

见李大可死活不松口，女朋友冷哼一声，扭头就走人了，甩下一句话"李大可，你要是爷们就买栋别墅求婚。"

"一栋别墅你就不是爷们儿了？！太有创意了。"米亚娜听得起劲，指着李大可直乐："你这都可以拍电视剧了，你再和那售楼小姐发展一段，以后你这女朋友，不对，应该说是前女友在你老婆手上买婚房，买最差的那种……太好玩了。"

李大可一副深思的样子说："我今天之所以没有取消这个火锅宴，就是想让你们给我出出主意，这个售楼小姐是不是挺不错的啊？反正现在看来，米亚娜觉得不错，是吧？"

米亚娜傻了，本是玩笑话，没想到李大可竟然当真了，于是侧脸瞅着李大可问："是不是特漂亮啊？"

"售楼小姐能不漂亮吗？那身材……啧啧，跟空姐差不多。"李大可得意起来，似乎那售楼小姐已经成了他女朋友似的。

吉安敏简直要趴桌子上了，这都什么跟什么呀，却听到江承说：“其实你和米亚娜倒挺合适的，真的。”

“真个屁。”两人异口同声地喷江承，不但声音一致，连表情都差不多。

米亚娜鄙视地看了李大可一眼，摇头道：“我是瞎眼了还是什么，会找这么一个不靠谱的人！”

李大可也不甘示弱：“你看不上我？我还看不上你呢！别看穿得像个蛇精似的，实际上就是个女汉子，我喜欢长得漂亮的没错，但也得温柔。”

“还温柔？就你这样，值得我温柔吗？”米亚娜说完指了指空调，对李大可说：“你坐那儿去。”

“为什么？”李大可问。

米亚娜眼皮都不抬一下说：“那儿凉快。”

“你是说叫我哪儿凉快哪儿呆着去？”李大可仰着脖子问，米亚娜正要点头，却被曾菲踢了一脚，才回过神来，李大可要真给气走了，谁买单啊！于是硬是把要脱口而出的话给咽下去了，低下头来涮肉吃。

李大可以胜利者的姿势“哼”了一下，心情大好，招呼着大家吃饱吃好，米亚娜实在看不过眼了，皱眉道：“不知道的还以为你请我们吃满汉全席呢。”

“等我下次结婚，就招呼你们吃满汉全席。”李大可大方地说，米亚娜被逗乐了：“不知道的还以为你结过好几次了呢。”

“你们呢，觉得这售楼小姐怎么样？”李大可不理米亚娜兴致勃勃地问其他人，吉安敏问：“你不会是真的为了这个才请我们来吃火锅的吧？”

“有什么不可以吗？婚姻是多重要的事啊。”李大可觉得这个问题是值得去深究的，别说吃一餐饭了，就算是开个座谈会或者研讨会什么的也是可以的。

对于售楼小姐，米亚娜说太荒唐，曾菲说只要李大可喜欢就行，吉安敏说只要人好就行，而江承坚持，李大可和米亚娜挺合适的，气得米亚娜回头指着吉安敏说：“如果你以后嫁给他，我不给你做伴娘。”

吉安敏喝了点儿酒，有点晕，只听到了最后不做伴娘的那一句，于是挥挥手说："无所谓，三条腿的蛤蟆不好找，两条腿的伴娘我还找不着吗？"拍了拍曾菲说："这不就是现成的伴娘吗，再说了，天知道我什么时候结婚。"

米亚娜没想到吉安敏竟然不在意，眼睛一转，奸笑地说："那我不给你红包。"说完，把自己手上的冰可乐给吉安敏灌了几口。

吉安敏这下终于有些清醒了，赶紧说："那我就不结婚，等你愿意送红包的时候我再结。"

"我是说你不能嫁给他。"米亚娜指着江承，一副我有红包，我是大爷的模样。

吉安敏却很配合，"奴颜媚骨"地依着米亚娜说："我肯定不会嫁给他的，你放心好了。"吉安敏的态度让江承有些受伤，他从米亚娜怀里把吉安敏拉过来问："万一有一天，你真打算嫁我了，也会为了她的红包放弃我？"

吉安敏非常认真地点点头，江承深吸一口气道："我把她那红包给你补上怎样？"

吉安敏想了想，说："不行，这不是红包的事，你知道我眼馋她那红包多少年了吗？她当初说过要给我封一个意想不到的红包，我决不能为了一个男人而轻易放弃。"江承无语，米亚娜冲吉安敏伸了个大拇指，又一把揽过她的肩，把她拖到一边儿道："这小子不地道，这是设个套子让你钻呢，你一旦点头，他就认为你答应他的求婚了，好在你还算机灵，不错不错，长脑子了。"

吉安敏本来听得挺高兴的，可越听越不是滋味，掐了一把米亚娜的小腰道："我脑子一直运转得很正常，是你的太快了，小心烧坏了！"

"你这个乌鸦嘴，我跟你说啊，以后小心点儿，这小子……唉，我真担心你玩不过他。"米亚娜有些可怜地看着吉安敏："你看你这糊涂样儿，愁死我了。"吉安敏在她眼里就是江承爪下的小猫儿，迟早会被他给驯服的，可吉安敏却道："我不是在玩，所以不用玩过他。"

"行，那我放心了。"米亚娜点点头，就冲吉安敏这一根筋的样子，江承想搞定她，还得折腾一阵子呢。

“你们几个太没良心了，吃我一顿，啥建设性的建议都没有。”李大可觉得自己亏了，米亚娜冲过去一手揽着他道：“别这样，其实是你自己吃得最多，保证都顶到嗓子眼儿了。”

李大可真的一张口，“哇”地就吐了，吓得米亚娜一蹦三尺远：“你怎么说吐就吐啊，太讨厌了。”

几个人正打闹着，吉安敏的手机又响了，是唐蜜蜜，电话那边心急火燎地说：“吉安敏，快到医院来吧，齐辉又住院了。”

吉安敏愣了，齐辉又住院了？米亚娜和李大可都喝了酒，吉安敏没办法，只好冲着米亚娜喊：“你帮我把李大可送回家。”然后无视米亚娜一副要杀人的表情，冲到路边就拦出租车准备马上赶到医院。

好在火锅城附近出租车不少，只是吉安敏上车后才发现江承竟然也跟着上来了。

“你怎么也来了？”吉安敏问。

江承柔声道：“我担心你，这深更半夜的。”

吉安敏今晚喝了一些啤酒，虽然不多，但酒量太差，有些扛不住，摇摇晃晃的脑袋终于稳稳地倒在了江承的肩头，沉沉地睡了过去。

医院在闹市，路上挺堵的，等到医院，吉安敏已经睡了一个不错的觉，醒来发现自己竟然躺在江承的怀里。

“睡得挺香的啊。”江承冲着吉安敏一笑，然后去付钱，吉安敏见江承这样说，赶紧偷瞄了一眼他的衣服，生怕自己口水流到他衣服上。

两人匆匆赶到病房，齐辉经过急救，已经睡了。

齐辉这次的病情比较急，唐蜜蜜坐在一边，双眼通红地说：“是因为和他哥哥吵架，给气着了。你说他哥有多狠啊，他都病了，还要气他，真是太过分了。”唐蜜蜜说着说着，又哭了起来。

“啊，他有哥哥？”吉安敏惊讶地问，齐辉从来没跟她说过自己还有哥哥。

唐蜜蜜点点头，皱着眉头没好气地说："是啊，同父异母，比他大八岁呢，但从小就欺负他。"

原来齐辉爸妈是二婚，老大是元配生的，因为有误会，所以一直与齐辉母子不睦。后来齐辉的妈妈因车祸去世，爸爸也住院了，哥哥便趁机把齐辉赶出了齐家。

"那他们是为什么吵起来的？"听到这些豪门恩怨，吉安敏有些头大，唐蜜蜜摇头，叹道："我去的时候，他哥气冲冲地走出来，我知道肯定又吵架了，所以赶紧进去看看，发现他已经躺在地上了。"

吉安敏觉得这个哥哥也太不像话，如果不是唐蜜蜜正巧过去，齐辉还不知道会怎样！正愤愤不平间，听到江承问："你说齐辉他爸住院？是不是挺严重的？否则怎么处理不了儿子之间的事？"

"对啊，那次车祸齐伯母去世了，齐伯伯一直是植物人的状态。"说到这儿，唐蜜蜜眼前一亮，抬头盯着江承问："有没有可能是齐伯伯的情况好些了，所以他哥哥才会突然出现？"

江承摇摇头，别人家的事他怎么可能知道，倒是吉安敏拍拍唐蜜蜜的肩膀说："等齐辉醒了你再问吧，再说他们家的事儿，我们也不好过多猜测。"

唐蜜蜜默不作声，半晌才说："不是说善有善报，恶有恶报吗？"

吉安敏心里不免叹息，这纠结了两辈子的事，哪里是几句话，一个善恶就能说得明白的，身在豪门虽然衣食无忧，也却未必是幸事。

医生说齐辉的情况已经稳定了，唐蜜蜜便催着吉安敏和江承回去，不好意思地说："我那时候是吓坏了，就给你打了电话，你们赶紧回去休息吧。"又特意对吉安敏说："公司的事，可能还得拜托你多照顾一些。"

"没事的，齐辉又不是第一次住院，总不至于让公司乱了。"说完，吉安敏就和江承从病房里退了出来。

走出医院，吉安敏回头看着眼前住院部亮起灯的窗口，想着每个窗口都有着别人不知道的悲欢离合。心底沉沉的，忽然觉得似乎有什么东西在这个夜晚悄悄地改变了。

江承看着出神的吉安敏说：“别想了，唐蜜蜜是守护齐辉最好的人选，这一点，你未必如她。”

“守护？”吉安敏不禁一笑，齐辉需要人守护吗？他那么霸气。

“我说你啊，还真是不了解男人。”江承宠溺地看着吉安敏：“女人需要呵护，男人需要守护，男人就是战士，他可以在前面冲锋陷阵，但是身后一定要有一个让他没有后顾之忧，不离不弃的女人！”

吉安敏本来听得挺有意思的，可是最后一句话让她不乐意了：“你的意思是我水性杨花，做不到不离不弃吗？”

江承摇头：“当然不是，你只是不爱他，不爱他想做到不离不弃是挺难的，尤其是你还爱着别人。”

吉安敏心头莫名地有些发慌，瞟了江承一眼：“你怎么知道我不爱他，我什么时候说过爱谁不爱谁。”

“你是没说，但不代表我不知道啊。”江承冲吉安敏眨眨眼睛。

朗月清辉下的江承英俊得让吉安敏都有些透不过气来，颤颤地问：“你知道什么？”

“知道你爱的是我啊。”江承说完，便小跑了起来，一边跑一边唱：“小小的人儿啊，傻不愣登啊……”

气得吉安敏直跺脚：“江承，你太不要脸了！”

第十七章　阻挠

这个世界是有报应的！当吉安敏看到吴涵的时候，她猛然想起这句话，如果让时间重来一遍，她肯定不会说那句“江承，你太不要脸了”。

眼前的吴涵虽然没说什么，但很明显，她的眼睛里在一遍又一遍地重复“吉安敏，你太不要脸了”，只是碍于她的修养和身份，没把这句话说出来，这样一想，吉安敏倒觉得她也挺累的。

早晨吉安敏一打开家门，就看到吴涵站在江承家门口，心里便“咯噔”一声，想缩回去已经来不及了。别看吴涵上了年纪，但身子却很灵活，身段也很曼妙，她优雅地转身，吉安敏便从她惊愕得不知道该说什么的表情中猜到她会来找自己，只是没想到会这么快，而且她约自己见面的地方竟然是“遇见吧”。

落座的时候，吉安敏还在想如果吴涵知道了这里是自己的大本营，会不会气得像宫斗小说里一样吐血呢？可是没容她多想，吴涵便冷着一张脸直截了当地说：“吉小姐，我想我之前跟你说的已经非常清楚了。”

尽管吴涵的态度和上次见面时的婉转及热情有着天壤之别，但吉安敏也不觉得突兀，如果是自己恐怕不会比她的表情更好。

“阿姨，这咖啡不错，我经常来，给您点一杯吧。”吉安敏帮吴涵点了一杯米亚娜新开发的“相见恨晚”，咖啡是米亚娜端来的，她询问地看了看吉安敏。吉安敏还没来得及有反应，吴涵便看了一眼咖啡说：“还是叫吴姐吧，这样更亲近些。”

米亚娜明显起了八卦之心，她从来不知道吉安敏认识一位姓吴的姐姐，但却被吉安敏瞪了一眼，没办法只得离开，冲着旁边的服务生眨了眨眼，示意他留意点儿。

“我想我还不至于叫您姐。”吉安敏自己喝的是“一见钟情”，很甜，甜中又有着一份抹不去的苦，她不是很喜欢，于是放下，正视着吴涵说：“阿姨，您上回跟我说得很清楚，我全都记得。”

“既然如此，那为什么你和江承又住到了一起？看你应该不是这么不讲信用的人。”吴涵微微皱着眉头，阳光透过薄纱斜射在她一侧的脸颊上，却显不出一点温暖来。

吉安敏觉得有些冷，她不禁拢了拢身子：“阿姨，上次您走后我就搬到这儿来了，是公司帮我租的，江承，刚搬过来也没多久。”说完顿了顿，捧起咖啡喝了一小口，又说，“何况上次，我似乎并没有应承您什么。”

“你的意思是，只有我以为你答应了？而且你并没有那个心思，只是我儿子自己不知好歹地缠着你。”吴涵的话有些重了，她的脸色更是不大好看。任谁都没办法这样说自己孩子，何况是江承这样的儿子，所以吉安敏能够理解吴涵，于是赶紧摇头道：“我不是这意思，他没有缠着我，是一直很真诚地照顾我，我很感动。”

“感动？”吴涵扯着嘴角笑了笑，喝了一口咖啡，似乎是非常认真地品尝了一下，才说：“这咖啡是不错。”

还没等吉安敏回过神来，又一脸了然地追问：“真没想到你这么聪明，还没开始，就给自己留了后路，所以有一天江承和你站在我面前的时候，你会说，你是被他感动的，是吗？其实你之所以这样做，就表示你知道自己的现状。”

吉安敏愣了，她没想到吴涵会这么说，但又不得不承认吴涵说的似乎还真是这么回事，对于江承，她的确是很感动啊，那些鸡毛蒜皮的小事，他一点点地为她做，但就是因为这些小事，她的防御一点一点土崩瓦解，可为什么在她心里很温暖的事，从吴涵的嘴里说出来，似乎带着一些算计，这让她不知道该怎样开口才好。

吴涵摩挲着洁白细滑的咖啡杯，嘴角含着一丝冷笑说："吉小姐这就没话说了吗？真叫我失望，我以为你会跟我说，你再也不和江承在一起呢。"

吉安敏知道这是吴涵最想听的话，在这之前，她肯定会斩钉截铁地说，我保证以及绝不和江承在一起。可是今天，吉安敏说不出来，甚至想都不愿意去想这件事，所以她只能老老实实地说："阿姨，我说不出这样的话。"

吴涵了然，她有些佩服这个女孩子，虽然和江承不般配，倒也不失真诚，是笑了笑，说："你比江承大五岁，你对于以后的生活真的有信心吗？"

说到这个，吉安敏也没了刚刚的底气，苦笑着说："所以阿姨，我应该比您会考虑得更多，这毕竟是我的一辈子，也正因为还没有足够的信心，所以我对江承，一直没有……"没有什么？她心里竟然有些惭愧，对江承。

"既然说到这儿了，我今天就干脆把我的意思说明白了，不管有，还是没有，我都希望到此为止，我想你应该明白我的态度了。"吴涵的语气更像是劝说，吉安敏良久没有回复，这让她有些着急："你这有什么可考虑的吗？你也说了这是你一辈子的事，女人赌不起，我不仅仅是为江承考虑，也是为你想。"

"可是，你儿子希望我能够赌一场，他说他一定会让我赢的。"吉安敏喃喃地说，她清清楚楚记得那天的事，甚至那天的心跳，而江承说的那句"只要你敢赌，我就敢保证给你的是一辈子"，至今想起来，仍让她百感交集。

"你听他的吗？你好像根本就没有答应和他在一起，你如果真的相信这句话，不会至今都没有回应吧？"吴涵有些焦急，她没有想到一向高冷的儿子竟然会说出这样的话，而且事情似乎和她料想得有些出入。

其实吴涵并不反感吉安敏，相反她甚至有些欣赏她，如果不是因为家世和年龄，吉安敏这样的性情，应该不失为是一个好儿媳妇的人选。可现在，那两点是不可跨越的坎，不是每个灰姑娘都穿得上水晶鞋。为避免以后发生不必要的事，她只能棒打鸳鸯，尤其这两只鸳鸯还没有在一起。“安敏，我可以这样叫你吗？你认为女人真的能赌吗？男人赌得起，女人赌不起，你确认在十年，二十年后还能找到比江承更好的人？如果不能确认，不如现在就放手。”

“你那么确定我们不可能一辈子？既然输的都是女人，那你为什么不让我试一试呢？反正如果输，也是我输。”吉安敏望着吴涵笑了笑，她不是十八岁的小姑娘，被别人三言两次就打发了，尽管她还在迟疑，尽管她也心虚，但是她却不想被别人这样摆弄，可没想到吴涵很直接地说：“损敌三千自损八百，我不希望我儿子受到一丁点儿伤害。”

“和别人在一起，他就不会受伤害吗？”吉安敏说完，觉得有些苦涩，在一个母亲面前，她觉得说什么都是虚的，因为她对于江承，不会有吴涵那种深到骨子里的爱，所以她觉得自己很弱小，弱小到面对强大的吴涵几乎没有了招架之力。

吴涵有些不忍心，但她最终还是硬着心肠说：“我当然不能确认他和别人在一起就不会受到伤害，但明显几率会小很多，作为妈妈，我只能做出这样的选择。”

“可是妈，这是我的选择。”江承的声音，吴涵和吉安敏都吓了一跳。

江承走过来坐到吉安敏的身边，想到刚才的话都叫他给听见了，吉安敏不禁有些尴尬，不知道为什么，面对吴涵，她就情不自禁地把心里的话都说出来了。

吉安敏抬眼看了一下吧台，曾菲不知道什么时候也来了，正和米亚娜一起趴在吧台上，双双冲她挤眼，看来是她们俩把江承叫过来的。

吴涵已经镇定下来了，正了正身子，正要开口，见江承拿起吉安敏的咖啡喝了起来，吉安敏伸手想拦，他却已经入了口，吴涵眼里隐隐有了怒意。

"我好久没和我妈聊聊了，安敏你先去陪米亚娜坐坐，她好像又有了新欢。"江承支走吉安敏，便一脸坦然地对吴涵说，"妈，咱们的确是好久没聊天了，是我不好。"

"你倒是体贴她，是怕我说什么话伤着她吗？"吴涵有些吃醋，江承摇头道："不是的，我的确是好久没跟您聊天了。"

"可咱们今天聊的是你和她之间的事，你把她支走了，这事儿还说得清吗？妈妈是为了你好！"扭头说："把她叫回来，这件事必须当面说清楚，你必须和她断。"

"您总是说为我好。"江承却似乎没感觉到吴涵已经生气了，淡淡地说，"我当然承认您是真的这样想的，我读幼儿园的时候，您恨不得把所有的兴趣班给我报了，我现在用上了吗？当初考大学选专业的时候，您也是这样说的，到现在，我还在后悔，为什么要读你选的金融。"

"那到最后你不是照样做你的计算机工作吗？"吴涵有些无奈，而江承笑了笑，温和地看着吴涵说："妈，您这只不过是缓兵之计，以后，您还是会要我回家去的，对吧？"

"是。如果当初你毕业后就开始打理家里的事业，肯定比现在要好，我还觉得我太由着你了。"吴涵有些恼，江承一直听话，只要不是原则性的问题，自己也都由着他，反正自己和老公年纪还轻，就让他过几年自己想要的生活，但没想到最后在娶妻这件事上，他竟然一点儿都不听话。

想到这儿，她又提高音量说："以前那些招惹你的女孩，妈妈有没有说什么？可这回不一样，你这回认真了，妈妈必须得管。"

江承握着吴涵的手，真诚地说："妈妈，你也说了我这回不一样，我是认真的，那您可不可以尊重我的选择，这对于我来说很重要，我真的爱吉安敏。"

江承从来没有这样强烈地表达过自己的意愿，但吴涵抽出了自己的手，在自己儿子面前，她没了那么好的修养，指着江承厉声道："你的选择？你爱？你知道什么是爱吗？你根本就不懂得爱，你才 25 岁，你着什么急呢？"

“也许……您说的是对的。”江承说，这让吴涵的心里出现了一丝亮光，她期待的看着儿子，江承说：“可是妈，人不会总有那么好的运气，错过了可能一辈子都不会再拥有了，等您觉得我懂得爱的时候，可能我已经错过了，我还怎么去爱？”

吴涵一时语塞，她甚至有些气馁，是自己老了吗？不但说服不了儿子，还被他说得无言以对。

吴涵无言地看着儿子，不知道该怎么办才好，看着这种神情江承，心里也不好受，在他眼里无所不能的妈妈，竟然在不知不觉间老了，连白头发都有了，这让他有些惭愧。

但江承同样明白，现在不是后退的时候，他坐到吴涵旁边，拥着她道：“妈，如果我不小心伤害了您，对不起，但请您……尊重我的选择，好不好？”

吴涵任由江承这样抱着，她有些贪婪这样的温暖，可一想到是因为吉安敏，她心里又一阵酸楚，轻轻地推开了江承。

这边的吉安敏，米亚娜和曾菲三个人虽然也关注着江承那边的动向，但也不清楚她们到底是怎么回事，先是母慈子孝的聊着天儿，江承脸上带着笑，然后又起身去和吴涵拥抱，曾菲激动不已：“姐，你看你看，这场面好感人啊，肯定已经说服他妈了。”然后暗自做了一个“加油”的动作，也不管江承有没有看见。

就在这时候，吴涵大喊一声：“不好，我就是不同意。”说完便起身朝吉安敏走来，深吸了一口气，抬起了下巴说：“吉安敏，我不管你有什么好，我现在非常明确地告诉你，我不同意。”然后也不管吉安敏想说什么，直接转身走了。

米亚娜长叹一声道：“功亏一篑啊！”

曾菲愁眉苦脸地看着吉安敏和江承道：“为什么现在的婆婆这么难搞？”吉安敏无语，江承摊了摊手说：“放心，总能搞定的。”

几个人沉默间，吉安敏接到总经理秘书的电话，说有要紧的事，总经理让她赶紧回公司。

匆匆赶到公司，吉安敏才知道原来奥华广告被人告了，说是在华美项目中涉嫌抄袭。

“抄袭？开什么玩笑，我们的策划师和设计师都是顶尖的，需要抄袭谁的啊？”吉安敏火不打一处来，很明显这是诬陷嘛，是个人都看得出来，在广告这行业，只有别人抄袭奥华，奥华是不可能抄袭别人的。

总经理秘书和吉安敏是一样的心思，脸上也是愤愤不平，可总经理却摇头道:“问题是,策划部的小李已经承认了。”他顿了顿抬起头对吉安敏说:“这件事情，你得尽快告诉总裁，问一下他的意思。”

吉安敏张大了嘴，不可思议地看着总经理，这个小李她认识，刚大学毕业，半年前进的奥华，当时参加应聘考试的时候，吉安敏还听到策划总监盛赞他才华横溢，说捡到宝了，公司又多了一个新生力量，而且一直挺安分的，怎么会是他呢?

“还有什么事吗？”总经理见吉安敏没动，以为她还有什么事要说。

吉安敏想了想说:“总裁现在的身体状况不是很好，华美只是个小项目，小李也是一个新人，这件事情也可以说是个人行为，真的有必要去打扰总裁吗？”

总经理叹气道：“表面上看是小事，但是信誉要紧，尤其现在是关键时刻，不久安信项目就要招标了，万一处理不好，千里之堤溃于蚁穴啊。”吉安敏听了心头一震，安信项目齐辉势在必得，他推掉了许多客户专攻这一个项目，是未来几年奥华广告全力以赴的目标。前几天齐辉还说，如果这个项目能接下来，他就可以安心养身体了，如果真的被华美项目所影响，那影响几乎是灭顶之灾。

没有再多做停留，吉安敏到策划部调出小李的那份策划案便直接去了医院。在去医院的路上，吉安敏总觉得这件事情没那么简单，虽然小李说他只想在公司早一点出人头地，但也不至于这样做，这件事不但对公司的信誉有损，更重要的是，他个人的信誉也没了。吉安敏也想不出个所以然，只好捶了捶自己的脑袋自语道：“是不是《甄嬛传》看多了，看什么都觉得是个阴谋。"

齐辉看到策划案后，揉了揉眉心说："一个大学毕业半年的人，再有才华也做不出这么成熟的案子。"

"可是小李他为什么要这样做？就算这个案子没揭发，他也不可能凭借这个升职加薪，毕竟他来公司时间太短了。"吉安敏说出了自己的不解，齐辉讽刺地笑了笑："不过是为了钱或者权，既然这种事情对于他的名誉来说一点好处都没有，那只能是钱喽，很多的钱。"

吉安敏不禁唏嘘："这意思就是说，他是被别人指使的？我们公司真的是被人陷害了啊？"

"如果我没有猜错的话，这件事应该是我哥哥做的。"齐辉看着手中的策划案，眼里出现一丝冷意。

吉安敏想着之前唐蜜蜜说的他们兄弟之间的关系，不由得心中也是一凉，情不自禁地摇头叹道："你哥哥没学过七步诗吗？"

齐辉一愣，随后又笑了："七步诗有用，曹植还会送命吗？"

下午，齐辉还是撑着病体赶到了公司，这让吉安敏心里怪不好受的，有钱人的生活也不是那么好的，也难怪那些有钱人，个个都没笑脸。

"你说他们争什么呢？有房有车有佣人，还有什么好争的？"吉安敏下班后就冲到了"遇见吧"，因为米亚娜说李诗也来了，她便忍不住要过来吐吐槽："如果我拥有这些的话，保证对每一个人都给予最大的善意。"

吉安敏说完便趴在窗边看外面来来往往的人和车，这里是闹市，对面全是高档写字楼，所以过往的人也光鲜，车也豪华，但怎么每个人的表情都那么严肃呢？吉安敏发现自己的脸也是严肃的，这是近墨者黑？

"说这话的，都是没拥有过的。"米亚娜没注意到吉安敏的反应，乐呵呵地接话道。在她看来，吉安敏也就是纸上谈兵，真正拥有了，她也不定是什么表现呢。人就是如此，曾经有一辆自行车开心得不行，后来摩托车便满足了，再后来是小汽车，到最后就不是车的问题了，而是谁买的车贵，这时候就看谁心里的洞最大，用钱来填那个空虚的洞。吉安敏缩回身了，忍不住摇头："有人说职场就是现代的后宫，现在想想还真不错。"又指了指窗外："那些人看着光鲜亮丽吧？但各有各的命，有的是宫女，有的是皇帝，有的是臣子。"

米亚娜听了，差点儿把自己嘴里的咖啡都喷了，指着吉安敏笑问道："那你呢？你是什么？"

吉安敏装模作样地扶了一下说："小主，奴婢是宫女，不过，是御前的。"

"那我呢？"米亚娜指了指自己，她觉得自己怎样也得是个皇贵妃之类的角色吧，可吉安敏看了看她便说："亲爱的，你年过二十五，五十岁的皇帝都会嫌老的，是携着一点银子出宫然后从商的老板娘。"

"哈哈哈。"李诗笑趴在桌子上，米亚娜瞟了她一眼问："她呢？她又是什么？"

吉安敏冲着米亚娜眨眨眼睛道："还用说嘛，受了气的小媳妇儿呗，不在宫中。"

"士别三日当刮目相看啊，你还真是一针见血入木三分啊。在家里也跟后宫一样，我在家里就是受气的小宫女，我公公太上皇，婆婆是皇太后，我老公是皇帝，我，小宫女。"李诗有气无力地说，吉安敏和米亚娜想笑，又不得不憋着。

米亚娜冲着吉安敏挑了挑嘴，吉安敏白了她一眼，问李诗："怎么啦？你公公婆婆这么快就和你过不去啦？"

李诗摇头长叹一声，便像放鞭炮似的说："如果说是和我过不去，倒没什么，我总能让她过得去，可她分明就是容嬷嬷啊！拿我当小宫女来调教你知道吗？她就是看不惯我，要把我调教成她心目中理想儿媳妇的样子，我妈都没来调教过我，她倒上赶着，你们觉得这合适吗？"

说完李诗端起咖啡喝了一口，皱着眉往米亚娜面前一推："苦不拉叽的，给我来杯柠檬水。"

"是，娘娘！"米亚娜拿过杯子递给服务生，又调笑了一句，见李诗瞪过来，赶紧解释道："你在我们这儿是娘娘。"

“永远都是。”吉安敏赶紧补一句，见李诗脸色似乎好些了，又问：“你婆婆怎么调解你的？让你端茶送水绣花练字学礼仪啦？”

李诗白了吉安敏一眼，冷冷地说：“她让我去地里锄草。”

吉安敏和米亚娜顿时无语，锄草？

米亚娜更是拿起李诗的手，轻轻地摸了摸道：“这一双细嫩如玉的手，能写出锦绣文章的手，几乎每天都用手膜的手，在你家那谁身上牵万千情丝的手……居然，扛着锄头去锄草？”

吉安敏已经恶心得不行了，李诗却委屈地点点头：“结完婚不是正好中秋节嘛，就一起回去了，谁知我婆婆竟然带着我去锄草，我本不想去的，我老公说是摆摆样子，做给人看的，可你们不知道，我锄了两个多小时才回家，手都磨出水泡了。”说完靠到了米亚娜的肩上，米亚娜赶紧把纸巾盒推到她面前提醒道：“如果要哭的话，用纸擦，别掉到我衣服上，会发黄的。”

可李诗却不高兴了：“什么意思啊？姐妹的情谊还不及件破衣服吗？”

“破衣服？你知道这衣服多少钱吗？这是香奈儿的。”米亚娜往旁边坐了坐，还把衣服抚了抚，以示珍爱：“再说了，你又不经常去那边，就当是锻炼身体嘛，别委屈了。”

“敏敏？”李诗又可怜巴巴地看着吉安敏，吉安敏却双眼发亮地接着问她：“他们又不和你住在一起，难不成把你挟回去种地啊？还有什么调教的办法？说来听听。”

“真的是说来听听吗？我怎么感觉你说的是说来乐乐。”李诗觉得自己交错了朋友。

吉安敏手托着腮，笑逐颜开地说：“太好奇了嘛，我先听，觉得可乐的话，再乐。”

李诗把桌子一拍，准备起身走人，被米亚娜和吉安敏拉住说：“坐下坐下，这么点事儿都受不了，还怎么对付婆婆。”

“我诅咒你们俩都摊上恶婆婆。”李诗恶狠狠地说，但还是坐下来，谁知米亚娜和吉安敏却不生气，反而递了一个眼神，乐滋滋地说：“这说明咱俩能嫁出去了。”

李诗闭上眼睛一声哀号：“这才多久不见啊，你们俩都成什么人了啊。”

“这就是未婚和已婚的区别。”米亚娜故作优雅地说，然后伸出纤长地手指在桌上画了一条线说：“也就是说，我们之间已经有代沟了。”

李诗看着那条虚无的线，呆了半天，这让吉安敏和米亚娜有些不解，米亚娜甚至凑近吉安敏问：“是不是我那条线画得太好看啦？”吉安敏点点头：“是好看，都戳到人家心窝子里去了。”

正说着李诗伸手在桌子上抹了一把，感慨地说：“我真傻，为什么要结婚呢？你们俩啊，能不结尽量别结。”

“我才不。”吉安敏顽固地说，李诗冷笑一下：“等你结了就知道了，我的忠告你不听是会后悔的，到时候你别来找我。”

“我肯定不找你，我保证。”吉安敏嘻嘻笑着说。

“你真那么不开心就离婚啊。”米亚娜觉得李诗有些惺惺作态，可李诗却淡淡地答：“如果不是因为怀孕了，我真的会离婚，就是到现在，我也还在犹豫呢。”

吉安敏和米亚娜这下傻了，双双大喊：“怀孕啦？”本来米亚娜叫李诗离婚也不过就随口一说，哪会希望她真离婚，但这怀孕了还想离，事情似乎有点儿严重了，赶紧问怎么了。

“不怀孕我公公婆婆怎么可能有机会跑到我家里来？”李诗说着心里就有火，吉安敏和米亚娜再一次双双大喊：“住你家去啦？”

李诗这才把事情原原本本地说出来，原来她结婚后没多久便意外怀孕，正想着要不要呢，公公婆婆就风风火火地从老家赶来了，小两口的二人世界才刚开始，就突然开始了四人世界，这让李诗很不适应，甚至有些惶恐。

李诗很独立，她大学毕业后就自己租房住，和自己父母都不愿意住在一起，更何况是公婆。最让李诗受不了的是公公爱抽烟，一天到晚弄得屋子里烟雾缭绕的，李诗一想到自己和胎儿整天吸着二手烟便害怕得厉害，和老公“交流”了几个晚上，最后威胁不改善就不生了，老公才同意和他爹“交流”一下。公公每次都到楼下去抽了，婆婆却觉得她太矫情，自己当年怀孕的时候，都没赶老公到外面去抽烟，倒被儿媳妇给管上了，于是老大不乐意，每天摔盆子摔碗的，说自己那会儿快生了还在地里干活呢，李诗却连个烟味儿都闻不了了。

“你们知道我晚上要写稿，我老公工资又不高，当初就图他人好，可现在晚上睡不了，一大早就被她吵醒了，我还不能抱怨？抱怨两句吧，他们说不靠我挣那两个钱，有没有搞错啊。”李诗无奈又气愤，指着自己的脸给她们看：“瞧瞧，你们看看我的脸色，再看看你们。”

李诗把一张脸伸出去给两人看，不但脸色蜡黄的，隐约还有些色斑，和原来那个粉白细嫩的玉人儿是天壤之别。吉安敏和米亚娜瞧着有些心疼，米亚娜更是没好气地说：“你说你从大学开始的时候就写写写，现在什么时候了还写，你怀孕了知道吗？女人在这个时候得好好珍惜自己的身体，你身体拖垮了，以后年纪大了，拖着个病体，谁照顾你啊？”

吉安敏觉得米亚娜说得有点重，打了她一下说：“怎么说到那么远去了，会不会好好说话啊，她怀着孕呢。”

米亚娜却不觉得自己有错，瞪着眼说：“我这叫未雨绸缪，也就我会这样跟她讲。”对李诗挑了挑嘴道：“你得好好珍惜我知道吗？”

“珍惜什么呀，如果不是她婆婆吵吵闹闹的，怀孕的时候写写文章也没什么不可以，她都写那么久了，再说了你看她那么美的孕妇裙可都是写出来的，以后可以做胎教呢，没准生出来就是个才子。”吉安敏乐呵呵地说，想让李诗开心一点儿。

李诗长叹一下，扯了扯自己的麻质长裙，又笑了：“你们说我这裙子好看吧，我婆婆看我穿这衣服特别不高兴，说丢人，别人不知道的还以她家怎么穷呢，她不知道吧，现在纯麻的衣服才好呢，再说这衣服宽松，怀孕不怀孕都可以穿，多好。”

吉安敏点头道：“生活不就是这样吗？有苦有乐也有无可奈何，总还是有快乐和幸福的时候，要不你还是跟你老公说说，让你公婆回家得了，反正他们又不是在老家呆不下去了，既然是来照顾你的，如果你不需要他们照顾，他们不就可以回去了吗？再说，你又不上班，实在不行还有你妈和我们俩呢，哪需要他们天天呆在这儿。”

李诗听到最后摇头道：“我也不是没想过，但他们是不会走的，他们每天念叨着，一定要伺候到大孙子出生，现在连出生之后的衣服都做了不少，从内衣到外套，还不让我买，说新衣服有污染，这个他们倒是清楚。”

“我天，如果不是大孙子呢？”米亚娜惊呼，她这一叫，李诗也愣了，小声地问二人：“这我倒没想过，这意思是不是说我一定得生儿子才行啊？”

米亚娜赶紧回道：“极有可能！”话一落音又被吉安敏在手臂上重重地拍了一巴掌，不禁恼了：“你干吗老对我使暴力啊！”

吉安敏白了她一眼，对李诗说：“你别想多了，老人家都难免，这也正常，谁没个喜好呢？再说了，你看你脸色这么不好，听说怀着儿子才会这样，怀女儿的气色都好得不行。”

“这你都知道？”米亚娜不可思议地看着吉安敏，然后脸色一白：“你不会是当初和沈秦在一起的时候，偷偷怀过孕吧？”

“你胡说什么呢，我和沈秦在一起的时候啥都没有。”吉安敏都让米亚娜给气疯了，可米亚娜却点头道：“难怪人家要逃婚。”

吉安敏气绝，指着米亚娜说不出话来，李诗不禁安慰道：“行了行了，她就那嘴，不过你怎么知道的？”

吉安敏叹了一口气道：“我服了你们俩了，我这么纯洁的人……我妈老说怀着我的时候粉面桃花的，结果被我奶奶指桑骂槐地骂了一个孕期。”说到这儿，又对李诗说：“我妈不也过来了吗，我爸现在对她言听计从，我妈当时有一句名言：我忍她，她总不会比我活得长。”

“你妈太狠了，这合适吗？”米亚娜摇摇头，又怀疑地看了看吉安敏：“你怎么一点儿都不像你妈呢？”

“说出来是狠，但也不失为一个安慰自己的办法对吧？另外，我像我爸。”吉安敏对于这个话题都听腻了，因为张彩云的口头禅便是“你怎么不像我呢”。

“我做不到，这样的生活我要坚持一年都不行，真佩服你妈……不行，我不能要这个孩子。”李诗忽然站起来说，吓了吉安敏一跳，不知道自己说错什么了。

“你们想啊，我现在还没生呢就这样了，以后这日子怎么过？不过就是两条路，一条是让我公公婆婆帮我带孩子，一直到上小学……不对，是一辈子，因为我怎么也不能因为不需要他们带了就赶他们回去啊。另外一条路便是我自己带，老天爷，想想每天得和尿布奶粉打交道，我就没办法生活下去了……我还能写东西吗？你们能想象吗，我不能一边闻着屎尿味儿，一边写文章……这写出来的文章都有屎味儿吧？”说完，又“哗”的一下坐下，那样子差点儿就要哭了。

“谁说的，好多女作家都是这样，那文章一样都是鸟语花香的。”吉安敏小声道，但见李诗那惊慌失措的样子也吓着了。

米亚娜觉得李诗这情绪有点儿怪，但也不知道怎么办才好，这时见李诗的老公郭诚朝她们走过来，一脸的堆笑，然后挨着李诗坐下来说：“老婆，心情不好吗？出来也不跟我说一声。”那温柔和体贴让旁边的姐俩羡慕死了，米亚娜悄悄在吉安敏耳边说：“你说什么时候会有人喊我一声老婆呢。”

吉安敏撇撇嘴小声回道：“总会有那么一天的，只要你不抱着独身主义的思想。”

米亚娜赶紧说：“我才不呢，我还要生娃当妈呢。”

正嘀咕着，李诗闷闷地起身说：“我先去一下洗手间。”

“我送你过去吧。”郭诚赶紧起身扶李诗，却被她甩开：“女洗手间你去干吗？”

郭诚还是跟着走了几步，见李诗安全地到了洗手间，才回过身抱歉地对吉安敏和米亚娜说：“自从怀孕后，脾气就差多了，估计是孕期抑郁症。”

吉安敏和米亚娜跟郭诚都不大熟，但听到这说法也蒙了，米亚娜更是不解：“这不才怀孕吗，怎么就抑郁了呢？你们把她怎么了？”

郭诚心里也苦，胡子拉碴的，都没心情打理，见李诗两个闺蜜横鼻子竖眼地看着他，心里也郁闷，皱着眉说：“她不想我爸妈来照顾，可她自己连饭都不会做，她妈身体又不好，你们说她一个人在家我放心吗？”

“不能请个保姆吗。”米亚娜心直口快，却忽略了郭诚的经济实力和男人的脸面，还以为他舍不得呢，于是滔滔不绝地开始数落起来：“我说你们男人怎么都这样啊，把女人骗回家，怀了孕就完成了你们人生的一件大事，等孩子生下来更是什么都不管了，知道女人有多辛苦吗？不说别的，你们揣十斤的米在肚子上一个月试试。”

吉安敏踢了米亚娜几脚，她都没反应，直到最后忍不住踩了她一脚，却听到郭诚明叫：“吉安敏，你踩的是我。”

米亚娜顿时停住了话头，不满意地问刘明：“我说的话你有没有在听啊？”又回头看吉安敏：“你为什么要踩他啊？”

“她是想踩你的，想提醒你，我们家其实没钱请保姆。”身后传来李诗冷冷的声音，郭诚头快低到臂弯里去了。

几个人顿时僵在那儿，吉安敏正想说点什么，郭诚却突然抬起头，语气僵硬地说：“我们认识的时候你就知道我家穷，结婚前我也带你去见过我父母，你也知道他们是什么人。”

“你的意思是说，因为你没有骗我，所以我就要无条件地忍受是吗？”李诗眼眶里忽然蓄满了泪，她不能接受自己深爱的男人说出这样不负责任的话，她知道刘明的家庭现状，但女人就是这样，只需要男人的一句话，这句话也许是你受委屈了，你辛苦了，但不是这种冷冰冰的分析。

“那你说应该怎样？我辞职在家伺候你？我辞职了你养我？”刘明不看李诗，独自恼恨，使劲地揉了揉头发。

李诗用尽全身力气喊了一句：“行，我养你！”然后哭着奔了出去，郭诚这才意识到事情严重了，赶紧追了过去。

天已经全黑了，看着窗外的路灯，吉安敏才发现下了雨，扭过头看着米亚娜。

米亚娜一时也有些无措，终于指了指自己，不确定地问："都是我的错吗？"

吉安敏点点头，说："至少60%。"

"这都能算得出来？"米亚娜一脸的委屈，她也是想为李诗好，想为她打抱不平来着，可是现在弄成这样……想了想，米亚娜又问吉安敏："要不要一起去找找？不会出事吧？"

吉安敏摇头："郭诚不是追出去了吗，李诗怀着孕呢，不定在门口就被郭诚抓住了，再说了，清官难断家务事。"

对于这一点米亚娜却不认同，她在做生意方面很圆滑，对于感情却泾渭分明，在她看来李诗怀着孕，这件事情就该刘明出面处理，没处理好就是他的错，怎么还不能说了呢，想到这儿她又有点儿生气："这郭诚的脾气也忒大了，我才说几句话呀，他就这态度，明明就是他不对嘛。"

吉安敏看着米亚娜，动了动嘴唇，但还是选择了沉默，倒是米亚娜不喜欢她这样，一定要她有话就直说，有那啥就放，吉安敏只好开口道："感情是没有对错的，你老这样想，别最后坑了自己。"

"得了吧你，我谈的恋爱比你打的喷嚏都多。"米亚娜一脸的不屑。

谈恋爱的次数，吉安敏是追不上米亚娜的，当年读书时比不上，现在比不上，以后更不可能比得上。当年在大学的时候，米亚娜就是校园里有名的花王，整天被一群苍蝇蜜蜂追着跑。

于是她有些不客气地说："你谈的恋爱何止比我打的喷嚏多，比我打的哈欠都多，可真的是次数越多就越明白吗？"

"那当然！"米亚娜毫不迟疑地接话，从小老师不就教'读万卷书不如行万里路'吗，她谈的次数多，对感情的把握当然也就会更好？

但吉安敏一句话却将她打回了原形："那你找的男朋友，怎么一个不如一个？"

米业娜彻底无语了，她自己也不知道为什么，只好说："可能，是因为这个世界优秀的男人越来越少了，或者是因为我越来越优秀了？”

“你一直都很优秀，而且，我觉得不是优秀的男人越来越少了，而是和咱们的标尺有关系，上大学的时候咱们要的不多，有可能只因为他长得帅，有可能只因为他学习好，现在呢？哪个男人能只凭一个优点就让咱们下决心跟了他？”吉安敏说着说着停住了，因为她情不自禁地就想到了江承，她奇怪的是为什么自己想到的是江承而不是齐辉，甚至不是当初她铁了心要嫁的沈秦。这真是太奇怪了。

“我知道你的意思是我条件太高了。”米亚娜懒懒地说，就在李诗结婚的时候，她再一次重申了自己的条件：至少要 180cm 以上，长相虽不用太英俊，至少不能太丑，学历得学士学位，可以打工，但月薪必须两万元以上，有房有车这也是必须的……当时李诗和吉安敏听了直摇头，米亚娜却觉得这太正常了：“找老公，是一辈子的事，必须一次到位，而且我未来孩子的爹怎么能随便？基因太重要了。”

老公在米亚娜的眼里，和一套称心如意的家具差不多，因为家具也是要用一辈子的。别人旅行会带回一些特产，或者纪念品，米亚娜却喜欢带家具。云南、泰国、印度、英国，只要米亚娜脚步踏过的地方，只要她看中的家具，再远也得弄回来，因为是要用一辈子的。

不用说，老公这件消耗品，如果不出什么意外，也是要用一辈子的。

想到这儿，吉安敏不禁用另外一种眼神审视着米亚娜，发现她对待生活其实比自己和李诗更谨慎，她想到的总是一辈子，李诗想到的总是不要错过，而自己呢？或许有些事情真的是旁观者清，自己永远不明白对在哪儿，错在哪儿，也搞不清楚哪里是墙哪里是路。

“其实江承和齐辉都是不错的选择，你为什么下不定决心？难道你还期待着一场轰轰烈烈的爱情？可是我们毕竟不是情窦初开的少女，也不像二十出头的小姑娘有大把的好时光。”米亚娜非常认真地问吉安敏，她觉得李诗的作，作在明处，可是吉安敏却作得让人琢磨不透。

吉安敏整理了半天说：“可能我的标准不是他有哪些，而是他没有的那些，我能不能够承受。”比如江承的妈妈吴涵，她害怕以后真的如吴涵所料；比如自己对齐辉的感情，和一个如果不爱的人在一起，他再优秀，这日子是不是也挺难熬的？难道到了三十岁，就真的不应该考虑这些了吗？

李诗那天到底没被郭诚追上，反而因为淋雨感冒了，孕妇不能随便吃药，再加上心情不好，于是高烧不断。去医院的时候，医生发现胎儿有早期流产的症状，问要不要保胎？郭诚一家当然是想保胎，而李诗则坚决不同意，因为怀孕还不到三个月，保胎是有风险的，连医生都建议不要保胎。

李诗对刘明和公公婆婆说万一坚持生下来，有个不好，对自己和孩子都是不负责任的行为，当时婆婆指着她骂：“你真是个狠心的女人，好好的孩子居然不要，不就是让你在床上躺一段时间吗，这点儿苦都不吃，存心要我们老郭家绝后啊你这是。”李诗顿时气得不行，觉得和这老太太简直没道理可讲了，于是挥着手说：“孩子是我的，我想要就要，不想要就不要，你们怕我给你们老郭家绝后，你们再找一个儿媳妇去呀。”当场就把老太太气得高血压发作，住进了另一栋楼的心血管科病房。

老太太出院后，都没来看李诗一眼就和老伴一起回了老家，这一通闹下来郭诚也精疲力尽，他能有今天，和他爹妈的付出是分不开的，现在却这样被气回了老家，面子上也过不去，可李诗这情况让他也没办法说什么，只能整天沉默寡言。

李诗在电话里如梦呓般问吉安敏：“安敏，我错了吗？”

“你没错，医生都建议不要保胎，自然是这一胎本身就不是很好，咱们肯定要优生优育，不是你的错。”吉安敏尽量安慰李诗，可李诗却说：“我想问的不是这个，我想知道我是不是嫁错了？”

吉安敏卡住了，这个问题谁能回答呢，恐怕只有老天爷才知道，自己的路都得自己走，作为朋友，为了让李诗不要胡思乱想，只能约上米亚娜经常陪她聊天。

在去李诗家的路上，米亚娜很反常地沉默无语，这让吉安敏有些不适应，问了好几次怎么了，米亚娜才苦着脸说：“你说李诗会不会怪我啊？上次如果我没有说那些话，她就不会气得跑出去，也就不会淋雨，不淋雨就不会感冒发烧，说不定孩子就没事。”

“你瞎想什么呀？我还没听说过因为别人一句话就流产的，最主要的问题在他们自己，你别胡乱往自己身上揽，李诗也不会怪你的。”尽管吉安敏费尽口舌想让米亚娜感觉好过一点，但米亚娜还是愁眉苦脸地沉默着，认为自己负有不可推卸的责任。

到了李诗家，是郭诚开的门，他只冲吉安敏点点头，看也不看米亚娜一眼。米亚娜本来心里就愧疚得不行，但只是对李诗的，见他这态度再一次想转身走人，吉安敏在她耳边说：“你是来看李诗的，就这样走了算怎么回事啊，不管你错没错，你都得面对不是吗？也许根本就不是你想象的那样。”

不管怎么样，郭诚也不能赶米亚娜走，把她们迎进屋，指了指房间说：“李诗在房间谁也不想见，你们去吧。”

吉安敏和米亚娜推开房门的时候，李诗正坐在房间的飘窗上看书。飘窗很明显是李诗的风格，短绒的白垫子，纯白全棉靠枕，细白的纱帘，净白的瓷杯，唯有旁边那一溜书是五颜六色的。看着李诗一张苍白而憔悴的脸，坐在这个几乎白色的小世界里，吉安敏心里一痛，米亚娜却抢先一步坐到李诗对面抱歉地说：“对不起，都是我不好。”

吉安敏只好坐到飘窗旁边的红色双人沙发上。

看着米亚娜一脸的愧疚，李诗有些疲惫地笑了笑：“我们一直趾高气昂的米亚娜居然也会说对不起啊，不过这件事真的和你没关系，你只不过是那个捅破气球的人。我和郭诚的生活就是个气球，它没落到实处，就算没有你，这只气球也会自己爆掉。”

第十八章　谈判

还没等吉安敏把事情想清楚，一个电话便打乱了她的生活，是张彩云，电话里急急地说说吉爸病了。

“我爸怎么了，上周我打电话回家，他不还和我聊得好好的吗？怎么突然就病了呢？”吉安敏慌了，也觉得不敢相信。吉爸虽然对张彩云百依百顺，看上去有些懦弱，但身体却健康得很，怎么会好好地突然就病了呢？但张彩云并没有解释，只是让吉安敏把工作安排好就赶紧回家一趟。

“事不宜迟，忙完了就回来，别等以后后悔都来不及了。”张彩云说完就挂了电话，吉安敏放下电话呆呆地坐在沙发上，脑子里一片空白，然后和吉爸有关的那些画面就像电影似的一幕又一幕地出现在脑海里。

对于吉安敏来说，她大学前的生活和张彩云纠结在一起，就连现在，似乎张彩云都无处不在，但吉爸在她心里却是不可取代的，有吉爸在，她觉得踏实而温暖。可是现在，吉爸病了，张彩云却只让她赶紧回去，这是什么意思呢？吉安敏不敢想。

曾菲回到家的时候，便看到吉安敏像雕塑似的呆坐着，不禁好奇地问：

“姐，你干吗呢？”

见吉安敏没有反应，曾菲慌了，坐到吉安敏的旁边，伸手在她眼前晃了晃，几乎要哭了：“姐，你别吓我啊，你到底是怎么啦？中邪了吗？”

吉安敏推开了曾菲的手，喃喃道：“菲菲，我爸病了，我得回家。”曾菲眨了眨眼睛，又看了看吉安敏：“什……什么病啊？”

吉安敏摇了摇头，道：“我不知道，我妈没说，只让我赶紧回去。”曾菲也呆了，握住吉安敏的手道：“姨妈都让你回家啦？不会……不会是……很严重吧？”说到这儿，曾菲的泪水也涌了出来，她自幼在张彩云和吉爸身边长大，就像是亲生女儿一样，她对他们的感情甚至比对自己亲爸亲妈都深。

“菲菲别乱说，不会很严重的，可能是想咱们了。”吉安敏想说得轻松点儿，可又做不到。

“姐，我和你一起回去。”曾菲说完便去网上订了火车票，吉安敏也给齐辉打电话请假：“总裁，我知道我现在请假不合适，但我也没办法，你可以马上再请一个助理，等我爸病情稳定了，我立即回来办理辞职手续。”

电话那边，齐辉安慰吉安敏道：“也许并没有你想象的严重，年纪大的人总是会把事情夸大一些。”

“如果是这样，就谢天谢地了。”吉安敏真的希望是张彩云老了，想念自己了，所以想出了这样一个馊主意让自己回家。

“你不用辞职，这个位置永远是你的。”齐辉斩钉截铁地说。吉安敏知道，她这个位置的空缺，会给齐辉带来很大的麻烦和困扰，于是赶紧说：“总裁，我没有关系的，工作没了我可以再找，公司要紧。”

“你放心好了，还不至于对公司的发展产生什么影响。”齐辉依旧淡淡的说，让吉安敏既惭愧，又感动，不知道该说些什么才好。齐辉说：“听说你的菜做得挺好吃的，你以后给我做一顿吉氏私房菜，就算报答了我的知遇之恩。”

“好，我一定给你做满满一桌。”吉安敏笑了，泪水又跟着流了出来。

挂断电话，吉安敏又把手头工作的进度详细地给齐辉发了一份电子邮件，然后开始收拾行李。

看着还空着一半的行李箱，吉安敏总觉得还少了点儿什么，想了想，又从衣柜里拿出一个包裹，里面是一件皮袄，那是给吉爸买的，因为吉爸喜欢骑电动车，大冬天的，吉安敏怕他冻着，便买了一件这样的皮袄，又暖和又抗风，本来准备快递过去的，现在正好带回去。

“姨妈这电话真及时，省了快递费了。”曾菲见吉安敏把那件皮袄又重新叠了叠，本想缓解一下她的情绪，却被吉安敏厉声斥责：“有这么说话的吗？是身体重要，还是邮费重要？”

“我这不是开玩笑吗？我当然也不希望姨父生病啊……”曾菲心里其实也真的不好受。曾菲沉默了半晌又对吉安敏说：“姐，我订好了车票了，今天晚上九点的火车，明天就能到家。”

吉安敏点点头，可心里又是一阵愧疚，又问曾菲：“你说咱们是不是回家的次数太少了点？”

曾菲没有说话，她也不知道是不是少了些，可要让她一两个月就回去一次，似乎又办不到，回去干吗呢？年轻人就是这样，总觉得自己的世界很大，前面的路还很远，自己还有很辉煌的前程在等着，所以只顾着往前奔。反正家总在那儿，父母在那儿，可等到想停下来回头望一望的时候，却发现物是人非，因为父母也会老也会生病，也需要人牵挂和照顾。

见吉安敏的情绪过于低落，曾菲抱住她的胳膊靠着她安慰着：“姐，你别想多了，姨父不一定有你想象的那么严重，可能是姨妈故意吓我们的。”

“我妈那个人你还不知道，如果不是有什么事，我一年不回家，她都不会叫我，生怕我把工作耽误了。”吉安敏了解张彩云的个性，工作为重，自己为轻，如果不是大事，她不可能打这个电话，但见曾菲耷拉着小脑袋，又柔声说：“就算是小毛病，我们也该常回家看看的。”

收拾好行李吉安敏看了一眼墙上的挂钟：“呀，快七点了啊，我们弄点吃的吧。”曾菲点头，这个时候让吉安敏做饭也太不人道了，不禁遗憾地想：姐夫今天怎么没过来呢？

吉安敏正准备做泡面，却听到了敲门声，示意曾菲去开门，没一会儿就听到她惊呼一声："大帅哥，你怎么来啦？"

吉安敏放下手里的活，到客厅一看，竟然是齐辉。

"总裁，你怎么过来啦？"她分明在电话和邮件里把事情都交代清楚了。齐辉倒也爽快，看着姐俩说："我送你们去火车站。"

"不用。"吉安敏觉得挺不好意思的，离火车站又不远，打个车也挺快的，哪值得他这样跑一趟，可曾菲却双眼放光，冲到前面说："好啊好啊，帮我们拎拎箱子也好啊。"

吉安敏瞪了曾菲一眼，小声道："他还是个病人呢。"曾菲吐了吐舌头，缩了一下脖子，齐辉倒是不高兴了："一两个箱子还是拎得动的。"闻到屋子里有泡面的味道，便对吉安敏说："吃什么泡面，我们去餐厅吃吧。"

"就是啊，我就说不能吃泡面。"曾菲开心不已，出门时齐辉接到一个电话，之后看着吉安敏欲言又止，吉安敏笑了笑说："总裁，你有事就忙去吧。"

"就不能叫我齐辉吗？"齐辉一脸的无奈，吉安敏只好重新说一遍："是，齐辉，你有事就忙去吧。"

齐辉顿了顿，对吉安敏说："我要去国外治疗一段时间，约好了时间，我马上起身出发。"吉安想只要齐辉积极治疗就好，于是点头道："这太好了，你赶紧去吧。"

把齐辉送到电梯，眼看着电梯门都要关上了，齐辉忽然拦住电梯门道："你等着我回来。"吉安敏点头，说："我等你回来，你也要等我。"

这是一个美好的期待，于齐辉与吉安敏都是。

看着电梯已经下行了，吉安敏才转身回屋，一个从楼梯口走出来。

吉安敏和曾菲坐了一夜火车，第二天风尘仆仆地赶到家的时候惊呆了。她们刚走到家门口，便听到张彩云声若洪钟地嚷嚷："说了多少遍了，豆浆和油条是不能一起吃的，你就是不听，小心吃出毛病来。"吉爸则慢悠悠地说："什么毛病啊，事儿多，我吃了大半辈子了，不也没事吗？"

没事儿？吉安敏和曾菲对视了一眼，然后吉安敏拿出门钥匙，悄悄地打开门，看到坐在餐桌边的吉爸呆呆地看着她们俩。

张彩云见吉爸的表情不对劲，回过身来一看，吓一跳，一只手拍着胸脯，夸张地说："你们回来都不打声招呼的？吓死我了，怎么这么快啊，坐飞机回来的吗？"另一只手放在身后朝吉爸做手势，吉爸会意立即做出痛苦状。

"坐飞机？我们这里什么时候修了飞机场了，我怎么不知道？"吉安敏把行李往地上一放，双手叉腰冲着吉爸道："演，接着演，我们俩什么都扔下，坐一宿火车回来，就看着你俩演戏？"

"谁演戏啦？你爸是真的病了。"张彩云坐到桌子旁边皱眉边说，然后又指了指桌上的油条、豆浆和鸡蛋问吉安敏和曾菲："吃了没？没吃赶紧的。"

吉安敏和曾菲一下车就往家赶，还真是饿了，坐到桌前便开始狼吞虎咽，看得张彩云眼睛都直了："你们至于饿成这样吗？"

"怎么不至于！昨晚就一人吃了一包泡面。"曾菲再也忍不住了，直冲着张彩云嚷嚷。

吉安敏一边恨恨地吃着油条，一边瞅着气色巨好的张彩云和吉爸，心想这不是耽误事儿吗，忍不住数落起来："妈，我爸有病没病我还看得出来，他吃得比我还多，再说了，有病不得住院啊？您这是干吗呀？您知道我手头有多少事儿吗。"

曾菲一听也不爽了，她选秀已经到了关键时刻了，忙着呢，于是嘟囔着："我也挺忙的，姐，咱俩下午就买火车票回去。"

"不能去。"张彩云"啪"地一声把筷子拍到了桌子上，吓得曾菲嘴的里的鸡蛋都差点掉下来，不解地问："为什么呀，为什么不让我们回去啊？"

张彩云恨铁不成钢地看着曾菲，摇头叹息了半天才说："你参加的那个什么选秀？你当是皇宫里选秀女呢？你像你姐那样好好地找个正经事儿干不成吗？那露胳膊露腿的，唉呀我都不好意思说，是好人家的女孩子该干的事儿吗？”

吉安敏听了不禁打了个嗝，真是太稀奇了，张彩云这算不算侧面地表扬了一下她？曾菲一听张彩云这样说急了：“姨妈，您这是几十年代的想法啊？我这选秀是很正规的，搞不好我就成明星了呀，导师都说了，我有表演天赋。”说着便放下油条抱着张彩云摇晃着撒娇：“姨妈，你就答应我吧，我以后成了明星，挣了大钱，我就在北京给你买一套别墅，让你一打开窗户就看得到紫禁城，好不好？”

张彩云摇头道：“不好，有雾霾，看不见，我宁愿买门票到紫禁城里边儿去看。”曾菲立即神采飞扬地接话道：“姨妈，您还是像以前那样，真是幽默！幽默的人最讨人喜欢了，而且还不容易老，您看您脸上连褶子都没有，皮肤和我差不多，真的！不骗您。您如果喜欢去紫禁城里边儿玩，咱们天天去都成，我天天伺候着您，您是小主，我是小宫女，今天坐坐金銮殿，明天坐坐太后椅……”

“得得得，快住嘴吧，这些都不让坐。”吉安敏真的很佩服曾菲，从小到大她就是靠这一招儿，把张彩云哄得团团转，都不知道怎么疼她好了，自己也学过几次，可是还没张口就放弃了，这也是要有天赋的。

看张彩云那冰雪消融的脸色，吉安敏猜曾菲这次应该又成功了，曾菲也仰着一张俏脸说：“不让坐我就扶着小主四处走走，还锻炼身体呢。”张彩却不紧不慢地说:“我当什么小主啊，我又没表演天赋，你不是说你有吗？我问你，你哪儿来的表演天赋啊？”

曾菲一时语塞，嘟囔着：“我天生的不行吗？”

“别跟我扯天生的这回事，你妈读书的时候成绩不好，你怎么不天生就会读书呢？”曾菲再一次见识到了姨妈的难缠，倒是吉安敏感慨地说:“其实啊，应该是我有表演天赋才对。”

曾菲不明白，问：“为什么我没有，你就有啊？”

“因为我爸擅长表演啊。”吉安敏指了指吉爸。吉爸挺不自在地在椅子上挪了挪身子，直瞪张彩云：“都是你出的馊主意，直接跟她在电话里说不就可以了吗？”

“什么叫我出的馊主意，这俩丫头和你没关系呀？再说了，我出主意也得你配合啊，电话里说？电话里说得清吗？”眼看着张彩云的火爆脾气又起来了。

曾菲赶紧转移话题，挨着张彩云边蹭边说：“姨妈您都不知道，我都有粉丝啦，我离成功就一步之遥了，您就让我去吧，我保证不乱来。”

张彩云气咻咻地说：“一边儿去，坐那儿吃，满手的油都蹭我身上了。”

曾菲委屈地回到自己的位置上，又可怜巴巴地看着张彩云，眼睛水汪汪的，看上去谁的心都得软得一塌糊涂，让吉安敏情不自禁地偷偷冲她伸了一下大拇指，太牛了。

曾菲抬了抬下巴，意思是，我是谁呀，专治张彩云的。但是她忘了，张彩云疼她的时候，才会让她治，当张彩云下定决心整她的时候，她哪里是对手啊。

张彩云多了解曾菲，所以她根本就不看曾菲那可怜样儿，只是固执地说：“我说不行就是不行。”

“妈，您既然是想让菲菲回来，干吗把我也骗回来啊？我公司一堆事儿呢，难不成您对我工作也不满意？对了，刚才你们说在电话里说就成，说什么呀？”吉安敏觉得既然曾菲的事情解决不了，不如先把自己的解决了，齐辉出国治疗，公司的事儿肯定特别多，既然他对自己这么信任，自己也不能不全力以赴啊。

“你的工作我很满意，但是主要还是你的事儿。”张彩云抬头看了看吉安敏，深叹了一声，给吉爸使了个眼色，自己起身收拾饭碗去了，吉安敏蒙了，张彩云对自己什么时候这样欲言又止过啊。而且工作满意，那还有什么了不得的事呢？

别说吉安敏不解，曾菲也糊涂了，心急得不行，冲着张彩云的背影喊道：“姨妈，您老好歹把我们姐俩的问题解决掉一个啊。”

“都给我在家呆着。”张彩云在厨房吼了一句，姐俩面面相觑，曾菲更是急得直跺脚，压低声音对吉安敏说：“姐你说我这是不是自找的，哪儿有时间这样在家里耗着啊？”

“再给你一次机会，你还是得回来。”吉安敏也很无奈，曾菲也不得不同意她的说法，她俩谁听到吉爸生病了，都没办法无动于衷。

“唉呀妈呀！”曾菲苦恼地趴在桌子上,她知道张彩云在家里说一不二，她爸妈来了都没用，于是赶紧开动小脑瓜子想办法。

这时吉爸起身，对吉安敏说：“敏敏，你跟我到书房来一下。”曾菲赶紧抬起头：“我也去。”张彩云从厨房走出来，扔给曾菲一把韭菜，说：“没事的话把这个择干净了，中午吃。”

曾菲苦着脸对张彩云说：“姨妈，我有事儿，我可忙了。”

“那你择完了菜再忙。”张彩云丢下一句话又进了厨房，曾菲没办法，只好一边择一边想，为什么不是和我谈谈呢？自己有好多话想说呢。

吉安敏跟着吉爸到了书房，先给吉爸泡了一杯大红袍，这还是她那年在福建旅游的时候带回来的，但吉爸一直舍不得喝，茶叶盒上的漆都快磨秃了，茶叶还有一半。

吉安敏一边泡茶一边嗔怪道：“爸，这茶您再不喝就不好喝了。”

“没事，不会坏的。”吉爸见吉安敏娴熟的泡茶手法，不禁感慨:“不错，还没忘，我家闺女现在长大了，要嫁人了，爸爸也喝不了几次你泡的茶了。”

嫁人？这是个多遥远的问题，吉安敏笑着坐到吉爸的对面，像小时候那样，两人被阳光笼罩着，就那样坐着，都是暖的。

“爸，不管我多大了，都非常愿意给您泡茶。”吉安敏声音很轻，但却很坚定，吉爸听了重重地点了点头：“我知道，我闺女一直是最孝顺的，但你总会有自己的生活,这也是我和你妈的愿望。作为父母,我们希望你幸福，但是敏敏啊，我们更希望你的路能走得稳妥一些。”

吉安敏微微皱了皱眉，不明白吉爸为什么会突然说这些话。隐约有种不好的预感：“爸，我知道你们做什么都是为了我好，这次让我们回来肯定也是有要紧的事，但是，我想知道您究竟要说什么？肯定不是因为身体上的原因，对不对？”

吉安敏还是有些担心，她想亲口听到吉爸说身体没事，其实她并没有真的责怪张彩云这样做，吉爸身体健康比什么都强。

吉爸端起茶杯，靠在躺椅上。这把躺椅是吉安敏用第一份月薪买的，已经坐坏过几次，但每次都被吉爸不知道从哪里弄回来的一些藤条修好，一直坐到现在。吉安敏知道只要是自己买的东西，吉爸都会格外珍惜。

吉安敏心里正内疚，吉爸却说："江承的妈妈来过了。"

"什么？"吉安敏难以置信地看着吉爸，江承的妈妈居然会到家里来？！

吉爸把茶杯重新放到了茶盘里，叹了一口气道："敏敏，爸爸妈妈不想干涉你谈恋爱，但是你得诚实啊，江承他是什么样的人就是什么样的人，为什么要对我们说假话呢？"

这是吉爸第一次用这样严肃的态度和吉安敏说话，这让吉安敏有些紧张，她不知道该怎么和吉爸解释。当初，吉安敏和爸妈说的其实都是沈秦的情况，而说出江承的名字时，吉爸也有过怀疑，被吉安敏一句"您听错了"带过去了。那时候，谁知道她和江承会有这样的纠缠，一个善意的谎言，却成了今天的欺骗。

整理了一下思绪，吉安敏还是把事情从头到尾详细地对吉爸说清楚，这一说完，就到中午了，父女俩都坐在书房沉默不语。

"敏敏啊，是爸爸妈妈不好。"吉爸说完，竟然老泪纵横，作为父亲听到女儿被人抛弃，为了应付自己，竟然找人顶替订婚，那种心情是无法言说的。

吉安敏想安慰吉爸几句，毕竟事情已经过去了，自己也从那段经历中走出来了，听到门外曾菲大喊："姨妈，您怎么啦？姐，姨父快来看看，姨妈这是怎么啦？"

吉安敏赶紧起身打开房门，发现张彩云瘫坐在地上，吉爸也跟着过来了，一看张彩云的情况急急地对吉安敏说："赶紧打 120，搞不好是中风。"一听这话，曾菲给吓哭了。

张彩云送去了急诊室，还好送得及时，情况不是很严重，但最好还是住院观察几天。办理完入院手续张彩云的点滴也打上了，吉安敏才感觉自己都快累趴下了。

“我去给你们买点儿吃的吧。”吉爸见吉安敏脸如菜色，很是心疼，却被吉安敏拦住了，然后对曾菲说：“你把我爸送回去吧，别我妈这儿还没好，我爸又给累病了。”

吉爸刚开始怎么也不愿意走，吉安敏只好对他说，让他回去准备准备，晚上带一些必需品和晚餐过来，吉爸这才起身，并说下午给她烧她最喜欢吃的红烧肉。

张彩云已经睡着了，吉安敏伸手掖了掖被子。她是第一次看到这样的妈妈，她没有了以前张牙舞爪的样子，看上去那样虚弱，像个孩子。

吉安敏忍不住伸手抚了张彩云的头发，竟然有了白头发。

不知道从什么时候起，张彩云的头发就卷成了老年人常烫的那种短短的大波浪，吉安敏也再没有关注过她的头发是短是长，是黑还是白。她其实和吉爸更亲一些，有什么心事都更愿意和吉爸说，每次打电话回家，她更多是问吉爸好不好。

但吉安敏是理解张彩云的，她不过是一个望女成凤的妈妈而已，因为吉爸的好脾气，所以她不再指望他，把自己强硬的一面展现在女儿面前，她希望吉安敏能够很优秀，但她并不是不关心自己的女儿。所以，张彩云偷听到吉安敏的经历，才会承受不住。

“等您好了，我带您去吃好吃的，带您去看看米亚娜的‘遇见吧’。”吉安敏轻轻地趴在张彩云的床边，把妈妈的手放在嘴边轻轻地吻了一下。这是吉安敏第一次和张彩云有着这样亲密的接触，让她有种莫名的感觉，既温暖又窝心，握着张彩云的手不想松开，她告诉自己，这就是妈妈的感觉。

这时手机响了，是曾菲，她问张彩云的情况怎样了，又嘱咐吉安敏一定要记得吃饭。

挂断电话，吉安敏看了看窗外，现在已经是下午三点钟了，阳光已经有些颓势，显出细微的金黄，让洁白的墙面也都有些泛黄。

吉安敏一边翻着手机，一边想一些乱七八糟的事情，直到听见曾菲和吉爸开门的声音，才发现自己不知不觉地睡了过去。

“傻丫头，饿了吧？”吉爸一边说一边拿出饭盒来，肉香顿时弥漫了整个病房，吉安敏摸了摸肚子，她是真的饿了。“这还是你妈上午给你的呢。”吉爸递给吉安敏一双筷子，声音有些哽咽地说，他和张彩云一辈子的夫妻，也没想到一向风风火火的她竟然这么快就倒下了。

原本谎称吉爸生病，现在却是张彩云自己住进了医院。不过幸运的是，张彩云第三天就出院了。病了一场之后，张彩云就像是变了一个人似的，她常常陷入沉思，往往在阳台上一坐就是半天，这让吉安敏和吉爸都有些担心，吉爸想过陪陪张彩云，可还没在她身边坐下，张彩云便说：“你让我一个人静一静吧。”吉安敏也不知道她是怎么了，因此也不好提离开的事，怕刺激到张彩云。

那天，张彩云又在发呆，吉安敏在她身后呆了会儿，见起风了，于是拿了件外套披到张彩云的身上，还是忍不住问：“妈，您这些日子是怎么了？让我们都挺担心的。”说这句话的时候，吉安敏心里有些忐忑，她习惯了听张彩云的指示，却极少和她聊天，所以，她不知道会得到张彩云怎样的回复。

也不知道张彩云有没有听见，她许久没有动静，就在吉安敏准备放弃的时候，却听到她说：“敏敏，你觉得……我是个优秀的妈妈吗？”

吉安敏从没想过张彩云会问这个问题，在她看来，张彩云不会有这种疑惑啊，她应该非常自信地认为自己是优秀的妈妈，可是她现在却在张彩云的脸上看到了迷茫，这让她心有不忍，怎么一场并不是多么严重的病，竟让张彩云像是换了一个人似的，如果可以选择，她情愿张彩云像以前那样“气焰嚣张”。

“妈，我们所有的人都认为您是一个非常优秀的妈妈。”吉安敏蹲到张彩云的面前，想让她看看自己的眼睛，明白她说的是心里话，张彩云又问：

“敏敏，那你觉得，我是个好妈妈吗？”

吉安敏一听这话，心里像是被什么东西撞了一下。

吉安敏很想告诉张彩云，她是个好妈妈，但她又情不自禁地想起小时候自己总是很羡慕别人的妈妈，别人的妈妈总是笑眯眯地看着自己的孩子，那眼睛里像是有蜜要溢出来似的，可是张彩云总是皱眉看着她，似乎很期待发现她有什么不对。

“我不是个好妈妈，是不是？”张彩云低头看着吉安敏，眼里隐隐出现了泪光。吉安敏赶紧摇头，急道：“不，您是好妈妈！”

张彩云终于笑了，抬手在吉安敏的头上抚了抚说：“敏敏，就算我不是个好妈妈，我仍然想对你说，不要和江承来往了。”

如果张彩云像以前那样，吉安敏说不定心一横，就扛上了，可面对现在的张彩云，她倒是真有些手足无措，想了想，只好无奈地说：“妈，您别操心了，我和他不是你们想的那样。”

“可是我看得出来，你是喜欢他的。”张彩云笑了笑，吉安敏是她从小拉扯大的女儿，即使这几年不在身边，但她的心思，还是瞒不过她。

吉安敏在吴涵面前不否认，在自己亲妈面前更不想否认，就算和江承没有未来，她也不想否认，所以只能默默地听着。

“敏敏，你知道我和你爸，为什么不让你和他在一起吗？”张彩云接着问，吉安敏苦笑着说：“知道啊，门不当户不对，我还比他大，以后肯定不会幸福，对不对？”

不想，张彩云却摇头，轻声说：“这些都不是理由，理由只有一个，得不到祝福的婚姻是不会幸福的，我和你爸爸只有一个愿望，就是希望你幸福。”

张彩云也许不知道，她的这段话触动了吉安敏心底最深处的渴望。吉安敏当然知道张彩云一直爱着她，也知道她所做的一切都是为自己好，但她没想到张彩云这样直接地说出来，使她忍不住趴在张彩云的膝头哭了起来。

张彩云以为吉安敏是因为不能和江承在一起而难过，于是叹了口气说："人的一生都会遇到一些坎儿，跨过去就好了。"

吉安敏不知道是该安慰张彩云，还是该解释自己和江承之间的情感，如果她说自己和江承分开，张彩云会跟她一起痛苦；如果她坚持要在一起，张彩云会为她担心。

正在这时候吉安敏的手机响了，是米亚娜打过来的。电话里，米亚娜说了几件事情：一是江承不见了，二是李诗离婚了，第三件事米亚娜纠结了半天才说："我……我怀孕了。"

吉安敏沉浸在江承不见了这件事中，江承一个大男人怎么会不见了呢？他为什么不见了？能去哪儿啊？越想越不解，于是急急地问米亚娜："娜娜，江承是怎么不见的？你怎么知道这件事，是不是他跟你说了什么？"

"他之前给我发了短信，说让我转告你，请你一定要幸福。后来，他妈又来找我，说一直没和江承联系上，见你和曾菲也不在家，还以为你们私奔了呢。"米亚娜在那边也是很无奈，又对吉安敏说："敏敏，你最好有个心理准备，我感觉他妈会去找你。"

"找我？她自己弄丢了儿子，找我有用吗？我是谁啊？"吉安敏一听就恼了，发现自己漏掉了什么，于是又问："他请我一定要幸福？"这句话怎么那么像诀别呢？想到这儿，吉安敏心里有些慌，原本她觉得依江承的性格，搞不好真的会过来找自己，但一想到这句话，就觉得不是这个意思。

米亚娜对吉安敏的反应很无奈："你一碰上江承的事情就不正常，就算不关你的事，人家就要去找你怎么啦？你看你火大的，现在最要紧的是江承在哪儿。"吉安敏也沉默了。是啊，江承，在哪儿？

吉安敏正拼命回忆江承以前有没有和她说过想去哪儿，却听到米亚娜气愤地问道："你这个见色忘友的家伙，就关心江承。我和李诗你就无所谓了是吧？"

吉安敏听这话，心里不免有些愧疚，软下声音说："不是这意思，李诗离婚的事情，我早就有了心理准备，就她那个性格，从来不说软话，那就是活在书里面的人，找个史上最完美男主角来配她可能还行，可生活中哪儿有这样的人啊，谁没有缺点啊。你也是，也不劝劝她，也许熬过这个坎就好了呢？夫妻间需要磨合吗，这才结婚多久，还没开始磨呢……”

“等等等，你居然还怪我？你一溜烟跑了，李诗也是我照顾，江承的事儿也来找我，我这还需要人照顾呢。”米亚娜觉得吉安敏一点儿都不关心自己，委屈地挂断了电话，下一秒吉安敏又回拨过来：“我这还不是因为我妈说我爸病了嘛，结果是我妈真病了。对了，你为什么需要人照顾啊？你也生病啦？”

米亚娜是哭笑不得，不知道自己是该高兴还是该愤怒，忍了一下问：“你没听到我刚刚说什么吗？”

吉安敏想了想，说：“你说我见色忘友，其实不是的，你想想一个大活人不见了……”

“停停停，我说的是我，我的事！”米亚娜一边说一边用手捂住了肚子，可吉安敏隔着个电话线也看不见，依旧迷糊着：“你不是说你也需要人照顾吗？所以我这不是问你来了吗，你又不说，矫情个什么劲儿啊。那一个不见人影的，一个离婚的就够我愁的了，你到底是怎么啦姑奶奶？”

“我怀孕了，我怀孕了，我怀孕了！”米亚娜冲着手机大喊了三声，然后泪眼汪汪地挂断了电话，她感觉自己被人遗弃了。可这个时候，一个谦卑得像三孙子似的声音急急地出现了：“姑奶奶，您这是发什么脾气啊，小心啊，小心宝宝啊！”

吉安敏在阳台上呆了半天，直到张彩云喊她：“敏敏，出什么事儿了？江承不见啦？那，又是谁离婚啦？还有人不舒服吗？你瞧瞧你今年走的是什么运，过几天去庙里烧炷香吧。”

吉安敏叹了一口气，心想，如果烧炷香就可以改变现状的话，那这个世界就单纯多了。

吉安敏正发呆的时候，门铃突然响了，张彩云赶紧让吉安敏过去开门，自己也跟着进了客厅。

吉安敏没想到敲门的是李大可的妈妈刘淑香，赶紧笑着打招呼："刘阿姨，您今天怎么有时间过来啊？"

刘淑香乐呵呵地说："本来是没时间来的，大可要结婚了，忙着呢，但你妈这不是病了吗，多少年的老邻居了，我怎么着也得挤出时间来看看不是。"

"大可要结婚啦？"吉安敏和张彩云异口同声地问道，都惊讶得不行，连刘淑香来探望张彩云这件事情都不关心了。

"哟，敏敏也不知道啊？你和大可不是从小关系就好吗？"刘淑香说完故作无意地瞟了张彩云一眼，这就是技巧，看上去是无意的，实则一定要让你看见，而张彩云则非常准确地扭过头，完全不去看她。

吉安敏知道张彩云和刘淑香比谁都了解对方，从年轻的时候斗到现在，唯有当初见她和李大可关系好得不行的时候，两人合作过一把，后来发现没什么危险，便又开始了其乐无穷的斗争生活。

对于这些事，吉安敏是一点办法都没有，只好去烧水泡茶，却听到刘淑香亲切地问张彩云："你们家敏敏怎么还没动静啊？这女孩子还是早些嫁的好，你看老王的女儿结婚早，生孩子早，现在就算离婚了，那身段子一扭，依旧有不少人上门来求。我说你可得抓紧点儿，我们家大可还是男孩，都把我急得不行，你心可真宽。"

"以前也急呀，现在病了这一场倒是明白了，急什么呢，我倒宁愿她能用心找个合适的，谁愿意自家孩子离婚谁就忙活去，我还是想要我们家敏敏幸福的，要是凑合一辈子，我这当妈的可不落忍。"张彩云说完冲着刘淑香笑了笑。

吉安敏见"战火"又起，赶紧把茶端过去，果断插话道："刘阿姨，大可是和谁结婚啊，我都没听说过。"吉安敏心想，等李大可回来看怎么审他，以前谈个女朋友都要她把关，现在都要结婚了居然都不言语一声。难不成是和那个售楼小姐？这速度真够快的。

刘淑香听吉安敏问，更来劲了，可是这未来儿媳妇的名字，她想了半晌才说：“好像是叫什么……米……亚娜，对，就是叫米亚娜。”

“米亚娜？”吉安敏惊呆了，怎么会是米亚娜？那边儿张彩云却撇了撇嘴道：“自己儿媳妇的名字都要想半天，不会是奉子成婚吧？”

吉安敏的眼睛顿时瞪大了，再联想米亚娜的话，忍不住掐了自己一把，痛得她龇牙咧嘴的，才知道这真不是梦。再看刘淑香，那表情已经颇不自在，晃着脖子说：“什么叫奉子成婚，好像没孩子人家就不结婚似的，有没有这孩子，都得结，我们家大可说了，他找着真爱了，真爱！”

真爱？吉安敏觉得这事情太诡异了，李大可认识米亚娜也不是一天两天啊，怎么忽然就发现是真爱了呢？

“啊？”张彩云这下也愣了：“真的是有孩子啦？”

“有孩子怎么啦？这说明他们小两口感情好！我呀，儿媳妇和孙子都有了，我觉得我在我们这辈儿人当中啊，也算是人生赢家了！”刘淑香美滋滋地说了半天，才想起问已经黑了脸的张彩云：“你这病没事儿吧？”

“没事儿，有事儿还能回家吗？”张彩云憋着一口气，不冷不热地回了一句，刘淑香达到了目的，心情巨好，起身道：“你没事儿我就放心了，我忙着回家写请帖，明儿给你送请帖的时候，再来陪你坐啊。”

张彩云赶紧挥手：“你赶紧忙去吧，我不需要人陪，别耽误你的喜事儿。”

吉安敏把喜气洋洋的刘淑香送走，一回头就看到张彩云审视的眼神，不禁心里一哆嗦，这眼神她太熟悉了，从小看到大啊，问：“干吗呀妈？”

“干吗？你看看，人家都欺负到我们家里来了。”张彩云是气得不行了，之前好不容易培养出来的忧郁气质瞬间没了，这倒让吉安敏松了一口气，于是坐到她身边道：“就是来报个喜嘛，这么些年的邻居了，不也是应该的吗。”

“那……她说人生赢家是什么意思？啊？她是赢家，那我是输家？”张彩云是真的恢复了，可吉安敏却不知道怎么办好了，好在吉爸从厨房里拿着把刀走出来道："好好说话，你刚出院，不是跟闺女说得好好的吗？说了幸福要紧的。淡定，一定要淡定！"

张彩云缩了缩，没好气地挥着手道："你走开点儿，拿着把刀比划着，也不怕伤了人。"但想着自己之前还说希望吉安敏幸福呢，也不好逼她，可心里就是有团火，想了想，冲着房间大喊了一句："曾菲，你给我出来。"见没动静，又喊了几句，直到吉爸进去冲曾菲招手，她才戴着耳机跑出来，不解地问："姨妈怎么啦，是哪儿不舒服吗？我马上打120。"

"打什么120！你就不盼我有点儿好。"张彩云将一肚子火发到曾菲身上了，瞪着眼睛道："你赶紧给我找个男朋友，尽早嫁人。"说完走进卧室关上门休息去了。

"为什么呀？"曾菲一脸的莫名其妙，见吉安敏却是一脸的同情，心里顿时有了谱："是不是我给你背黑锅啦？"

吉安敏笑了笑，安慰曾菲道："也不是，主要是在我的问题上我妈想开了，不准备逼我了，她总得逼一个，你也跟她闺女一样，所以就替补了。"

"不是已经走沉思路线了吗？"曾菲不解地看着吉安敏。吉安敏摇头道："那是间歇性的，你还真希望她一直沉思啊？多让人担心，你就牺牲一下吧，她总得干点儿什么，否则容易得老年痴呆。"

"那就乐这个呀？"曾菲郁闷地说。

"乐哪个也不是咱俩说了算的，咱俩只有接受的权利。"吉安敏说完便走进自己的房间给江承打电话，那边是冷冰冰的"您播打的电话已关机"，她不死心，又打了几次，还是关机。

拿着手机，吉安敏觉得有些无力，不禁暗骂起江承来：多大人了，还玩小孩子的那一套，也不怕别人担心。

正在发呆，李大可的电话进来了，吉安敏正好想问问他和米亚娜是怎么回事，可是她还没开口呢，那边李大可就嚷嚷："敏敏，你刚和我们家娜娜说什么啦？把她都气得躺床上了，我告诉你啊，和我们家娜娜说话要注意点儿，毕竟现在是特殊时期，万一给你气个好歹的，这可怎么整？"

吉安敏张着嘴，想起：娶了媳妇忘了娘。虽然自己不是娘，但那感觉也差不多，于是打断李大可，冲着手机喊："李大可你行啊你，见色忘友，我还没说你呢，你们俩居然背着我暗度陈仓啊，还我们家娜娜，恶心不死你，听得我鸡皮疙瘩都起来了！"

在吉安敏面前，李大可从来不示弱，他也嚷着："吉安敏，这可就是你不对了，娜娜也是你朋友不是，她找着我这么一个好的归宿，你应该高兴啊，还起鸡皮疙瘩？到底是不是朋友啊？"

吉安敏气得不行，却听到那边米亚娜在喊："李大可，你嚷嚷什么呢？"

"我和吉安敏说话呢，我小点儿声啊。"李大可瞬间换了一副异常讨好的声音说话，听得吉安敏恨不得钻过去踹他一脚。

"手机给我。"米亚娜说，李大可挺不情愿地："我还没跟她讲你的作息时间呢，免得她在你睡着的时候吵着你了。"

"不用你磨叽。"米亚娜抢过手机，吉安敏赶紧问："米亚娜，你赶紧给我老实交代，你和李大可是怎么回事儿啊？"

米亚娜在沙发上找了一个舒适的位置躺好，闲闲地说："本来是想交代的，可是你大小姐根本就不在意我，我现在不想交代了。"

"谁不在意你了，我这全身都是事儿，我妈刚从医院出来没几天，你又来电话说了那么多事儿，我不是反应不过来嘛，你不早说了我笨嘛，这是我本色啊，你又不是第一天认识我。"吉安敏解释完，又急着问，"赶紧地，你和李大可是怎么混到一块儿的？"

"容我想想。"米亚娜抿了抿嘴唇，李大可赶紧在一边儿问："媳妇儿，是不是想喝水啊？"

"我的天，李大可对你那么好？"吉安敏简直不敢相信，其实李大可对历任女友都是这样，只是这次换成了米亚娜，吉安敏就有点不适应。

"我想喝果汁。"米亚娜小声对李大可说，然后瞥了一眼屁颠屁颠跑向厨房的李大可，对着手机说："他对我不好的话，就算怀了孩子，我也不会嫁他。"

“小主，您可真够享福的，这天下第一好男人居然让你给捞着了。”吉安敏感慨着。

“快交代，你们是怎么勾搭上的，如果等到您想交代的时候，正巧我又不想听了，憋到了胎儿我可不负责任。”吉安敏就不信，心直口快的米亚娜能憋得住。想了想，又加了一句：“我是看在你是孕妇的分上，要不我就直接挂电话了。”

“你居然还威胁我，我可是孕妇。”米亚娜自怀孕后脾气古怪了很多，一听不好的话就立即爆掉。

吉安敏拿着手机，走到阳台上，一阵凉风迎面扑来，她忽然想起曾经江承说过，如果有机会，他想去一次西藏，就在这一刻，吉安敏似乎看到江承正站在西藏的雪山上冲着她微笑。

“好吧，我跟你说实话。”那边米亚娜的声音把吉安敏的思绪拉回了现实，却又听到米亚娜说：“李大可，你关上房门出去，我不叫你不能出来。”

吉安敏想，谁嫁给李大可真是福气啊，他爱着一个人的时候，绝对是一心一意，百依百顺。这样的男人，算得上是个良人了。

米亚娜在那边回忆说：“有一回我这里有人闹事，正好李大可在，帮我摆平了，于是我请他吃饭，结果我们俩都喝得有点多，又都刚分手，所以就……一失足成千古恨了。”

“还千古恨呢，你这失足失得特别有水准，我跟你讲，李大可一定会是个好老公和好爸爸的。”吵归吵闹归闹，但说起正经事儿，吉安敏还是不遗余力地为李大可说话，鉴于两人的恋爱经历都比较多，所以她也懒得问是哪一次分手，很多时候过程不重要，重要的是结果，当结果让人满意的时候，其他的计较那么多干什么。

米亚娜沉默了半晌，说：“是啊，不就是想找一个人结婚，然后生个宝宝吗，他愿意娶，我也愿意嫁，这便是最好的吧。”

这话让吉安敏心里酸酸的。是啊，有一个自己愿意嫁，又愿意娶自己的人，这应该是一件幸福的事情才对啊。她情不自禁地想起了江承，于是冲口而出：“如果现在，江承出现在我面前向我求婚，我一定会答应。”

当然，这是不可能的，没有人知道江承现在在哪儿。

“敏敏，现实生活中没有那么多的如果，你要做的是确定自己是不是想要他这样一个人，如果是，他不在，你就等，等他回来，有得等也是一种幸福。”米亚娜说，生活不是电视剧，没有太多的巧合和偶遇，需要去寻找去等待。

“你说得对……”吉安敏发现因为自己的迟疑错过了那么多，其实有些事情不用考虑得太周全，不必在未来还没有到来之前，就作出种种设想。以前她总是喜欢把事情往最坏的方面想，想自己是不是能够接受，如果不能够接受，那就会停住脚步，其实不是所有的事情，都会往最坏的方向发展，即使真的会是最坏的结果，那又如何？面对就对了。

米亚娜告诉吉安敏，她这两天会跟着李大可回他家一趟，问吉安敏要给李大可他妈买些什么，李大可只说什么都不用带，有他在，一切都能搞定。可米亚娜觉得有些不踏实，她可不想像李诗那样，和婆家相处不好，最后竟成了离婚的理由。

不过这问题让吉安敏也有些为难，她哪里知道刘淑香喜欢什么啊，连李大可都未必知道。忽然眼前一亮，要问这个世界上谁最了解刘淑香，所有人的答案都会是张彩云！于是让米亚娜等她问过了再说。

晚餐前，在吉爸、吉安敏和曾菲的千呼万唤之下，张彩云终于容光焕发地打开房门。那三个人顿时心领神会地笑了笑，这样的张彩云才算是真正地恢复了，但吃饭的时候，吉安敏发现张彩云不动荤菜，于是好笑地问：“妈，您是准备减肥吗？怎么都不吃肉啊？”

“我可不敢吃，万一这血压一上来呢？”张彩云闷闷地说，这次住院查出她有高血压，这让她很是忐忑，不能不注意，万一瘫痪在床可怎么得了。

“妈，刘阿姨有什么喜欢的，或者想要的吗？”吉安敏想起米亚娜的难题，于是问张彩云。

张彩云不屑地说：“她还能喜欢什么，不是金子就是银子呗，上回买了个金手镯在我眼前炫耀好几天。你问这个干吗？你不会是看着大可要结婚了，忽然发现自己喜欢的是大可，想要去讨好刘淑香吧？我告诉你，千万不行啊。”

曾菲顿时“扑哧”一笑，正要说话，却给吉安敏瞪一眼，便不再吭声，可张彩云却更好奇了：“难道给我说中啦？”

“李大可其实挺好的，又温柔又体贴，还知根知底，他还向我求过婚呢，就是考虑到你们不会答应，我才放弃的，现在想来……”吉安敏话没说完，张彩云便打断说：“别想了，人家都要结婚了，孩子都有了，你这叫怎么回事儿啊。”

这回不仅张彩云，连吉爸和曾菲都蒙了，不知道吉安敏唱的是哪出，不是说江承吗，怎么又扯上快要结婚的李大可了？曾菲喃喃道：“姐，你说的不会是真的吧？”

“菲菲，你一直和你姐在一起，她和大可到底有没有事？”张彩云赶紧问曾菲，吉爸也盯着她，这让曾菲挺紧张的，使劲儿瞟吉安敏，可她眼皮子都不抬一下，这让曾菲有些迷茫，不知道该怎样发挥。

张彩云见曾菲支支吾吾地，更疑心了，于是厉声道：“快说！到底怎么回事儿！”曾菲被这么一吓赶紧招了：“没有啊，他们关系是挺好的，但我没发现是那种关系啊，我一直以为姐姐是在姐夫和齐辉两个人之间犹豫呢。”

“齐辉是谁啊？”张彩云和吉爸同时问道。

“齐辉……他……”曾菲又瞟了一眼吉安敏，吉安敏一直低头吃饭，曾菲恨恨地想，也不怕长肉，还吃。正想踢她一脚，却听到张彩云一拍桌子：“赶紧照实说，不准看她。”

“行了行了，我来说吧。”吉安敏放下筷子，故作不想让曾菲参与的样子，抢着解释，张彩云却瞪了她一眼说：“你闭嘴。”然后又指着曾菲道：“你来说。”

曾菲感觉自己都被逼到墙角去了，只得硬着头皮老实交代：“齐辉是我姐的总裁，我感觉他一直喜欢我姐来着，你们知道为什么吗？如果不喜欢我姐，他不可能会这样啊……”然后竟越说越兴奋，几乎把她看到所有的事儿都交代了一遍，吉安敏一边听一边惊讶，然后忍不住感慨：“行啊曾菲，我没想到你记性这么好，早知道这样你参加什么选秀啊，你直接参加最强大脑得了。”

曾菲情不自禁地就嘚瑟起来了：“你们以前都没发现，就我姐眼力好，我就是传说中的美貌与智慧并存的女孩，像我这样的人，选择就是多，真没办法……”说着说着声音越来越小，因为张彩云的表情更难看了，吉爸也非常凝重，这种氛围让曾菲的小心脏有些受不了，小脑袋也有些晕，于是惴惴地放下筷子挺直身说：“姨父姨妈，我吃饱回房了。”

“给我坐下。”张彩云又是一拍桌子，曾菲吓得直接坐下，听着张彩云指着她骂：“你姐有这些情况你为什么不告诉我？啊？这是她一辈子的大事你知不知道？你小时候喜欢和你姐争啊抢的，我从没说过你，因为你小，可是这么大的事儿，你都不说，菲菲呀，姨妈真是……真是对你失望啊……”

曾菲这一听委屈得不行，她已经不是小时候的那个缺爱的小女孩了，可是听张彩云这么一说，跟自己有多坏似的，迷茫了起来。张彩云如果真是大发雷霆也就罢了，她偏偏是这样一副受了伤害的婉约样儿，让曾菲的眼泪吧嗒吧嗒往下掉。

原本以为是三堂会审，现在竟然成了这么一个场面，吉安敏有些受不了了，无奈地对张彩云说：“妈，您放心好了。我和齐辉没什么事儿，就是上下级关系，是菲菲她想多了。”

“是你想多了吗？”张彩云看着曾菲问，曾菲苦着脸说：“我哪儿知道啊，反正如果有一个男的对我那样，我肯定会以为他很喜欢我。”

张彩云一听，便撇过头去，一副再也不想看到吉安敏的样子。于是吉爸赶紧顶上，语重心长地说：“敏敏，你一直就是个让我们放心的孩子，怎么就在感情上犯糊涂了呢？你得拿定主意，是谁就是谁，千万别脚踏几只船。”

“爸，我知道……”吉安敏刚一开口，张彩云便扭头敲着桌子问道：“你知道什么呀，你知道私生活还搞得这么乱？”

吉安敏见张彩云这样说，也懒得解释，只是倒了一杯茶来喝，倒把曾菲急得不行，拼命地冲她挤眼睛，见她还是死不开口，不禁急道：“姐，你倒是解释一下啊。”

“解释什么呀解释，她这样还不如直接跟江承呢，起码人家愿意娶她。”张彩云有些气急败坏，吉安敏嘴角隐隐显出一丝微笑，被眼尖的曾菲看到，不禁摇摇头，她没想到吉安敏竟然有这么狡猾的一面。

“反正……现在也就这样了，齐辉是大总裁，跟了他富贵荣华应有尽有，但他似乎身体不大好，李大可我得从别人手上抢，还有就是江承，但你们不同意，我再想想吧。”吉安敏故意皱了皱眉头，准备回房间，却听到吉爸严厉呵住她：“你等等。”

吉爸看着吉安敏，长叹了一口气道：“你呀，别欺负我和你妈是老糊涂，你喜欢江承就直说，只要你是真的喜欢他，难道我和你妈还硬要阻拦吗？还跟我们玩这些花花肠子？你是个什么样的人，我和你妈难道不清楚？”

“那您刚才为什么那样问我姐啊？”曾菲不明白了，张彩云也不明白，听得一愣，看了看吉爸，又看了看吉安敏，问：“你是真的决定要选择江承吗？之前不还说没事儿吗，敢情是骗我的。”

“没有骗您，只是我自己忽然想明白了。有一句话说，年轻时我们放弃，以为那只是一段感情，后来才知道，那其实是一生。妈，我不想犯这样的错误，您也不想的是不是？”

张彩云久久才说：“我这是因为他妈那种态度，怕你以后吃苦，他妈不同意，江承又年轻，吃苦的只能是你。”

“以后的事以后再说吧，也许以后不会吃苦呢。”吉安敏忽然就想到了李诗，当初李诗去郭诚他家的时候，郭诚他妈可不就是当宝贝一样供着，可自订婚就不一样了。与其那样，倒不如一开始就态度鲜明，之后再逆袭，更让人多一份期待。

第十九章　远走

只是吉安敏没想到，第二天一大早吴涵就来了，是张彩云开的门。

吴涵一进门，连招呼都不打，就到房间里四处查看，见到吉安敏蓬头垢面地坐在床上呆望着她，却没有江承，顿时慌了，也发现自己的行为有些过分，于是转身对张彩云说："对不起啊，是我太过分，我希望您能理解一个当妈的心。"

张彩云黑着脸回道："你是当妈的，我也是当妈的，光我理解你，你不理解我呀？您这样到处看到处找，把我闺女当成什么了？把我们一家又当成什么啦？"

"对不起对不起对不起！"吴涵连连道歉，她知道自己太冒失了，可是那颗当妈的心让她没办法理智起来。

"你也不用太着急了，他都这么大的人了，能出什么事呢。"说到孩子，张彩云再强势，也是当妈的，倒也是能够理解，吴涵却摇头道："哪怕他八十岁了，我是他妈，就没办法不担心。"

张彩云也没有办法，只好拉着吴涵坐下，倒了一杯奶说："先喝杯奶垫垫，一早过来还没吃早点吧。"没等吴涵开口，便指挥着吉爸去买早点。

吉爸买的还是老三样，豆浆、油条和老咸菜，这让吃惯了全麦吐司和咖啡的吴涵有些不知道怎么入口，想了想，还是放下筷子说：“我太担心江承了，心里堵得慌，真的吃不下，你们吃吧。”说着便要下餐桌，却被张彩云拉住了，直爽地说：“我们理解你，但想儿子也要吃饱了才有力气想啊，别江承回来了，你倒下了。”

刚刚梳洗完毕的吉安敏见吴涵表情古怪，便知道她是吃不惯。吉安敏又想起江承说过吴涵有低血糖的毛病，这些日子她肯定因为担心所以吃不好睡不香，万一真的病倒了，可真的就不好了，于是她直接把一碗豆浆，一碟咸菜和一根油条放到吴涵面前说：“吴阿姨，您多少吃点儿，吃完了才有力气听我跟你讲怎么找到江承啊。”

吴涵一听到可以找到江承，哪里顾得上吃饭，转过身盯着吉安敏说：“吉小姐，我知道你是个好姑娘，你告诉我，去哪儿可以找到江承啊？”

吉安敏指着早点笑着对吴涵说：“我知道您着急，可是您还是先吃点儿东西吧。”说完往豆浆里多加了一些糖。

吴涵见不吃东西，吉安敏便不说，赶紧三口两口地就把东西抢着吃下了肚，估计是吴涵这大半辈子最没有形象的一次吧。想到这里，她不禁有些埋怨江承，为什么要让自己的妈妈这样担心呢？

吃完早餐，吴涵像个孩子似的渴望地看着吉安敏：“告诉我，他在哪儿？”

“我想，他应该是在西藏。”吉安敏说江承曾经跟自己提过想去西藏，但这让吴涵觉得有些不可思议：“怎么能够凭一句话你就断定他去了西藏呢？”说着又急得想抹泪。

吉安敏听吴涵这一说，倒是有些语塞，她的推测在一个心急如焚的妈妈面前，的确是有些苍白，但她想了想，还是说：“我觉得我能够确定，我感觉他就在西藏。”

“那……那我去找他，他万一有个高反，或者……想不开，可怎么办。”吴涵完全没有了主意，吉安敏的话成了她最后的希望。

“我去！”吉安敏冲口而出这两个字的时候，自己都愣了，但是随后又释然，因为这的确是她最想说的话。说出自己最想说的话竟然是这么开心畅快的事。

可是这话一出，吉爸和张彩云却接受不了，尤其是张彩云，她恼得站起来指着吉安敏骂道："你这傻丫头，你跑西藏去干吗？那么大个西藏，你去哪儿找去啊？"

吉爸也担心地说："敏敏你还是好好想想吧，一个女孩子去西藏……我想想就放不下心。"

见张彩云和吉爸都一脸的愠色，本来想开口的吴涵也说不出话来了，她心疼自己的儿子没错，但是总不能因此，就让别人家的女儿去受罪啊。

吉安敏见此情境，只好对吉爸和张彩云说："爸妈，其实我一直也想去一趟西藏的，只是这么些年来我一直因为忙着工作，所以没抽出时间来，这次就让我去吧，好不容易找到这么个理由。"

"你想去准备好了再去啊，什么路线啊必需用品啊，你现在说去就去，就不怕我们担心吗？你知道西藏有多远吗？"吉爸苦口婆心地说，张彩云却只有一句话："不行，不能去！"

吉安敏想着是不是换个时间再说比较好，吴涵忽然开口道："如果吉小姐真的找到了江承，我就同意他们的婚事，回来就办！"

这句话倒是把在场的另外三个人给惊着了，没想到吴涵竟然会这样说。吉安敏想，回来就办？我可没说要这么快啊！张彩云和吉爸则面面相觑，甚至有些不知所措，如果阻止的话，怕耽误了吉安敏的一生，如果不阻止，万一吉安敏出事儿可怎么办。

张彩云越想越憋屈，于是没好气地指着吴涵说："我说你也真是的，你同意就同意，还附带上什么条件啊？有没有诚意啊？"

"不能只让我一个人有诚意，我也想知道吉小姐是不是真心地对江承。"吴涵叹了一口气，又转身对吉安敏说："安敏，就算你没有找到江承，我也不怪你，以后只要你和江承愿意，我就同意你们在一起。"

那意思就是，只要吉安敏愿意走一趟，她和江承之间就完全没有阻碍了，这诱惑也太大了。可是张彩云心里却恨恨地，觉得吴涵太不地道了，吴涵走后她便对吉安敏说："敏敏啊，你想清楚啊，你还没结婚呢，她就显出恶婆婆本色了，以后可怎么得了。"

张彩云以前很少表现得这样护犊子，这让吉安敏有些激动，心里暖暖地，于是搂着张彩云的胳膊说："妈，我又不是她的女儿，你不可能要求她像你们那样疼我的。"

张彩云顺势把吉安敏拉进了怀里，无奈道："你也知道我们疼你啊？知道还要做这样的事，伤我们的心。"

吉安敏紧紧地搂了一下张彩云，轻轻地说："妈，我一直在逃避，只是现在不想逃了而已，您就让我任性一次吧。"张彩云见实在是没办法说服她，只好答应，不管怎样，一定要找一个人一起去，绝对不能独自去西藏。

吉安敏正在网上搜攻略的时候，接到了米亚娜的电话。电话那头，向来天不怕地不怕的米亚娜支支吾吾地说："敏敏怎么办啊，是今天的火车。"

"什么今天的火车啊？"吉安敏正纠结坐火车还是坐飞机去西藏，所以她对米亚娜的话有点蒙。

于是米亚娜叉着腰恼了："你到底有没有心啊！李大可订了今天的火车票去你们那儿，我怎么办啊？"

"什么怎么办，我说多大的事，来就来呗，这里又没有母老虎要咬你。"这话一说出口，吉安敏就觉得似乎有哪里不对，因为她情不自禁的想起刘淑香拿着扫帚怒目圆瞪的形象。那还是在读幼儿园的时候，刘淑香不知道为什么拿着扫帚追着李大可满院子跑，虽然肯定是李大可做错了事儿，但自那以后，一说到母老虎，吉安敏就会想到刘淑香，当然这种感觉可不能告诉米亚娜。

但米亚娜是谁啊："女人都是老虎，不过就看哪只更厉害，可我现在怀了小虎仔啊，真怕体力不支，占不了山头。"米亚娜愁眉苦脸地说着，有些烦躁，大喊道："算了算了我不去了！干吗和自己过不去啊。"

"你都有小虎仔了，还怕什么啊？这就是怀揣着免死金牌啊。"吉安敏心想这怀了孕的女人怎么这脾气这么暴，也亏得李大可能受得了，正想到这儿，就听到李大可在那边说：“唉哟我的姑奶奶，这是怎么啦，怎么发这么大的脾气啊？”

一听这声音，吉安敏才知道米亚娜竟然开的是免提，于是想逗逗米亚娜：“真行啊，你们俩都到这种亲密无间的地步啦？电话都可以这样敞开了听啊。”

“吉安敏，就知道又是你惹了我们家娜娜，上次就告诉你和我们家娜娜聊天要温柔点儿，怎么不听话呢？再说了这手机有辐射知不知道。”李大可对待吉安敏的态度完全不一样，气得吉安敏也恼了：“你什么意思啊李大可？见色忘友说的就是你这种人，我告诉你，我马上就去西藏了，小心再也见不着我了，叫你不好好珍惜友情。”

“干吗去西藏啊？”那边两口子同时问道。

吉安敏把事情的经过说了一遍之后，米亚娜愤愤不平道：“你那婆婆怎么这么恶毒啊，居然用生命考验儿媳妇。”

“你说得也太恐怖了，那么多人去西藏，也没见有什么问题，不就是一点儿高原反应吗。”吉安敏又好气又好笑，怕米亚娜情绪太激动，又说：“我早就想去西藏了，洗涤洗涤我这已经被凡世污染了的心灵，这次也算是一举两得吧，不管是生活还是感情，给自己一个交代。”

“污染？喊，要说污染，我和李大可比你更需要洗涤，我们的心灵都快是雾霾天了。”米亚娜摸了摸肚子道：“如果不是肚子里有只小虎仔儿，真想和你一块儿去。”

“得了得了，以后得禁止你们俩打电话，我听着都心惊胆跳。”李大可在一边催着俩人赶紧收线，要赶火车呢。

米亚娜见吉安敏好不容易想通了这事儿，也不好再阻拦，也不闹着不上火车了，怎么着也要在吉安敏去西藏前见一面，叮嘱一两声，吉安敏这身体可不像她，虚着呢。

在出租车上，米亚娜把吉安敏要去西藏的消息告诉了李诗，不想李诗竟说："她要去西藏？你在火车站等我。"然后挂断了电话。

"这什么意思啊？"米亚娜不解地问李大可，李大可无奈地说："你的朋友，我要是知道不就有问题了吗。"

"你还敢有问题？"米亚娜白了他一眼说："如果不是你，李诗会搬走吗？"

李大可无奈地看着米亚娜："姑奶奶，你讲讲道理好不好啊？就算没有我，她也不可能和你住一辈子啊。"

"住不住一辈子是我们的事，她走就是因为你，反正都怪你。"

"行行行，都是我的错，再让她搬回来好了。"

"你找死啊？"

……

米亚娜和李大可在火车站等了好一会儿也没见李诗，直到车快开了，才见李诗拿着车票进来了，米亚娜不禁好奇："你要去哪儿啊？"

"去找吉安敏。"李诗气喘吁吁地坐到米亚娜的旁边。

"她……惹着你了？"米亚娜问。

李诗摇摇头道："没有啊，我想和她一起去西藏。"

米亚娜瞪圆了眼睛，半晌才回头对李大可委屈地说："大可，我也要去西藏。"

"那你先杀了我吧。"李大可昂着脖子，一脸无畏地说。

吉安敏和李诗一起出发去西藏，这让吉爸和张彩云放心些，但毕竟是女孩子，在她们答应每天给家里打电话，并且及时在微博中更新沿途消息后才答应让她们出发。

吉安敏没让吉爸和张彩云去送，米亚娜和李大可把她俩直接送到了站台上。等吉安敏和李诗都上了火车，安顿好了，发现车窗外的米亚娜哭得像个泪人儿似的，李大可在一旁急得团团转。

看到那样的米亚娜，吉安敏心里有些堵，对李诗说："你说米亚娜怎么变得这么脆弱呢，看她那样我都有些受不了。”

“怀孕了的女人都是这样，从身体到心理都不一样了，既害怕又紧张，开心喜悦，但又有很多的担心，那滋味儿五味杂陈，所以也就什么情绪都莫名其妙地冒出来了。”李诗轻轻地说着，她又想到了以前，虽然那时候郭诚没有像李大可这样紧张她，但她也知道，郭诚也是爱她的，是期待他们的孩子的，那时候的她也是很憧憬那种一家三口的生活的……这些事情仿佛发生在昨天，但现在的她却分明又是孤单的一个人。

吉安敏这才意识到，她的两个女友都怀过孕，一个与“妈妈”这个称号擦肩而过，另外一个是准妈妈，“妈妈”这个称呼真的很奇妙，使她隐隐有些期待，如果有一个小人儿黏着自己，香香糯糯地依偎着自己，这种感觉应该很美妙。

抬头，却见李诗痴痴地看着窗外，米亚娜在站台上被李大可揽在怀里，一副小鸟依人的样子。

吉安敏冲着米亚娜挥了挥手，让她赶紧回去，米亚娜却摇头。没办法，吉安敏只好给李大可打电话，让他强行把米亚娜带走：“看她激动成这样子，别让她看到火车开了，对孩子不好。”

“这……你还不了解她，我也不能扛着她走啊。”李大可瞧着米亚娜也急得不行，却没什么办法。

“你把电话给她，我跟她说。”吉安敏看到米亚娜拿到手机便说：“你如果还不走人的话，我就不去西藏了。”

“那好啊，你们别去了，等我生了之后咱们一起去。”米亚娜欢呼雀跃地说，马上就不哭了，吉安敏接着说：“那我和江承之间也没可能了，你自己选吧。”

米亚娜怔了半天，跺着脚喊道：“吉安敏，你必须找到江承，给他一巴掌，然后再嫁给他，否则我都不依。”说完就把手机扔给在一旁喊着“轻点儿轻点儿”的李大可，咬了咬牙，扭头就走。

李大可冲吉安敏这个方向挥了挥手，然后一副狗腿的样子跟在了米亚娜的身后。

“你看他们多好啊，米亚娜就该找个李大可这样的，包容她……”李诗指着李大可的背影问吉安敏：“我都觉得他对米亚娜没有原则了，如果郭诚也这样……”说到这儿，李诗忽然说不下去了，眼睛里眨起了泪光。

“如果真舍不得，你就复婚得了，我就不信郭诚真放得下你。”吉安敏握住了李诗的手，李诗却摇头，笑了笑：“婚姻不是两个人的事，我嫁的也不是他一个人，还有他爸和他妈。”

“那你不难受吗？对不起，你最困难的时候，我不在。”吉安敏握住了李诗的手抱歉地说，李诗却摇头笑道：“其实所有的难都在自己的心里，如果自己解不开，身在闹市又怎样？我天天呆在米亚娜的咖啡馆里，看着人来人往，该难过的时候还是难过，到了该解开的时候，一个人呆在家里就解开了。”然后轻叹一声，便躺回了自己的床上。

“这么早睡得着吗？”吉安敏好奇地问李诗，如果是以往，这个时间李诗应该是捧着一杯咖啡坐在窗前看书的。

李诗将双手枕到头下面，闭着眼睛答：“对于一段旅程来说，火车开动的那一瞬间便是尘埃落定。”

“也许，不一定吧……”吉安敏看着窗外那个使劲奔跑的小伙子，心里不禁有些感动，你看一个人的时候永远是片面的，比如郭诚，那时候看到的他是冷漠的，不成熟的。可是现在，纵然看不清他的表情，但从那急促的脚步来判断，吉安敏都知道他心里的焦急，于是把李诗拉起来说：“你最好再起来看一眼，否则，你会有后悔的。”

“难道米亚娜又回来啦？这丫头疯了吧！”李诗趴到窗前。

“他怎么来了？”那一瞬间，李诗眼里的光彩让吉安敏想到了一句话：千树万树梨花开。分开了，不一定不爱吧。

火车越开越快，郭诚也越追越快，李诗就那样静静地看着他，然后笑了，挥挥手，那样一种前嫌尽释缠绵不尽的眼神，让吉安敏觉得自己简直是个劫持良家妇女的恶徒，于是感慨地说：“看得我都要哭了，不如给他打个电话，下一站你就下吧。”

爱情再强大，也是追不过火车的，郭诚被远远地抛在了后面，李诗终于坐回自己的床上，却轻轻说：“不，我会陪你去西藏的，你一个人我可不放心，米亚娜也饶不了我。”

“我又不是孩子，一个人去西藏，也是一种壮举吧，再说，你对我这么好干吗，我又不会娶你。”吉安敏虽然故作轻松地说着，但真的有些感动，如果没有李诗，但这一段就不止是寂寞和孤单了。

“不仅仅是为了你，也为了我自己，一个写字的人，总是要四处走走的，我很明白自己要的是什么，我要婚姻要爱情，但也要我自己的生活，我不能为了别的，就放弃自己。”李诗说得波澜不惊，但吉安敏却发现她不知不觉间已经蜕变，她虽然还是活在自己世界里的那个李诗，但很明显，她的那个世界大了很多。

如果说以前郭诚曾经在李诗的生活中占据了一半的内容，那现在，只有四分之一了。

吉安敏把李诗和郭诚隔着车窗对视的画面上传到微博，她这样写道：要出发了，那是一个未知的未来，我们不知道明天会怎样，火车的车轮向前滚动，有些人在追寻，有的人是别离，但我们知道，这一段旅程是必经之途。

发完之后，吉安敏放下手机，专心致志地看着窗外。作为张彩云铁腕培训下的乖乖女，她从来没有这样的机会，什么也不管，什么也不顾，只呆呆地看着火车从城市走到荒野，再奔向另一个城市。

火车到达格尔木车站之后，便开始进入高海拔地区，车窗外的风景也换了一番天地，那是吉安敏从来没有见过的天空，清澈，蔚蓝，隔着车窗，她似乎都能感觉到那份清新与自在。还有雪山、草原、河流，天广地阔得让她把什么都忘了，当野马、藏羚羊、牦牛跑过时，吉安敏和其他的旅客一样，欢天喜地，拿起手机使劲拍照，然后上传微博。

“旅行不是给别人看的，你看你这样多俗啊。”李诗鄙视吉安敏的行为，可吉安敏却举着手机说：“这不是炫耀，而是让家里人放心。”

“那你用得着又笑又跳的吗？”李诗觉得吉安敏是在为她自己粗俗的行为做掩护，但吉安敏却说：“既然要告诉别人我开心，那我为什么不让自己真正的开心起来？何况这样的天空和风景，我真的没有看到过。记得小时候看到书上的天安门城楼，觉得真大呀，真正看到的时候，却发现，怎么是这样子，可现在看到眼前的这些，我才发现，书本真的是太小了。”

“那是因为你太没见过世面了。”李诗听了咯咯直笑，她又告诉吉安敏：“我想去尼泊尔。”

“什么？”吉安敏猛地抬头，却一阵晕眩，她心里一突，高反还是找上自己了。这时车厢里也听不到刚开始的那种欢呼声，很多人都有高反，打水的，拿药的，甚至吸氧的，吉安敏头有些痛，只好躺在床上一动不动。

李诗倒还好，但她不停地问吉安敏：“是不是好些了……还难受吗……现在怎样了……要不要叫医生……”念叨得吉安敏都想把她扔车外面去，可是她完全动弹不了。

迷迷糊糊间，吉安敏做了一个梦，梦里的她一个人独自行走在雪山中，阳光很热烈地照射着她的眼睛，可她却觉得冷，冷得她不得不找个避风的地方裹紧了自己。可就在这个时候，吉安敏发现自己忘了为什么要来雪山，自己原本在好好地上班，怎么会到这里来？似乎过了很久很久，吉安敏才想起来，自己是来找江承的。

“江承！”吉安敏一睁开眼，竟然真的看到了江承。

吉安敏没想到，自己看到江承会这样激动，在这个连呼吸都痛的地方，她第一次深刻地体验到了思念的强烈。她仍然觉得这是一场梦，还没有开始寻找，就见到了江承，这怎么可能？

不一会儿，吉安敏又晕睡过去了，不过这次她睡得很安稳，因为手心里一直攥着什么，暖暖的，让她觉得很有安全感。

再次醒过来的时候，吉安敏才发现自己躺在医院里，手上还打着点滴，冰冰凉凉的液体从手背传至全身，使吉安敏很快就清醒过来，动了动身子，觉得自己轻松了很多，头也不痛了。

四周静静地，偶尔传来的脚步声，让吉安敏有一种“大难不死必有后福”的感觉，她挣扎着起来，想看看是什么情况，却有个沙哑的声音说：“慢点儿慢点儿，动作别太快了。”

这声音那么熟悉，让吉安敏半天都不敢动，她瞅着眼前那个人，喃喃道：“是在做梦吗？还挺真实的，如果不是梦就好了。”

那人嘴巴动了动，吉安敏却听到一个女人在吼她：“你总算是醒了，吓死我了，还以为你会死在这儿呢。”这突如其来的声音让吉安敏打了个激灵。

眼前的两个人以一副吉安敏从未见过，甚至想都没想过的形象出现，那个面色憔悴，扎个马尾的女人自然是李诗，而另外一个穿着冲锋衣胡子拉碴的男人，怎么看怎么像江承。

李诗往吉安敏的身后塞了两个枕头，让她轻轻地靠着，温柔地说：“有事慢慢讲，别太激动。”

吉安敏想不慢也不行，她的身体现在很虚弱，刚抬起手就又垂下去了，但还是指着那男人问李诗：“他是谁啊？”

李诗看了那男人一眼，又伸手在吉安敏的头上摸了一摸，有些惴惴不安地问那男人：“她不会失忆了吧？没听说高反会失忆啊，要不我们还是订票回去吧。”

“好吧，我马上就去订票。”那男人说着起身就要走，但走到门口又不甘心，折回来问吉安敏：“你真不记得我是谁了？”不等吉安敏回答，李诗抢着说：“他是江承啊，你居然真不记得了。”

吉安敏顿时瞪圆了眼睛，说：“江承？”又转头看着那男人问，“你真是江承？”那人无奈地点点头道：“我不是江承还能是谁啊？”

吉安敏一听，大哭起来，吓得李诗赶紧给她擦脸，边擦边说：“姑奶奶你可别哭了，我宁愿你失忆也别晕过去啊，你受得了我都受不了。”吉安敏却不理她，直瞪着江承边哭边问：“我怎么还没开始找你就出现了呢？”说完，又笑了。

“姑奶奶你可吓死我了。”李诗松了口气，趴倒在床边上，江承听了苦笑着说：“就你这样儿，要真去找我，还能回去吗？”

“可是这样我多没成就感啊。”吉安敏终于知道这不是梦了，也就安心了。

江承拿梳子给吉安敏梳头，对李诗说：“这妞是傻了吧，敢情我应该躲得远远地，让她找不着才行。”

吉安敏一听这话，转身紧紧地抱住了江承，拖着浓重的鼻音说：“你要是再不见了，我可真得死在这儿了。”这把江承和李诗惊得都石化了，他们什么时候看到过如此热情的吉安敏啊。

“难怪有人说西藏是一个创造奇迹的地方。”李诗自言自语地说着，然后自动转身出去打开水，而江承也乐开了花儿。心里暗说，西藏不仅是创造奇迹的地方，还是自己的福地啊。

因为激动，江承的手略有些颤抖，不小心就把吉安敏的头发给钩着了，痛得她龇牙咧嘴的。

“不好意思，我……太不小心了。”江承忙着道歉，又差点把梳子划到吉安敏脸上，正窘迫得不行，吉安敏却嘻嘻笑了，说：“你说如果你没出现，我这样子可怎么去找你啊？”

“不会啊，我从西藏回去就去找你的。”江承说他来了一趟西藏，更坚定了要和吉安敏在一起的决心，人这一辈子真的不长，为什么不争取和自己心爱的人在一起呢？他特别认真地对吉安敏说：“除非你嫁给别人了，否则我不会放弃。”

“啊？”吉安敏一听这话泪水又流了出来。

“怎么又哭了？跟个孩子似的。”江承赶紧递上纸巾，本以为吉安敏是感动得，却又听她说：“你怎么不早说啊，早知道这样，我这要死要活地跑这儿来遭这罪干吗，我在家里喝咖啡看书等你多好啊。”

“你可真没良心，你知道江承守了你一天一夜都没合过眼吗？居然说这话。”李诗拿着暖水瓶进来的时候听到吉安敏的话，心里很是不平，虽然她是吉安敏的闺蜜，可这两天已经和江承结成了非常深厚的“革命友谊”，该帮的时候自然不能袖手旁观。

吉安敏听了李诗这话，又看了看江承那张像是老了十岁的脸，于是推着他说：“你赶紧去睡会儿吧。”江承却摇头：“我不去，我就在这儿陪你。”

李诗抖了抖，摇头道：“这里还有外人呢，能不这么腻吗？”江承厚脸皮地晃着脑袋说：“这不是在给你提供写作素材吗。”说完，便趴到床边睡了起来，吉安敏和李诗面面相觑。

“你也去睡会儿吧。”吉安敏小声地对李诗说，李诗点头道：“我是得休息一会儿去，恶心死我了。”

“你也高反吗？”吉安敏听李诗这样说，不免有些担心，没想到李诗回她一句：“被你俩给恶心成高反了。”

吉安敏很快就没事了，她的心情就像西藏的阳光一样灿烂，她牵着江承的手，在拉萨的广场上大喊：“爱就爱吧，死就死吧！”然后被江承紧紧拥住，说：“要死，我们就一起死。”然后两人坐在地上大喘气。

吉安敏想，以前浪费了那么多好时光。她觉得自己这好像是第一次谈恋爱，原来真正的爱情就是这样强烈到死的感觉。

吉安敏和李诗坐在拉萨街边的小馆里吃午饭，她迫不及待地把自己新奇的感觉分享给李诗，却冷不丁地听到李诗说：“敏敏，我决定去尼泊尔。”

吉安敏愣了半天问：“你居然一个人去尼泊尔，天啊我真不敢想。”

李诗喝了一口酥酒茶，看着街上那些慢慢行走的人，笑着问吉安敏：“你说他们为什么走得这么慢呢？”

这个问题可难不倒仿佛经过了一场生死较量的吉安敏，她觉得李诗这个问题太幼稚，于是白了她一眼才回答：“因为怕高反。”李诗点头道：“因为怕高反，所以是西藏式的慢生活，也许他们心里很急，但是却不得不慢，慢着慢着，便真的一切都慢下来了。”

“你说这些和去尼泊尔有关吗？”吉安敏皱眉看着李诗，然后又皱眉看着她眼前的那碗酥油茶，真心不喜欢。

“没有关系啊，但生活不就是如此吗？到什么地方说什么话，不是什么事情都要先计划好的。”李诗喝完茶，又低下头一心一意吃面。

吉安敏发现自己根本就说服不了她，李诗适应能力很强，比如这藏面，吉安敏就吃不习惯，似乎是夹生的，但李诗却吃出了那又热又香的感觉，并且指着被她吃得一干二净的碗说：“牦牛肉、牦牛肉熬制的骨汤，没有添加剂，你离开了西藏，哪儿都吃不到。”

吉安敏觉得自己不会想念，所以最终还是和李诗分开了，她和江承回家，而李诗独自去了尼泊尔。

临行前吉安敏还是有些担心，可李诗却笑着指着路上的那些人说：“他们都有可能是我的队友，放心好了。”

于是吉安敏就那样看着李诗的背影一点一点地变小，秀发在风中肆意飞扬，但却很坚强。坚强得让吉安敏不得不放心，让她情不自禁地想起电影《可可西里》里的一句话：“见过磕长头的人吗？他们的手和脸脏得很，可他们的心却特别干净。”她不知道为什么会想起这句话，但却发现这样的李诗让她想冲过去紧紧拥抱住。

世界就是这么奇妙，去的时候是吉安敏和李诗，回来的时候是吉安敏和江承。

远远地望着守候在车站的郭诚，吉安敏心里有些忐忑不安，想必他也是看了自己的微博才知道他们今天要回来的吧。吉安敏觉得好像是自己把李诗弄丢了，不知道该怎么跟郭诚交代。

江承握住了吉安敏有些微凉的手，在她耳边说：“李诗是个成年人，不需要你为她的行为负责。”

“可是，我是不是应该提前跟郭诚说一声？”吉安敏无助地看了江承一眼，他却摇头道：“不需要，他们已经离婚了，如果要说，也只有李诗自己可以。”

当吉安敏和江承把事情向郭诚说清楚后，没想到郭诚的情绪却并没有很激动，反而谢谢吉安敏的坦言相告。

“你为什么不怪我把她扔在那边？”吉安敏问刘明，刘明说：“李诗想留下，谁也阻止不了，她如果想要回来，也许明天就会出现在我们面前，所以，和你没关系。”

吉安敏再一次看着郭诚离开，他的背影高大宽厚，可是却让吉安敏觉得很是脆弱，似乎只要风轻轻一吹，就倒了。

正恍惚间，吉安敏落入了一个温暖的怀抱，江承在她耳边轻轻地说：“你就是个操心的命，我们自己起带头作用，先幸福起来好不好？”

“怎样……先幸福起来？”吉安敏侧过头问江承。

江承故意想了想说：“嗯，干脆我们结婚吧，这样不幸福也不行了。”

吉安敏看了看江承，摇了摇头。江承有些尴尬地说：“第一次求爱被拒绝，第一次求婚也被拒绝，不过没关系，我是打不败的小强。”

“小强可是蟑螂。”吉安敏抿嘴笑了起来，江承立即伸出手来挠她，故作嚣张地说：“你竟然敢说我是蟑螂。”

两人一路上打打闹闹，快到家的时候，吉安敏才想起告诉江承，米亚娜已经结婚了，不久后都要当妈了。

“米亚娜都结婚了，所以我们赶不到她前面去了。”吉安敏叹了一口气。

江承呆了呆，却问：“你的意思是说，你愿意嫁给我了？”

“嫁？”吉安敏有些犯晕，她感觉自己和江承都还没有开始，怎么就谈婚论嫁了？于是有些纠结又有些羞涩地说：“现在说这个是不是早了些？”

“早什么早啊，我们都订婚这么久了。”江承说得理直气壮，吉安敏无语，那次订婚也算吗？哭笑不得地捶了江承一把说：“那是和你吗……”却见江承眼睛一瞪，她便什么都说不出口了。

“反正是我的名字，亲戚朋友都知道你是和江承订婚的，难道你想和我再订次婚？”江承把吉安敏问傻了，是啊，离婚可以复婚，没听说订婚还有然后复订的。

眼看着就到家门口了，吉安敏赶紧说：“回头再说，都快到我家了。”

这是吉爸和张彩云强烈要求的，他们回来必须首先到自己家，把事情说清楚，然后再回去上班。

只是，吉安敏和江承都没想到，第一个冲出来的竟然是吴涵。

第二十章　终嫁

吉安敏没想到吴涵竟然还没走，不知道这三个极品爹妈在一起会有怎样奇葩的故事。想到这儿，吉安敏都想调头离开，手却被江承紧紧地握住。

江承刚深情地开始喊一声 :“妈……”吴涵便几乎踉跄地扑了过来，抱着江承号啕大哭，直接把吉安敏挤到了一边。

“臭小子啊，你这是要你妈的命啊，就这么不声不响地就走了，也不怕你妈急死啊……”吴涵哭得鼻涕一把眼泪一把的，看得吉安敏在一旁都不知道怎么办才好。

幸好吉爸和张彩云及时出来，边劝边拽，很是折腾了一番才把哭得稀里哗啦的吴涵和江承拉进家。

江承极想得体地跟吉爸和张彩云打个招呼，奈何吴涵一直挂在他的胳膊上擦眼泪。“坐坐坐，别客气了。”吉爸挥挥手，江承这才不好意思地在沙发上坐下，然后又很不容易地把胳膊从吴涵的怀里抽出来。

吴涵终于平静了些，抬头仔细打量江承，心疼地说 :“怎么黑了，也瘦了呢？”

“妈，我不是瘦了是结实了，再加上西藏那边日照时间长，所以就黑了点儿。”江承一边向吴涵解释，一边冲着吉爸和张彩云点头微笑，看得吉安敏都累。

“总算是回来了，你就别着急了。”张彩云安慰着吴涵，吉爸也直点头。

江承见三位长辈似乎挺默契，心里一动，便对吴涵说：“妈，您赚了，我不但回来了，还给您带了一个儿媳妇回来。”说完很狗腿地对吉爸和张彩云说：“您二老也多了一个儿子，就是我。”

“儿媳妇（儿子）？”三个年过半白的人脸上露出一副孩子似的迷茫神情，就连吉安敏都愣了。

“是啊，我想和敏敏结婚，希望您三位长辈可以答应我们。”江承说着，便起身毕恭毕敬地鞠了一躬。

吴涵一直呆着，吉爸有些手足无措，而张彩云则直接起身黑着脸对吉安敏说：“你给我到房间来。”

一进房间，张彩云便厉声问道：“这怎么回事啊，这一回来板凳都没坐热，他妈眼泪都没干呢，你们就说结婚的事，还有没有点规矩啊？”

“妈，您怎么骂人呢？”吉安敏皱眉看着张彩云，尽管她也觉得江承唐突了些，但是心里还是有些窃喜。

张彩云把自己说过的话回想了一下，挥手说：“我是说吴涵的眼泪都还没干……你扯这个干吗？你这么着急干吗，女孩子要矜持一些。”

吉安敏坐一路火车也累了，准备躺到床上和张彩云解释，却被她一把拉起来，扔过来一套睡衣说：“换身衣服再躺，瞧你这一身，有没有洗过啊？去是这一身衣服，回来还是这一身。”

吉安敏一边换着外套，一边好笑地说：“妈，我是那么邋遢的人吗？”

张彩云瞟着吉安敏，闭了一下眼说：“儿大不由娘，我现在可不了解你了，你也不会听我的了，赶紧说说，结婚是怎么回事？”

吉安敏舒舒服服地躺在床上，才答：“妈，提出结婚的是江承，又不是我，您问得着我吗？”

“我就不信你们没商量好，不然他会这样提出来？”张彩云的神情像吉安敏小时候犯错误时一样，只差手上没拿把尺子。

但此时的吉安敏已经不是彼时的吉安敏了，她双手枕在脑后，悠闲地说:“是向我求婚了,但是我还没答应呢,估计他是想先搞定他妈,再搞定我。”

张彩云神色稍微松弛了些，但还是有些狐疑，问吉安敏：“你什么时候变得这么抢手啦？”

吉安敏挑了挑头发，嘚瑟地说：“可能是我成熟之后比较美吧。”说得张彩云都忍不住白了她一眼，但还是说：“可江承这么一闹，他妈不定怎么想呢，以为你嫁不了出去呢。”

“我本来就嫁不出去啊，要不我回来一回您催我一回。”吉安敏现在心情极好，有心逗逗张彩云，却见她一脸的忧伤地感慨道：“这养女儿吧就是愁人，没人娶着急，有人娶也着急，还是生个儿子好。”

吉安敏摇头道：“这可不一定，客厅那位生了个儿子，那眼泪比你流的可多多了。”

客厅里吴涵母子也正较量着，吴涵气江承不打个招呼就跑了，回来啥也不说，就要结婚：“没结婚都这样，如果结了婚，你心里怕是更没有我这个妈。”

“妈，您这话说得好像我这辈子就不能娶媳妇似的。”江承无奈至极，为什么天底下的妈总担心儿子结婚就忘了自己呢？然后又想起什么似的说：“妈，我打你电话打不通，然后给你发了短信啊。”

“短信，什么短信啊？”吴涵从来都没有收到什么短信啊，但仔细回忆过后，吴涵眼眶又红了，说：“怎么就那么寸，妈的手机丢了，又重新去补了号，可能就那样才没收到，可是……你后来为什么不打电话给我呢？”

“我打了啊，一直占线。”江承哭笑不得，不过心里又觉得或许这是天意吧，否则吴涵怎么会同意自己和吉安敏在一起，顿时觉得光明就在前方，于是耐心地劝说道：“妈您想啊，为什么我发短信您手机就被偷？我打您电话就占线？这就叫缘分，既然我和敏敏有这缘分，您为什么不成全我们呢？”

江承这么说着，吴涵虽然心里不乐意，但还是默许了，不过她觉得有些不对劲，问江承："就算我占线，也应该有未接电话显示啊，你骗我的吧，你根本就没给我打电话。"

"这事儿也能骗吗？"江承觉得吴涵有些不讲理了，于是要来她的手机，才发现吴涵手机未接电话显示没打开，于是给吴涵看："瞧瞧，您把这功能给关了，什么是缘分，这就是缘分，天意注定的，再说了妈，您不会说话不算话吧？这可让人瞧不起。"吴涵被儿子这样步步紧逼，也急了："谁瞧不起我啊，你瞧不起我，还是吉安敏瞧不起我？"江承赶紧抱着吴涵的胳膊哄她说："好好好，我说错了，没有谁会瞧不起您，但您自己觉得这样对吗？"

吴涵侧过头去半晌才说："我不是这个意思，你们不能等等吗？你才二十五岁，你急什么呀，妈说过，只要她找着你了，妈就不反对，但是……如果不是因为这破手机的事，我也不至于这么快就答应。"

"从年龄来说我不急，但是从事实本身来讲，我很急啊。"于是江承给吴涵分析，自己虽然年龄不大，但是吉安敏年龄大了，如果自己不娶，她一着急说不定找个人就嫁了，到那个时候后悔都来不及。

吴涵一听就头痛，无奈地摇头道："你个没出息的，世界上这么多好姑娘，比她强的姑娘太多了，你就认准她了？"

"是的，就认准她了！这个世界上姑娘多，好姑娘也多，但我认识的好姑娘中，她最好。"江承说着说着就有些倔了，吴涵就怕他犯倔，但还是不甘心地问："她哪儿好啊？"

"哪儿好我不知道，反正我喜欢她，我喜欢的人肯定哪儿都比别人好。"江承说着便像小时候那样蹲在吴涵面前，一脸的期待，让吴涵不得不点头。

"你们说好就好了吗？我们还没同意呢。"张彩云和吉安敏谈完，便靠在门口听客厅的动静，听到吴涵这磨磨叽叽一点儿都不爽快的样子，心里老大不乐意了，吉安敏是她的女儿，要打要骂也得自己来，别人可没资格说半个"不"字，到后来实在是忍不住了，打开房门便冲着门外那对母子嚷嚷起来。

"妈，您有话好好说。"这句话让紧跟在身后出来的吉安敏心里"突突"地跳，张彩云扭头盯着她道："怎么着，嫌你妈不会说话？没发现人家不乐意吗？不乐意拉倒。"

吉安敏被张彩云这劈头盖脸一顿训，心里也挺委屈的，小声说："我这不是怕影响您身体嘛，病刚好没多久……"说着说着，觉得这都是江承惹的祸，不由得瞪了江承一眼。可这一眼没瞪好，江承看见了，吴涵也看见了，于是也恼了，但不好恼别人，只能点着江承的额头说："你这孩子就是剃头挑子一头热，人家都不愿意呢，你就在这里嚷嚷着要结婚。"

吉安敏不禁有些无奈，她是说不愿意结婚吗？都怪江承，弄了一个措手不及，再说了，老话都说"抬头嫁女儿，低头娶媳妇"，她提点儿小要求，有点儿小意见，是正常的呀，怎么连个眼神都不可以有了。

想到这儿，吉安敏不禁羡慕起米亚娜来，她这会儿还不知道被她婆婆怎么疼着呢，人比人真的是气死人，简直就是天堂和地狱的区别。不知道如果自己和江承生米也煮成熟饭，吴涵的态度是更恶劣还是变友善。

吉安敏也不管两个当妈是怎样在过招，自己想着自己的小心思，连敲门声都没注意。江承想去开门却被吴涵拉住了，这就像是高手之间过招，谁先动谁先死，至少气势得先少一大半。

来人明显个性很固执，坚持不懈地敲，大有不开门就不离开的意思。吉安敏终于被敲门声给闹回过神来了，她愣愣地看着，怎么没人去开门呢？无奈地叹了口气，心想这是哪个不着调的，这时候上门来讨骂，正要过去，却见吉爸已经端着茶杯从书房里出来去开门了。

张彩云见吉爸那悠闲样儿，气不打一处来："你心倒挺宽的，家里出了这么大的事儿，你还有心思喝茶，小心别呛着了。"

吉爸一边开门一边无奈地说："女儿要结婚了，也不能不让我喝茶呀！从古至今也没这个理儿啊。"

"谁说要结婚啦？"这话是吴涵说的，她觉得自己和张彩云还没掰扯清楚呢，怎么好像定了似的。在吴涵看来，吉安敏怎么看，都是高攀了自家的，可是吉家人却并不这样认为，这让她很是不爽。

张彩云眼睛一瞪，拉把椅子坐在吴涵面前，摇头道："我说老吴，你这什么意思啊？这些日子我和老吉待你可不薄，人不是这么做的。"

吴涵也不示弱，双手搭在膝上，脖子一昂，一副优雅又清高的模样，幽幽地说："吉妈妈，是你刚才自己说的还没答应，我也不能强迫你嫁女儿啊。"

张彩云一听这话就恼，她最讨厌别人跟她装了，于是"嗖"地起身："我是说我们还没同意，但没说我们坚决不同意，可是你这态度就有问题，你这就是把我们往坚决不同意的路上逼啊，不过我告诉你，我张彩云这辈子活得坦坦荡荡，最讨厌的就是这种拐着弯坑人的，你这招对我没用。"说完，又看着江承，和颜悦色地说："江承啊，你和敏敏的亲事我答应了，我答应你们结婚，马上办！"

这下所有的人，包括刚进门的那位都愣住了，直到吴涵也"嗖"地起身，颤抖地问："你……你说的是真的？还……马上办？你说马上办就马上办啊？"

张彩云挥舞了一下手臂，一副女革命工作者的模样，铿锵有力地说："对，我说的，马上办！江承，你看呢？"

"办办办，马上办！"江承简直是心花怒放，哪有不应的道理。

吉安敏却紧盯着吴涵，她想着吴涵如果晕过去了，自己得赶紧过去接着她。

"天啊，敏敏，你也要结婚啦，这真是太好了，你们节奏可真快，我还以为你们才刚拉开恋爱的序幕，没想到这就要结婚了啊。"这嘹亮的声音不用说也知道是米亚娜，吉安敏赶紧走到米亚娜的身边，小声威胁道："你别瞎掺和啊，小心点儿。"

米亚娜立即瞪大了眼睛看着吉安敏，轻轻拍了拍肚子，一脸委屈地说："你居然用这种态度和我说话，我可是孕妇。"米亚娜已经穿上了一件宽大的孕妇裙，只是这种米黄的底上绣着小白花的裙子穿在米亚娜身上，一点"孕味”都没有不说，反而有一种风情万种的招摇。

“你这才刚满三个月就穿孕妇裙，有肚子吗？”吉安敏撇了撇嘴，挺不待见米亚娜这种拿根棒槌就当金箍棒使的行为，米亚娜却嘚瑟地说：“我怀孕了就是孕妇，是孕妇就得穿孕妇裙，我喜欢，怎么着？”说完，米亚娜才甜甜地对吉爸吉妈说：“吉爸吉妈好！”

张彩云和吉爸赶紧招呼米亚娜坐，读大学的时候米亚娜一到寒暑假便会来吉家住上半个月，虽然不是很勤快，但胜在嘴甜，而且大方，时不时往家里拎一袋水果或点心什么的，所以大家也都没拿她当外人。

米亚娜道了声谢后跑到吴涵身边儿，一边打量着一边说：“敏敏，这位姐姐是谁啊？以前没见过啊。”

如果是平时吧，吴涵挺喜欢别人夸她年轻的，可是这时候听米亚娜这样说她还高兴，那就是有点“二”了。明明去“遇见吧”，虽然没直接和米亚娜打招呼，但她不信米亚娜会不认识自己，好歹她也是个做生意的人。所以吴涵只是瞟了米亚娜一眼，没搭理一句，就径直在沙发上坐了下来。

“哟，这位姐姐脾气可真大。”米亚娜接着笑嘻嘻地说着，这态度让吴涵真有些恼了，江承赶紧拦在前面说：“米亚娜别闹，这是我妈。”吉安敏也扯了扯米亚娜的衣服。

米亚娜找了把椅子，小心翼翼地坐下说：“是你妈呀，就算是你妈我也没说错，上次我店里的服务生跟我说的，你妈让敏敏叫她姐姐呢，敏敏能叫，我也能叫。”

米亚娜一直想为吉安敏“报仇雪恨”，这次刚一进门就听见吴涵和张彩云的对话，心里便更不爽了，觉得自己得为吉安敏出口气。只是话音刚落，却听到身后有人不满地说：“别人家的事，管那么多干吗，有这闲工夫不如回家养胎呢。”不用回头，也知道是刘淑香来了。

刚刚事情发生得太过突然，又太过精彩，吉爸忘了关门，刘淑香就这样不声不响地进来了。见此情景，吉安敏心里暗道一声“不好，这下热闹了”。

果然，米亚娜头也不回地说："这不是别人家的事，是敏敏的事，她的事就是我的事，再说了这胎在我肚子里，我想去哪儿养就去哪儿养。"吉安敏一听，这火药味儿太浓了，不过也是意料之中的事，米亚娜和刘淑香的性格简直就是"婆媳是天敌"这句话最好的诠释啊。

"我的姑奶奶，你现在可不比从前，咱回家好不好？妈炖了乌鸡汤呢。"李大可人还没进门，声音先到了，等人挤进来的时候，手已经把米亚娜半搂在怀里了。

米亚娜想摆脱李大可，边扭边说："我不喝乌鸡汤，天天喝，都腻了。"

"你别扭啊，小心腰。"李大可小心哄着，身后刘淑香却突然大哭了起来："我这是什么命啊，把人家当祖宗一样供着，却不被人待见，多贵的一只乌鸡啊，我焖着盖儿都不敢打开闻一下，却被人嫌弃呀……我这是什么命啊……"

刘淑香这一号，忽然就转移了大家的注意力，张彩云和吴涵的那点儿小矛盾都不叫事儿了。

刘淑香见大家都看着她，顿时兴起，表演意识莫名地强烈起来，干脆拿了把张彩云平时择菜用的小凳子坐在门边上哭诉起来，内容无非是她对米亚娜怎么好，米亚娜怎么不领情。

吉安敏真佩服刘淑香的哭功，她这一哭半个楼都能听见，已经有好几个人故意路过偷偷摸摸地来打探是怎么一回事了。

"你这准婆婆是怎么回事啊，你们也没处多久啊，怎么就如此水火不容了？"吉安敏小声地问米亚娜，又觉得奇怪："不对啊，你怎么还呆在这儿啊？来见婆婆，就不回去啦？"

米亚娜扭过头同样小声地在吉安敏耳边嘀咕："我也得回得去啊，她不让我回去，还想让我把'遇见吧'关了，就在这儿定居，你说可能吗？我米亚娜是谁，能任人摆布吗，再说了，婆媳是天敌，她之前是对我挺不错的，那是试探敌情，现在是火力全开，想一举把我拿下。"

"你可能误会了，按照婆媳兵法来讲，她应该还留着点儿子弹，万一这会儿没拿下你，等你生完后再火力全开。”吉安敏忍住笑，故作严肃地“叮嘱”米亚娜。果然，米亚娜给吓到了，半晌才说：“到那时候，不是我死就是她亡？”

刘淑香一边号，一边注意着场中的动静，见吉安敏和米亚娜嘀嘀咕咕地完全不把她放在眼里，更是悲从中来，但却因为自己的声音太大了，没听清她们俩讲的是什么，心里迅速权衡利弊，决定降低音量，谁知她这一降低音量，那俩人也闭嘴不言了，于是她又开始号。

倒是张彩云觉得这刘淑香简直就是故意和自己作对，没好气地说：“我说刘淑香，你好好地跑到我们家来号什么呀，不知道的人还以为我欺负你了呢。”

刘淑香一抹脸，迅速还击：“你欺负我还少吗？从年轻的时候欺负到现在，我这是什么命啊，以前被你欺负，现在被儿媳妇欺负，我可怜啊……”

吉安敏一听就晕了，米亚娜也是一脸的苦不堪言，可是任李大可在旁边怎么劝，刘淑香就是不起来，也不住嘴。

“刘淑香你给我闭嘴，我什么时候欺负你了？你给我说清楚。”张彩云走到刘淑香的面前，指着她的鼻子问。

刘淑香侧过头避开张彩云的手指，然后指着张彩云的这根手根说：“你看看你看看，我和你虽然是邻居，好歹上门是客呀，你看看你这是什么意思，啊？你这还不是欺负我吗？”

吴涵听了这番指责直摇头，觉得张彩云还不错，至少她是讲道理的，如果亲家是这个刘淑香，她就是拼了这条命，也不能同意这门亲事。

张彩云也不是省油的灯，缩回手指改叉腰，气壮山河地说：“你要是真来做客的，我就让我们家老吉泡杯好茶给你喝喝，可你这是做客吗？有做客的一进门就号的吗？我们家正商量着结婚的事儿呢，虽然大家意见有点儿相左，但怎么着这也是喜事，你这一哭一号的，你这不是故意冲我们霉头吗？”

“就是，万一给冲了，算谁的呀。”吴涵冷不丁地来帮衬一句，倒让张彩云有些莫名其妙，但对于吴涵在关键时刻挺身而出还是挺感动的。

“算谁的啊，算我的行不行？”刘淑香不屑地看了吴涵一眼，没想到话音刚落，米亚娜便“唉哟”一声，抓着李大可道：“大可，我……我肚子痛。”然后身子缓缓地弯了下去。

一旁的吉安敏赶紧把她抱住，李大可吓得脸都白了，刘淑香也好不到哪儿去，赶紧不号了，手足无措地说：“这怎么……怎么冲自己家了呀，我的大孙子……”

“咱……咱先回家吧。”李大可想抱起米亚娜，可米亚娜却沉下身子说：“我痛……走不动了，先在这儿坐坐，缓缓。”

“对对，先缓缓。”一群人赶紧把沙发让出来，“阵地”让米亚娜一个人占领了。

休息了会儿，刘淑香见米亚娜似乎好点儿了，于是小声地说：“还是回家吧，老在别人家呆着也不好啊，呆会儿别人又说咱冲了。”

“你还在别人家哭呢！她怀着孕，也是喜事儿，不哭不号的，她冲不着。”张彩云硬生生地说着，转过头对米亚娜却是一脸的笑，且不说这丫头跟自己家闺女一样，就说“敌人的敌人是朋友”这一条，张彩云觉得自己也该好好地对米亚娜，便又多说了一句：“再说了，娜娜和我们家敏敏是闺蜜，我就是她半个娘，我家就是她半个娘家。”

张彩云的这席话让米亚娜感动得不行，顿时眼泪汪汪地说：“我就要呆在这儿，要不我就回去，我不回你那个家。”

米亚娜是看着李大可说的，李大可还没开口，刘淑香一口否定：“不行，你现在怀着孕呢，你和他回去了谁照顾你啊，不能把我大孙子饿着。”

“我长这么大不也没饿着嘛，再说不一定是大孙子呢，我喜欢女儿。”米亚娜嘀咕着，刘淑香一听就急了：“呸呸呸，别把我大孙子说跑了，再说了你也不瞧瞧你瘦成什么样儿，你会养人吗。”

“这……这才多久啊，你们俩婆媳就成这样……”吉爸一开口，就被张彩云瞪回去了：“婆媳间的事儿，大老爷们儿插什么嘴，喝你的茶去。”

就在这时候，米亚娜又喊了一声痛，本来吉安敏一直以为米亚娜是演给刘淑香看的，却发现她的手都在抖，知道这回是真的，于是赶紧喊李大可和江承一起送米亚娜去医院。

在医院忙乱了一阵子，医生诊断米亚娜这是肠痉挛，由于是孕妇还是要非常小心，一定要注意休息和营养，要有一个好心情，千万不能生气。

折腾到半夜才回家，路上，吉安敏问米亚娜：“怎么一个肠痉挛还和心情挂钩了？孕妇真麻烦。”米亚娜看了一眼前面开车的李大可，拿出手机打了一行字给吉安敏看：那医生是我一个朋友的哥哥，肠痉挛是真的，要有一个好心情不能生气，是乱说的。

吉安敏不禁张大了嘴，也拿出手机来打字问米亚娜：你怎么在这里还有朋友？

米亚娜冲吉安敏嘚瑟地眨了眨眼道：“我来你家住那么多次可不是白来的哦。”

吉安敏情不自禁地冲米亚娜伸出大拇指，太牛了！

米亚娜婚前的第一场婆媳战争以她全面胜利而告终，此时她穿着婚纱，正悠闲地坐在暖气十足的影楼里欣赏着窗外初春的阳光。

影楼是城中最高档的，米亚娜说，结婚，一定要在最好的地方拍婚纱照，因为这样才不会拍得像个木偶。所以，她走到哪儿，摄影师便拍到哪儿，此刻，摄影师正蹲在一边抓拍她的一举一动。包括此刻，她端起一杯白开水。

自从怀孕以来，米亚娜可以喝的只有白开水和鲜果汁，毕竟白开水更方便些，喝多了竟然觉得它比咖啡让人更舒坦，于是突发奇想地对正在试婚纱的吉安敏说：“亲爱的，‘遇见吧’改卖白开水吧？”

吉安敏笑了笑说：“好，等你生了孩子以后，就改成卖奶粉，再大点儿改成卖蔬菜泥的。”

“噗！”米亚娜听了一乐，把刚喝进的白开水喷了出来，一边伺候的刘淑香赶紧拿出纸巾皱眉道：“孕妇不能经常笑。”

这一句话说得米亚娜又乐了，说："妈，是不是怀了孕的都该成雕塑啊？没事儿，保证您的大孙子白白胖胖健健康康的。"这个笑容被摄影师给抓拍了，甜甜的。

吉安敏特别佩服米亚娜这打一棒子，给个甜枣的能力，顿时深受启发，准备往后就用这招儿在吴涵身上试试。不过再想想心里还是有些不现实，这也是吴涵的拿手活儿，自己不一定拿捏得住她。

就拿这次办婚礼的事来说，不仅吉安敏，她们一家人都彻底见识了吴涵的实力，她一个人三句好话夹着一句坏话，弄得吉家人晕头转向，连张彩云都直嚷嚷这女人太厉害了，还悄悄地问吉安敏："这婆婆可不是省油的灯啊，你还是要考虑一下。"

吉安敏本来心里也有些不安，但仔细想想，米亚娜的婆婆和李诗的前婆婆似乎都不是省油的灯，未必自己就能找得着省油的灯，而且也没有说因为婆婆，就放弃老公的，毕竟还没到那份上。张彩云听了半晌不语，最后也只能点头："怎么说你这婆婆大方面还是讲道理的，比刘淑香强。"

在张彩云看来，刘淑香就是欺软怕硬的，也幸亏碰到米亚娜，如果是别人，还不得被她欺负死。

不管怎么说，婚礼的事儿总算是定下来了，两家一块儿办，各家亲戚的酒席钱各家自己负担，至于婚庆公司这类则平均分摊。反正谈这事儿的时候，张彩云和吴涵结成同一阵营，一向爱占便宜的刘淑香扭捏了好几天最终还是一毛钱便宜都没占着，直嚷嚷着要分开办，结果米亚娜一句话就灭了她："分开办那婚庆公司的钱可就没人分摊了。"李大可直感慨："我妈碰到真正的劲敌了。"不过再怎么说刘淑香也是李大可的妈，所以米亚娜还是同意她跟着一块儿过来，这就是米亚娜甜的一面。

"娜娜，你看我是不是瘦了啊？"吉安敏掐着腰问米亚娜，但却接到米亚娜丢来的一个白眼，她已经渐渐显怀了，别说瘦，那腰像是充了气似的，似乎每天都要长一点。

这时候门外闪进一个人，因为背光，吉安敏一时没看清，米亚娜却赶紧起身奔了过去，吓得刘淑香也赶紧起来，差点儿被椅子绊倒。

“李诗，你回来啦？”米亚娜紧紧地拥抱着来人，吉安敏这才起身。

三个闺蜜紧紧地拥抱在一起，这些日子，米亚娜既担心又羡慕李诗，不止一次地对吉安敏说，如果不是因为怀孕，一定和李诗一块儿去了。而吉安敏心里一直觉得有些歉疚，她觉得自己是最该陪李诗去的，可是却没这个勇气。

“快坐下，坐下聊！”在刘淑香的催促下，三个人终于坐了下来，因为时间还早，江承还没过来，所以吉安敏也有时间。

“我告诉你们一个好消息，我和郭诚要复婚了。”米亚娜顿时嘴巴张成了一个O形，吉安敏也觉得不可思议，于是问：“你不是刚回来吗？”说完又忽然明白过来：“你肯定是早回来了，却不来找我们，真是过分。”

李诗摇头道：“我的确是刚回来，不过呢，是因为郭诚去尼泊尔找我了，我没想到他竟然会为我这么做。”

米亚娜和吉安敏对视一眼，那意思是，林妹妹又上身了，吉安敏想了想还是说：“李诗，虽然我们都觉得郭诚还不错，但你可千万别再一次因为感动而冲动，这一次一定得谨慎。”

李诗一边脱掉身上的冲锋衣，一边说：“冲动了一次，不会再冲动第二次了，经过第一次的婚姻，我和他更懂得了婚姻其实需要最多的是宽容，或者糊涂，否则再相爱的人也很难相守一生。”这一席话叫米亚娜和吉安敏彻底放心了，并真诚地祝福她，米亚娜突发奇想：“不如你和我们一起办婚礼吧。”

“算了，我就不办了，第一次结婚就办了两次，复婚还办，亲戚朋友们该说我是故意骗红包的了。”李诗赶紧拒绝，再发一次请帖，她和郭诚可没有这么厚的脸皮。

“你可以和我们一起婚礼，但是不需要请亲戚朋友们来啊，我们的亲戚朋友不就是你们的亲戚朋友吗。”吉安敏扭住李诗有些粗糙的手，她知道这一路来，李诗肯定很辛苦，但一定也收获颇丰。

吉安敏的提议得到了米亚娜的支持，她靠着李诗撒娇说："你就和我们一起办了吧，咱们姐仨一起办婚礼多好啊，其实你应该是最幸福的，因为你和郭诚以后就是一辈子了，我和吉安敏还不知道呢，现在离婚率多高啊……"

吉安敏听了直翻白眼，刘淑香更是听不下去了，赶紧截话道："呸呸呸，说这不吉利的话，孩子马上都要生了。"

"生了孩子又怎么样，万一离婚，孩子也得归我。"米亚娜坐直了身子，喝了一口水，笃定的说。这一份笃定叫刘淑香没底气，她那没出息的儿子啥都做得出来，只得闭嘴，心里却想，以后最大的事情就是怎么着也不能让他们离婚。

因为米亚娜不想挺着大肚子结婚，所以婚礼定在半个月后，这可把张彩云忙坏了，她累得在婚礼都流不出眼泪了。

吉安敏、米亚娜和李诗的婚礼准时在世纪大酒店的草坪上举行。张彩云看着这些花啊草啊树的，心情大好，对刘淑香说："这里不错吧？"刘淑香却瘪瘪嘴道："不错什么呀，那么贵，还不如在我们那里的公园里办呢，看的人还多，说不定还能上报纸新闻。"这么一说，张彩云也觉得有理，但事已至此能说什么，只得摆摆手说："他们就结一次婚，想怎么着就怎么着吧。"说完便寻了把椅子坐下来，她的心里只有一个字：累！

婚礼终于开始了，在《婚礼进行曲》奏响的时候，三对新人款款而出，但身后那一票伴娘和伴郎却吸引了大家的注意，眼睛越来越亮越来越亮，欢呼声一声比一声响。

"我就说吧，不该让曾菲找她那帮选秀的朋友，你看看，这哪是结婚啊，这是明星见面会。"米亚娜一边保持着得体的微笑，一边对走在她前面的吉安敏抱怨道。

吉安敏看着大家的眼睛都盯在伴娘和伴郎们身上，便扭过头对米亚娜说："至少，比没有伴娘要好。"她们仨本来在上在大学的时候就说，谁结婚，另外两个就当伴娘，却没想到会一起办婚礼。

“你们俩歇歇吧，婚礼终究是咱们的。”走在最后的李诗一开口，另外那俩人便不说了，自从她从尼泊尔回来以后，似乎变了一个人，用米亚娜的话说，是句句是哲理，让人听了便不敢开口，怕一开口就显得自己没水平没档次。

主持人好像也感觉不对，赶紧拿起话筒大声说：“各位亲朋好友，今天的婚礼有三对新人，她们是大学里的姐妹花，一起上学一起谈恋爱一起结婚……”这一席话终于把大家的视线吸引到新娘子们的身上，但是米亚娜又不满意了：“说得好像咱们仨嫁同一个男人似的，会不会说话，哪儿请来的主持人啊。”

三个新郎一直保持着满足的微笑，他们三个已经交流过了，那三个女人怎么闹也不许插嘴，一旦插嘴，便是招了三口炮对着自己，因此哪怕是婚礼，也由着她们闹去。但他们忘了，开头很重要，婚礼上他们的表现也从侧面表明了他们以后是怎样的命运。

齐辉还在国外治疗，没能来参加婚礼，不过他托唐蜜蜜带来了一个大红包，而且还发了一封特别的邮件给她，邮件里只有一张图片，是齐辉和唐蜜蜜在美国的结婚证书。这让吉安敏觉得很安心，大家都找到了属于自己的幸福，便是最好不过的事了。

度完蜜月，吉安敏销假正式上班，她特意早到了一个小时，这么久没上班，估计有很多事情要熟悉。

走进办公室，吉安敏透过玻璃窗发现有一个人坐在齐辉的办公室里，于是赶紧过去敲门，等不及里面喊请进，便急切地打开门问：“总裁，你回来啦？”

那人抬起头来，吉安敏吓了一跳，不是齐辉，而是唐蜜蜜。只是眼前的唐蜜蜜瘦得脱了形，原本透亮的大眼睛深深地凹了进去，憔悴得让吉安敏差点都认不出她来。

吉安敏心中忽然升腾起不祥的预感，按了一下胸口，轻声问："蜜蜜，怎么啦？总裁呢？"

"他死了，一个多月了。"唐蜜蜜冷冷地说，只是话一出口泪水又喷涌而出。

不可能！吉安敏走到唐蜜蜜的旁边，紧盯着她问："你是在骗我对不对？你们不是都结婚了吗？"

唐蜜蜜再也忍不住，扑进了吉安敏的怀里，她告诉吉安敏，齐辉早就知道自己不行了，他是真心喜欢吉安敏的，所以他希望吉安敏能够幸福。"所以他故意搅乱你的心思，他说如果不是这样，你根本就不知道自己想要的是什么，可是他自己却……"唐蜜蜜泣不成声，说完又猛地推开吉安敏："你和自己喜欢的人结婚了，你幸福了，可是他呢？他一心为你着想，可是到死都没能见上你一面，你走在婚礼的红地毯上，他却在走向天堂的路上。"

吉安敏却摇头："不会的，你瞎说，他给我发了你们的结婚证书的图片了。"

唐蜜蜜跌坐在椅子上，虚弱地说："是的，我们结婚了，因为这是我唯一的心愿，这样多好，他喜欢的女人嫁给了自己喜欢的人，也满足了喜欢他的女人的愿望，所以他才可以安心地去。"

"你为什么不告诉我？"吉安敏说着眼眶就红了，心里揪着痛，她从来不知道齐辉对自己有这么深的心思，她还没来得及去认清一个人，那个人就已经离开了这个世界，这让她有些难以接受。

"因为他希望你顺顺利利地嫁人啊。"唐蜜蜜苦笑着，人就是如此吧，谁先爱上谁先输，纵然她知道齐辉对吉安敏是怎样地用心，她还不是傻傻地在他身边守着，她甚至对吉安敏说："其实我比齐辉幸福，起码我一直陪在我喜欢的人身边，他却没有。"

齐辉的骨灰安葬在了美国，他把名下 75% 的股份给了唐蜜蜜，因为她是他妻子，是她陪着他度过了最后的时光，而另外 25% 给了吉安敏，因为她是他爱的人。

吉安敏拒不接受齐辉给她的股份，但唐蜜蜜却说："你可以不接受，这是你的权利，只是你一直在拒绝他，连他给你这最后的一点东西，你也要拒绝吗？你想让他在另外一个世界也心疼吗？你就这么想和他毫无瓜葛吗？"吉安敏无语。

此后每年，吉安敏都会飞往美国，在齐辉的墓前献一捧花，然后烧一叠汇款单，那些是她将每年的年终红利，以齐辉的名义进行慈善捐赠凭证。

"以这样的方式让你活在我们身边，你开心吗？"吉安敏喃喃地说，一阵风轻轻地吹过，卷起一阵花香，吉安敏又笑了："你放心，我会一直幸福下去，就像你希望的那样！"

图书在版编目（CIP）数据

当爱的人不再喜欢我 / 红娘子著 .– 武汉：长江文艺出版社，2016.1

ISBN 978-7-5354-8528-1

I. ①当… II. ①红… III. ①长篇小说－中国－当代 IV. ① I247.5

中国版本图书馆 CIP 数据核字 (2015) 第 281081 号

当爱的人不再喜欢我

红娘子　著

选题产品策划生产机构 | 北京长江新世纪文化传媒有限公司
选题策划 | 金丽红　黎　波　安波舜
责任编辑 | 陈　曦　　装帧设计 | 郭　璐　　媒体运营 | 刘　冲　刘　峥
助理编辑 | 朱　静　　内文制作 | 张景莹　　责任印制 | 张志杰
总 发 行 | 北京长江新世纪文化传媒有限公司
电　　话 | 010－58678881　　传　　真 | 010－58677346
地　　址 | 北京市朝阳区曙光西里甲 6 号时间国际大厦 A 座 1905 室　　邮　　编 | 100028

出　　版 | 长江出版传媒 | 长江文艺出版社
地　　址 | 湖北省武汉市雄楚大街 268 号湖北出版文化城 B 座 9－11 楼　　邮　　编 | 430070
印　　刷 | 北京正合鼎业印刷技术有限公司
开　　本 | 710 毫米 ×1000 毫米　1/16　　印　　张 | 20.5
版　　次 | 2016 年 01 月第 1 版　　印　　次 | 2016 年 01 月第 1 次印刷
字　　数 | 240 千字
定　　价 | 36.00 元
盗版必究（举报电话：010－58678881）
（图书如出现印装质量问题，请与选题产品策划生产机构联系调换）